雪原，这样宽厚、壮阔、新鲜、纯洁。

我看见了来自人类心灵深处的橙色之光，

那么热烈，那么温馨，那么慈祥。

我的青海 我的雪原

辛茜　著

河北出版传媒集团
河北教育出版社

云山料峭　蔡征摄

目录

引子

万古不灭，犹如草木

山被白雪覆盖，鸟在树梢上歇息，牧场和村庄变得遥远而神秘。4月，是玉树的冬天，寂静的黄昏中，来自北京的医疗专家们正在玉树援青指挥部不算宽敞、不算明亮的食堂里吃晚饭。他们大多在州人民医院工作，常常因为就诊的病人太多，处理急重患者晚到。于是，指挥部把开饭时间推后了半小时。

高原的风是清冽的，铜色的光晕在召唤孩子们回家。夕阳洒在他们平静的脸上，窗外的景色有些恍惚。往常，他们会一边吃饭，一边小声交谈，或者与家人微信。可今天，指挥部来了位陌生人，气氛显得稍稍有些严肃。

一阵沉默后，中医药大学附属护国寺中医院的内科大夫王宏伟打破了沉寂："听说玉树就是因为地震，之前根本不知道。"

西城区展览路医院妇科住院医师许杰说："第一次知道玉树，就是10年前的那场大地震。"

长相斯文的大兴区人民医院放射科主治医师苏建伟叹道："玉树，

壮哉，高原　卜建平摄

真的是太遥远了。”

丰盛中医骨伤专科医院创伤科主任、副主任医师李晔诚恳地说：“了解玉树，确实是从 2010 年 4 月 14 日地震开始的。”

第四批援青医疗团队的领队、大兴区中西医结合医院副院长、主任医师郭勇看着陌生的访者：“当时，我问去多长时间，领导告诉我，3 年。”

王宏伟：“头天科室主任给我打电话，告诉我要去援青，问我去不去？我考虑了一晚上，去。第二天，我就报名了。”

李晔：“既然国家有这样的需要，组织上有这样的需要，有这样的困难需要我，我作为一名共产党员，佩戴着党徽，我就会来。”

又是一阵沉寂，来访的陌生人内心在战栗。

苏建伟：“我那时，只要一动，心率能达到 110 到 120。”

郭勇：“刚到时，血压升到了 190 到 120。”

王宏伟：“讲课，讲到 30 分钟就会大喘气，上气不接下气。”

看似文弱的丰台中西医结合医院超声科主治医师刘翠翠终于开了口：“我尝试过红酒、啤酒，还没喝过白酒。但是酒不稳定，想想我还是选择吃安眠药吧！”

李晔：“背井离乡远离亲人，忍受一点儿困难，忍受一点儿高原反应，这都不算什么。但是，我觉得我的家人，我的父亲、妻子、女儿，他们承受的压力比我要更多一些。”

徐杰：“孩子还小，看不到我的时候就会找，妈妈去哪儿了？妈妈是不是又走了？听到这话就觉得特别难受。”

李晔：“只要不提家，其实都挺好的。”

第四批北京援青医疗队到达玉树

徐杰："特别伤心的一次是，孩子哭着闹着要去青海找妈妈。"

王宏伟："在我走之前，能治一个是一个，牧区的人太苦了。"

刘翠翠："我已经学会了一些简单的藏语。病人一进门，我可以自己告诉病人，躺下、脱衣服、鼓肚子、侧身、起来……"

徐杰："缺氧很痛苦，可高原除了缺氧，什么都不缺。"

看到陌生人越来越难过的表情，李晔说："请北京的亲朋好友不要担心，我们一定会照顾好自己，健健康康、圆圆满满地完成医疗援青任务。"

饭后，夜幕降临。郭勇建议大家一起出去走走。下了坡，经过河边，来到广场，斑斓的霓虹灯映红了援青医生的脸。他们不由地停下来，随着划破夜空的歌声，模仿着，与当地人跳起了锅庄。

这是高原的夜晚，清冷的夜空悬挂着一弯明月，与宽广的天幕同样迷人的是乐曲、是舞蹈，还有他们发自内心的祈祷与祝愿。藏歌悠扬，起自苦难深处，却不过分沉重哀怨。爱情、欢乐、遐想，随着旋律一起诞生、一起陨落，万古不灭，犹如草木。

三年很长，三年很短。像诗，像歌，像云。有感应，有发现，有属于自己的美好、心血与精华。也许离开玉树后，他们今生今世也不会再来。也许一段时间后，他们偶尔会思念、会牵挂，会在下班路上，穿过楼群密布的街道时，突然想起这片被歌声、被白雪、被彩虹浸染的草原，这片深邃的天空，在情思与回望中，为自己曾经在这里工作、生活，深感欣慰。

春雪飞扬，雪光像银色的聚光灯，铺天盖地，照在神秘莫测的山岗上。远山、草原、村庄，像躺在沼泽中的一群群野鸽子，面对夜空、琴声、城堡，任积雪在体温下融化，燃烧成一条条小溪，汇入江河源头……

第一章 | 吉祥，就是天堂

烟雨蒙蒙隆宝滩

天色微明。通天河的水哗哗流淌，阿尼玛卿雪山身披彩霞，显得尤为庄严肃穆。昨晚，援青干部李世琪和我商量，今天是在指挥部采访，还是一起去隆宝滩。起初我打算在办公室采访，可是到了夜里，躺在床上的我突然改变了注意。第二天一大早，我们就挤在一辆小车里出发了。

隆宝滩湿地在玉树州首府结古镇西北约 80 千米的结隆乡，水草丰美，高山耸立，沟谷宽阔，残存的湖泊遗迹砾石果果，起伏的高山草甸间，野花葱茏、馥郁芬芳，清澈的泉水喷涌而出。这里年均气温只有零下 4 摄氏度，寒冷的气候，6 月的飞雪，阻止了人类的脚步，却为黑颈鹤、斑头雁、棕头鸥、雁鸥、赤麻鸭、秋沙鸭、雪鸡提供了栖身、筑巢、产卵、繁育之地。

海拔渐次升高，星罗棋布的湖泊沼地把湿润的草滩切割成了数不清的沙洲和小岛。一处平坦而密集的高山草甸上，紫色的鼠尾草，蓝色的脉花党参、秦艽，白色的珠芽蓼，黄色的金莲花、金露梅、独一味，沿小溪依次开放，密集而丰饶，我们打算就在这里安营扎寨，和野花共享一段人生。卸下车上的水和食物，王宏伟大夫一边低头欣赏，

找花的王宏伟　辛茜摄

一边自言自语：“这儿可真是中药材的宝地，什么都有啊。”突然，他惊讶地叫出了声：“瞧啊，居然还有扁蕾，这可是治疗急性黄疸型肝炎、结膜炎、胆囊炎的良药。”过去，只在书本上见过。如今，扁蕾娇小柔美，像小仙女婀娜多姿地出现在湿润低矮的灌木丛中，怎能不让这位住在京城的中医大夫欣喜万分？

哦，伸开双腿闭上眼，整个身子贴着青草野花的感觉，让我如痴如醉。隆宝滩总是这样静悄悄的，通天河的支流益曲也总是这样有节奏地轻轻吟唱着。天上飘来了一块云，雨点滴滴答答落了下来。野鸭在湖边徘徊，黑颈鹤躲在了深山密林处。挂职玉树州纪检书记的北京市纪委干部王峻喝了一大口啤酒，很有经验地说：“没关系，一阵过雨，咱踏踏实实坐着。”

王峻是典型的山东人，出生于军人家庭，信仰坚定，为人耿直，心地善良。他懂文学，喜欢文学，读了很多书，鉴赏力很高，关键是常给我点赞。他认为纪检书记应该是干部的守护神，这与我理解的纪检干部有些不同。

“纪检干部不是专门抓贪官的吗？”

王峻正色道：“不然，更多的责任是保护干部，引导干部往正道上走。”

王峻首先考虑到的是援青干部的身体健康，特意请来身边的中医

左起李世琪、苏建伟、辛茜、王峻、王宏伟在隆宝滩　郭得中摄

王宏伟在玉树州纪委、监委召开的中心组理论学习会上给大家讲了堂专题健康讲座《〈黄帝内经〉养生观》。从中医的历史传承及发展、中医药在本次新型冠状病毒性肺炎疫情的防控中所起到的作用，有理有据地阐释《黄帝内经》这部中华医学经典所蕴含的无尽智慧，以医疗卫生事业和纪检监察工作共同的使命“治病救人”作为切入点，为纪检监察干部讲解医理药理常识，在海拔4200米以上的高寒地区，如何调整保护身体，维护身心健康，解除后顾之忧，全身心投入工作的养生观。接着，他又成立了读书会，以图书为载体，宣扬正能量，在精神上引导和鼓励年轻干部，给大家创造一个相互交流的平台。

来到玉树，王峻的工作和生活发生了一些形式上的变化，这种形式只能用乐观、庄重、从容表现，唯有读到女儿的这篇题为《父亲》的作文时，这位山东汉子的内心才吹进了些许沉重的微风。

女儿的作文是这样写的：

我的父亲，是典型的山东大汉。别人都说父亲聪明、憨厚、朴实，但我总觉得父亲傻。父亲的责任感特强，只要他帮得上别人，就一定尽全力。

在我上小学时，身为英语教师的母亲需要去美国进行一年半的学术交流，但是因为只能去一名家属，而我当时年龄小，母亲不放心让他带我，于是我和母亲就一起出发去美国上学了。和父亲分别了一年的时间，这是我们仨第一次分离这么久。

虽说我们隔了十万八千里，但是我们三个人的心还是紧紧相连的。父亲每天都会和我们视频，一天好几遍，从没间断过。在到了美国七八个月的时候，正值我和母亲假期，于是父亲就请了个长假来看望我们。

父亲的英语特别蹩脚，我和母亲去机场接他的时候路上有些堵车，所以他拿完行李到了接机的地方时，我们还在路上呢。见到父亲时，父亲正站在大厅里，用生硬的英文和一个日本人还是韩国人在那里指着路牌，比画着什么，仿佛在告诉那个人往哪里去。他急得满头大汗，跟那个人反复挥舞着他粗壮的手臂，连比画带说，那个人还是一脸茫然。我和母亲看到了他们，快步走过去一问才知，原来那个亚洲人也是刚到美国，英语也不怎么好，不知道怎么找一个出口，就向父亲问路。但是父亲英语也不好，就有了刚刚他努力比画解释的那一幕。

我母亲给那个人做了解答。我们往停车场走去的时候，我哭笑不得地说他：“你傻不傻呀，直接说我不知道不就完了吗？你那英语水平还给人家指路呢！”父亲回答：“那怎么行，我知道却不告诉人家那多不厚道啊，万一他走错了，这人生地不熟的，该多害怕啊，而且比画比画也能交流哈。”

这就是我的父亲，一个傻乎乎的热心人。

前两个月，他们单位要派人去青海玉树那边工作，让大家报

名。大家没事儿谁愿意出这么远的门啊，一出还要三年时间。我父亲就不一样，他说虽然任务艰苦，但是为了更好地建设国家，怎么能只求自己安逸呢？他既然在其他专业领域不能教书育人、治病救人，那就在自己工作力所能及的范围内，该帮还是要帮的。

我和母亲极其不想让父亲离开，去那么远的地方，我和母亲出国也就是一年半而已，三年这么久的分别，他回来我都上高中了，会错过很多看着我、陪着我的时间。而且那里是高原，他年纪也大了，都奔五十了，且不说他受不受得住可能出现的高原反应，那里天气寒冷，变幻无常，五六月都能下小雪，去了就是受罪啊！但是父亲很固执，他认定要做的事一般很难改变。我和母亲真是又气又无奈。母亲骂他："整天说得你多伟大似的，好像你去了那边靠一己之力能翻天覆地一样。"父亲却乐呵呵地说："没准儿呢，说不定我能干出个大事呢！"他说话的样子还真是傻乎乎的。

我知道父亲不是真的"傻"，他只是总是那么善良地想要为这个世界做些什么。我的父亲就是这样一个憨憨的父亲，他没有那么伟大，但在我心里，他就是最伟大的父亲。

隆宝滩　陶林摄

倾听　辛茜摄

许是孩子的稚嫩之语，许是雨雾中清冷的氤氲之色，触动了几位援青干部内心的柔软。原来在北京丰台区政府工作，现任玉树州文旅局副局长的李世琪，不由想起了自己的姥姥。李世琪的老家在山东日照，他从小在姥姥身边长大，和姥姥感情很深。今年初，正值疫情高峰，姥姥突然去世。为了不打扰他的工作，其实，怕说了也没用，5天之后，李世琪的母亲才给他发了一个微信。闻听噩耗，李世琪悲痛难忍，无法释怀。不仅仅因为姥姥带大了他，老人临终前他理应守在身边尽孝，还因为，姥姥的慈爱，姥姥一生吃苦耐劳、勤勉持家的品质对他产生的影响。姥姥八十多岁了，离开的时候是安详的。可是李世琪多么想守在老人家身边，握着她的手，让她带着孙子浓浓的爱意和眷恋离开这个世界。

雨真的停了，草墩、灌木、山梁湿润润的。沐浴后的野花风姿绰约，鲜嫩绚缦，棕色的鸟儿，叽叽喳喳地欢叫着。王宏伟和苏建伟去山上采蘑菇，露出脚面的小溪蜿蜒曲折、清澈透明，布满了黄色的管状长筒马先蒿。王峻和李世琪在倾心交谈，表情稍显严肃，好像在讨论各自单位的工作。有时，援青干部会遇到一些难题，实施自己的想法，推进项目开展没有他们想象得那么顺利，但他们并不气馁。他们理解，陈旧的思维方式和工作方法转变起来需要过程，只要能够产生潜移默化的影响就是进步，而且同时，他们也在适应当地干部的工作节奏和方式，体会高寒环境下当地干部的那份艰辛与责任。

光线淡了下来，王宏伟和苏建伟捧着他们采集的黄蘑菇回来了。州纪检委的当地干部郭得中架起烤炉，为大家烤了几串香喷喷的黄蘑菇。立刻，雨后野草的气息，飘进了唇齿间，飘向了云天外。

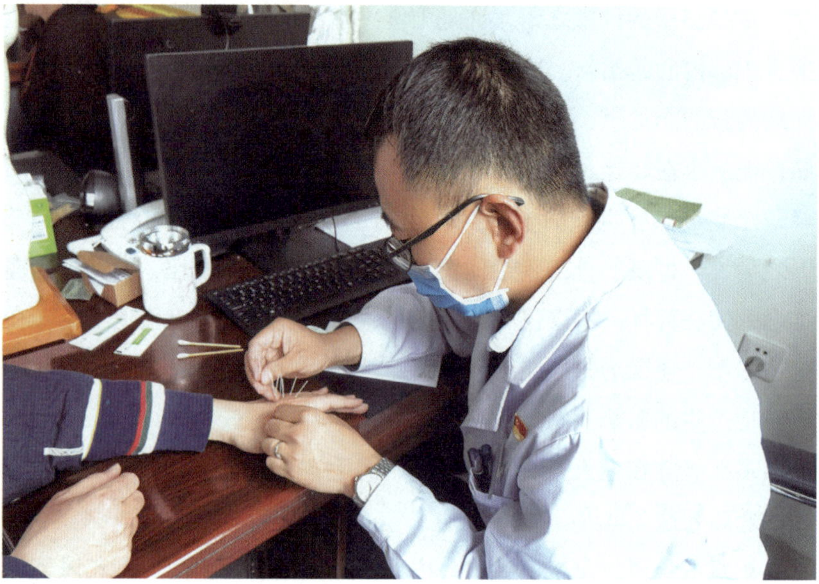

王宏伟在为患者扎针　辛茜摄

第二天，李世琪带我来到玉树州人民医院，准备看望北京来的援青医生。可是从昨天夜里开始，李世琪一直胃痛，我们就先到了王宏伟大夫的门诊室，里面挤满了人，有位身材高大、腿上扎满了针的藏族妇人望着我。

“你得了什么病，扎这么多针。”

“我的病全好了，是北京来的王大夫治好的，今天女儿带我来，让王大夫再扎几针，巩固巩固。”

待看过几个病人，给病人扎上了针，王宏伟才得空给李世琪把脉。“脾胃太虚、消化不良。扎两针，怎么样？要想止疼扎针最快。”

说着话，王宏伟手脚利索地给李世琪扎上了。

可万万没想到，刚一会儿，李世琪突然站立不住，脸色蜡黄，额头上渗出了豆大的汗。我吓得不轻，急忙把他扶到病床上躺下。王宏伟从容冷静:“只是晕针，昨晚没休息好吧，起了针便是。”

王宏伟继续忙着给病人把脉、扎针，我坐在床头，望着虚弱不堪的李世琪，心中十分难受。当我开始关注援青干部，并产生了书写他们的愿望时，发现许多人只知道援藏、援新，却不知道援青，还有一些人对援青干部有些误解。现在，援青干部李世琪就躺在病床上，我的脑子里却空荡荡的，说不出一句合适的话。半个多小时后，他的脸色渐渐好转，有了说话的力气，我的心里才好受了些。

一年多了，来到玉树的王宏伟，已经是玉树草原上远近闻名的神医。从几百千米外赶到州医院的牧民，不管什么病，哪儿不舒服，都要找他。听说“神医”王宏伟即将结束援青任务返回北京，治好了病的患者又陆陆续续来到医院，想让他再看看，就连医院的医生和护士，都把自己的家人带到医院让王宏伟诊治。工作很辛苦，很累，但是一想到马上就要离开玉树了，王宏伟又觉得舍不得，只能拼命看病，多治一个算一个。

刚来时，王宏伟遇到的最大难题是沟通不畅。患者大多是草原上的牧民，一句汉语不会说，也听不懂，查房的时候得带一个年轻大夫。医生和护士大部分也是藏族，给他们交代事情时，听的时候明明白白，答应得好好的，但其实也没怎么听懂。有些病人刚来看病的时候，不愿意吃中药，扎针吧，又担心害怕。所以遇到问题，都得自己解决。没办法，想办法也得解决。

2019年春节前，来了位病人，王宏伟给他推荐了好多种药他都不太愿意，最后非常勉强地带了几副中药回去了。等王宏伟过完春节回来，也不知这个病人怎么知道消息的，一大早就守在他办公室门前，一见到他就兴奋地说，吃了他开的药效果太好了，已经基本上没有症状了，还主动要求针灸。这之后，病人越来越多，每天上午，都有很多病人等在门前找北京的王大夫把脉、开药、针灸。忙得这位王大夫连一口水都喝不上，随后索性连杯子都懒得拿出来了。中午，他回到指挥部，先上楼喝口水，然后洗脸吃饭休息休息。下午2点或2点30分一到医院，他门口又等着一堆人，感觉过得特充实，

北京医疗专家对口玉树一年，对玉树人来说，一年太短。对北京专家来说，从北京出来太久，会因为脱离学习环境、手术做得太少，影响技术水平的提高。可王宏伟不这样认为，他在玉树遇到的奇奇怪怪的病例特别多，都是以前没见过的，等他根据以往经验，冒着风险处理完回到宿舍，查找资料，却又发现，这些奇怪的病，书本上都有记载。

王宏伟很年轻，目前还是新婚燕尔，扔下新婚不久的娇妻来到玉树，就是想为当地老百姓治病，把自己的经验传授给本院医生，不然怎么能对得起妻子，对得起医院领导的信任。一段时间后，他学会了几句藏语，无非是张嘴、搭脉、伸出舌头看舌苔，查房时也不需要人跟着，节省了一个人力，干得挺顺。

有意思的是，每逢他拿起黑色的压杠让病人伸出舌头，病人都会无一例外地摇摇头。

“王大夫，换一个，换一个白白的。”

王宏伟放下黑色的压杠，换成白颜色的，病人才乖乖地伸出舌头，指一指黑色的压杠：“王大夫，黑色的看不清楚。”

如果病人的病情实在不属于他的治疗范围，他会请病人到别的医生那里就诊，病人又会一脸无辜地对王宏伟说：“不，不，是佛爷让我来的，我的病必须在你这里治。”

王宏伟习惯在查房时给科里的年轻大夫讲解病理。有时候讲一遍不行，他就讲两遍，语速快了还直喘。可是，他最大的希望就是把他学到的知识，把这些年攒下来的经验留下来，提高本院大夫的技术水平，给这个医院带来些变化。现在，好多不同科室的人，包括药房、儿科的大夫听说他针灸好，都过来跟他学，他虽然更忙了，可很开心。

有些牧民听说州医院有个北京大夫扎针扎得好，从治多、曲麻莱奔到他这里，可又表述不清病史，家属也没来，他就先给治，哪儿疼扎哪儿，先减轻病人的痛苦。这些牧民极为淳朴，没有过多的话，扎完针只要感觉不痛了，马上就走，留都留不住。像这种情况，他都不收费。这些牧民的家离州上很远很远，来一趟不容易，收什么费呢？

王宏伟很聪明，也很幸运，上高三的时候就有了学中医的念头，高考后选择了上海中医药大学。中医临床七年制，那七年他遇到的老师都特别好、特别耐心，让王宏伟枯燥、艰苦的学习生活充满了暖意，也让他对医生崇高的责任感、对待生命的态度有了正确的认识。不论在北京还是在玉树，能为老百姓治病就是好医生。特别是在玉树，能多治一个病人，就是他对玉树、对玉树人民的贡献。同时，也是对他的回报，对他求得善念的内心世界的极大满足。就像今天，能够来到

归家的牦牛　沈传立摄

隆宝滩这样迷人的地方，坐在草滩上吃饭，被他钟情的野花、野草拥抱也是对他的回报，很多同事还没这个机会呢。

春天，同事丁松医生带着王宏伟和苏建伟一起去他自家的山头挖虫草。苏建伟说话慢条斯理，做事认真，每逢做完一例有特殊问题的CT 检查，都要盯着跟在身边的当地医生写报告，记录不解之处，给他们讲解病变的过程，一遍又一遍，一直到年轻医生彻底搞明白为止。可现在的他却一脸委屈，在地上爬了整整一上午，裤子被露水完全打湿了也没看见一根虫草。

就在他无奈地在草地上爬来爬去时，过来了好几个藏族妇女，冲着他们用藏语大声喊着。王宏伟以为是不让他们在这里挖虫草，就给他们比画着解释。

“我们只是来体验一下，一会儿就走。”

结果双方说了半天才搞明白。她们在山上巡视，看到车上下来了人，正打算询问，其中有位长辫子妇女一眼认出王宏伟就是给她扎过针、治好了她怪病的北京专家，跑过来是要和王宏伟合影留念。她的脸，因为激动涨得通红，笑声朗朗地说，自从给她扎过针后，病再也没犯过。

王宏伟别提有多开心了。长辫子妇女见他根本就不会挖虫草，一根也没挖到，便笑嘻嘻地和他一起在地上爬着寻找。很快，她就发现了一根，用磕磕绊绊的汉语说：“王大夫，你来，你来！”就这样，京城来的大夫王宏伟总算体验到了挖虫草的感觉。

记得那天，平常又忙碌的一天，本院的屠世欢医生接到一个电话，他朋友的右手很痛很痛，无法抑制。屠医生一听，让她赶快来医院就诊，同时，拉着王宏伟一起往急诊室跑。赶到时，见患者被一群人围着，家人正努力控制她的右臂，协助护士在左臂抽血。抽血结束，家人再也无法控制，只能看着她紧紧抓着右臂躺在地上打滚。王宏伟紧走两步仔细一看，患者的右手蜷缩成“握固”状，整个右手和右前臂紫黑肿胀僵硬，嘴里不停地喊着：“快帮我按住。快啊，快啊，有虫子向上爬。痛呀……”问她起因，只说是中午在户外喝了一杯茶，突然间右手食指与中指之间被虫子咬了一下，钻心疼痛。之后感觉有虫爬，从手指间爬向手臂，逐渐发展到右手蜷缩不能伸直，右臂疼痛难忍。每一次感觉到有虫爬，疼痛更剧。

在患者家人的帮助下，王宏伟观察到，患者所说的虫咬处略微高出皮肤，肤色稍红，右手指僵硬到难以掰开。急切中，他初步考虑是否为急性动脉血栓，但超声室已经下班，这从未见过的症状情况，让王宏伟有些束手无策。可眼看着那位妇女疼得在地上打滚，家属难以控制，他怎么能忍心不管，就算不管，也没其他医院送啊。没时间考虑那么多了，他虽然大脑一片空白，也只能硬着头皮上了。

他让家属帮忙将患者抬上诊疗床，强行按住，首先依时辰用灵龟八法应开外关穴，但右手不能配合，故先开双足临泣穴，患者没有明显感觉。再取太冲、公孙、申脉、照海、三阴交、阳陵泉，患者依然无感。再看患者右手“握固”状，考虑到“肝主握、筋会阳陵泉”，且诉起因为户外吹风，痛处如虫咬，症状如虫在皮下爬行，遂刺双百虫窝。但此时的患者，痛苦挣扎中裤子越扯越紧，不能充分暴露大腿，遂断然隔裤针刺百虫窝穴，并在“虫咬处”加以围刺，同时提插捻转强刺激双太冲穴。这时，患者突然说疼痛症状较之前减轻，于是王宏伟坚持强刺激双太冲穴约 10 分钟。患者嗫嚅着虫爬感次数减少，疼痛减轻，右手手指能稍稍伸开。随着提插捻转刺激双百虫窝穴，患者诉再无虫爬感，疼痛更轻，右手展开，于是坚持强刺激太冲、百虫窝穴，并让屠医生配合刺激左侧外关穴。

作为一名医生，治病救人是天职，这是必须要做的事，要承担的责任。但是，在这样一个特殊的时刻，冒险带来的风险也是巨大的。此时，与屠医生结伴回家的儿科医生李连梅也来到急诊科。看到经过针刺的患者症状明显缓解，敬佩地望着王宏伟。可王宏伟不敢放松，考虑还是因为风邪入络，因其症状怪异，疼痛剧烈，不除外中恶可能，待针刺约 1 小时后，予起针，并处祛风和络方，并嘱外购苏合香丸服用。

王宏伟抬起头，擦擦额头上的汗，本以为治疗结束，谁料刚刚起针 1 分钟，患者右手“虫咬处”逐渐隆起，并且沿皮下向旁边转移。立时，患者再次疼痛发作，右手僵直。李连梅医生看到后，说:“皮下移行肿块，多见于牧区儿童，考虑蝇蛆病。”听李医生如此判断，再问患者去年夏天是否有蚊虫叮咬史，且眼见患者皮下可见移行肿块，王宏伟遂予针刺百虫窝、外关、内关穴防止虫上行。同时，对皮下肿块强行围刺。其中两次，闻听针下发出恐怖声响，患者疼痛感顿随响声停止，再与针柄裹艾绒施以温针灸法杀虫，40 多分钟后，患者右手再无痛感，遂起针。

起针 2 分钟后，患者右手拇指根处再现一处移行肿块，遂再针百虫窝、外关、内关穴防止虫上行，围刺右手大拇指根部，其中一针，患者感到又中一虫，其痛立止，再予温针灸法杀虫。再次治疗 40 分钟后，起针观察10分钟，眼看患者再无皮下移行肿块，右手也再无痛感，皮肤颜色恢复正常，活动自如，遂结束整个治疗。如此，从下午6点下班到晚上9点多，王宏伟用温针灸法杀虫治疗，共耗时约3小时，用针80余根。

之后，患者血常规回报无异常，结合皮下移行肿块，再加蚊虫叮咬史，考虑蝇蛆病可能性大。而此时，患者家人才完全反应过来，不免惊讶万分，不停地弯腰鞠躬以表谢意。

本次治疗，起初毫无头绪，好在治疗中逐渐发现线索，施治成功。如果患者真的是蝇蛆病，那么此次针灸治疗成功，也算是针灸杀虫的一次大胆实践吧，对医学应该有所借鉴。后经王宏伟查阅，确有蝇蛆病记载，症状和这位妇女的完全相同。

对一名医生来说，这是一次罕见的经历。在玉树，面对前所未有的挑战，从未见过的奇怪病症，那种被患者强烈需要、渴求的感觉，成了王宏伟最大的快乐，其实人最大的价值不就是被别人需要吗?

草原辽阔、天地宽广的玉树，是一个很大很大的地方，等于两个半浙江省；白雪飘舞、歌声荡漾的玉树又是一个很小很小的地方，只有40多万人口。王宏伟对我说，来自北京的医疗专家，每个人都有家庭，每个人都不是一个单独的个体。作为一个大夫，有工作属性，也有生活属性，下班了也得回归家庭。但是，既然来到了玉树，就得好好干活，给病人看病治病。身边的年轻大夫都非常可爱，带教时，看到他们学会扎针了，学会诊断和处理一些疑难杂症了，看到他们开心的笑颜，觉得此生来玉树来得很值。

因为缺氧，指挥部所有的人都睡不着。饭菜简单点，条件差点都无所谓，但睡不着觉可太折磨人了。微信群里夜里1点有人发个消息有人回，2点也有人回，3点还有人回，倒是永远不会寂寞。

吃思诺思最多的刘翠翠

吃过晚饭，斜阳挂在天上，满目生辉，刘翠翠领着我走进她的小房间。沙发上堆着厚厚的衣物，电视柜上放满了药。她为我挪了挪东西，泡了一杯茶，我们俩面对面坐好开始聊天。

2019年7月，北京市丰台中西医结合医院迎来首次援派青海的任务，新婚一年的刘翠翠来到了遥远的青海高原，来到了含氧量最丰富时也不足平原60%的玉树，担任州人民医院功能科副主任。大学期间，刘翠翠曾经梦想过有一天能去保卫边疆。如今，梦想终于实现，她的内心竟萌发出多年不曾出现的豪情壮志，到玉树后要传授知识、传递理念，更要为当地百姓服务。

然而，现实并没有她想象的那么浪漫。强烈的高原反应使她无法入睡，整日的胸闷、头胀使她浑身无力。她只能慢慢走，绝对不能跑，一走快、一上楼、一上坡，心脏就会狂跳，就会气喘吁吁、头晕头疼。寒冷、缺氧、干燥的气候条件，让她觉得一年时间是这样的漫长，也让她体会到了玉树人民生活的艰辛。

她成了玉树援青指挥部吃思诺思最多的人。有时候，刚吃了药躺下，酝酿着睡意，接到急诊电话又得自己打车去医院。回来后，睡意全无，又怕苦熬到天明之后，头脑不够清醒影响工作质量，只好再吃

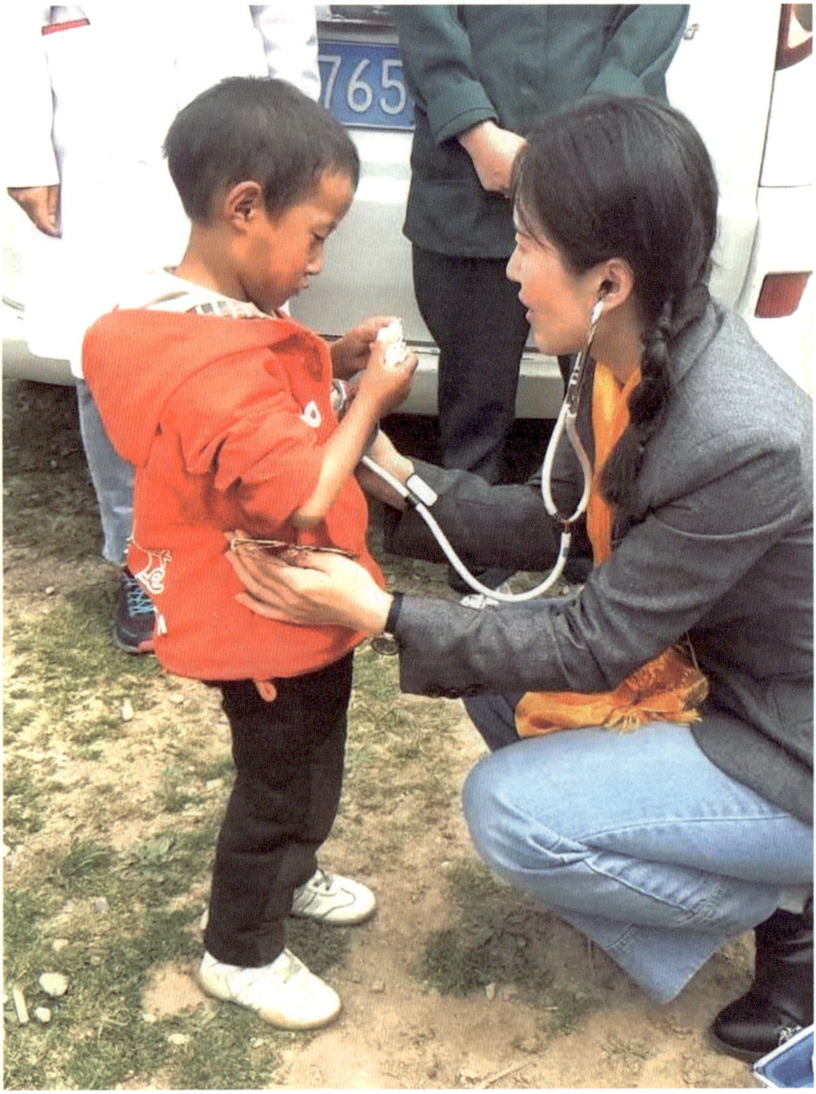

刘翠翠在为孩子检查

一片。指挥部离医院有一段距离，黑漆漆的天，黑漆漆的路，娇小文弱的刘翠翠心里挺害怕，可是病人在急诊室躺着，她只能大着胆子去。刘翠翠天生怕冷，最热的七八月份，晚上出门还得穿上厚厚的羽绒服。但是，她坚持着。她没有别的想法，就是想在援青期间认真工作，尽自己一份责任，把自己全部的激情、智慧与力量倾洒在这片古老的土地上；就是想尽自己所能改变玉树落后的医疗条件，改善当地人民的就医质量，解除更多人的病痛，可一年时间又是这样的短暂，转瞬即逝。

“援青一年，最让你揪心的是什么呢？”

看着刘翠翠娇美的面容，我感到了她心里深藏的无法治愈的哀伤。

“唉，作为一名超声科的主治医师，我最心疼的是这里的女人。”

她叹了口气：“每当我的眼光停留在患者身上，特别是那些没有条件做产前检查的孕妇；那些年轻貌美、未成婚的女孩子因患结核病渐渐衰弱的身体；那些因先天性心脏病、多年不愈的肝包虫失去生活勇气的牧民，我的心里就会涌起难以言说的阵阵悲伤。”没有别的好办法，有些病得上了，错过了治疗期，一点儿办法也没有。那一刻，刘翠翠完全忘记了结核病特殊的传染性，忘记了自己过于敏感的体质。不论在医院，还是下牧区巡诊，她都会毫无顾忌地，大着嗓门，又比又画地向听不懂汉语的牧民询问。有很多次，经过检查后才发现与她面对面说话的人就是一个结核病人。作为医生，最重要的防护是口罩，但她戴口罩是过敏的，除非必须，她一般都不戴口罩，直接给病人做检查，即使在疫情很严重的三四月份也是如此。然而，面对种种有可能发生的危险，她从不回避，从不畏惧，她也没有别的办法，她怎么能忍心看着他们得了病不知情，病了又得不到治疗。

有一次，一位从杂多县赶来的孕妇生命垂危。检查后，发现婴儿已经从孕妇破裂的子宫进入腹腔死亡。刘翠翠心如刀绞，不敢想象这位孕妇经受着怎样剧烈的疼痛，又是怎样忍耐到现在。她只能一遍又一遍地告诉孕妇产前检查的重要，一遍又一遍地叮嘱她们的丈夫一定要疼爱自己的妻子，不要让她们年老体弱时受尽苦痛。

除了每天的日常工作，她和援友们一起为玉树州治多县和曲麻莱县医院送医赠药，为当地武警支队义诊，共建军民鱼水情。义诊中，她苦苦劝告那些不相信先天性心脏病患儿必须接受手术治疗的患儿父母，让他们把孩子尽早送到医院，勉励自己，不管多危险，不管多艰难，能救一命是一命。

她和州人民医院功能科主任尼向一起完善科室制度、缩短患者就医检查的程序；调整超声诊断模式，争取一切时间带着大家学习新技术；整理《超声科笔记》，将自己多年总结的经验毫无保留地传授给她们；诚恳地要求年轻医生大胆操作、精准判断，以一颗医者的仁爱之心关爱患者，换位思考，体会患者的疾苦。

一天又一天过去了，她迎来了玉树人渴望的绿茵缠绕的春天和漫天彩霞、野花遍地的夏天。每当一个又一个患者做完超声检查来不及穿好衣服，便双手合十地对她说“扎西德勒”，她的心里就会由衷地升起一种自豪之情。可每当一位因错过治疗期无法治愈的患者，默默地穿衣，无声无息地走出超声科的大门，刘翠翠的心都快要碎了。她非常清楚，这里还有很多很多困难亟待解决，还有很多很多学科领域没有展开，同城市里为一点点事就要与医生相争、纠缠不清的人相比，草原上的牧人，太令人心痛。

刘翠翠文文静静地诉说着，她很安静，甚至有些内向，不善言辞、朴实无华。但是，听援青干部朱应延介绍，只要走进超声科开始一天的工作，刘翠翠就好像变了一个人，风风火火、干脆利落。她只是千千万万普通超声医生中的一员，但不可或缺，特别在高原上的玉树显得尤为重要。她那关注的目光、探头下的身影，以另一种方式记录生命的动人旋律，是无数无私奉献的医生对医生这个崇高职业的最好诠释。

2020 年 5 月，刘翠翠荣获 2019 年玉树州“巾帼建功标兵”荣誉称号。当晚，她在日记中深情地写道：“我始终觉得自己代表的不仅是个人，作为一名共产党员，我背后所呈现的是丰台区中西医的形象，是北京的形象，甚至是党和国家的战略、国家的形象。这份责任不断鞭策着我继续学习和努力，让患者得到最有效的治疗，造福更多患者初心。

路还要继续走，脚下的路还很长，不论走到哪里，我都会做一名称职负责任的超声科医生！”

都是我们的孩子

2020 年 5 月 10 日下午 6 点 10 分，当东航 MU2218 的客机冲破厚厚的云层降落在巴塘机场，已经二次返回机场迎接的北京援青干部、州卫健委副主任黄平和第四批北京援青医疗专家领队、玉树州人民医院院长郭勇，北京援青干部、玉树市委组织部副部长朱应延的心也跟着落了地。3个小时前，他们到达机场准备接机。可是，这架从成都飞玉树本该在下午3点10分降落的飞机，因云层厚、气流超强等天气原因无法降落，被迫掉头返回西宁。飞机上乘坐着中华民族团结进步协会医药卫生发展委员会秘书长张绍国、清华大学第一附属医院心外科主任李洪银教授、影像学专家唐秀杰博士、爱心人士张吉顺先生一行四人的医疗团队，他们专为玉树先心病儿童救治活动而来，这是北京新冠肺炎疫情防控级别调整以后，第一支逆行高原的医疗专家组。

张绍国秘书长是个急性子，飞机在西宁一落地，就给朱应延打来电话："朱啊，你赶紧帮我看看今天西宁还有没有飞玉树的飞机，今天必须飞过去，不能耽误明天的活动。"朱部长心中苦笑，这个问题航空公司说了不算，得看老天爷的脸色。玉树的天气就是这样，一天四季不说，特别到下午，刚才还风和日丽，转眼就风云突变开始下雪，内地人已经穿短袖了，玉树人还穿着厚厚的羽绒服。

北京自4月30日零时起重大突发公共卫生事件应急响应由一级降为二级的消息，通过微信、短信、电话的形式纷至沓来。北京的亲朋好友、领导同事，表达的是同一个意思："兄弟回来吧，不用隔离了。""猪哥，回来吧，可以喝酒了。""爸爸，可以回家了，我要爸爸。"因缺氧和睡眠不足反应迟钝、无精打采的朱应延顿时心潮澎湃。上高原一个多月了，这是玉树全年最缺氧的时候，睡觉成了他最大的问题，去年半年一直吃思诺思能睡五六个小时，这个月吃药只能睡两三个小时。漫漫长夜，仰望星空，他睡着的时候梦见女儿，睡不着的时候翻看女儿的照片和视频，想得最多的就是女儿、儿子。到了高原他才知道，夜晚不一定是用来睡觉的，更多的时候是用来失眠的，能睡个好觉是一种很奢侈的事情。五千里外的北京，不论繁华，重在氧气充足。五一假期适逢“解禁”，回京好好补补觉，是多么好的理由。但同时秘书长张绍国也发来了微信：“兄弟，北京解禁了，我们希望组织专家尽快去玉树筛查……”

这是年前他们谋划了很长时间，针对玉树先天性心脏病儿童的免费手术项目，因新冠肺炎疫情一推再推。如今，漫长的冬天过去了，疫情得到了控制，终于可以成行，朱应延激动的心慢慢平静下来。

去年冬天，朱应延代表企业到一个特别远的深山里下乡，给孩子送捐赠的校服。有一个男孩叫扎西，长得帅帅的。当时朱应延问他叫什么名字，他腼腆地扭过头没说话。等他们开车要走的时候，他却追着车跑，还哭了。当时，朱应延眼里也涌满了热乎乎的眼泪，孩子再小也懂得感情啊。还有一次下乡，因为路滑，他们追尾了一辆藏族老乡的车。朱应延下车查看情况，主动提出赔偿。藏族老乡也下了车，用藏语问他们是哪里的。司机告诉他，是北京来的援青干部。藏族老乡嘴里嘟囔了好几句话，摇摇手上车走了。司机告诉朱应延，他说北京人是玉树的亲人，来援助也不容易，就这样算了。又有一次，朱应延下乡走访玉树市下拉秀乡的一所学校，发现一个面黄肌瘦的孩子，偷偷看着他。老师说，这个孩子有先天性心脏病，上不了体育课。还有一位漂亮的藏族少年更松西然，清秀文静，目光柔和，脸上总带着害羞的笑容，虽没有杵状的手指，嘴唇也并不青紫，但病症已露出端倪。13 岁正是活泼好动的年龄，可更松西然显然过于安静，不太喜欢运动，相比其他孩子，也更容易患上感冒。直到去年学校体检时，他

朱应延在反复叮嘱孩子的家长

的病才被发现，即使这样，全家人仍觉得意外。

在玉树，先性病发病率可达千分之十七，对孩子的发育，甚至对寿命都有影响，但孩子无法在当地手术，他们的生命变得非常脆弱。即使活到了成年，他们也不能结婚生子，特别是得了病的女孩儿，不知什么时候便会暴发。

金巴然吉家住在玉树市下拉秀乡，父母早年辛苦劳作，不到 50 岁就失去了劳动能力。如今，父母和 6 个弟弟的生活、学习，全靠金巴然吉跑出租每月四五千元的收入支撑，给弟弟更松西然治病，家里确实难以承担。朱应延是两个孩子的父亲，看到生病的孩子非常心疼。“把他们带到北京去治病！”成了他最大的心事。

这样的孩子有多少？玉树市教育局局长给他拉出了51人的名单。他向自己的原单位北京市密云区委组织部做了汇报，寻找救治政策和医疗资源，自己则联系北京市密云区企业捐款。不久，北京市密云区统战部门提供了一个线索，中华民族团结进步协会医药卫生发展工作委员会正好有免费救治先心病儿童的政策项目。又得知，项目救助的是云贵川偏远山区的儿童，专家们从没有上过青海高原，而此时正值大雪封山且缺氧的12月。双方约定，来年一开春，医疗专家就到玉树进行筛查。

当他告诉女儿，爸爸不能回去的时候，视频那头，女儿哇哇地哭了。中午，孩子的奶奶说女儿摔了一跤，脑袋直接拍到了地上，中午饭没吃，就上床睡觉了，心疼得他当时就掉泪了。多想飞回去，抱抱她，摸摸她的头问她还疼不疼。可这时，为了更多的小朋友，只能对不起女儿，委屈女儿了。

先心病患者基本分布在中小学、幼儿园，26.7万平方千米的玉树，有上百所学校，上千个镇村教学点，在短时间内紧急通知疑似患者参加筛查活动实属不易。可专家们在两天时间内，硬是克服高原反应，连续作战，筛查出疑似先心病儿童206人，确诊符合手术条件的患儿39人，并做出决定，两个月内，由中华民族团结进步协会医药卫生发展委员会分批组织孩子，前往清华大学第一附属医院免费手术治疗。

就在这时，秘书长张绍国接到电话，96岁的母亲突发心梗、脑梗，心率降到30，血压降到极低值，生命垂危，临时心脏起搏器、插管全上了，就等着他回去。临上飞机前，他哽咽着对大家说，希望回去还能看到“热乎乎”的妈。在场的人无不为之动容。

很快，金巴然吉得到学校的通知，弟弟可以免费到北京治疗了。接着，更松西然、江文才仁，下拉秀20个病弱孩子的家长都得到了通知。

2020年8月1日，由北京援青玉树指挥部统一协调，中华民族团结进步协会医药卫生发展委员会与清华大学第一附属医院的积极沟通，慈善机构和爱心人士大力支持，第一批接受治疗的20名先心病患儿在家长和随行医护人员的陪伴下，顺利到达清华大学第一附属医院。医院心脏外科医护人员与放射影像科、检验科、超声室、心电图室、临床营养科等科室和各部门密切配合，为先心病患儿开设了一条感人肺腑的绿色通道——从派出专业医务人员接站，到井然有序安排检查，从解决患儿及家属的第一餐，到快速核酸筛查完毕安排患儿进入病房，每一个细节都为确保患儿顺利治疗做好了前期准备。朱应延副部长还带着他9岁的儿子从密云区赶到医院，为玉树的小朋友们加油打气，在送给孩子们每人一本的书上写上了祝福语：希望你像孙悟空一样勇敢，祝你早日康复……密云区爱心企业香喷喷餐饮集团公司执行总裁、党支部书记王守宇，为孩子们带来了路费和精心装扮的图书；密云区爱心企业北京质诚捷讯水利工程有限公司总经理贾迺祎为孩子们带来了路费和亲切的问候。

清华大学第一附属医院心外科主任李洪银说，此次来京的20个孩子患的是基本先天性心脏病，包括房间隔缺损、室间隔缺损、动脉导管未闭三种情况。在出现重度肺高压之前，患儿自身可能没有呼吸困难等感觉，但如果缺损过大，活动耐量会下降。同时，心房之间或者心室之间存在的缺损，会造成血液左向右分流，这种长时间的分流会影响孩子生长发育，而且还会特别容易出汗、上呼吸道感染，稍不注意就会得感冒。

“这次来得很及时。”随队医生及翻译、玉树州人民医院儿科大夫吉安非常感慨，跟随孩子来京的家长绝大部分是牧民，不会汉语。手术后才知有的孩子差点就错过了最佳治疗期，真是万幸啊。正常情况下，一个孩子的手术费少则 2 万元，多则 8 万元。吉安坦言，这次来京的孩子家里大多困难，能免费治疗，真是为他们的家庭卸下了一个

手术后的孩子们表达着他们的感激之情

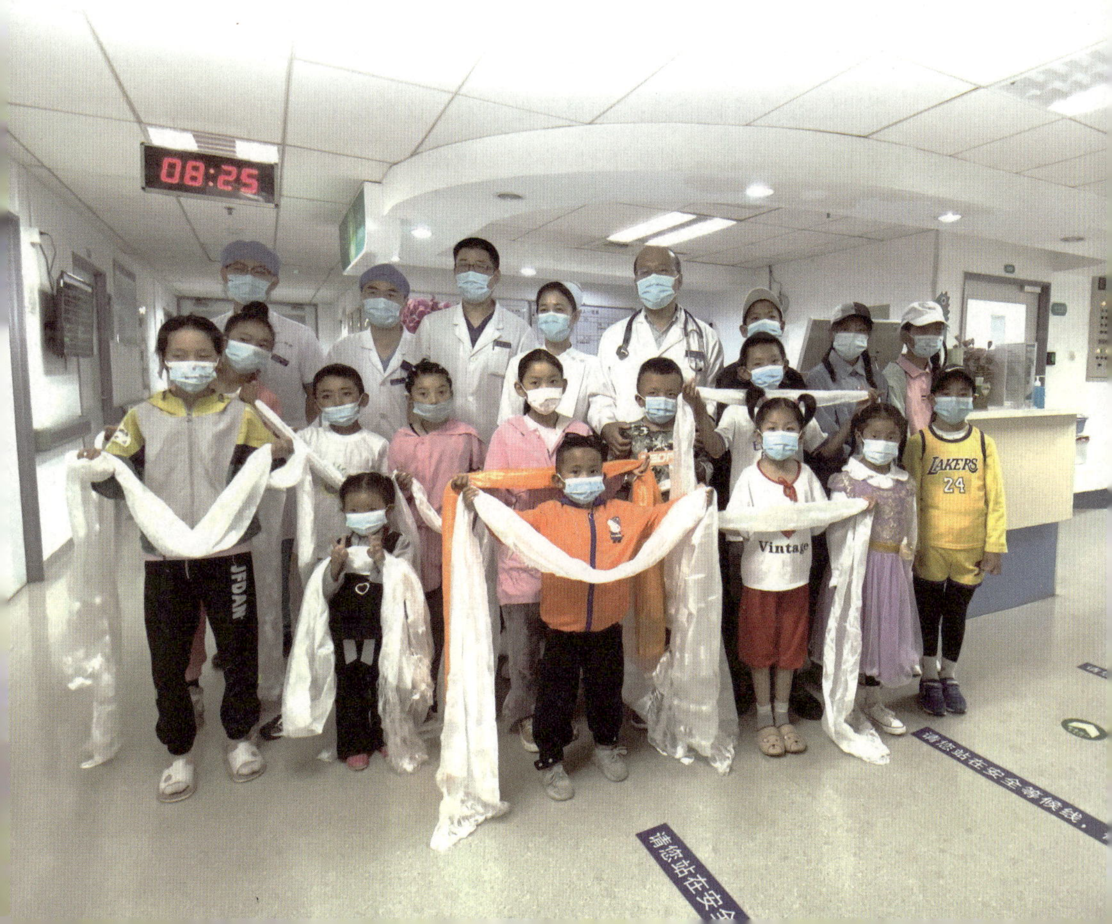

重担。

5月，李洪银教授在玉树筛查时，检查出江文才仁的肺动脉第二音特别响，脉搏氧饱和度只有84%～86%，这种情况往往做不了手术。但是，他考虑到普通人上了高原，脉搏氧饱和度也只有80%，觉得到了平原地区，可能还有手术机会。果然，来到北京后，通过吸氧、调整，江文才仁的肺动脉第二音减轻，脉搏氧饱和度达到了95%以上。李洪银教授满怀信心，没给孩子做有创检查，仅通过超声、胸片、查体便做出判断，可以手术。事实证明，李洪银教授判断正确，术后，江文才仁恢复得很好。8岁的江文才仁不爱说话，但有双会说话的眼睛，大而明亮。护士说，孩子刚来时弱弱的没力气，现在眼见着比以前活泼爱动了。

“改变他命运的是这次北京之行啊！”

李洪银教授感慨地说：“如果不做手术，这个孩子在平原地区有可能再活10年，在高原则活不到10年。此次手术祛除了病根，今后，他的寿命将和其他孩子一样。”

更松西然患的是对位不良型的室间隔缺损，为避免手术后发生并发症左室流出道梗阻，手术修补时要做特殊处理，手术难度也相应增加。他的父母很担心，一直在和朱应延通电话。但手术前，他的哥哥金巴然吉已经不再害怕，看着一起来的孩子们个个手术顺利，术后都很健康，他相信北京医生。4月10日，更松西然的手术果然非常顺利，当晚8点他逐渐清醒，脱离了呼吸机，12日回到了病房。

“扶贫路上一个都不能少”，真不是一件简单的事。为了发掘北京资源办好玉树事情，让更多的先心病患者享受到首都北京的优质医疗服务，朱应延费尽心思，健康边疆行儿童先心病义诊筛查活动组委会也将在北京援青指挥部协调下，连续三年不定期协调邀请北京的心脏外科专家和B超检验专家到玉树开展儿童先心病义诊筛查活动，所有符合手术条件的患儿都将在慈善组织和爱心人士的支持下到北京接受免费手术，最终实现玉树州儿童先心病“清零”目标，让玉树的孩子们带着一颗健康的心脏回到家乡，迎接崭新的生活。

18日，20名孩子已经全部手术成功，安全返回玉树。玉树人民知道，是北京派来的援青干部把孩子们带到了北京，是北京的医生为孩子们治好了病。北京是首都，党和国家心里有他们。

天边的索加

来玉树一年多了，郭勇一直想去趟索加。身边的朋友又总是这样劝他：“索加太远，太远，别去啦！”

原来，索加是纯牧业乡，在玉树州治多县最偏远的地方。距离玉树州500千米，距离治多县城加吉博洛镇还有270千米。平均海拔4680米以上，气候恶劣、条件艰苦，被人们称为“天边的索加”。

2020年9月，大野无际，绿草渐黄，治多县藏医院院长多加陪着郭勇实现了他去索加乡的心愿。索加乡藏医院远近闻名，有扎扬藏药流派和索加乡安康藏药流派两个传承体系，多加院长是扎扬藏药流派传承人，藏医药功底深厚。此次索加之行，郭勇有两个心愿，一是想了解偏远乡镇医药卫生的现状，二是想探究索加乡安康藏药流派的传承。

郭勇院长　周向鹏摄

沿着省道308线从结古镇到治多县扎河乡一路顺利，去索加乡的路基本是砂石路，坎坷难行。但一路上，有通天河相伴，冰川、湿地、沼泽、草甸、雪山一览无余。成群的藏野驴在莫曲河谷滩地漫步，机敏的藏羚羊在索加草原上驻足观望。以前，野牦牛很少，见人就跑。现在，成群的野牦牛在山坡上吃草，见人不害怕，还会跑到牧民的家畜群里，赶也赶不走。索加乡属三江源保护区可可西里园区，是藏羚羊、雪豹、猞猁、藏野驴、盘羊、黄羊、白唇鹿、棕熊及黑颈鹤等多种动物栖息生活之地，也是雪莲花、野生菌、蕨麻、藏红花、冬虫夏草等名贵药材生长的地方。索加乡非常重视野生动物的保护，建有君曲村藏野驴保护区、当曲村巴斯公卡藏羚羊保护区、格西措尺鸟类湿地保护区、莫曲村野牦牛保护区、牙曲村雪豹重点保护区、勒日措嘉湿地保护区，境内有座索加山，藏语意为“灰色的桶”，索加乡由此得名。生活在索加乡的牧民，世世代代在唐古拉山以北、通天河以南驻牧，过着艰难的游牧生活。

经过索加乡君曲村，多加院长建议，既然到了长江支流君曲河边，应该到“切果阿米涌”看看。切果阿米涌是“母亲泉”的意思，泉水奔涌不止，源源不断地流向附近的草场。天旱的时候，周围泉水干涸，只有切果阿米涌仍然像无私的母亲一样敞开胸怀灌溉着大地。站在海拔 4500 米的切果阿米涌身边眺望，天空无邪，圣洁高远，令郭勇内心波涛汹涌。

索加乡地处长江之源，遍地都是藏药常用药材。泉眼旁边浓密的藏茵陈是菊科蒿属多年生草本药物，生于青藏高原树下、灌丛、草甸、山沟等地，是青藏高原特有的药用植物，特别是幼嫩藏茵陈含有芳香油、桉叶醇、樟脑、龙脑等成分，味辛苦，性微寒，清热祛湿、护肝利胆。而且正因为索加乡气候恶劣，藏茵陈在严寒、冰冻、冰雹、暴雪、风沙、干旱、紫外线强烈的自然环境中依然蓬勃生长，故而品质极佳。

又走了一段土路，总算到了索加乡卫生院，穿着长袍藏服的院长索南更青早已在院门口等候。索南更青的名字在这片草原上家喻户晓，他是长江源头牧民群众的健康守护人，就连西藏自治区也有很多人崇拜他。

索加乡有 4 个村，4 个村各有莫曲、牙曲、当曲、君曲 4 条河，各村以河流为村名。附近方圆 10 多千米，常住牧民不到 300 人，绝大部分牧民住在距离卫生院几十乃至几百千米外的地方，卫生院的医护人员带着医疗器械、药品，跋山涉水，常年为牧民群众体检，建立健康档案，提供基本公共卫生服务。

院长索南更青是家传13代的藏医世家，年幼时，跟随父亲四处行医。15岁起，他便接过父亲留下的药箱，在“天边索加”巡诊。一人、一马、一部对讲机，游走于偏远的青南牧区，足迹遍布治多县、杂多县及安多县，用双脚踩出了一条离天最近的天路。

每当他翻山越岭，奔走各帐，望闻问切于僻壤穷乡，牧人都亲切地称他为“拉给”，藏语意为“老大夫”。他行医所到之处，牧帐中翘首远望的人们，像扁穗草围满了帐篷。对穷苦牧民，他送医赠药，分文不取，美好的口碑人尽皆知，最终被治多县卫生部门聘请为索加乡卫生院院长，由此开设了藏医特色专科。索南更青为人谦虚，善于学习，先后在玉树州卫校、海南州卫校、西藏藏医院进修深造，中年时，已经成为人人敬仰的藏医名师，更是治多地区“安康”“达拉”两大医学世家的传承人。经他炮制加工的藏药达60多种，经他搜集、整理的“安康”历代名医祖传藏药方剂达13种。他开创性地将水银和硫黄混合炼制藏药的传统药引，被文化部评为第三批国家级非物质文化遗产项目——藏医药“阿如拉炮制技艺”代表性传承人。

“天路之上，路难行，行医更难。大道通天，医道艰，藏医者凌然。”是索加人对藏医索南更青的评价，也是让郭勇这位来自北京的医疗专家心中为之震撼，苦苦寻觅、苦苦追求的医者之道。

在索加乡卫生院藏医制剂室，郭勇看到了索南更青找来的很多矿石。藏药的独特之处在于很大程度上采用了矿物作为药物原料，如金、银、铜、铁、锡、玛瑙、绿松石等。当然，这并非简单地直接放入，而是经过藏药严格的炮制工艺把金属矿物转化成元素后的介入。藏医认为，藏药疗效的良好与珍贵的金属、宝石关系密切。用珊瑚、猫眼石等珍贵宝石入药，一直都被藏医学界视为藏药的精髓和灵魂。

天还亮着，索南更青带着郭勇来到尕热曲岗峡谷拾取藏药。河床很浅，沉淀的泥沙石伸手可触。索南更青说，就连这里的泥沙石都可以作为外用藏药治疗关节炎。郭勇用手摸摸，抬起头，峡谷深远，似乎没有尽头。索南更青的藏医生涯就像天边的彩云，映红了半边天。

晚上，住在索加乡卫生院的郭勇睡不着觉，只能静静地躺在床上等着天亮，他想起在乡村调研时写的一首词：

> 山高路远天寒，缺水断电少暖，村医瘦马无怨。云开云卷，谁解其中艰难。

清晨起来，天边索加波澜壮阔，有着令人心神不宁的伟岸与苍劲。无论多么艰苦，大自然依然富有生机，牧羊人依然高歌，依然快乐。

神山普措达赞

从索加乡回到结古镇已是深夜，秋风渐劲，黄叶在风中抖动，郭勇突然想起一件事。初来玉树，郭勇建议援友们先不要爬山，一方面考虑尽量减少高原反应，另一方面毕竟还有时间。可一入冬，医疗队员们一个个偷偷地爬上了普措达赞山。他知道后，一边批评他们私自外出，一边暗自后悔，没有找机会和大家相约去普措达赞山。

几天后，适逢重阳，郭勇约了援友周向鹏、李世琪、郝烨、杨超和当地干部葛玉生，准备好了牛奶、手杖、丹参滴丸，去爬普措达赞山。

普措达赞是玉树市结古镇北面的一座高山，受当地藏族群众崇拜，常有人前去煨桑、撒风马、挂经幡。传说中，普措达赞山是外乡人的神山，外乡人来到玉树，一定要到普措达赞山祭拜才有好运。外出时，要祭拜神山，外出回来后，也要向普措达赞神山报一声平安。

驱车来到普措达赞神山下，万籁俱静，只有山顶上的五色经幡在风中猎猎飞舞。从山间小道上山，刚走几步就感觉呼吸急促，胸口像压了一块大石。郭勇和周向鹏跑过马拉松，体力好，走在队伍前面。体重 220 斤的郝烨一开始跟得上，后来，越走越慢。回头找时，一米八二的个头，变成了小数点。

周向鹏是北京门头沟对口玉树的援青干部，来玉树前在工商管理部门工作，现在玉树州发改委任职，兼项目部副部长，负责“十四五”规划。他五官端正，肤色白净，性格开朗，是标准的帅哥。李世琪个头比他还高，身体有些单薄，能登上山顶实属不易。

和周向鹏相遇纯属巧遇，大垚青稞有限公司在结古镇开了一家青稞产品体验店，我被邀请参加揭牌仪式。在我贪婪地品尝黑青稞加工的曲奇饼干时，闻听一口京腔，凑过去一问，果然是位援青干部。

于是，我们边吃边聊，倒也爽快。刚来时，周向鹏感到压力很大，对玉树，对当地藏族群众很陌生，不知该怎么相处，是指挥长袁浩宗的一番话，让他对玉树有了初步认识。渐渐地，在与当地藏族干部的交流中，周向鹏不但入乡随俗，学会了吃酥油、炒面，还学会了选一分瘦、二分肥的开锅肉，拿小藏刀割着吃。不过，第一次下乡，周向鹏竟然把贴在墙上的牛粪饼当成了普洱茶，差点拿回去泡茶喝。

一天晚上，停电了，他的手机充不上电，就去了附近的小卖部，等充满了，小卖部的人一分钱也不要，说时间短不能要。

又有一次，他坐公交车，上车了才发现自己没带零钱，手机又连不上网，旁边一康巴汉子随手就给他刷了。

还有一次，下乡调研途中，车陷进淤泥里，他和司机费了半天劲也没弄出来。一位骑着摩托的藏族兄弟路过，停下车一声不吭地帮忙把车挖出来，还带他们去了他家，端出风干肉给他们吃。

那可是一眼望不到边的大草原啊，一个人都没有，要不是那位兄弟鼎力相助，不知会遇上什么麻烦。

他们一边缓缓地往上走，一边慢慢地聊。山上无人，只有几只旱獭轻松地跑在前面，还不时地停下脚步，回头张望。为了保持体力，他们不敢快走，只能用一双眼睛追逐着这几只小动物欢快的身影。不一会儿，乌云过来了，先是下雨，后是米粒般的冰雹，打在帽子上的声音噼噼啪啪，像煨桑时燃烧的柏树枝。葛玉生说，在神山上碰到雨和冰雹是非常吉祥的事。穿着冲锋衣，冻得瑟瑟发抖的几个人立刻露出了笑容。突然间，山顶上出现了两个黑影。郭勇心里一惊，难道是熊。这几年，玉树生态环境恢复，附近常有熊吃人的事情发生。就在他们几个商量如何与熊搏斗的时候，黑影慢慢腾腾地来到了他们面前，原来是两头黑色的牦牛。虚惊一场啊！

群山不语 葛建中摄

有人说“世界牦牛看青海，青海牦牛看玉树”，但是，玉树人民长期形成的生活习惯和传统观念，制约了牦牛经济的发展，能够带动玉树人民脱贫不返贫的是持续健康发展的黑青稞、蕨麻等农牧产品，玉树文化旅游产业的开发还有待提高。李世琪是管旅游文化的，对此感受最深。

这几年，玉树的幸福主要体现于十年来，国家投入大量资金，对于玉树在民生、教育、医疗、公共设施的保障上。可今年是脱贫攻坚、决胜小康的关键一年，关系到当地藏族群众的生活品质、理念转变、产业扶贫、持续发展，援青任务繁重，困难重重。

本地干部葛玉生，手提一箱沉重的风马一直走在队伍前面。看到大家嘴唇青紫，郭勇让每人含了一颗丹参滴丸。见杨超脸色苍白，郭勇担心他身体吃不消。杨超却哈哈一笑，告诉大家他抹了厚厚的防晒霜。原来是“防晒涂的蜡”，大家开心地大笑。

山顶风更大，五彩经幡飘向蓝天，好似要摘下几朵云彩。远眺玉树新城，扎曲河吟唱着穿城而过，街道上车水马龙、生机盎然，如凤凰展翅，如鸟儿飞翔。郭勇有些激动，情不自禁地跳起了伊舞。来到玉树后不久，郭勇就学会了跳舞，红色的冲锋衣与山顶的经幡一起向着蓝天舞动，仿佛一道道彩虹。

离家三年，对每位援青人来说不算短，孩子升初中、高中，妻子一人照顾孩子，有的还得照顾老人。在家里等着他们的父母，待他们回去时，也该奔七八十了。可是，对于一个地区来说，也就是发展过程中一个很小很小的环节。周向鹏是一个内心有阳光、眼里总能看到阳光的人，郭勇、李世琪、郝烨、杨超含蓄一些，但也一样。短短一年时间，他们已经喜欢上了玉树，爱上了玉树。玉树人的热情友好打动着他们，也激励着他们尽自己最大的力量为玉树人民服务。从 2010 年对口援助玉树，十年间，北京有四批援青干部人才，投身于玉树各项事业，玉树一市五县脱贫致富倾注了他们的心血，“艰苦不怕吃苦，缺氧不缺精神”的援青精神，一直鞭策着他们，成了他们一辈子的精神财富。

站在神山顶上，郭勇心怀感恩，是玉树给了他学习舞蹈的机会，让他在感受高原美景时能用舞姿表达感情；是玉树，给了他在雪域高原锻炼的机会，让他在 3918 米高地，普措达赞神山吟诗起舞，抒发豪情。

采桑子·重阳

红衣轻舞歌一曲，人在玉树，心在玉树，普措达赞明觉悟。
风寒寂寞氧稀薄，不畏艰苦，不惧艰苦，战天斗地莫服输。

尘封 50 年的记忆

2020 年 10 月 10 日，玉树州人民医院党委书记索南多杰，援青专家、院长郭勇和院长达松一行来到北京市鼓楼中医院，延续了一段玉树州人民医院与鼓楼医院五十载绵延不绝的情缘。

出发前，他们精心挑选了两本当年从鼓楼医院带到玉树的书。长达50年的时光，它们静静地驻守在青海玉树，曾和医院经历过3次搬迁重建，也曾在玉树地震中被废墟掩埋，就像无数援建人员一样用爱与情守护着高原，守护着三江源头。如今，玉树州人民医院已经走过了风风雨雨的70年，不断发展壮大，它们也完成了使命，应该在医院领导，新援玉专家的陪伴下，带着玉树人民的感恩之情回到北京，回到鼓楼医院，回到自己的家。2021年，鼓楼中医院将迎来70华诞，作为珍贵的礼物，这两本书将继续见证鼓楼中医院的未来与发展。

打开书的扉页，微微泛黄的纸面上，依旧可以清晰地看到“北京鼓楼医院图书馆”的红色印章。1970年3月，自从鼓楼中医院整体搬迁至青海省玉树州医院，东城区景山医院与鼓楼医院留守人员合并建立了东城区红旗门诊部。1974年5月，改建为东城区中医医院。1979年，更名为北京市鼓楼中医医院，是北京一所著名的综合性中医医院，建有“京城名医馆”。

遗憾的是，当年鼓楼医院支援青海玉树的退休老同志仅有3位健在，退休职工周庆荣、护士长吴咏昀、内科医生王淑琴。

他们先来到了住在北京市顺义区李遂镇崇国庄村的周庆荣家。周庆荣今年85岁，当年是一名后勤职工，年初发生脑血管意外，活动不便。知道来访的人来自玉树，他急忙挣扎着站起身来打招呼。

他的第一句话是：“青稞现在还有吗？”

索南多杰书记和郭勇院长连忙说：“有，还有。”

接着他又问：“现在，青稞收割了没有？我记得玉树的青稞9月份收割。那时候，青稞收割的季节，医院所有的职工都要去帮农。”

老人还清楚地记得，玉树办事处在西宁北大街，不远处就是西宁宾馆。达松院长握着老人的手，给老人介绍了医院三易院址的往事，老人凝神细听，眼里含着泪水。当年，玉树州人民医院在现在的玉树宾馆附近，门诊部带住院部。1970 年，鼓楼医院搬迁到玉树后，在结古镇扎村托义建立了住院部，就是玉树人常说的州医院。1992 年，门诊部合并到扎村托义住院部，随后，又搬迁至结古镇结曲北路，原部队用地。2010 年，灾后重建中第三次搬迁到现在的位置。周庆荣老人激动地听着，尘封已久的回忆，好像让他回到了当年那段艰苦却火辣辣的岁月。

从周庆荣老人家出来，他们又来到了曾经支边玉树，把最好年华献给玉树人民的护士长吴咏昀老人家中。2019 年，在纪念玉树州人民医院建院 70 周年的活动中，郭勇得知吴咏昀老师仍然健在，居住在望京花家地小区，便利用国庆假日专程看望吴老师。通过吴老师的讲述，才打开了鼓楼医院 50 年前的援青故事。鼓楼医院耿嘉玮院长听说后，当即表示，“一定要续上这份缘”，并亲自带队来到玉树州人民医院再结“京玉鼓楼缘”。

50 年过去了，吴咏昀老人与支援玉树的 77 位鼓楼中医人，举家搬迁，真情奉献，串联起的两地情缘是两家医院面对困难与挑战时共同拥有的执着与坚守，深厚而绵长。

最后，他们来到了北京海淀区温泉镇白家疃小区看望王淑琴教授。去玉树前，王淑琴教授是鼓楼医院的内科医生，因为业务娴熟，加之身体条件好，便被派往玉树。今天，是王淑琴教授离开玉树返回北京后，第一次见到来自玉树的人。

当郭勇告诉她，现在的援青期为 3 年时，她不禁发出了爽朗的笑声："你们这是在走马观花啊！"

一句话把大家全逗乐了。是啊，想当年，老一辈鼓楼医院的医务人员抛弃北京优越的生活条件，背井离乡，一干就是一辈子，实在令人敬佩。

王淑琴教授是独生女儿，老伴年轻时是清华大学的教师，为了爱情，为了照顾自己的妻子，他向组织申请辞退了北京的工作，和妻子一起去了青海，被安排在玉树民族中学教书。让他深感自豪的是，1978年恢复高考，他带班的21名学生，13人考上了大学。可是，他这一生也留下了最大的遗憾，自己的两个孩子都没能上大学。但老天总是如此垂青、眷顾善良的人，他们的两个孩子都非常优秀，一个成了高级工程师，一个成了企业高管。

在座的人听后，无不唏嘘落泪。"一人援青、全家援青"，哪一个援青人的背后没有全力支持、做出牺牲的亲人。

王淑琴教授拭去泪水，深情地说："我觉得，我这辈子过得很幸福、很值得。有一位爱自己、心疼自己的好丈夫，又在那么艰苦的年月去了玉树，为玉树人民解除病痛，做了该做的事。"

岁月如梭，人生何其短暂。"甘于奉献、大爱无疆"对当年援助玉树的人来说，绝不是一句空话，那是北京鼓楼医院的精神，是援玉人不断追求的信念。如今，10年前那场痛彻心扉的大地震，又将北京和玉树紧紧联系在了一起，怎么能不让在座的人感慨万千，又怎么能不让新一代援玉人浮想联翩？

第二章 从群山到草原

风过哈秀山

不记得是第几次翻越海拔 4815 米的哈秀山了，来自北京市昌平区的援青干部、现任曲麻莱县委常委、副县长的栗云鹏心中有些激动。他工作的曲麻莱县是玉树海拔最高、距离州府所在地结古镇最远、条件最为艰苦的一个县。但是，不管他翻越哈秀山多少次，他仍然沉醉于这座雄伟的、连绵不尽的山峰，沉醉于这璀璨、庄严、晶莹如玉的山峦。每当这时，他总有一种与世隔绝的感觉，宁静到极致，美到极致。

他渴望更多的人来到这里，与他分享冰雪的纯净、高山的深邃。然而，别说生活在平原的人，就连从小生活在青海的人，也不会轻易

长冬曲麻莱　栗云鹏摄

栗云鹏

来到这里，来到曲麻莱这个让人望而却步的地方。

半年多后，也许是因为长期注意锻炼身体的缘故，栗云鹏基本适应了当地的气候。但是，下乡调研中，不断增加的海拔高度，因缺氧加剧的剧烈头痛，会让他的后脑勺发麻、失去知觉。周末时间，如果没有特殊情况，他也很少回到玉树州驻地。不是他不想念援友，也不是他不想回驻地休整放松，而是 230 千米的路途遥远、危险，随时穿越路面的牦牛，会令他猝不及防，有一次险些出了大事，还不如利用周末时间，在县上走走看看，尽快熟悉这里的风土人情。

曲麻莱是纯牧业县，每年的地方财政收入只有 1000 余万元，可每年的一般财政支出能达到 10 亿元左右。一开始，栗云鹏根本不理解国家为什么会对曲麻莱县有这么大的财政转移支付力度，国家政策性帮扶资金在牧民家庭收入中比重过大，会不会让这里的人养成依赖的惰性，不利于今后的发展。可是后来，他几乎走遍了曲麻莱县的山山水水，在同县乡干部朝夕相处工作，同生活在这里的牧民认识、交往、熟悉的过程中，他不仅打消了这种顾虑，而且还深深地理解了国家下这么大力气、这么大规模帮助西部贫困地区的真实含义，并为自己有幸成为庞大援青队伍中的一员感到骄傲。

2019 年冬天，栗云鹏驱车 150 千米去看望一户结对帮扶的困难家庭。这户人家住在长江边，汽车离开公路后，还要走 60 千米崎岖的山路。到了那里，他才知方圆 10 余千米就她们一户人家。户主是一名 35 岁的女性，5 年前丈夫去世，自己带着婆婆和 3 个孩子生活，其中两个孩子还在读书，最大的女儿在家里帮助分担家务。她们的家有一个敞开的院子，屋子里有窗户、有阳光，陈设简陋却非常干净。虽然有国家政策性收入，但是她们不等不靠，女主人竟独自放牧 45 头牦牛，平时运输物资、饮水就靠一辆摩托车。

栗云鹏热情地和她们交谈，希望能够了解她们家里的困难。可是，美丽端庄的女主人一直都开心地笑着，大女儿虽然腼腆却也是笑容满面，无忧无虑、天真善良的样子，让栗云鹏心里一热。正是因为有了她们这样自强不息、勤劳勇敢的牧民，有了她们在这片雪域高原上承载的一切，才能为中华民族占据更广阔、更安全、更有保障的生存空间，才能让雪域高原纯净的河水川流不息。帮助她们，不是什么奉献，也不是什么恩赐，而是中华文明用几千年时间和无数血泪换来的一种最适合的整合方案，是自古以来草原文明与农耕文明交错汇聚而就的和谐生活。

栗云鹏在牧民家中

来青海之前，栗云鹏先后在北京市昌平区农委、区委办公室、城北街道工作，他意识到，一个地区的发展人才是关键，而人才的培养归根结底要靠教育。随着援青政策的不断深入，曲麻莱县对教育的重视和投入前所未有，曲麻莱的孩子们对知识的渴望如同渴望新鲜的牦牛乳汁。一个周末的下午，栗云鹏在回宿舍的路上看到两个拖着行李放学回家的小女孩儿，就让她们上车，送她们回家，并且应两个小家伙的强烈邀请去她们家坐了坐。

两个女孩儿的妈妈、姐姐和一个 3 岁左右的妹妹都在家。她们的妈妈不会说汉语，交流靠读初中的姐妹翻译。妈妈的话虽然不多，却始终微笑，表达着她对党和国家的感激之情。她说，是国家的好政策让我们这个 6 口之家能吃得饱、穿得暖、住得好。两个女孩子对未来很有信心，都想好好学习，但是也说出了学校有些课没有好老师教的情况。这与栗云鹏之前到一些学校走访调研的结果一样，因为国家和社会对教育的重视，曲麻莱县学校硬件条件比较完善，学校有设备齐全的音乐、美术、舞蹈教室，有钢琴、电子琴，条件比北京一些普通学校还要优越，但是受到高海拔环境的制约，师资力量薄弱，很难补强，特色教室、钢琴大多闲置。

和很多人一样，栗云鹏也有过让这些孩子离开家乡到环境比较好的地方上学的念头。但是，当他去过一次措池寄宿学校后，又改变了这种想法。措池寄宿学校离县城很远，只有 4 个老师，带着 19 个孩子上学。老师们对他说，当地人不愿意让孩子走远，不愿意和孩子分离。他们说："你们帮助我们建学校，不就是让我们的孩子在父母身边上学吗？建好了学校，为什么还要让孩子们离开家，离开父母呢？"于是，这 4 个老师留了下来，与雪山、草原做伴，为的就是让这里的孩子和自己的父母亲生活在一起。

北京市昌平区对口帮扶曲麻莱县的重点是帮助曲麻莱县奔小康，今年，区政府帮扶曲麻莱县的资金 440 万元，同时有 6 个镇街直接对口帮扶曲麻莱县 6 个乡镇，各职能单位也都对口帮扶。在半年多的时间里，栗云鹏积极努力地发挥桥梁作用，对接了昌平区与曲麻莱县的各个乡镇街道和卫生、教育、交通、市场监管、应急、经信等部门，促进两地经济文化交流交往，协调帮扶项目，在加强干部交流，互相学习中，建立友谊。

栗云鹏身材挺拔，皮肤白皙，好像总也晒不黑。他平时生活的驻地海拔 4230 米，出外稍一走动，海拔就在 4500 米以上。刚开始，妻子为他担心，他心里也有些发怵。但现在的他，却从心里感到幸运。每当他乘车翻越一座座山脉，看到孤独的狼在雪地里奔跑，看到羽翼丰满的苍鹰飞过天宇，看到壮丽的雪山、天地一色的洁白，在气温零下 30 多摄氏度的高山峻岭间，在蔚蓝的天空下，凝固为清冷、肃穆、干净、明朗的世界，他都会由衷地感到生命的顽强与高贵，大自然的神圣与伟大。他愿意在这里度过 3 年的宝贵时间，他喜欢与朴实的农民侃侃而谈，他愿意为曲麻莱县的牧民们做一点儿力所能及的事，他没有一丝一毫的抱怨，没有一点点委屈。他甚至更喜欢曲麻莱的冬天，甚至对曲麻莱严酷的自然环境产生了感情。他渴望有内地人来曲麻莱，感受他所感受的一切，欣赏他所热爱的一切，大地的辽阔、江源的纯洁、雪山的高峻、当地人的质朴。

很快，来曲麻莱县一年多了，年轻的栗云鹏和大多数援青干部一样，忍受着与家人的离别之苦、思念之情。2020 年新冠肺炎疫情爆发后的 3 月，他在北京海淀区清河街道工作的妻子被安排参与一线防疫工作，负责从湖北武汉返京的北京市人的接返工作，每天都要履行接到后登记、测温，全程护送到各自小区，再交给各小区居家隔离的职责。有一天，栗云鹏突然接到电话，妻子被集中隔离。原因是，在接的人中，其中有一人血检呈阳性。当晚，刚回到家的妻子接到海淀区卫健委的通知，要求立即返回，和其他 4 位同事一起前往指定宾馆集中隔离。

当时，曲麻莱风雪交加，气温还在零下 20 多摄氏度。栗云鹏的心却像着了火般的疼痛难熬。栗云鹏老家在江苏，父母身体不好，妻子的父母年纪大了，也不在北京。本来疫情就让上初一的儿子常常独自在家，现在妻子被隔离，剩下儿子自己一个人在家又该怎么办？就是援青指挥部同意自己回北京，也同样得隔离 14 天。焦急万分、一筹莫展的栗云鹏，不敢多想，越想越怕。就在这时，生怕他担心的妻子发来儿子的一条信息：“我饿了，下了包方便面吃了。现在要睡了，请妈妈不要担心。”看到这条信息，栗云鹏再也无法控制自己的感情，流下了眼泪……

儿子懂事了，长大了，可作为孩子的父亲、妻子的丈夫，在这种时刻，是最应该待在他们身边，和他们一起渡过难关的啊！过了几天，情况有了转机，那位呈阳性的武汉人是得过新冠肺炎被治愈的人，已经没有传染性。妻子可以回家了，儿子有了照顾，栗云鹏松了一口气。虽虚惊一场，但之前的担心、恐惧、焦虑、难过，几乎让他无法支撑下去。自己在高原 3 年，缺氧、头疼、失眠，为报项目奔波于各地，查数据、找资料、晚上加班，再忙再累都能克服，但是唯有对家庭的缺失，对妻子、儿子的愧疚，常常让他感到难受。

2020 年，曲麻莱县已经脱贫摘帽，但是需要巩固、需要振兴和发

展的事业仍然有很多很多。一直让栗云鹏放在心里的还有一件事，就是希望通过自己的争取，让昌平区的中国政法大学、中国石油大学学生会做工作，请在校学生利用假期来曲麻莱县支教，为牧民的孩子上课，哪怕是一个月，甚至几天。最好能来几位学钢琴、学声乐的学生。曲麻莱县的藏族孩子有着天生的亮嗓子，有艺术天赋，如果能发现几个未来的歌唱家、钢琴家该多好。他多么希望不久的将来，音乐教室里闲置的钢琴前能坐满欢快动情的小小钢琴家们，孩子们清脆嘹亮的歌声能飘向更遥远的地方。

前几天，栗云鹏跟几个挖虫草的藏族小伙子进了趟山。山坡上有了绿茵，一棵野生的柏树兀自独立，几只盘羊在静静觅食。层层山峦紧密相连，笔直的峭壁下长江水滚滚而来，浩浩荡荡。他们在海拔4500米的地方翻山越岭，全程跪爬在山坡上寻找虫草的踪迹。山上天气多变，一片黑云过来就是冰雹夹雪，硬生生地打在身上。有经验的牧民都穿着皮裤防潮，他虽然穿着厚厚的防寒服，依然难抵高山6月的风寒。今年虫草产量偏少，一天下来一个人最多挖几十根，少则几根。虽然从早上9点到下午6点，栗云鹏一根也没挖到，却让他体验到了牧民们挖虫草的艰难，而这样的劳作是否真能让他们得到富裕。

作为一个父亲，他希望雪山下、长江边的每一个孩子都能受到良好的教育，有一个美好的未来；作为一名援青干部，他怀着对这片土地和人民的热爱，心甘情愿地想尽自己的全力，参与到全县的各项建设之中，就像他用了快10年的微信名“树之臻栗”一样，在这片充满深情的苍茫大地上，做一枚玉“树”高原上饱满而充实的“栗子”。

细流　粟云鹏摄

这个世界的美丽

中午，曲麻莱县副县长王锐到了楼下。我连忙起身倒茶迎接这位我一直在等、终于等到的年轻人。他是国家能源集团投资有限责任公司的一位干部，对口帮扶玉树藏族自治州曲麻莱县。

几分钟后，风风火火的王锐气喘吁吁地进了门。他戴着一副墨镜，肤色黝黑，身材高大，酷似一位健壮的高原汉子，比我想象的还要帅。一个多小时后，他还要去机场接集团检查组的领导，这点时间，是他没有吃午饭挤出来的。

王锐

我劝他先去吃饭。他说，没事，没事，在路上吃过了。他已经习惯像当地干部一样，吃风干牛肉充饥。我不再坚持，只能默默地听他诉说发生在江河源头、雪域草原上的事。

来到平均海拔 4500 米以上，离州府所在地结古镇 300 多千米的曲麻莱后，很快就进入了秋季，实际上是曲麻莱漫长冬季的开始。王锐忍受着缺氧带来的身体不适，进入了工作状态，在深入基层了解曲麻莱的县情乡情，熟悉了生活和工作环境后，对习近平总书记来青海时，对青海人民提出的殷切期望“保护好三江源，保护好‘中华水塔’”“青海最大的价值在生态、最大的责任在生态、最大的潜力也在生态”的战略定位，有了深刻的认识。

2018 年，集团公司启动了黄河源生态保护治理项目，以黄河源头核心区草场生态恢复为主实施禁牧，让牧民脱贫增收，成为黄河源的守护者。曲麻莱县人口稀少，居住分散。为了让牧民群众尽早搬迁，王锐连续 3 个月下乡，到 33 户牧民家中了解情况，宣传政策。

“曲麻莱，曲麻莱，进去出不来。”是一句流传很久的青海俗语。如今“进去出不来”已成为历史，却也道出了曲麻莱恶劣的气候条件、严酷的生态环境。此时，临近冬日的曲麻莱寒风刺骨，风雪弥漫，空气稀薄，行驶在雪路上的车辆随时会陷进雪坑，偏远的村子根本就没有路。

禁牧之后，国家对牧民提供了许多生活保障，为了尽早让牧民群众受益，他亲自将物资送到牧民手中；为了体验牧民生活，他和牧民一起赶着牲畜在雪中转场。2019 年 11 月 5 日，黄河源头核心区 15 万亩草场首批 2665 只牛羊完成转场搬迁，实现了黄河源头核心区历史上

收到慰问品的老阿妈特别开心

陷车是常有的事

的首次禁牧，意味着黄河源头的生态保护走入了牧民的日常生活。

2019 年 11 月 20 日，王锐赶赴离县城最远的麻多乡扎加村看望自己的联点帮扶对象，返回时天色已暗，走了没多久，车轮就陷进了满是冰碴的小河。为防止车被冻住，王锐和司机一边不停地用工兵铲凿冰，一边寻找求救办法。寒风袭来，远处传来一阵阵凄厉的狼嚎，王锐感到了曲麻莱夜晚的冷酷奇寒，也体会到了当地牧民群众坚守一方水土的艰难与不易。4 个多小时后，他们终于等来救援，脱离了危险。可即使这样，他依然没有退缩，坚持走村串户，给牧民讲解生态保护的重要性，解决牧民生活中的难题。

王锐性格活泼，聪慧过人，心地善良，特别喜欢和牧民交朋友，倾听他们的心声，设身处地为他们着想。2020 年春天，他和当地干部共同研究实施方案，又确定了 17 万亩的禁牧区域以及涉及的牧民和牲畜的范围。有些牧民对搬迁有想法，不愿意离开祖祖辈辈生活的地方，王锐怎能不理解，他耐心地对牧民群众解释道：“黄河源头生态脆弱，离开这儿是为了让已经退化的草场尽快恢复生态，是为了今后更好地生活。还有，你们常年在草原上放牧，年龄大了难免疾病缠身，住在定居点，到县上、州上看病也会方便很多。”王锐了解到，曲麻莱有 70% 的人没去过西宁，50% 的人没去过州上，30% 的人没去过县上，有了病只能挨着，所以，这是他发自肺腑的话。“再说，为了自己的孩子能够上学读书，你们也得搬到定居点啊。即使孩子们上不了大学，至少也得听懂读懂汉语，和更多的人打交道。另外，搬迁到定居点，能让你们在寒冷的冬天有一个温暖的家，有什么不好呢？”

听了王锐的这番话，牧民群众对易地搬迁、对黄河源生态保护治理的看法渐渐发生了改变，从被动变成了自愿。入冬了，天气变得更冷，看到牧民们搬进新居后忙忙碌碌的身影和老人们布满皱纹的脸上露出的笑容，王锐从心里高兴。黄河源头第一家 73 岁的女主人曲仲说：“草场禁牧后，我们享受到了禁牧补贴，参与了生态管护，拿到了工资。牲畜集中到合作社统一管理后，提高了成活率、出栏率，避免了因草场退化和雪灾造成的损失，收入有了保障，我们未来的日子一定会更好。”

有一天，一位年轻女子找到王锐。她是大连人，2013 年，曾经作为环保基金会成员来曲麻莱从事过环保教育。2015 年，这位大连女孩儿嫁给了曲麻莱一位英俊的藏族小伙儿。随后，她把大连的房子卖了，在海拔 4600 米的黄河源头麻多乡扎加村种树。

“我需要你支持。”她盯着王锐，目光灼灼，不容置疑。

王锐看着女孩，女孩儿身形单薄，面容秀丽。

女孩儿明白他的心思："这儿冬天冷，可是我们东北的冬天零下 30 多摄氏度，照样长树；这儿海拔高，可是海拔 4500 米以上的西藏阿里也照样长树，这儿怎么就不能种树。"

王锐沉默了一会儿："这儿种树，需要 3 年时间才能确定是否成活，不经过验证不能报项目。你已经种了 2 年，我可以自己拿 5 万元钱给你种树。反正援青 3 年给我的补助，我一分钱也不往回拿，除了给孩子们买书、学习用品，可以用在环保上。"

过了几天，王锐去了麻多乡扎加村，大连女孩儿种下的雪松在蓝天下傲然挺立，那么坚强，那么有力，王锐的心都要被融化了。

2020 年 5 月，在王锐的努力下，集团开始购买草籽、树苗开展人工种草试点，他又多次下乡动员老百姓，种树种草，参与后期管理。半年后，黄河源核心区退化的草场明显恢复，生态环境得到了大幅度改善。

王锐在扶贫局设立了黄河源生态保护治理项目专用账户，实行专门项目管理，制定了《国家能源集团援建曲麻莱县黄河源生态保护治理项目资金管理办法》。为了提高曲麻莱的办学能力和水平，集团公司先后投资 300 万元、1710 万元，给曲麻莱县孤儿学校、民族中学建宿舍楼和综合楼。王锐亲自参加监理工作会，现场监督指导，在多方协作努力下，克服疫情和气候条件的影响，确保了工程的质量和进度，使这座凝聚着援青人深情厚谊的孤儿学校宿舍楼，于 2020 年 8 月底按时竣工验收。紧接着，民族中学的综合教学楼及教师宿舍楼，也于 2020 年 9 月底竣工验收。

王锐和基层干部一起研究施工方案

曲麻莱地处青南高原江河源头，生态环境的保护极为重要。中华民族的母亲河黄河，发源于曲麻莱县麻多乡约古宗列地区；长江北源主要源流勒玛河、楚玛尔河、色吾河、代曲河也发源于曲麻莱县境内。辽阔的宽谷大滩、秀丽的河岸湿地，重山叠岭中纵横交错的河流、密集闪亮的湖泊，让这片浩瀚无垠的高寒草山成了我国南北两大水系长江、黄河的主要水源涵养地。曲麻莱境内宝藏遍地，岩金、沙金、银、铜、铁、铅、锌、水晶石、煤炭、岩盐、盐湖盐储量丰富；白唇鹿、野牦牛、野驴、棕熊、雪豹在此繁衍生息，60 多种野生鸟类来往迁徙，

黄河源头的生灵　粟云鹏摄

山珍蘑菇、蕨麻，名贵药材冬虫夏草、红景天、雪莲、鹿茸、麝香、牛黄遍布高山草甸。源头之上黄河源纪念碑、格萨尔王登基台、藏传佛教寺院、昆仑民族文化旅游度假村独具特色，四大神山之一嘎朵觉悟蔚然挺立，昆仑冰川、玉溪峰、扎陵湖，无边的草原，通天河两岸染着绿色，映着碧波的美景让人震撼。每年的 8 月 8 日是曲麻莱的昆仑民族文化艺术节，玉树卓舞、康巴拉伊热烈奔放，雍容华贵的藏族服饰琳琅满目。浓浓的民族风情中、蓝蓝的天空下，客商云集，远望心中恋人的姑娘，袅袅婷婷、华丽惊艳。

王锐多么希望更多的人能来曲麻莱领略高原风光；更多的人知道守土有责的曲麻莱人为保护三江源做出的巨大牺牲；更多的人能够回报自然，热爱脚下的每一寸土地、每一条小溪、每一朵柔弱而坚强的野花。于是，他发挥援青干部在国家能源集团和曲麻莱交流交往之间的桥梁作用，发动自己的朋友，让集团领导、民营企业家走进玉树、走进曲麻莱；让曲麻莱人走出曲麻莱，走向北京，共同认知，形成合力，碰撞出对口帮扶更多的机会和项目，为曲麻莱探索出一条独具魅力、生态优先、绿色发展的高原产业链。

他还非常善于和当地年轻人沟通，经常请他们到他的宿舍，和他们畅谈理想、勾画美好的生活，为他们描述身穿漂亮的冲锋衣、骑着摩托或开着皮卡车放牧的现代化生产方式。他通过自己的关系请企业为他们办网红培训班，让他们接受新知识、新理念，带他们到北京开阔眼界，与企业家一起座谈讨论，培养他们的自信心。他还想在他援青结束之时，为曲麻莱留下 1 万条视频，持续宣传。

他激动地说："没准哪天，哪一条视频会被人发现，会被人激活，发挥出巨大的潜力，为这片纯洁、浪漫又神秘的高原大地注入新的活力。而且，我不是一个人在战斗，我只是传递爱的使者，我的背后是国家能源投资集团磅礴的力量，国家能源集团人一批接着一批干的务实精神。"

黄河源头作证，王锐为此自豪不已。近年来，国家能源投资集团先后派驻 6 名青年干部奔赴曲麻莱县参与生态守护。到 2020 年，黄河源头核心区禁牧不满一年，草原生态环境已经有了明显的改善。

一年间，王锐行程 10 万千米，深入联点村社和个人结对帮扶贫困户家中开展调研工作，了解贫困现状、贫困原因，对症下药，因地制宜开展帮扶工作。

王锐的后备厢好似杂货铺，炉子、方便面、纯净水、工兵铲、睡袋等一应俱全。下乡途中，肚子饿了吃点风干牛肉、凉馒头。晚上，赶不回去了就睡车里。他无怨无悔，胸怀坦荡，因为他对三江源有着痴迷般的爱。站在海拔 5000 多米的楚玛尔河边，他看到的是三江河源一排排的雪山，坚不可摧的屏障；一座座的草山，牧人的乐园；最美，最丰润的雪水分流，灌丛花朵……

时间过得真快，王锐站起身，明亮的眼睛像是沾着露水，永远保持着新鲜并惊奇地注视着这个世界的美丽。他戴上墨镜轻声对我说："姐姐，您能不能用化名。我只是千百援青干部中的普通一员，还没做出多少事。再说，我还有个私心。来这，我压根没敢跟我妈说，只说是去青海。"

放牧雄风

与谢智刚的第一次见面是在玉树吉古、北京援青指挥部办公室。对此，他做了认真准备，我也记住了他来青海，来玉树治多县后的感受，想为老百姓办的几件大事。可是，那一次，让我感受最深的是他对妻子、对孩子的那份情感和责任。当时，我流泪了，设身处地地为他考虑了很多，抛下手术不久的妻子，还有上中学的孩子，突然就来到了这么一个陌生的地方，而且是一个大部分地区海拔超过 4500 米，之前从未听说过的地方。更重要的是，作为一个援青人，一个男人，还要在这高寒、偏远、贫瘠的地方，用坚实的脚印、探索的勇气，做出一番不容置疑的成绩。

2020 年 8 月，我在西宁召开的援青 10 周年纪念大会上，第二次见到了他。那天，我们之间没有时间说话，我只是默默地看着他坐在座位上凝神细听。不知为何，见到他的那一瞬，我的心中感受到了一种神圣严肃的东西。他的嘴角没有流露出微笑，很淡然，很平静。但是，我能确定，他头脑中星火似的闪光，已汇成一条湍急的河流，在有力地推着他前行。

那是 2019 年的夏天，车过 4851 米的垭口，从未到过高原的谢智

雾锁群山　曹生渊摄

刚遇上了一场冰雹。眼前浓云密布，模糊不清，樟脑球般的冰雹猝然而降，击打在挡风玻璃上，如爆竹炸响。路上铺满了冰雹，车轮打滑，即使车开得很慢，刹车还得往前滑几米才能停。谢智刚盯着前方，心脏快要从胸口冲出，只能裹紧身上的夏衣，紧紧抓住扶手。下了山，绿色草原似海浪扑面而来，黑色的牦牛如朵朵云团，飘散在色彩缤纷的鲜花上，谢智刚又觉得自己像是来到了与世隔绝的仙境。很快，他被任命为治多县委常委、副县长，开始了为期 3 年的援青工作。很快，他就发现，这里的生活，远不如鲜花那般浪漫多情。大面积的冻土层，夏天没来得及完全融化，秋风一吹，又冻得结结实实，树木无法生长。

接下来，缺氧、干燥、失眠，记忆力衰退，心脏二尖瓣、三尖瓣反流，让他品尝到了高原的冷酷。谢智刚面容沉静，长着一双耐看的细长眼睛，鼻梁挺直，说话温和，却有着执拗的性格。援青干部中有一种说法，第一年靠身体，第二年靠药片，第三年靠精神。他决定不吃药，先扛着，他就不信，自己挺不过去。

为了尽早了解情况，明确方向，谢智刚克服高原反应四处走访，调查牧民的生活状况。治多县地处青南高原，三江源核心区。境内河流多为长江水系，地势高耸，雄踞县境北部的莽莽昆仑，西起帕米尔高原，东至四川西北部，是亚洲最长的山脉，被称为“万山之宗”。乌

冰山　沈传立摄

兰乌拉山横贯境南，可可西里山横穿中西部，宽大的冰舌之上冰塔林立，众多的湖泊让治多县成为青藏高原最北面的湖群区，也是长江上游通天河支流楚玛尔河的发源地。

自2010年北京开始援建玉树，前三批援青干部的主要任务是灾后重建，基础设施的恢复。北京丰台区与治多县携手奔小康，在医疗、教育、民生建设方面取得的成绩，让治多县发生了翻天覆地的变化。自己是第四批援青干部，脱贫攻坚已近冲刺阶段，首要的任务就是尽快融入治多县，在县委县政府领导下，接好最后一棒，圆满完成2020年全县脱贫攻坚的任务。

2016年，同卡村牧民旦松一家住进了144平方米的新家。之前，他自己和家里的60多头牛一起入股合作社，给合作社放牛，一年的工资收入就达到了五六万元。旦松的脸上洋溢着微笑，他指了指停在家门口的车，告诉谢智刚，这辆价值12万元的车，是用国家政策性补助、草场补偿收入购买的。他从心里感谢国家，感谢北京。

2019年，同卡村村民以牛羊入股形式，实施生态养殖繁育基地建设，靠合作社分红总金额达118.2万元。年底分红时，牧民们手里捧着厚厚的大信封，黝黑的脸涨得通红。

2020年4月，治多县正式脱贫摘帽，实现了脱贫。然而，谢智刚并不觉得轻松，反而觉得肩上的担子更重，压力更大。如何巩固脱贫成果，脱贫不返贫，成为谢智刚面临的新问题。

治多县有很多矿山，金、银、铜、铁、锌、石棉、芒硝、水晶等矿产丰富，按照治多县干部的说法，如果这些矿产都能够开采，治多县每个人能分到4个亿。但是，维护长江源头的生态环境，是治多县最重要的使命与责任，要想使牧民群众完全依靠本地资源发展经济，只能在生态保护优先的前提下，适度发展生态畜牧业。

其实，早在4000多年以前，活动在长江源头的人类就已经经营着简单的畜牧业。大约公元前300年，居住在青海湖东部的部分羌人西迁至治多，同当地土著人组成部落群体，在这片广袤的土地上逐水草而居，形成了古老的游牧生产方式。如今，传统的畜牧业生产方式已经无法满足治多人对幸福生活的渴求，也无法形成真正意义上的富民产业。2019年，北京市投资800万元，在治多县建了活畜交易市场，规范了治多县整体活畜交易、检验检疫。显然，要想发展生态畜牧业，壮大村集体经济，增强治多县的造血功能，一个活畜交易市场远远不够。谢智刚与治多县发改局局长刘国辉，立即赴各乡调研，考察活畜交易市场和农业合作社，了解到治多县36家合作社都有发展生态畜牧业的想法。

高原牦牛是高原上的生命之舟，吃的是冬虫夏草，喝的是矿泉水，海拔越高品质越好。牛皮、牛绒、牛毛、酸奶、酥油、牛肉均来自牦牛，是当地藏民族的生活来源。谢智刚印象中，北京丰台区市场曾经出售过牦牛肉，很受欢迎，但是第二次再去买的时候，就没有了。现在他才明白，治多的牦牛生长缓慢，一般养五六年才能出栏，养殖成本很高。夏天，草好，牦牛长膘快，可是一到冬天，草黄了，营养跟不上，只能吃冬储饲料，成本更高。每年三四月是牦牛掉膘掉得最厉害的时候，谢智刚惊讶地发现，夏天很壮很大的一头牦牛，一个冬天后，竟然变得像小驴一样干瘪瘦弱。

在北京时，谢智刚在丰台区政府工作，不了解产业方面的知识，但既然想做，想做好，就得恶补。他白天待在合作社向牧民群众学习生产经验，晚上认真攻读有关产业方面的专业书。通过学习，他意识到治多县的产业发展必须引进一个有实力、懂专业的企业，才能起到示范作用，才能带动治多县生态畜牧产业的发展，建立起牦牛的供应链和产业链。正巧，以前去过丰台区的青海省金泰实业有限公司韩总到治多县对接项目，谢智刚留了他的联系方式。当晚，他就将治多县生态畜牧业发展的规划、设计、前景和合作的愿望，用1500字的微信发给了韩总。他苦苦等待着，心中忐忑，不知韩总态度如何。而韩总在接到这份长达1500字的微信后，心里也同样不安，顾虑重重，就没有给谢智刚及时回复。因为，他从没想过在治多县发展，毕竟路途遥远，海拔又高，短暂的3个月的青草期，环境和条件对牛羊的繁育来说，时间太紧，成本太高，经济效益无从谈起。

但是，谢智刚没有气馁，没有退缩。他特意去了金泰实业在海西州的牧场，在体验中感悟，在观察中了解，更加坚定了信心。那天，是个晴朗的日子，草原上空的天纯净蔚蓝，缓缓起伏的5万亩牧场上，黑色的牦牛挪着笨重的身子，无忧无虑地在低头食草。2岁多的牦牛，皮毛油亮，体型比治多县四五岁的牦牛还要大。晚上，他给韩总写了第二封信。信中强调了双方的需求，期望保持圆满长久的合作计划，实现产业升级、牧民增收的方法。诚恳地说明了想通过引进金泰实业的先进技术，带动治多县观念上的转变，提高生态畜牧业的科技含量，加强育种育肥，市场对接，以生态产业园的模式开展新型产业链，让牧民过上真正富裕的生活。就这样，经过一年的沟通，谢智刚的执着终于打动了韩总。2020年8月，金泰企业与治多县签约，合作发展生态畜牧业，把牦牛肉罐头的生产线放到了治多县。如此，治多县生态畜牧业发展的万里长征迈出了第一步。

在平原长大的谢智刚，初来治多，就被当地藏民族丰富绮丽的康巴文化深深吸引，同时也为这悠久的文化走不出高原而遗憾。千百年来，唐蕃古道作为祖国内地通往西南边陲的大道，在情谊缠绵中，联结着藏汉人民友好团结的感情；昆仑山口世纪环保卫士——杰桑·索南达杰的纪念牌，是藏族人民用生命保护可可西里的恢宏交响曲；江庆《甘珠尔》石刻经文位居世界之首；烟章挂大山峡谷、客甲尕哇雪山、绝代佳人森姜珠牡的浴池，“银湖寿浪”“嘉洛十景”的险峻奇崛、神秘多姿；宗喀巴大师镀金巨像、佛堂内炉火纯青的壁画艺术，堪称“雪域之最、中华瑰宝”。治多县本是格萨尔王妃森姜珠牡的故乡，隆重华丽的传统婚俗依旧沿袭着《史诗格萨尔》嘉洛婚礼中，格萨尔赛马夺冠，前往嘉洛家迎娶森姜珠牡的壮阔场面，也是长江源区与黄河源区藏族婚俗文化的融合。谢智刚想，文化产业既不破坏生态环境，又可以给牧民提供就业机会，何乐而不为呢？不久，他在一次调研中发现，当地的小微企业，治多县噶嘉洛益民制衣股份有限公司制做出的服装颜色十分鲜艳，2019 年，仅绣有藏民族文化图案的哈达就卖了 40 多万元。虽然有些经济效益，但因人少，技术达不到，只能签一些小订单。谢智刚考虑良久，觉得这事若要做成，得靠北京的力量。于是，他多方打听，找到了北京丰台区一家既做服装产业，又做扶贫的北京依文集团。这个公司有个深山集市项目，通过吸取当地少数民族服饰元素，制作文具、书包，满足大众市场，还用于旗袍、裙子等高端服饰的设计，去英国展示。

谢智刚没做过生意，但在党建工作方面还是有经验的。北京依文集团是非工党组织，他便跨越两地建立起友好党支部，促进援建项目的发展，通过视频向北京依文集团推介治多的牦牛绒、毛线。让谢智刚激动不已的是，经过认真考察，北京依文集团认为，治多的牦牛绒、毛线质量符合标准，可以作为集团纺织原材料储备。就这样，他又完成了第二件大事。

白天忙忙碌碌，晚上回到宿舍，匆匆吃过饭的谢智刚还得多方联系，抓紧时间学习。夜深人静的时候，他思念着家人，在不安与难以入眠的长夜，不停地琢磨着，还能为治多县再做些什么，有时候睡着了，不到 3 点又醒来了。想起第一批、第二批援青干部，现在的条件已经好多了，头疼了能吸氧，电没了能充电。可那时候，没有宿舍，来援青的干部只能住帐篷、板房，有些地方没有通电，还得学着烧牛粪取暖。

过了一段时间，又传来了好消息，北京与治多县合作的舞台剧《幸福交响》正在筹划中，谢智刚非常忙碌，需要不时地与对方商讨舞台剧剧本的创作。演出定于 2021 年与观众见面，他十分希望能够借助这场演出推进当地旅游文化，让人们欣赏到治多风光、康巴风情，在治多别具一格的舞蹈、歌唱和悠扬动听的乐曲声中，感受草原文化的无限魅力。

治多县高山连绵，与天相接，抬头就能看见雪山。离县城最近的山坡上，有一排当地百姓刻下的大字：感恩祖国，感谢北京。

来治多一年，谢智刚计划的三件事如愿完成。我向他表示祝贺，可他却说：“这才开了个头！”诚然，对一个不畏难、不服输，执着勇敢的有心人来说，治多要办的事确实还有很多，很多。

治多人认他这个北京来的人，早已把他当成了亲人。

入梦的白马

玉树州治多县西邻西藏自治区安多县，北接新疆维吾尔自治区，为青藏高原腹地。所谓腹地，就是从哪里走都不容易到达的意思。从县城再到索加乡，路途更加遥远，大部分路段是砂石路，单程要四五个小时的车程，一路上几乎没有人烟，只有“天边的索加”这寓意深厚的称谓，拨动着援青干部胡希召的心弦；纯净、原始、淳朴的自然之美震撼着他的心灵。

胡希召个头中等，戴着一副眼镜，斯斯文文，和谢智刚一样，担任治多县常委、副县长一职，但是分工不同，各司其职。胡希召的主要任务是负责从教育部争取项目和资金，与副县长昂文才仁一起分管治多县的教育。从海拔 40 多米的北京，来到海拔 4000 多米的玉树，再到长江源头第一县治多，有半年多时间，他总是睡不踏实，恍恍惚惚，似梦非梦中，一匹深陷沼泽的白马，总会出现在他的眼前。白马身形高大，疲惫的身躯和眼角的泪痕，好像诉说着什么，那么真切又那么遥远……

这是胡希召第一次去索加乡，车窗外，蓝天、白云、牧场，成群的牦牛和野驴在悠闲地吃草，偶尔有一两头狼站在路边，一眼不眨地看着闯入它们领地的外来者。车子在艰难地行驶，眼尖的司机旦增发现了异常，距离他们几百米的一片沼泽里，卧着一匹白马。凭借多年的经验，旦增判断，这匹马一定是遇到了危难。车子停下了，确认周围没有狼的威胁后，胡希召三人下了车，缓缓地向那匹白马走去。这是一片宽阔无比的草原，草原中的沼泽，远看水汪汪，明镜似的一动不动。近看却没有那么可爱，一不小心就会陷进去。

走啊走，终于走近了，映入眼帘的是一匹健硕的白马，后半个身子完全陷进了泥淖，身子下面的淤泥如墙面般光滑。看得出，为了脱离险境，这匹白马不知做了多少次尝试。如今，它已精疲力竭，无奈地垂着头，任泪水从脸上滑过。看到这一幕，所有人的心里都有了同样的想法：救救它。可是，手无寸铁的他们无法将这几百斤重的大家伙拉上来，不小心还会让自己陷进沼泽。商量过后，他们决定先到乡上求援。

走了几步，回头看时，白马的背影那样孤独，那样无助，在茫茫大草原上，像一枚随时被吞没的树叶或者石子。他们又转身回来，采了一些青草放在白马眼前，随后，扭过头向索加乡进发。

一个多小时后，他们带着援军——索加乡寄宿小学两名年轻的门卫赶了回来。可是，天有不测风云，这句话用在青藏高原上实在是再合适不过。车子刚刚停下，呼啸的西北风就刮了起来，浓密的，犹如水墨一样沉重的乌云从远处翻滚着压了下来，顿时，雨点噼里啪啦落在车上。他们只好躲进车里等候雨停，眼看着那匹白马被暴雨抽打，变得模糊不清。20 分钟过去了，雨过天晴。虽然已是下午 7 点钟，太阳还是无比执拗地从云中钻了出来，这里的日落时间，比北京要晚 2 个小时。雨后的高原草场，温度更低，风更大，身陷泥潭的白马在风中瑟瑟发抖，两个小伙子很快就开始了营救。然而，刚刚下过的这场大雨，让营救行动变得异常艰难。先是两把铁锹折断了，继而绳子也断了，最后，连司机贡献出来的腰带也折了。两个小伙子浑身裹满了泥巴，手上斑斑血迹，也不知伤口出自哪里，更严峻的是，天色渐渐黑了下来。

所有能想到的办法都试过了，白马没有移动半分，大家的情绪越来越低落。显然，今天的营救没多大希望了，他们再一次给白马喂了些草，每个人心中都在默默地承诺，一步一回头地离开了白马。

第二天，忙于工作的胡希召没有到场，但营救行动没有停止，索加乡寄宿学校的老师们一早便拿着铁锹、绳子赶到了沼泽地。

在黑夜中苦苦煎熬的白马静卧泥潭，身躯无力，已经没有了生还的渴望。但是，寄宿学校的老师们没有失去信心，他们使出全部力气，齐心合力，终于把白马从沼泽里救了出来。我多次向胡希召询问救马的详细经过，但是，他似乎已无从得知。事情过去了半年，对寄宿学校的老师们来说，也许这并不是一件特殊的事。就这样，那匹体型威猛、 精疲力竭的白马，回到了自己的家，很可能正无拘无束地奔驰在草原上。这是一次无言的营救，自始至终，没有一人抱怨，没有一人过问，白马究竟属于谁家，更无人贪念感恩，每个人心里只有一个信念：把白马救出来，还它骄傲，还它生命。

胡希召来到青海，来到玉树，来到治多，真真切切感受到的是，藏族群众对动物宛如家人般的感情，发自肺腑的爱意。他常常想起那匹白马，常常对自己说，白马啊，白马！你的出现，让一位来自北京的援青人内心平添了几分感动，多了些迢迢不断如春水般荡漾的思绪。

索加是天边的索加，是全国至今为数不多，没有通上电网的乡镇之一，这里的人们只能靠光伏发电维持照明，使用一些小功率的电器。晚上，通信用的信号塔经常因没电罢工，叫人彻底地跟外界失去联系。幸运的是，即使在这样艰苦的条件下，索加依然保留寄宿小学建制。学校里有 78 个孩子，9 名教师，长期坚守在长江源头宽阔无比又荒凉无比的土地上。每天早晨，这 9 名教师都能让牧民们听到孩子们可爱的读书声，感受到未来、希望与温暖。校长说，很多孩子的家离学校很远，孩子们从小学一年级开始就要住校，为了减少往返路途的辛苦，学校每两个星期休息一次。想象一下，一个六七岁的孩子从上学开始，10 天才能回家一趟，这种苦，是城里的家长不敢想，想想就让人心疼的。同样辛苦的还有坚守在这里的老师们，他们不但要教书育人，还要承担起家长的责任。由于宿舍不能用明火取暖，扎西达哇校长自己动手制作土暖气解决学生宿舍的取暖问题，让孩子们在近零下 40 摄氏度的严寒中度日。比起学校的艰苦生活，老师们每次回县城补充物资，都要接受一次严峻的挑战。学校里唯一的一辆皮卡车已经散了架，老师们只能互相搭伴租车或者蹭车。不久前，一位老师乘坐的面包车在途中发生车祸，他的头部受了伤，已转到西宁治疗。听到这些，胡希召暗暗发誓，一定要尽快想办法为学校解决通勤的困难。

2020 年 11 月 19 日，治多县发生 3.3 级有感地震，胡希召第一时间赶到有寄宿生的学校，和学校老师想办法做好余震防范和学生们的保暖工作，确保师生人身安全，恢复正常教学秩序。11 月到 12 月，他走访了全县乡镇所有中小学和幼儿园，代表县委县政府慰问老师，再次到最偏远的索加乡，看望寄宿学校的老师们。

一年多来，胡希召通过多种渠道为治多县争取各类资金支持 1320 多万元。其中，中国教育发展基金会支持治多县民族中学校舍维修项目款 69.5 万元，民族中学礼堂等校舍焕然一新；支持治多县城东幼儿园、第五幼儿园采暖项目资金 308.2 万元，已全部到位，正在实施中。另外，胡希召的派出单位中国教育出版传媒集团与治多县政府签订了《中国教育出版传媒集团帮扶治多县教育事业发展框架协议》。协议中，集团承诺 3 年间帮扶治多县教育项目资金不少于 295 万元，并将免费提供教师培训机会，捐赠图书等多种教育教学资源。目前，295 万元已全部到位。

两次赴索加乡寄宿学校，胡希召了解到了很多有关杰桑 · 索南达杰的故事。他才知道，索加是索南达杰的故乡，索加寄宿小学是索南

中国教育出版传媒集团有限公司给治多县学校捐赠通勤车交接仪式　*伊西罗周摄*

达杰的母校，而他则是藏族人民心中的英雄，索加人民的骄傲。为了让后代记住他，学校专门设立了杰桑·索南达杰青少年生态环保道德教育基地，教育孩子们要向英雄学习，培养孩子们的环保意识。索南达杰英勇牺牲以后，治多人对野生动物保护的观念日益增强，每一个人都成了环保卫士，精心守护着自己的家园。

红日陪伴着胡希召，清晨的太阳光芒万丈。远处传来一串悠扬的歌声，放眼望去，一个年轻的藏族姑娘顺着山路走来，不一会儿便消失在山脚下。淳朴善良的治多人，美如画卷的嘉洛草原，还有那匹饱含泪水的白马，像大地的精灵，无时无刻不召唤着他、激励着他，不要忘记援青人的使命。祈愿治多人收获幸福，满满的幸福。

胡希召带着东润公益基金会给孩子的捐助来到治多县完全小学　丁沁摄

第三章　囊谦啊，囊谦

黑青稞

有生以来，从未想过能与这样一条河流比肩同行。

扎阿曲是澜沧江上游重要的支流，发源于玉树州杂多县唐古拉山脉北麓吉富山。吉富山海拔5664米，旅行者很难到达，最多只能见到雪山脚下的扎阿曲，并沿着它旖旎多姿的河岸徒步行走，感受群山之巍峨、草原山花之烂漫。然后，再跟随扎阿曲轻快的脚步，自西北向东南，经囊谦县吉曲乡，进西藏昌都，过盐井，入云南，渐渐向南出境，目睹如雷贯耳的世界大河——湄公河的壮美雄姿。

7月是青海，也是玉树最美的季节。四周一片沉寂，只有遍地的草原，紫色的野花，起伏的青山，清澈的蓝天。即使有几许飘动的白云，也只是像一层薄纱似的，轻轻地挂在天上，而背依大山的扎阿曲，已经有了浩荡博大的气势，在清秀迷人、璀璨多姿的景色中一路向南，头也不回地飞奔着。

我不禁和一只扇动巨翅来回巡视的苍鹰一起忧伤起来，不知这个世界上有没有令这个家伙怀念驻足、歇息的地方。难道平缓的河滩，高耸的峡谷，翠绿的草原都不足以让它留恋?

12世纪下叶，一个古老的藏族家族在他们第47任带头人浙哇阿路的带领下，进入青海南部澜沧江上游地区，并将自己的部族名字命名为昂欠，也就是今天的囊谦。有人说，囊谦是玉树最美的地方，除了充沛的降水，还有来自澜沧江源头的扎阿曲，以扎曲、孜曲、巴曲、热曲、吉曲五条舒展的支流贯穿全境，哺育着河岸万千生灵，滋润着富饶的草原。因为气候湿润、草木茂盛，囊谦自古就有种植黑青稞的历史。据说，很多年前，人们将黑青稞带入西藏，成功种植，后又被游牧民族带到了囊谦。可谁能想到，更早的时候，黑青稞则生长在气候温暖的地方。之后，这细微的黑色颗粒便隐含了藏族太多的在高原生存的秘密。

在当地朋友张兰的帮助下，年轻的久迈和我来到了郭日哇村。群山环抱中的郭日哇村质朴宁静，有一种说不出的美。正午的阳光洒在

囊谦人家　沈传立摄

郭日哇村的黑青稞　张兰摄

草山上，山坡上的黑青稞绿油油的，青色穗子沉甸甸的，在满天微风中等待着成熟。高天上白云浮动，马蹄敲击着溪边的鹅卵石。白塔、金塔掩映在绿丛中，越来越近，越来越近……

噶加老人几天前去了县城还没有回来，久迈开着敞篷车带我来到小溪旁。淡紫色的甘青青兰密密丛丛，金色的转经筒沿山坡蜿蜒而下，不知疲倦地在溪水中替村人接受着佛祖的洗礼。久迈告诉我，这里原本有一个古老的水磨，每天都有人在这里磨青稞，遗憾的是，和从前比起来种植青稞的人不多了，生计全靠一年一次的虫草节。挖虫草固然辛苦，但是总比种青稞挣钱。虽然现在政府和许多环保人士都提倡种植青稞，但是，留在村里的年轻人太少，老人们有些力不从心。

回到村口，一辆轿车停在小路旁，噶加老人已经到了。老人七十多岁，走路有些迟缓，我把从西宁来时一直带在身边的白色哈达献给了他。他微笑着，一再向我解释，没有来得及换藏服就这样见面，有些失礼，藏服就放在送他回来的车里。我非常感动，为老人家保有的藏族人的传统肃然起敬。噶加老人家的院子很大，有两层楼，一层放杂物，二层住人。楼梯是木制的，很陡，几乎垂直，需小心翼翼，噶加老人也有些吃力。楼上有三间房，其中一间很宽敞，是招待客人的。房间一面是墙柜，三面是铺着毯子的坐塌。窗子明亮，茶几上放着一大盘快吃完的生牛肉。

在久迈的协助下，噶加老人和我慢慢地聊起了黑青稞。

“我很小的时候，村子里就种黑青稞，除了放牧，就是种黑青稞。”

噶加老人眯起了眼。

“当然啦！吃的也是黑青稞，肉不能常吃，黑青稞嘛，天天吃！”

黑帐篷　扎西摄

噶加老人笑着对我说。

“过去，我们囊谦只要能种东西的地方，都种上了黑青稞，上了年纪的人都种过黑青稞。”

“种黑青稞很辛苦吧！”

“不，不！”噶加老人使劲地摇了摇头。

“种黑青稞一点儿也不辛苦，囊谦的气候条件非常适合黑青稞。只要到了春天，把种子撒在地里就可以。一场雨过来，就出苗了。再一场雨，苗子就长起来了。过上一阵子，天气暖和了，到地里拔拔草，晒晒太阳，就等着收割了。”

噶加老人　辛茜摄

我盯着噶加老人的脸，惊讶地张大了嘴。

难道种黑青稞就这么容易吗？那面朝黄土背朝天、汗如雨下的艰难，在噶加老人这里，怎么会变得如此诗情画意。

窗外的阳光让噶加老人的脸泛起了亮光，他平静地望着我，一副理所当然的样子。

一位面容姣好、丰腴富态的女人走了进来，她看看我，看看噶加老人，手提一把茶壶给我们每人倒了一碗清茶。

噶加老人接着说：“我们囊谦的黑青稞只要长出来了，就不怕风寒。每年 5 月后，差不多都会有一场倒春寒，但黑青稞不怕，很容易就熬过去了。”

“真的！”

久迈也忍不住了，黑黝黝的眼睛望着我：“囊谦的青稞种下去不需要太操心，而且我们郭日哇村种的黑青稞产量最高、品质最好。”

噶加老人也说：“是的，黑青稞比一般的青稞营养价值更高，这好像是经过专家认定的，说是低糖，能帮助降低胆固醇。要不然，我一

囊谦的青稞地　辛茜摄

辈子吃了那么多的肉，到现在也没有高血脂、高血压、高血糖，恐怕还是有一定道理的。”

“那么，为什么不多种呢？这么好的东西。”

“唉！这几年，年轻人都不知在忙些啥。村里没有多少人，剩下我们这些老人，腿脚也不灵活了。”

“听说，北京来的援青干部们正在推进建设囊谦县黑青稞加工厂，把囊谦的黑青稞产品向全国推广呢！”

我有些兴奋：“久迈，以后你们可有事做了。”

“是啊，囊谦这么美，黑青稞种的多了，来的人多了，大家的日子都好过。”显然，噶加老人心里什么都明白。

那富态的女人又过来为我们添茶。她听不懂汉语，但是，受了我们的感染，也露出了笑意。

咕咕咕咕，山坡上传来几声鸟鸣。我看着窗外，那是庄稼人和先辈们都曾听到过的。从未知晓的往事，已随风远去。

说到这，噶加老人似乎再也没有想说的。他沉默着，眼里含着说不清、道不明的忧郁。

与噶加老人道了别，下了窄而陡峭的楼梯，回头与他挥手告别时，他站在楼梯口，一直望着我不肯回到房中。不会藏语的我感到十分遗憾，从小生活在这里的噶加老人，不知心里装着囊谦的多少秘密，多少事，又有多少想对人倾诉的话。

离开郭日哇村，久迈开着敞篷车走向另一条去县城的路。扎阿曲在车下流淌，在绛红色的山谷间奔涌不止，变成了绛红色的河。远处的山，俊俏秀丽，时有村庄。久迈有一副好嗓子，一路为我唱着藏歌。

歌声传得很远，与山谷中滚动的河水一样令我沉醉。

在一家小店里，我见到了来自北京西城区，现任囊谦县委常委、副县长的石峰和来自国家广电总局的援青干部，囊谦县委常委、副县长宁海斌，还有一位，我根本就没想到，居然是《光明日报》派来囊谦县多昌村挂职的第四任驻村书记尚杰，我鲁院同学王国平的同事。于是，大家开心地敞开心扉聊了起来。

刚来到囊谦的时候，他们都不太适应，也不太理解当地人的一些想法。慢慢地，他们发现，高原没有那么可怕。相反，高原很美、很安详，能让人心灵变得宁静，而人与自然的和谐，让他们无法不陶醉、不留恋。他们感到，来这里很值得，在与当地老百姓的交流中，觉得国家对青海的支持力度很大，其中稳定实现扶贫对象不愁吃、不愁穿，保障义务教育、基本医疗和住房“两不愁，三保障”的总体目标，让百姓受益最多，连精神面貌都发生了很大的变化。宁海斌说，有一次去尕羊乡慰问，村里的老支书对他说：“我的眼睛不好了，挖不了虫草，政府给了我很多补贴，包括林草补贴，一年收入 4 万多元。家里 6 口人，还有几只羊，日子过得很好，很满足。”

囊谦是青海最南端的一个县城，与西藏昌都接壤，致贫因素复杂，经济结构单一，社会发展滞后，许多贫困群众仍然住在自然条件相对严酷、地理位置偏远的地区。住房难、行路难、饮水难、用电难、上学难、就医难、通信难、增收难。北京市委市政府和西城区委区政府对囊谦县的脱贫攻坚工作非常关心，主要领导每年不少于两次到贫困村。2020 年北京市投入囊谦县的帮扶资金逐渐增长，2020 年更是达到了 1700 多万元。北京西城区 10 个街道办事处还与囊谦县 10 个乡镇签订了结对帮扶协议，建立了一对一的结对帮扶关系。金融街控股、天桥盛世集团分别结对帮扶两个贫困村，金融街控股与囊谦县文化旅游和广播电视局签署了合作框架协议。

石峰的主要任务是落实民生，帮助协调北京市和西城区对口支援囊谦县资金的落实。来了一年多，让石峰最牵挂的是囊谦县的教育。囊谦县是玉树人口最多的县，包括流动人口约 12 万，加上今年新建成的三中、四完小等学校，全县共有 31 所义务教育学校。为了全面解决师资不足问题和专业结构失衡问题，2020 年石峰协调北京市西城区援助 600 万元资金，聘请了 147 名编外教师，帮助囊谦县打造一批素质好、能力强的教育人才团队，提高囊谦县教育创新能力和核心竞争力。他认为，扶贫必须先扶智，对于当地农牧民来说，教育扶贫是从根本上阻断贫困代际传播的关键。下一步，西城区还将选派优秀的干部教师来县里支教，用北京先进的教育教学理念，为这里的教育事业增光添彩。最近我还听说，西城区投资囊谦种植了不知多少亩土豆，去年长势良好，增加了当地人的收入。

囊谦百姓的幸福感、获得感很强，非常感激援青干部的帮助。国家广电总局援青干部宁海斌来后，做得最多的事就是教育方面的投资。援建的囊谦县电视台是玉树州第一个县级电视台，从不同渠道、不同角度宣传囊谦。在全国交通广播电视台、所有公众号上同一时间抖音带货，销售囊谦的物产，和光明日报社合作，举办“文旅中心”，为囊谦长期免费直播，仅短视频就播了两万多条。

然而，熟悉广电工作的宁海斌看到，国家所有政策性的东西在中央台播放时，地方少数民族群众几乎都听不懂，看不明白，而地方台

遇到了他们（左起石峰、尚杰、宁海斌） 辛茜摄

又缺乏充足的翻译力量。宁海斌认为，不能忽略地方少数民族的接受程度和需求，要重视和解决地方台的译制工作，让边远地区的少数民族能在第一时间了解国家政策。

让我感到意外的是，光明日报社对囊谦县的定点帮扶开始于1996年，2015年就派出了第一任驻村书记。随后，这种帮扶机制成了常态。2019年，刚到囊谦不久的尚杰就在《光明日报》上开设了“走笔囊谦”专栏，以“我为家乡代言”“囊谦脱贫了”为主题，为囊谦刊登了9个整版、全彩的公益广告，宣传力度非常强。2020年，在参加全国好记者讲好故事比赛中，尚杰在囊谦当地人故事系列报道中，为大家讲述了囊谦人的许多故事，比如为毫无血缘关系的人捐肾的阿保曲忠、舍弃西藏红红火火生意返回家乡带领群众致富的村支部书记安万扎美、倒在扶贫一线的村主任洛周，将囊谦人的感人故事传遍了全中国。

光明日报社在人员培训上也下足了功夫，每年组织囊谦广播电视台的编辑记者到北京参加专业培训，让他们开阔视野，提升技能。组织 100 余名党员干部到浙江红船干部学院、四川邓小平城乡学院培训，来回的费用和开销，全部由报社承担。

村里家家户户都通了自来水管网，但却因为年久失修没有通水，尚杰就带着村里的干部到山上找水源，跑水利局，向报社积极争取项目，改造了自来水管网，把清洁的自来水拉到了每个村民的家里。

尚杰 2007 年参加工作，之前在《河南日报》跑农口，曾经在河南最艰苦的村子蹲点两个月，写了几万字的报道。现在是中国社会科学院在读博士生，来青海的时候，孩子不到 1 岁，家里不愿意，自己对海拔高低没一点儿概念，结果来了之后发现，囊谦和别的地方相比，太不一样了。囊谦县的贫困程度、发展的不均衡令他吃惊。这里的工作方法不同，语言不通，工作难度大，又不能急于求成。河南农村以村为单位，囊谦却以户籍为单位，村里的人不论走到哪里都得管。走访困难户，上年纪的人往往记不清自己的年龄，说不清自己有几个孩子，自然，也永远无法让他搞清楚村子里的人口。

尚杰想家想孩子，但是，他对囊谦的帮扶，有着十二分的耐心。囊谦的所见所闻，光明日报社扶贫办主任张君华，倾心相助囊谦的感人故事激励着他，让他连最终的博士论文都改变了方向，变成了对囊谦县的调查和研究。尚杰认为，囊谦县是一个非常值得研究的地方，从初来这里有一点点情绪，到现在的认知，尚杰似乎更加成熟、更加老练，在体会高原苦与乐的同时，在不断深入实践中提高、改变。

在讨论北京援青项目中，首农集团副总、北京第四批援青干部人才指挥长袁浩宗提出，投资1300万元在囊谦建立黑青稞加工基地。2020年7月，囊谦县政府拿出了具体方案。随后，北京市西城区立即追加了200万元资金。2020年底，在袁指挥长的协调下，囊谦县政府与青海大垚生态农业有限公司正式签订合同，对接建设3000吨黑青稞麦片生产线。11月，厂房招标完成，生产线正在设计，预计2021年下半年将建成投产。

青稞是曾经生活在青藏高原的农牧民赖以生存的主要粮食，也是唯一能在海拔4500米以上的高寒地带正常成熟的谷类作物。青稞药食同源之特性在《本草纲目》中早有记载，藏药经典中更把它视若珍宝。虽然，生活在草原上的游牧民族并不在意那些让衣食无忧的人时时关注的有助于健康长寿的维生素、葡聚糖、黄酮、母育酚、膳食纤维，在他们心目中，青稞就是青稞，就是生活中不可缺少的伴侣，就是混合着植物芳香、牛奶精华的精美食品糌粑，就是招待客人的点心。然而，多少年过去了，更多的人意识到，代表囊谦14万亩耕地优势，从根本上改变囊谦贫困面貌的必然是黑青稞的种植，必然是黑青稞产品的生产、研发和推广。

当地人说："年时长久酿成的年酒，月时长久酿成的月酒，吉祥的日子，是收获的日子。"与土地相互交融，靠劳动生活的日子，才是最踏实、最幸福的日子。

囊谦的君华妈妈

春天来了，京城路边的碧桃、杏花、玉兰花渐次开放，氤氲万象，香气袭人，张君华又开始想念那远在几千里之外的囊谦，那尚在寒雪中苦苦遥望春色的河流与村庄。囊谦啊囊谦，穿越河谷的扎阿曲，你可知我此时的心情。似乎是心灵感应，她帮扶的藏族小姑娘义平措毛用叔叔的手机发来微信：“妈妈，草快绿了，你什么时候来啊？”

张君华的心一下子揪住了，脚下的步子也快了许多。去年，因为疫情到9月她才去囊谦，今年无论如何，也得早点去，可按常规要等学校快放假的时候。春节前单位受表彰的4位同事把各自的1000元奖金交给了她，让她给囊谦的孩子们买点东西，她又添上自己的1000元，给离县城最远的着晓乡寄宿制中心小学的孩子们每人买了一个水杯、几样文具寄了过去。开学一个月了，不知尕羊乡中心小学、尕尔寺小学和阳光福利学校的孩子们还需要些什么，前年给他们买的羽绒服是不是旧了、小了、该换了。

她思忖着，上了办公楼。没想到，喜从天降，单位的全媒体中心办公设备更新，替换下了办公设备性能良好、功能完备的60台电脑，副总编辑说，这么好的电脑，可不能浪费了，赶快捐给囊谦吧！张君华听了连连点头，马上开始整理运输工作。她找了一家又一家运输公司，最后选择了离单位最近且价格合理的中铁快运公司。从1996年

幸福的义平措毛，君华妈妈的女儿

起，光明日报社就开始对口帮扶青海玉树囊谦县，2011 年起由张君华负责这项工作。10 年过去了，春去秋来，青草黄了又绿了，她早已把囊谦的老百姓，把囊谦的孩子们当成了自家人。

2013 年 7 月，张君华第一次去囊谦。一下飞机，碧绿的巴塘草原宽广无垠，白云在蓝天上轻轻飘荡，黑色的牦牛在小溪边饮水，她没想到玉树的草原会这么美，玉树的天会这么蓝。两个小时后，报社一行五人来到囊谦县住进了县委招待所。第二天，他们开始走访，了解老乡家的生活。藏族人家的陈设和张君华想象的完全不一样，屋子里除了一面低矮的木柜子，沿墙根一溜铺着卡垫的坐席，最醒目的只有中间供一家人烧水做饭取暖的铁皮炉子。从小在京城部队大院长大无忧无虑的她，没想到地处高原的牧区百姓生活如此简单，她心里沉甸甸的。那一次，他们为囊谦做了两个宣传短片，为吉曲乡的340多名学生购买了书包及文具，为海拔4600米的尕羊乡中心小学捐建了图书室，孩子们红扑扑的笑脸和亮晶晶的眼睛给她留下了深刻印象。

回到北京，一想起那些孩子羞涩、胆小的模样，她的心就在疼。孩子们应该走出大山，看看外面的世界，孩子们应该穿上羽绒服抵御冬天刺骨的寒风，孩子们应该有一个新书包，用上北京的孩子们用的文具。从此以后，她就像着了魔，就像添了一双翅膀，总想飞向囊谦，飞向那片草原。她发现囊谦虽然是义务制教学，学费教科书全免，可仍然有好多孩子上不了学。一问才知，这些孩子的家里连一个月100元的生活费都拿不出。她想了又想，想出了一个办法。她请学校找出

孩子们需要鼓励

家庭生活困难的几十个孩子，组织自己的同学和朋友每人认领一个，给每个学生每年捐赠 1500 元，连续 6 年，资助他们上学。张君华认领的男孩儿，是囊谦县第二完全小学的索南旺德，家里有 7 口人，父亲在县上打工，母亲在家放牧，月收入才 1000 元。

2015 年，张君华发起、倡导的光明助学金项目正式成立。光明日报社的编辑记者员工，社会各界朋友纷纷响应，到目前为止已经帮扶到了 280 多名学生。

在光明日报社的大力支持下，张君华终于如愿以偿分两批，一批 20 多人，把孩子们请到了北京。那几天，从接站到送站张君华忙得不亦乐乎，带孩子们去天安门、长城、故宫、颐和园、清华附小，带孩子们吃烤鸭，到北京史家小学上课，到景山学校参观。

刚到北京的那天晚上，她问孩子们："想不想明天起个大早去天安门看升国旗。"

孩子们大声回答："想！"

"可你们起得来吗？"

"起得来！"孩子们的声音更大了。

早上，天蒙蒙亮，孩子们就乖乖地起床，听从张君华指挥，来到天安门广场。从未出过远门、走出过大山的孩子们，睁着一双双黑黝黝、圆溜溜的大眼睛，目不转睛地观看着神圣而庄严的升旗仪式。

激动之余，张君华说："孩子们，咱们在这跳个藏舞吧！"

孩子们立刻答应着围成圈，一边唱着一边跳起了锅庄。

有很多人围了过来："哟，哪来的这么可爱的孩子啊？"

张君华自豪地说："这是我们光明日报社的帮扶对象，从青海高原来北京学习的。”

围观的人说：“呀，这些孩子太幸福了！”

是啊，囊谦的孩子们太幸福了！因为有了张君华，他们的君华妈妈，君华奶奶。

自从和这些孩子建立了感情，和囊谦有了感情，她每年都要来囊谦，少则三四趟，多则五六趟。每年1月份，她要和报社领导代表光明日报社全体员工，请县上选出100户贫困家庭，集中到县委大院给农牧民发放1000元慰问金、500元的粮油米砖茶进行慰问。每年六七月，她要和报社领导到囊谦调研扶贫项目、慰问贫困家庭，其他时间不定期的，还有许多项目需要她去现场安排落实。

着晓乡寄宿制中心小学在海拔4600米，孤独无依的大风口。茫茫旷野，仿佛无边无际。一年一场风从春吹到冬，一年一场雪从冬飘到春。曾经在着晓乡担任过党委书记的索南扎西，跟张君华说起了这个寄宿学校的困难。张君华一听，就把这事放在了心上，不能再让孩子们受苦了。她下决心，要给孩子建个暖和的“阳光房”，让孩子们在寒冷的高原有一个“避风港”。

可是这个项目需要大量资金，好在光明日报社广告公司按照编委会要求，一直在推进文化扶贫工作，与他们有联系的启明公益基金会，正在寻找与报社合适的扶贫项目，得知张君华的想法后，启明基金会立刻答应出资170万元。

很快，窗明几净，四面透亮的阳光房建起来了，与火红的太阳一起照亮了草原，照暖了孩子们的心。即使屋外寒风呼啸，即使大雪纷飞，连狐狸、狼群也不敢出没，屋内也是暖洋洋的。2020年11月，张君华和启明公益基金会的领导们来到了着晓乡寄宿制中心小学。脱下厚厚的外衣，坐在阳光房里，张君华静静地感受着坐在这里读书的孩子、备课的老师享受到的温馨和快乐。看着孩子们特意为他们准备的节目，她热泪盈眶，还有什么比为这些淳朴、天真的孩子们做些力所能及的事，更让她开心、更让她幸福呢?

囊谦山大沟深，居住分散，农牧民去县医院体检是一件很困难的事。通过报社广告公司，张君华找到中美医疗集团，为囊谦九乡一镇的卫生院购置了 10 台智能家庭医生全科出诊箱，方便了农牧民体检。

年底填报材料多，很多乡镇没有打印机，干部干着急。她又与中美医疗集团协商，为囊谦九乡一镇捐赠了 10 台复印传真打印一体机。

信息化时代，囊谦群众不懂互联网，严重影响生活和就业。她在报社发出倡议，组织报社同事捐款援建了光明网络培训中心，购买了

阳光房竣工

一批电脑，并组织人员培训。

扶贫没有记录，历史无法入档。她马上和扶贫干部一起向报社领导打报告，捐建了建档立卡贫困户资料档案室。为了脱贫攻坚工作更加精准，报社为囊谦捐建了脱贫攻坚指挥沙盘、脱贫倒计时牌、脱贫攻坚宣传栏。

疫情期间，地处偏远的囊谦交通不便，买不到口罩，她急忙试着联系京东集团总部办公室，京东答应想想办法。没想到不到几天，京东集团就筹集了一批口罩，义务捐赠给囊谦，缓解了囊谦的燃眉之急。

去年 11 月份去囊谦，着晓乡寄宿制中心小学的副校长张广伟说，每星期到县城给孩子们拉蔬菜的皮卡车老化，这一个冬天过去，车怕是要散架了。张君华知道，这可不是一件小事，如果没有了拉蔬菜的车，孩子们就连土豆、胡萝卜、白菜也吃不到了。她想都没想就答应了。

“放心吧，我回去想办法！”

现在，这个问题已经解决，购买皮卡车的钱已经联系好了。

光明日报社机关党委常务副书记算了一笔账：“2019 年，光明日报社帮扶囊谦的资金 1000 多万元，而张君华四处化缘而来的就有五分之一左右。”

高原囊谦是雪域圣地，山水秘境。澜沧江蜿蜒曲折流淌，两岸风光无限。古老的非物质文化遗产，精湛的手工艺制作，独特的美食，原生态的古卓舞蹈，动听的音乐无不让她心驰神往，如果让更多的人知道囊谦，来囊谦旅游该有多好！但是没有足够强大的资源，没有足够多的流量，如何能把囊谦宣传出去？张君华一直惦念着，思索着。

2019 年，手机直播火遍大街小巷，张君华灵机一动，跟囊谦县委宣传部商量后，在网上搞了囊谦网上文化旅游节。于当年 7 月，协调光明日报社派出技术团队，指导当地开展了 3 场直播，把囊谦的文化之美、自然之美、生态之美搬上了云端。一时，囊谦潋滟绝美的风姿在手机屏上迅速“走红”，直播点击量超过 150 多万人次。乘着这股劲风，张君华又组织了囊谦 18 个有潜力的年轻人，到北京接受专业培训，请专业团队为他们讲解拍摄技巧、法律常识，不只在网上搞旅游节，还培育出了囊谦自己的网红，一支带不走的、帅气漂亮的宣传队。

近年来，光明日报社为囊谦学校和各乡镇捐建了 32 个图书室，为

又见到孩子们了

着晓乡寄宿制中心小学配备了书架、桌椅，想尽办法、不遗余力地提升当地的教学质量。张君华对每本书都要细细地挑选，把书目发给老师，经老师同意后再去精心采购，学校多放些课外读物、文学经典，乡政府多放些时政和理论书籍。

国家广电总局在四川德格县实施“空中课堂”项目，学生远程就能听名校课程。张君华在朋友圈看到后，又想起了囊谦，囊谦也可以做啊？她又赶快托朋友联系国家广电总局，准备促成这事。

党史学习教育开展以来，张君华为《光明日报》编委会中心组采购学习书籍的同时，想到了远在囊谦县中心组的学习用书，第一时间给囊谦调配寄去了图书。收到书的县政协主席打来电话：“太感动了，君华姐。书这么快就到了我们这么偏远的地方，我们一定要好好学习，感恩党。”

把囊谦人当成了自家人

囊谦，囊谦，张君华的心里天天想的就是囊谦，只要是囊谦的事，似乎全是她的事。不管有多为难，不管有多烦琐，她总要向报社领导汇报，总要想尽办法。最后连领导见了她都不好意思了：“君华啊，你的执着精神真让我佩服，要是大家都拿出你这个劲头干工作，就没有做不成的事。”

张君华把囊谦人当成自己家的人，囊谦人也没把张君华当外人，什么事都找她，没有她不管的，没有她不帮的。2016 年 11 月，光明日报社邀请北京武警总医院在囊谦开展医疗扶贫活动，医疗队为当地群众进行义诊后，共筛查了 800 多人，确诊先心病患者 10 人，需要手术的 5 人。半个月后，做手术的 5 个病人在家人陪伴下抵京，接受北京武警总医院的免费救治。机场接机、安排住院、联系宾馆……张君华跑前跑后，一刻不停，全部安排妥当后，已是凌晨时分。第二天，她又早早来到医院，帮病人办理术前检查。

做手术的孩子和大人在北京待了一周，她每天都过来探望，给孩子们送吃的、喝的。更求兰桑的侄女义平措毛，生下来心脏就是特殊性的室间隔缺损，膜部瘤囊袋迂曲。细心的张君华见其他孩子都是父母跟着，唯有义平措毛由叔叔带着。一问才知，义平措毛的父母早已离婚。张君华心下难过，再也放不下、舍不去，又资助了这个女孩，每次去都要给她买衣服，买好多好吃的。

2019 年 12 月，玉树州来京推介特色农畜产品，囊谦企业带来了牦牛肉、酥油茶等。在展销会上，卖掉了一批，还剩下一批。冷冻的肉，一来一回，肯定坏了。他们又找到他们的“君华姐”，希望在北京找到客户。她二话没说，又揽在身上。光明日报社正好有采购贫困地区农产品的任务，她赶快向报社申请，采购了剩下的产品，足足有十几万元。

对口帮扶囊谦多年，也有让张君华难过伤心的事。第一批来到北京的孩子们就要离开了，她送孩子们到了火车站，其中有一个年龄最小的孩子，拉着她的手说:“妈妈，妈妈，我不想走了。”张君华一下把孩子抱在怀里，哽咽着说:“你得回去，家里的妈妈在等着你。你回去了，好好学习，考到北京来，妈妈管你！”

临近春节，光明日报社的同事们给囊谦的孩子们织了毛衣、围

张君华和阳光福利学校的孩子们

巾、帽子、手套，张君华一到囊谦就交给了阳光福利学校的老师。没想到，学校非常重视，把孩子们集中到操场上，一件一件摆了出来。这可怎么办呢？这个学校的孩子都是孤儿，带来的东西肯定不够啊！张君华心酸地落了泪，一回到单位就跟领导汇报，报社领导当即同意，赶春节前给阳光福利学校的孩子们每人买件羽绒服。

还有一次，她到囊谦，给她帮扶的学生带了新衣服和学习用品，让索南旺德的父亲来取。索南旺德的父亲来了，一只手提着一小包蕨麻，一只手从怀里掏出一卷卫生纸硬是塞给了她。她一打开，里面包着10根虫草，张君华心一酸，泪眼婆娑地对索南旺德的父亲说："这一小包蕨麻我收下，这10根虫草，你一定要带回去。"

囊谦人也爱她

人心换人心，她爱囊谦，囊谦人也爱她。张君华每次去囊谦，县委领导都去机场接她。她心疼他们，来回4个多小时，太累了，就让他们在囊谦的迎宾大门等。有一次，县委领导在州上开会，张君华告诉他别着急，开完会再回来。可领导不等会开完就往回赶，半道上车坏了，又调来一辆车接着赶，终于在迎宾大门前第一时间见到了张君华。

晚上11点了，县委宣传部网信办主任江洋扎西，见张君华房间的灯还亮着，怕她刚到有高原反应，赶紧上楼敲开房门。只见满床都是信封，信封上写着孩子的名字、学校和资助者的名字。因为第二天是个很重要的日子，张君华必须亲自和老师一起把助学金发到每个孩子手里，不能有任何差错。因为她还帮每个孩子买了小礼物，让孩子们把礼物和写给资助者的信一起寄出去，向资助者表示感谢，这会儿正一个个按学校名单核对、整理，早就把缺氧带来的头疼头晕抛在了脑后，没有一点儿要休息的意思。

每次来囊谦，张君华都要提两个大箱子，背一个大大的双肩包。箱子里是给孩子们买的吃的、穿的，双肩包里是一次比一次多的现金。这是大家捐赠的善款，每一笔钱都倾注着资助者对孩子的期望，张君华怎么能不小心翼翼。从北京飞到西宁，从西宁飞到玉树，再到囊谦，一路不离身。有一次，在大兴机场，上电梯的时候，一下没抓住，一个大箱子从电梯上滑了下去，紧张得她心跳加快，满头是汗，可她无怨无悔，总觉得这是自己应该做的，只是一点点小事，下次去还这样。

2021年春天，我在京城潜心修润这本书时，有幸见到了这位囊谦的“活菩萨”，大人们的“姐姐”，孩子们的“妈妈、奶奶”。

她站在立水桥地铁口向我招手，甜甜的笑脸，干净得像个孩子。她手上提着一个大袋子，里面是给我的水果和光明日报出版社为囊谦出版的两本新书，我们俩一人提一边，慢慢走着，像是久违的朋友。

那一刻，丁香花馥郁的清香浓郁而热烈地飘了过来，我感到很幸福。有些人说，来一趟人世要看遍美景；有些人说，来一趟人世，要吃遍美食，对于我来说，因为写作能遇到这么多优秀的人，也是此生之幸。

我们顾不得喝水，顾不上吃水果，甚至顾不得吃晚饭，一刻不停地聊囊谦、说囊谦，讲囊谦的每一件事。囊谦好似已经融化在她的血液里，变成了一条河，奔涌在她全身。

“您为什么会为囊谦做这么多事？”

“不为什么，我太喜欢囊谦了，太喜欢囊谦人了，他们是那样的朴实、热情、真诚。每一次去，每一次走到囊谦的迎宾大门前，我都想哭。”

“您为什么对囊谦人那么耐心，那么周到，小到买一件文具，一颗糖果，大到建阳光房，搞文化教育和宣传。”

“可能，我的前世就是囊谦人吧！今生，我就是回家，帮助自己的亲人。自从我接手光明日报社的扶贫工作，就跟囊谦特别亲。从2013年到今年，我已经去了囊谦30多趟，每一趟都仿佛归乡的游子，让我感到熟悉又陌生，亲切又好奇。”

“您天生适合做扶贫工作，真是在全身心地投入。”

张君华一笑，露出两个浅浅的酒窝。她说：“其实，我也没做什么，可是国家却给了我莫大的荣誉。”

2020年8月的一个早晨，她打开微信朋友圈，发现囊谦的干部群众都在发同样的信息：热烈祝贺张君华获得中央和国家机关脱贫攻坚优秀个人称号。她微微一愣，瞬间泪流满面。

2021年2月，她又荣获全国脱贫攻坚先进个人，在人民大会堂接受表彰。

2021年5月，在中国共产党成立100周年之际，她又荣获了全国优秀党务工作者光荣称号。全国只有300人获此荣誉。

“多么不容易啊，没有光明日报社领导的大力支持，没有同志们和社会各界的关心帮助，荣誉从何而来？”她望着我，眼睛清澈如水，似清泉流进我的心田。“奖金我不能自己留着。我要把其中的一万元作为特殊党费交给国家，剩下的全部捐给囊谦，只是还没想好该做一件怎样有意义的事。一位好友说，捐的时候告诉她，她也要拿出一笔钱和我一起捐。”

谁说高山流水独自吟，她就像滔滔江河水，滋润着大地，就像一团熊熊燃烧的火焰，燃烧着自己，照亮了别人。

过几天，她就要带着60台电脑，40支有声道笔，和技术人员一起去囊谦了！一想起这事，她的眉宇间已是春风荡漾，鸟语花香。索南旺德已经一米七五，是个大小伙子，不像以前见到她就一头扑进她怀里；义平措毛腼腆害羞，还等着她这个“妈妈”给她带漂亮的小发卡、好吃的巧克力。他们不知，君华妈妈早已经为他们两个买好了红红的新衣。还有县委的那些干部们，每一个人都对她那么好、那么亲，每天晚上都等她在食堂吃完了饭，准备好了第二天的工作，拉她到家里给她唱藏歌，给她跳卓根玛，牛角胡弦子舞，让她伴着扎阿曲欢快的笑声，感受囊谦人颂天、颂地、颂神、颂六畜兴旺、祈愿美好生活的美好心灵，感恩君华姐姐的深情厚谊。

天色已晚，我送她到地铁口。微风轻轻地吹，嫩嫩的绿叶儿抚摸着我们的长发。那一瞬，我突然觉得“光明日报”中“光明”这两个字用得多恰当啊！张君华不就是光明的使者，传递着初心，传递着爱心，给了我们一个光明的世界、光明的未来，温暖着所有人的心吗？

光明的使者　辛茜摄

第四章 | 圣境夏德尔

来到泽库

天空被风吹得很高。如果是无风的夜晚，来自北京的名律师张青松会去草原上看星星。

星星离草原很近，似乎伸手可触，像一条河，像一地碎银洒落在草原。看着看着，总会有人激动地哭出声来：“我们的草原太美了，太美了！”

每当这时，张青松也很激动，热泪盈眶。不仅因为美，还因为草原宁静的夜色；磕了100万个头的阿妈；只有9岁，但藏语极好的夏

吾昂措；刚过完 80 岁生日的阿姐；黑牛毛账房里的灯光；言语不通、眼神温和的二哥彭措……

2019 年 7 月 4 日，西宁东湖宾馆，张青松紧紧握住泽库县司法局让忠局长有力的大手。同时，接受了藏族小伙儿洛藏扎西献给他的白色哈达。从此，这位全国律师界十大新闻人物，被媒体誉为刑事辩护律师的“京城四少”之一张青松，成了青海省黄南藏族自治州泽库县一名“1+1 法律援助者”，在青藏高原上开始了他崭新的生活。

张青松很兴奋，激情满怀，无法抑制，似乎有一种当初接到大学录取通知书的感觉。所谓“1+1 法律援助志愿者行动”是一个律师和一个法律院校毕业的大学生到无律师县，或者中西部偏远地区提供法律援助的行动，这个行动已进行到第 10 年，先后有 1100 名律师参与。

第二天，从西宁到泽库驾车 4 小时，让忠局长带着他们到达泽

草原宁静　卜建平摄

库县。此时，已是晚上 9 点多。灯光下闪闪烁烁的泽库县城让张青松有点诧异，有些遗憾。这么美丽的地方，怎么能说是到了边远贫困地区？回去了怎么向组织、向父老乡亲交代？

一夜过后，缺氧的阵阵痛楚，让他浑身无力，眼睛肿胀，头晕恶心。吃红景天、止疼药、不洗澡，各种办法都用过了他还是难受。他这才知，泽库实在是一个不容小觑的地方。

干脆喝场酒吧！反正一周没喝了，喝坏拉倒！

一夜大醉、一夜迷糊。结果，早晨起来，他彻底醒了，神清气爽，双目有神，热烈而冷酷的高原终于拥抱并接纳了他。

之前，张青松一心想去西藏，由于年龄限制没有成行。但是，随着岁月的流逝，他总觉得有一种强烈的愿望在召唤着他。用几年、几十年完成的事情叫目标；用一生来完成，或者无法完成的事情叫理想。为了理想，他驾车穿越西藏，向莽莽高原冲去，经过青海境内时，他突然发现，青海很美很美，美到无与伦比，美到无法形容。回到北京后，他立即报名，如愿以偿地来到了青海，来到了泽库。

“泽库”藏语，意为鸟冻得发抖的地方，是青海省黄南藏族自治州贫困程度最高、最艰苦的地方，境内大部分地区的海拔在 3500 米以上。早年，为泽库县政府选址的一班人马来到泽库，当他们放眼远眺，极目细看时，只见满天鹅毛大雪，白茫茫一片，只有一块地方不见积雪，便毫不犹豫地选定此处为泽曲镇，之后，才反应过来，之所以无雪，是因为这里是个大风口，雪被狂风吹走了。

听了这个故事，张青松不由大喜，雄心勃勃。他左思右想，跃跃欲试。泽库如此新鲜、特别、迷人，身在其中，恍若有隔世之感、穿越之感、重生般的快乐。人不一样、语言不一样、环境不一样，像到了异域。熟悉一点点后，他又发现，泽库这个地方，既神秘又简单。所谓“气候最恶劣”就是每天有“四季”。藏服裹在身上，早晚把双臂塞进袖子里，多大的风都吹不透；中午露出肩膀，任清风徐徐吹来，浑身凉爽；晚上入眠时，脱下藏服压在被子上便是保暖的毛绒毯，一年四季穿上它，不冷也不热。所谓“纯牧业县”就是看不到庄稼地，处处是草原，是牦牛，偶尔能看见的只有白帐篷和黑帐篷。所谓“纯藏区”就是藏族人口占总人口98.43%，大多数藏族人不会说汉语。站在这片广阔深远的天地中，看着那些善良淳朴的脸，很难想象这里的人和法律有什么关系。但实际上，这里也是世俗人间，包工头们欠着民工工钱，离婚的藏族夫妇为争夺项链上的红珊瑚打着马拉松官司，几个小伙子结伙偷了别人的牦牛和摩托车……

总算有了审听案子的机会。法官说的是藏语、被告说的是藏语、辩护律师说的是藏语，张青松根本听不懂，像傻子一样。所以，要

迷人的泽库　赵时春摄

处处好时光

想办案子必须学藏语。郁闷中的张青松暗下决心，要刻苦努力，可惜一段时间后，还是只会说你好“逮猫”、再见“逮猫”，谢谢“尕真切”。随后，张青松进一步认为，办案并不重要，县上有办不完的案子，重点是得留下办案的人，培养离不开故土的律师，而自己是来不及学藏语的，也不一定能留下。那么，要在这里生活一年，干什么呢？他想了想，首先得感受这个崭新的世界、体验青藏高原神奇的力量。他坚信，这一年是自己多活的一世，很幸运，也很幸福。

于是，张青松请求搬到草原上住。不是因为政府安排得不好，泽库县对援助律师的关怀无微不至。司法局专门给他安排的单人宿舍就在司法局楼上，一间有办公桌的宿舍。搬到草原上住这件事，经过了司法局局长、县委副书记的批准和见证，理由无可辩驳：法律是为人民服务的，不了解人民就不能很好地服务于人民，援助律师必须得和牧民同吃住、共生活。

家　　人

张青松在草原上有了家，有了帐篷、牦牛、阿姐、阿妈。其实，是洛藏扎西的家，洛桑扎西家的牦牛、阿姐、阿妈。但是，洛桑扎西一家对他的热情，远远超过了对洛藏扎西的。几天后，张青松在家里比洛桑扎西还舒服自在。他每天早晨 7 点 30 分起床，洗漱之后骑马到大帐篷里吃早餐。早餐一般是酥油茶、糌粑、馍馍。他吃的时候，孩子们都瞪着眼看他，一直到他吃完为止。然后他再骑马回到自己的小帐篷，驾车大约 40 分钟到司法局上班。下午 5 点 30 分下班后开车回到大帐篷，帮助家里照看牦牛。真实的情况是，牦牛不需要照料，每天都情绪稳定地吃草。但是他每天都要去关心一下，摸摸牦牛的头，摸摸牦牛的尾，主要是担心家里人说他只吃饭不干活，主要是呆呆地看着夕阳下的草原，在迷人的色彩下，如何变成一幅油画，再变成一幅版画、铅画。

晚餐时间最有趣，不仅丰盛，最重要的是大家可以聚在一起聊天。家人用藏语，张青松用汉语。他基本听不懂，家人也完全听不懂他说的。但是大家聊得很开心，笑声不断……

洛藏扎西毕业于南昌工学院，援助期间担任张青松的助手兼翻译。张青松给他安排的第一项工作，就是教自己说藏语，如果自己半年内不能用藏语和当地人交流，他的工作考核为不合格。洛藏扎西一脸忠厚，眨眨眼：“那是一定的！我教您藏语，您教我法律，如果我过不了司法考试，您的工作考核会和您的藏语水平一样。”

张青松很生气，名单里有很多女大学生，为什么和他在一起的偏偏是这么一个又肥又壮的家伙？聪明的洛藏扎西好像看出了他的心思，盯着他的眼睛：“您没发现，您是援助律师中最帅的，组织上可能着重考虑的是您的安全。”张青松听后非常受用，立即喜欢上了这个小伙子。

来之前，张青松就听说过黑帐篷与白帐篷的故事。但是，让他住的是一顶白帐篷，这完全限制了他的想象力。其实，他更愿意住在传统的黑帐篷里。黑帐篷用牦牛毛搓绳编织而成，纯手工，工艺复杂，冬暖夏凉。以前，当地的牧民大多住在这种帐篷里。后来，有些厂家抓住商机，用结实耐用的白帆布生产帐篷，实惠方便，大多数牧民就不再用手工制作黑帐篷了。但是，黑帐篷对当地牧民有着特殊的意义，所以很多牧民都以家中拥有一顶黑帐篷而骄傲。

黑帐篷里有一个土质的炉子，燃料为牦牛粪，而现在的白帐篷都换成了铁制的炉子，没什么意思。除了取暖，炉子还起着分界线的作用。晚上睡觉时，女的睡左侧，男的睡右侧。

家里最疼张青松的是阿妈。她 69 岁，一生磕了 100 万个头，现在还能直腿弯腰触摸地面。阿妈有 8 个孩子，加上孙辈、重孙辈约 38 人，她老人家好像也算不清楚。家中最年长的是阿姐，是阿妈的姐姐，全家人都跟着阿妈称呼她阿姐。藏历六月十三是阿姐的八十大寿，全家人正在全力以赴地准备这个盛大聚会，张青松更是万分期待。阿妈说，张青松来她们家就是她的第九个孩子，所以她的子孙们就都叫他大哥。张青松还有一个藏语老师名叫夏吾昂措，至今没搞清是哪一个弟兄的孩子，虽然只有 9 岁，但藏语特别棒，只是讲课不太认真。张青松买了好多零食给她，她还是漫不经心地多数让他自习。张青松的体育老师叫夏吾措吉，是一个妹妹的孩子，专门教他跳锅庄，学费是一大包糖。夏吾措吉比夏吾昂措认真，不厌其烦地给他示范动作，而且从来不嫌他笨。家里力大无穷的是二哥彭措，没上过学，却能帮助活佛整理讲义，还出版过个人诗集。二哥不会汉语，却对张青松讲了很多话，应该是些很深奥的佛学理论，后来，张青松送给他一本汉语版《金刚经》。自从张青松不请自来加入这个大家庭，大哥的地位明显受到“威胁”，只能屈居第二。为了安慰他受伤的心，张青松一有机会，就和表情十分严肃的大哥合影。

阿姐的八十大寿

藏历六月十七日（公历七月十九日）是阿姐的八十大寿。首先，要为阿姐做一件品质优良的藏服，完全是手工缝制。承担这项工作的是四哥和夏吾才让，在认真观察藏服的制作过程中，张青松被藏族男人的勤劳和细致感动。但即使这样，藏族女人的任劳任怨、辛劳勤快更让他惊叹，简直无法形容。张青松一直拍不到一张藏族女人完美的照片，就是因为她们一直在动，一直在劳作，从不停歇。里里外外的活儿都是她们的，但她们绝对不做针线活，那是男人的事。

阿姐爱美，对她的新衣服充满期待。如果给她拍照片，她总是朝张青松挥挥手："等等吧！等穿上新藏服拍出来才好看。"

吉祥的云，一朵一朵飘在天上，黄昏沐浴着草原，阿姐八十大寿的喜庆日子终于到了，张青松激动得夜不能寐，实际上也没法入睡。

头一天晚上，就不能睡觉了，接近晚上 12 点的时候，全家都要去大帐篷的正前方煨桑，以求神仙保佑。

请宗教人士在重大庆典、节日念经赐福必不可少，他们家所在的村有 13 个活佛，可是不能都请，太贵。

煨桑完毕，从晚上 12 点开始，宾客陆续到达。谁来得早谁最诚心，福气也就最大。每个宾客除了赠送礼物，还要伴以歌舞。同时，阿姐要回礼，家人要以歌声、舞蹈还礼。

黑帐篷是庆典的中心，身着盛装的阿姐像女王，雍容华贵、仪态万方，坐在帐篷门口接受来宾的拜贺。客人们则入座大帐，喝茶、饮酒，吃肉、聊天、唱歌、跳舞……笑声不断、歌声不断，一直持续到次日凌晨。

为了阿姐的大寿，家里专门在黑帐篷旁边搭起了一顶漂亮的花帐篷。花帐篷专供活佛念经，和黑帐篷一样摆上了漂亮的水果和点心。

此时，阿姐盼望礼物的眼神既可爱又满足。

回礼是一碗花生。一碗又一碗，从晚上 12 点到第二天凌晨，阿姐回了 300 多碗花生，说明来过 300 多位客人。客人有熟悉的，也有不太熟悉的，只要来了，就一定会受到欢迎。

庆典的总策划兼总指挥当然是阿妈，张青松是家中老大，所以要与阿妈单独合影，以表示这些工作也有他的功劳。

开始跳锅庄舞了，穿着藏服的张青松大显身手，与美女轮番对跳、牵手、转圈，快乐得一塌糊涂，同时，他遇到了计算机专业毕业，酷爱教育事业的同村小伙子夏吾多杰。

夏吾多杰是唐德村最受欢迎的年轻人之一，他一本正经地对张青松说："如果你认为我们天天大碗喝酒、大口吃肉，你就错了。其实，藏族人本来不喝酒。当年文成公主把酒和酿酒技术带到这里，只告诉我们酒好喝，却忘了告诉我们喝多少，所以我们不按斤喝，而是按天喝，高手可以连续喝七八天。后来，我们才知那种感觉叫'醉'。'醉'不好，所以现在多数藏族人不喝酒。当然，重大喜事另当别论。吃肉也不是你想象的那样。按照传统每月有 8 天绝对不吃肉，藏历四月整月不吃肉，平时尽量少吃肉，不是不爱吃，是舍不得吃。吃肉只能吃牛羊肉，不能吃小动物的肉……众生平等，不能杀生；人要生存就要吃东西，高原上除了肉没有什么可吃的怎么办？尽量少杀生。一头牦牛可以让很多人吃饱，因为它大；很多条鱼才能让一个人果腹，因为它们小。"

夏吾多杰的话让张青松大长见识，连连点头。难怪，平时藏族的主食主要是吃糌粑。糌粑的原料是炒熟的青稞面，配料是曲拉（干奶酪）、酥油、白糖。如果你是一个好人，女主人会在你的碗里放很大一块酥油，在碗里加上奶茶。黄澄澄的一层酥油飘在奶茶上，喝上一会儿奶茶后，把青稞面放进碗里，用无名指搅拌，再用五根手指揉捏成团做成糌粑。

对于长期吃糌粑的藏族人来说，捏完糌粑后，盛糌粑的碗要干净得如同新碗，如果碗里还有糌粑残渣，则需要用舌头舔干净，否则会被视为对食物的不敬。开始，张青松很不习惯。但有一天，他突然想起小时候在老家山东农村，吃过面糊糊后不是也一样添碗的吗？有什么大惊小怪的，也就表现得从容、坦然了。阿姐、阿妈看到后很是满意。

当然，八十大寿这样的庆典，肉是充足的，酒是管够的。等朋友和家人酒足饭饱后，阿姐也幸福地度过了她的豪华生日宴会。她开心地笑着，脸上的皱纹浅了许多。

张青松（后排右六）和家人在一起

法会和赛马

有一天回家，张青松发现少了两顶帐篷，其中包括自己住的那顶白帐篷。他心里一震，以为家里嫌弃他，嫌他领来了太多陌生人，所以把帐篷藏起来了。因为前段时间，有很多朋友常来泽库，而他在激动之余，又常常忍不住带朋友们来帐篷小住，吃家里的肉、糌粑、酸奶，欣赏家里的牦牛和美景。

经过小心翼翼地求证，才知帐篷被移到法会和赛马会去了。

法会，就是大家聚到一起听活佛讲经、念经。有的活佛学问很深，一讲讲好几天，所以就要把自家帐篷迁到活佛讲经的地方住下来听。活佛用藏语讲经时，不明觉厉的声音不绝如缕，使人震颤。

除了法会，草原上的赛马，让人热血沸腾。

泽库的马叫河曲马，乃中国三大名马之一。藏地牧人家中都养马，张青松家就有 4 匹，主要用于比赛，现在已经很少有人骑马放牛放羊，取而代之的是摩托。赛马分为部落赛、村赛、乡镇赛，就像内地的足球比赛。乡镇举办的赛马活动比较隆重，配合歌舞、拔河、摔跤，一搞就是 3 天。

参赛的马以年满 3 岁最好，阿姐送给张青松的赤兔马正好 3 岁。骑手的体重必须超过 50 公斤，张青松刚刚符合条件，但遗憾的是，比赛过程中，如果骑手从马上掉下来不算成绩。所以，思前想后的张青松只好忍痛让别的骑手骑着他的赤兔马参赛了。

赛马几乎吸引了全乡镇的牧民和帐篷，非常热闹，司法局不失时机地带着他们进行了有效的普法教育。

泽库热闹，临近的河南蒙古族自治县也很热闹。那达慕大会刚刚开始，张青松当然不会错过。这是蒙古族的传统活动，世界非物质文化遗产，有赛马、摔跤、烟火和演唱会，还有身着蒙古族盛装的俊男靓女，站在那里，一动不动地盯着会场，和无边的草原一起组成绝美的风景。张青松顿感惬意，躺在草滩上，在阳光下，在微醺中享受着自然，与自然同样动人、抒情、浪漫的美好。一声令下，广场沸腾了，欢呼的人们情不自禁地站了起来。骏马奔驰，腾飞中的骑手像古战场上的英雄。这就是蒙古族男人的豪情、蒙古族女人的向往，无论什么也代替不了赛马给草原男人的荣誉和尊严。群情激昂中，善于观察的张青松，发现了来自云南昆明的律师梁亚军，他在河南县同样做“1+1法律援助者”，好像也是来那达慕大会普法的，听说他在河南县竟然有一辆自行车。这也太奢侈了，张青松艳羡地望着他。

除了河南县的那达慕大会，同仁县的热贡六月会也是世界非物质文化遗产，同仁特有的节日。六月会共分3种，一种叫“穆则”意为军舞，一种叫“拉则”跳神舞，一种叫“理则”即歌舞。六月会展现的是当地非常古老的文化仪式。其实，按我的理解，这种神圣的仪式，其目的主要是验证男人的勇气和耐力。关于这一点，我打算在另一篇文字中专门论述。

六月会其中一项为“口钎”，把一个细铁钎从少年的腮部穿透，表示把嘴封住，防止“病从口入”。还有“背钎”，是在少年的后背上插入很多细铁钎，铁钎的另一头还挂着彩带。插了背钎或口钎的都是

游荡到山南，顺便看望在这里援藏的金明章、倪立峰、梁亚军三位律师

十多岁的小男孩，插上铁钎的他们，没有痛感，反而会高高兴兴地去跳舞。歌舞结束后，才把铁钎拔出来。好奇的人们可以清楚地看见他们两腮会有明显的小洞，有的还在流血。

高原上的夏天不过一个多月，热烈、欢畅、神秘、难忘。张青松不顾一切地尽情享受，常常忘了自己作为一名法律援助律师的责任。他拍下了很多视频，以便在未来的日子、长达半年的冬天里，围着火炉反复回味。

拉 雅 死 了

中秋节，泽库下了一场大雪。还不到 3 岁的牦牛拉雅被狼咬死了。按说，这场雪不算大。第二天一早，草原变得黄绿相间。远处的山脉白雪连绵，与蓝天相映，显得格外清洁、格外美丽。

地毛角乎家的拉雅很可能是被美景吸引，独自走了出去，走得太远，远离了自家的草场，再也没有回来。被发现的时候，拉雅已经死了，左侧身体的肉被吃掉，露出了肋骨，内脏几乎被吃完，残留部分流淌在体外，很是惨烈。

狼袭击牦牛的事件并不经常发生。一般来讲，牦牛群里如果有一头壮硕的头牛，这种事情就不会发生，而且狼根本斗不过它。头牛，就是牛群里最牛的公牛，对外震慑狼群，对内团结伙伴。高原上的野牦牛自由奔放、身体健壮、精力充沛，很受母牦牛的崇拜，有些母牦牛会忍不住跟着私奔。头牛发现了就会和野牦牛打一架，以维护家庭的完整和自己的权威。虽然牦牛性情温顺，一般没有攻击性，但是如果把它惹急了，追到天边都要把你顶死，求饶都没用。这就是传说中的牛脾气，所以狼轻易不敢惹牦牛，但是像拉雅这种脱离集体的落单者，很容易被狼钻空子。

牧民当然希望头牛把野生母牦牛带回家，但成功率不高，因为野生牦牛不大喜欢安逸平稳的生活。所以，公牛长大后一般就放到草场上不管了，而母牛则要每天下午都赶回家里拴上，不是为了防止它私奔，而是为了挤奶。牦牛奶是高热量的食物，营养丰富，藏族人大多数食物里都有奶制品，所以他们身体强壮。

张青松一直想学挤牦牛奶，却遭到扎西吉大姐的拒绝。理由很简单，牦牛奶只能女的挤，男的挤不出来。他对此将信将疑，究竟是牦牛害羞？还是藏族男人编的谎言？

拴住了母牛，公牛就不会走远。这是经过张青松验证过的事实，因为第二天能见到拴牛的地方，会出现很多牦牛粪……用晒干的牛粪烧火，飘出的是草香味。

除了做燃料，牦牛粪还有很多用途。不仅是草地的养分，可以防止高原沙漠化，还有着杀虫护草的功效。高原土层中有专门以草根为食的害虫，对草地破坏极大，但牦牛粪恰巧能够毒杀这种害虫。高原上的蚊子很大，被咬一口久久难忘，但是只要有牦牛粪的地方就绝对没有蚊子。没放过牧的人不知道，羊吃草是将草连根拔起，牦牛吃草则是用牙齿将草的茎叶切断，不影响草的再生。

有时候，张青松很坏，对来看望他的朋友说："牦牛吃的是冬虫夏草，拉的是延年益寿的六味地黄丸。"……

泽库已是初冬，被牦牛吃过的草场仍绿意盎然；未被牦牛吃过的草场已枯黄一片。雪花飘散，天地如银，张青松躺在帐篷里，想起草原上的种种趣事，若有所思。

地毛角乎是家中老四的媳妇，和许多藏族人一样，说不准自家有多少头牦牛，但只需要看一眼牦牛群，就知道谁没回来，而每一头牦牛都有自己的名字。地毛角乎非常勤劳，但也不能防止悲剧的发生。拉雅的死给家里造成的损失不是太大，但牦牛被咬死总不是一件好事。

可是对家里的孩子来说，却是一件好事。有肉吃了！以前粮食短缺，牛羊肉几乎是唯一的食物来源，牧民也只是宰杀牦牛、藏羊这些大型动物，杀一头可以吃很久。尽管如此，善良的牧民也从来不杀自家养的牛羊，而是邻近间相互宰杀。而且杀生不见血，一般采用让牲畜窒息而死的方式。

泽库的藏族人不仅不杀生，还要放生。放生是佛教传统，生老病死、婚丧嫁娶、忌日庆典，都要放生。被放生的牦牛只是在脖子上系一个标志，就表示被赦免了，即不能杀，也不能卖，还要继续在自家草场上养着，直到终老。牦牛的自然寿命大约二十多岁，放生牛越来越多，但是草场有限，以致能卖的牛越来越少。以张青松家为例，全

放生的牦牛

家有大约二百多头牦牛，其中被放生的有六十头左右，也就是说只有一百多头有经济价值，每年要放生。最狠的算老二彭措，他有十五六头牦牛，全部放生，家里还供着两个上大学和中学的孩子，只能做点小生意筹集学费，凑凑合合过日子。

拉雅之死，不悲不喜，乃修行境界。放弃物欲，安贫乐道，是一种生活态度，哪怕只剩下一顶帐篷。“我们现在生活好多了，政策好、政府好……”这样的话，从藏族人的嘴里说出来是非常真诚的。

在泽库做律师

9月15日，泽库开始供暖。

外事活动大大减少，终于在此谈到律师事务。在泽库，第一次有人叫张青松“臭嘴巴”时，他羞愧地刷了3次牙，戒烟1天。但是依旧挡不住被天天叫“臭嘴巴”，这让张青松倍感苦恼，几乎要怀疑藏族同胞是否对律师职业有偏见了，才知藏语“律师”，发音近似“臭嘴巴”。可仔细想来，倒也有些意味。

在县司法局大厅上班后，张青松受到了欢迎，来咨询和寻求法律援助的人络绎不绝，有时候会出现排队等候的情况。7、8两个月，张青松共接待咨询144人次、代写文书36份、受理案件31件……当然，这些工作主要由张青松的另一个“1”洛藏扎西同学具体操作，张青松在一旁指导观察。为了表达对洛藏扎西的谢意，牧民会赠给他一块红布。除了咨询、办案，党委、政府、学校、公检法纷纷请张青松给他们讲课。一段时间后，走在路上的张青松被很多人认出来，老远就喊他“臭嘴巴”，张青松这才意识到，自己蛮重要的。

“1+1”法律援助志愿者行动是解决欠发达地区法律服务资源不足的好办法，但是很难成为解决问题的最终措施。以泽库为例，自 2015 年，先后有 4 位内地律师来做志愿律师，张青松是第 5 位。4 位前辈的敬业和努力，取得了当地干部群众对律师的尊重和信任，但一定程度上导致了当地法律服务对志愿律师的依赖。其实藏族群众更需要藏语律师，而不是像张青松这样带翻译的“臭嘴巴”。从全国来看，内地律师行业高度发达，已经实现专业细化分工。像张青松这样的办理刑事案件的高手即使垄断泽库县全部业务，也会导致大部分当事人得不到最优质的服务。此外，“1+1”志愿律师只适用于法律援助业务，而法律援助范围外的当事人请律师难的问题仍然没有得到解决。

基于以上认识，中国政法大学法律援助研究院的吴宏耀院长策划了一个以泽库为试点，寻求解决欠发达地区公共法律服务体系建设的新途径，代号“泽库模式”。2019 年 8 月 14 日，“泽库模式”会议在一个简陋的帐篷里隆重召开。

《民主与法制》总编刘桂明把“泽库模式”总结为：“请进来，走出去。连起来，办下去。”律新社总经理王凤梅对泽库模式充满期待，幻想着用这个模式带动法律扶贫。张青松沉默良久，不好做出判断。好在他还有时间，他需要更好的体验。

有一天，中国荣宝斋文化发展公司的副总来援助泽库，他一脸苦相地对张青松说：“泽库这个地方太苦了，真待不下去了。”张青松就带着他来到了草原上的家，阿姐示意阿妈端出家里最好吃的酸奶、风干牦牛肉，又给客人的碗里加了一大块酥油。她们没有多余的话，眼睛里尽是柔和善意的光。喝完了茶，阿妈帮助张青松穿上金黄色的藏服，带着荣宝斋的副总去了草原深处。

那是一个晴天。天色湛蓝，草地如海绿波荡漾。河边的全缘绿绒蒿丰润而妩媚，开满了草山坡。张青松神情自若地漫步在草地上，深深地吸了一口比鲜花还要清爽的空气，对荣宝斋的副总说："能够来到泽库，是上天给我们的恩赐，你只要沉下心来感受就好。这里的一切如此奇妙，仿佛让我们回到了从前，回到了过去。你住的房子里有氧气还觉得苦，住在帐篷里的牧人又该怎么办？"荣宝斋的副总似有所悟，愣愣地望着远处的雪山。张青松又说："政府做得最好的一件事，就是花大钱、大力气，派许多人来江河源、来藏地，和藏族人交流，让他们知道身外的世界。但实际上，我们能够给予他们的很少，相反，我们自己却获得了很多。"

想不到的是，自从荣宝斋的副总来过几次张青松的家后突然变了。他心情大好了，也不觉得苦了。本来他在西宁租了房子，一到周末就跑到西宁。现在，他把房子退了，踏踏实实地在泽库干了起来。

张青松为人热情豪爽，朋友们给他寄来的美酒、美食堆满了房间。他就经常请当地的朋友到他房间坐坐、聊聊。

比如，有位藏族阿哥的孩子要到天津一所学校上高中。他明明知道这是一件好事，同时又忧心忡忡。

"听说天津只吃海鲜，没有馍馍和糌粑，吃不惯海鲜会不会挨饿？"

张青松非常轻松地告诉他："问题不大，天津有麻花。"

但是藏族大哥还是在犹豫，是否让孩子去天津。

鉴于对泽库人的初步了解，张青松和他的朋友、南京雨润集团的老总为泽库人做了一件伟大的事。这当然不是张青松的原话，而是泽库县领导的评价。之前，联系雨润集团老总是想让他采购、加工泽库县的牦牛肉。老总说，肉确实是好肉，但你那个地方建一条流水线不够我加工一个月的，量太少。于是，张青松又冒出一个想法，让老总出资请泽库县没出过门的中年人，到中国最富的地方旅游。坐头等舱、住五星级酒店、吃西餐，看能不能改变他们的观念，解放 90 后年轻人的手脚。

行程 10 天，去的人兴高采烈，一到宾馆就给家人发视频。直夸“好啊！好啊！”但回来后，没有总结，没有对话。因为语言不通，张青松很难了解到实情。但他相信，影响力总归是有的。

张青松认为，志愿者不需要改变当地的藏族人，但可以去影响。和他们在一起工作、生活，就是最大的影响。刚来的时候，很多朋友问张青松：“你那里到底需要花什么钱？我们来赞助。”到了后才发现，没有花钱的地方，大家关注的医疗、教育、道路、水电，政府全包了，连学费都免了。如果管得太多，他们就会有依赖，所以藏地扶贫，需要自己真正觉悟，否则，钱花完了就完了。但是，任何一件事都不是孤立的，而是相互联系的。这中间的每一件小事也许不大，可终究会起到作用。有记者曾经不断地追问：“您给泽库带来了什么变化？”张青松只能回答：“一个地方的法制建设不可能因为来了一个律师就健全了。但是我做就是了。”

再见了，我的泽库

2020 年 9 月 19 日，张青松结束了为期一年的法律援助，就要离开草原，离开洛藏扎西一家，离开他以前从不知道、现在却刻骨铭心的大泽库了。临走的时候，阿妈为他选了一头膘情不错的牛放生。家里大大小小几十人，为他举行了隆重的欢送宴会。张青松身穿藏服，脚蹬皮靴，头戴镶有金边的“松沙”帽，与家人不停地合影、拍视频、吃肉、喝酒、唱歌、说笑，一直闹到深夜。迷迷糊糊中，他想起了有一天，阿妈专门为他留的厚厚的奶皮，那是从刚下过牛仔的牛乳里挤出的第一口奶；想起了他几天不着家时，想他的阿姐打发孙子、孙女给他打电话，到县上找他，让他回家和阿妈一起转玛尼筒、包饺子、念经，眼泪就不由自主地流了下来。

再见大泽库！请收下我的律师袍，让泽库的第一个律师穿在身上；再见卓玛，草原上盛开的蓝白花，是我硬硬的胡茬；再见家人，阿姐您念过的每一遍经文，都在我内心轻轻吟唱；再见牦牛，听见阿妈呼喊我的名字，你一定要回家偎依在她的身旁。再见，再见，我的泽库，我还在高原上。

是的，张青松还在高原上。

他的儿子说，作为一个律师，父亲并不想做一个高大上的人，只是在认认真真做自己的事情。让他最佩服的是，父亲做了一件自己想干，而大家都拥护、都愿意干，愿意一起分享的事、美好的事。成立

一个专门机构、一个基金会，把考上法学专业，会藏语、汉语的藏族学生送到全国的政法院校学习、培训，把黄南州同仁县变成培养藏地法律人才的中心，让学成归来的法律人才返回家乡，在白雪皑皑的山下，在绿草如茵的草原、布满星星的夜空，播撒人间爱心。

援助期间，张青松一年没接案子。从此，他要把办案挣来的钱全部放进基金会，再向各位同仁发出倡议，自愿捐款，为藏地学生，甚至为更多偏远地区的少数民族学生提供助学金和奖学金。他相信，有这种想法的不止他一人。

深秋的草黄了，金色的阳光冲破浓云驱走了严寒。牧人们吆喝着，将披着朝霞的牦牛群赶往草场。张青松又出发了，带着儿子，带着他心头装得满满的一腔豪情，奔向藏地，奔向月光和星空，在万波流淌、群山逶迤、飞雪漫天的天宇间，翱翔，翱翔。

第五章 | 阿尼玛卿山下援青人

激 情 如 火

2018 年的初秋，果洛藏族自治州大武镇细雨绵绵，草木见黄，高寒草原上古老的植物青藏龙胆，在朦胧的天色中，摇动着紫色水珠。一夜未眠的我，撑着肿胀的双眼，望着连绵起伏的永宝山在天边静静浮现。

接到倪斌副州长的电话，已是晚上 9 点。他刚从乡下回来，风尘仆仆，一脸疲倦。更让我揪心的是，他刚匆匆忙忙地吃过一碗泡面，未来得及收拾，见我推门进来，他连忙把泡面的盒子推到一边，有点尴尬地朝我笑了笑。

展示着永恒的冬天　祁文敬摄

倪斌

对于初次见面的我，他没有过多的言语，我也不知道该说些什么。他身材高大，脸庞晒得黑红，双鬓斑白，眼睛明亮。

他说："我也没做什么，你还专门来看我。"

我笑了笑："您是我见到的第一位援青干部，朋友青录嘱咐我来看您。"

倪斌是土生土长的上海人，上海气候湿润温和，没有海拔，没有风沙，没有强烈的紫外线，而且他也早已知晓远离家人的痛苦。因为，他曾经在上海市政府驻新疆办事处工作近 4 年，饱受了与家人的离别之苦，他也深知"一人援外、全家奉献"的各种不易。然而，他还是来了，无一丝一毫怨言地来了，从黄浦江畔到三江源头，从繁华都市到高寒牧区，在果洛州，在世界屋脊，打算度过他这一生中最精彩、最难忘，也是付出最多、操劳最多的一段岁月。

就这样，说了几句简短的话后，我离开了他的办公室。我不忍心过多打扰，不忍心过多询问。那一刻，我打定主意，要把他的故事写下来，告诉大家；要把更多援青人的故事写下来，让人们了解他们、理解他们、记住他们，就算是没有人感兴趣、没有人支持、没有人重视，我也要把这件事完成。至于倪斌，我觉得，我一定会知道他更多的故事，即使无从知晓，即使再也没机会见到，也足以让我在这短促的时间里，感受他无怨无悔，甘为果洛人尽心尽力，甘为果洛人踏遍冰雪封山的乡村，在荒芜寂寥的草山草坡上奔波劳累的奉献精神，他以一颗真诚的爱心为牧民群众改善生存条件，夜半回来常以泡面果腹，

银色的黄河　星智摄

下乡途中，一碗泡面足矣

带着微笑，于难以入眠的夜晚想念家人、盼望天明。

此后，有关倪斌的故事，源源不断地传来。无论走到哪里，只要说起援青干部，没有人不知道他，没有人不敬佩他。

难怪青录说，他是一个了不起的援青人。

风往南飘，再往北转。江河入海，流海不已。7.64 万平方千米的果洛大草原，海拔 4000 到 5000 米，终年氧气稀薄，年均气温零下 4 摄氏度，极端最低气温零下 41.8 摄氏度。即使这样，仍然有近 20 万人在这片横贯阿尼玛卿雪山，一眼望不尽的银色天地间繁衍生息，无限喜悦地接受着大自然的甘霖。当然，这里也并非不毛之地，茂盛高大的云杉、冷杉、柏树、赤桦和冬青构成的原始森林在高山峡谷挺立；黑颈鹤、天鹅、秋沙鸭、沙鸥、藏雪鸡在草滩、湿地产卵育幼；奔跑中的野驴、羚羊、狍子、白唇鹿、盘羊、红狐狸、黑熊时时出没。

不知还有没有人记得，早在 20 世纪五六十年代，就有许多上海人响应号召来果洛工作，有的在机关，有的在医院，有的在企业。当时生活条件极其艰苦，气候又格外寒冷、干燥，还未进入秋天就得烧煤、烧牛粪取暖。冬天的风就像脱缰的野马，狂卷着冰屑、雪粒、雪粉，扫荡着不见尽头的大草原。大部分县乡不通公路，通行只能骑马，去一趟省城西宁，难上加难。

1956 年 6 月，康尔素乳品厂从上海迁到青海省西宁市，康宁奶粉在西宁等地上市，不久便誉满昆仑。之后，又有上海人被派往果洛筹建奶粉厂，厂里的老职工任劳任怨、一丝不苟的精神震惊了果洛人。那时候，果洛人管上海人叫“阿拉”。几年过去了，被风吹皱了脖子，

吹红了脸的阿拉们早已习惯了吃酥油炒面、牛羊肉、曲拉，也耐得住冬天没有蔬菜，只有少量的土豆、粉条、腌白菜，粗粮占主食一半的生活。

想想前辈，想想过去，来自上海的援青干部们怎能不直起腰板、挺起胸膛。现在的条件好多了，有什么苦吃不了，有什么难克服不了。为了让果洛人民过上更加幸福的生活，一批又一批上海援青干部前赴后继，留在果洛的精神财富、智慧之光，将永远铭记在果洛人、青海人心中。

我天天走，
但不敢往你身旁走，我的故乡！
不是你的草不绿，
不是你的水不香。
是因为狂风白雪，
掩盖了回乡的路。

大草原　才项仁增摄

果洛人说：“我们这只有两个季节，冬季和大约在冬季。”

上海的援青干部们说：“我们要向你们学习，缺氧不缺精神，保证完成援青任务。”

果洛人说：“我们这儿有‘三个不知道’，睡着没睡着不知道，吃饱没吃饱不知道，生病没生病不知道。”

上海的援青干部们说：“你们能在这生活，我们也能。我们带着援青任务来，‘交支票不交责任’‘我们不大包大揽，也不做甩手掌柜’”。

2010 年 7 月，被果洛人誉为“果洛七匹狼”的第一批上海援青干部来到了果洛，那时候的生活条件比现在还要差。

阿尼玛卿神山展示着永恒的冬天，雪域高原的夏天如此优美，令人忘情。他们已离开果洛多年，我无法寻觅他们的足迹，只好独自去了趟上海。但是，由于种种复杂的原因，我没有见到他们中任何一位。好在有倪斌，百忙中吩咐援青干部夏彤为我精心安排，让我见到了第三批援青干部，才不至于让我太过失望。

也许，上苍被我的诚意感动，总是善良宽厚地对待每一个人，让我在几个月后，2021 年正月十五晚，与几位老友相聚正欢时，遇到了从小在甘德长大，担任过甘德县疾控中心主任、县委接待办主任的金海霞，从她这里知道了上海长宁区派往果洛甘德的第一批、第二批援青干部祝华、缪武、张戎，方才了却了我的心愿。

时光不得不推回到 20 世纪七八十年代。

留在金海霞幼年记忆里的甘德，是一座很大很大的县城，大到从未让她逛完过县城的所有大街小巷。

那时候，他们家条件不好，全家人的生活仅靠父亲一个人的工资，还要供 3 个女儿上学。每到月底，母亲都会数着分分钱打发她出去买醋。全家人都爱吃面，父亲说，没有醋的面条还不如没盐的疙瘩汤。

她最怕过冬天。白菜、粉条、土豆、萝卜、大葱是家家餐桌上的主色调。好在金海霞的母亲非常能干，每一种面食都能做出不同的花样，让她觉得母亲做的饭是天下最好吃的。

最恐惧的是寒冷。甘德的冬天难以想象，最冷的时候，能冷到零下 30 多摄氏度。牛粪火着起来旺，灭起来快，一不留神忘了添，火头已过，或者干脆没了火星，房间的温度会急骤下降，即使穿着厚厚的棉袄、棉裤、棉鞋，手脚仍然冻得又红又肿。家里的后墙上永远有一

金海霞和政协主席郑炳科（左），援青干部张戎（右）在阿尼玛卿山上

层冰，牛粪火烧得再旺，房间温度再高，后墙上的冰也不会消失。前面烤着火，脊背上冷飕飕，冻僵的脚搭在铁炉子下面的边沿上取暖，感觉热时，鞋底已经烧煳。

不知是哪一年，父亲搬回来一大筐红澄澄的橘子，她和两个妹妹开心地又蹦又跳。可是，母亲只给她们3个姊妹每人分了两个，马上将其余的冻入了牛粪房。

新鲜的橘子酸甜可口，一会儿就吃完了。隔些日子再取出来时，橘子冻得硬邦邦的。父亲挑出几个放入凉水中，等橘子表面被一层厚厚的冰包裹结实，再细细地敲去，一只看似新鲜、美貌如花的橘子就会突然出现在她们眼前，让全家人在惊喜之余一人一瓣地慢慢享用。最煎熬的是敲冰时的漫长等待，往往等得3个女儿都快流口水了，父亲手中的冰球还没敲完。

金海霞是甘肃陇西人，因为交通不便，姐妹仨年幼，也为了节约路费，她们的母亲11年没回过老家。那时候，从甘德出发到西宁要走3天，西宁到甘肃陇西，慢车得一天一夜。住上几日，从老家返回甘德县更是难上加难，碰不到顺风车，就得在西宁办事处或者果洛车队苦等半个月。

1991年7月，金海霞19岁，卫校毕业后被分配到甘德县防疫站。1999年，西宁到久治的公路贯通，一天时间就能到西宁。她的父亲感慨地说："看看你们现在的生活，再想想甘德以后的好日子，我们受的苦全值了。"

受环境因素和经济制约，甘德的发展是缓慢的，除了电影院、医院和民贸公司盖起了红砖房，其他的全是土坯房。街道凌乱，乱盖乱建，又脏又乱的样子，被过路人称作“战后伊拉克”。吃水难，居住条件差，生活环境差，办公条件差。后来，在县委县政府的努力下，盖起了几栋楼，但是楼内暖气有一搭没一搭、上下水常常不能用。

2010 年，第一批上海援青干部祝华来到甘德。

人们为此感到好奇，在观察中审时度势。甘德人历来崇尚英雄，格萨尔史诗、民间故事中英雄的悲剧，无不隐藏着游牧民族对固有模式的尊重和记忆。祝华的到来，打破了平静，也打破了甘德人对上海人的看法，让他们开始重新认识上海人，有兴趣了解外面的世界、外面的人。

2012 年 7 月，祝华（前排左二）考察游牧民定居点

2012 年 6 月，祝华（左二）在青珍乡调研援建项目

金海霞发现，祝华能吃牛羊肉，能吃糌粑炒面、酥油茶，连未凝固的血肠都吃得津津有味，感觉不出他有丝毫的勉强。他性格豪爽，很容易和甘德人沟通，融入当地人的生活。他和周围同事、县乡干部谈笑风生，走进毡房，像是重归故里的甘德人。那时候，除了县委县政府两栋小办公楼，其他都是平房，祝华和其他县级干部都住在没有暖气的招待所。头一年冬天，生炉子成了祝华最犯难的事。有一次好不容易把炉子生着了，因为不会封火，不到半夜就灭了。他冻得睡不着，起来再生时，也不知是烟熏的，还是觉得太委屈，眼泪直往下掉。自己要在这里工作 3 年，如果连炉子都生不着，余下的日子该怎么过。

祝华平易近人，管女同志叫姐、叫小妹，管男同志一律叫兄弟。

明知道金海霞比她小，还是亲亲热热地叫她一声海霞姐，感觉特亲切。刚到甘德，他就感冒了，而且发烧，烧得不轻，只能服用大剂量的退烧药，每天坚持奔波数百千米到各乡了解和熟悉情况。晚上回来后再挂点滴、吸氧。有一次下乡，雪下得很大，祝华乘坐的车子突然顺着山坡直往下滑，幸亏司机师傅技术高超、处之泰然，控制住了车。过路的车子见状纷纷停下，几十个人硬是把那辆车用双手抬了上来。

回来后，惊魂未定的祝华见到金海霞时，似乎在自言自语："当时那一瞬间，我脑子里唯一想到的是，今天要把命送到这了。"

过了几天，雪下得更大，祝华和县上的干部们又下乡了。没有豪言壮语，没有惧怕退缩，也没有什么可炫耀的，工作摆在那里，甘德县贫困落后的状况亟待改变，不去也得去。

国家对甘德县教育方面的投资力度很大，从小学开始到初中九年义务制教育全免费，但是当地基础设施还是比较差。不久，祝华就注意到了学校的饮水问题。起初，他考虑从水源地引水，后来发现每个地方、每个学校离水源地都很远，铺设管道、维护成本太大，费时费力，便决定打井，抽取地下水，用净化设备处理，解决了学校的饮水问题。

2011 年，甘德遭遇了历时半年，百年不遇的雪灾，祝华和县上的干部想尽一切办法给牧民送去干草和饲料，但是由于雪灾时间太长，加上高原条件艰苦，交通不畅，全县将近 8 万头牛羊冻死在雪地里。祝华向上海长宁区领导做了汇报，长宁区立即向甘德县捐助了 50 万元的救助款，祝华也带头和县上的干部们一起捐款，冒着风雪，亲自把慰问金送到受灾的牧民手里。

时间长了，祝华和大家有了感情，一起工作的经历和点点滴滴，让大家觉得他不再是匆匆过客。他已经爱上了这片土地，爱上了这里的人。可是有一回，面庞晒得黑红、嘴唇干裂的祝华，声情并茂地为大家唱了一曲江南小调《为你打开一扇窗》。这是一首温婉动人的歌，表达了细腻的情感，在座的人这才突然想起，这位来自上海的援青干部已经很长时间没有回过家，他也会思念家人，想念故乡。

祝华要离开甘德了，金海霞捧着哈达去宿舍为他送行。屋子里有很多人，祝华的眼睛红红的。此情此景，让人有些伤感，有些感动，这是值得珍惜的人间真情，没有什么可以取代。

2013 年 7 月，第二批上海援青干部缪武、张戎从上海长宁区来到甘德。从疾控中心调至接待办当主任的金海霞和他们的接触多了，了解的也多了。缪武长得高高大大，性格开朗，有一股子侠义柔肠，和大家喝酒，从不耍赖，实实在在，哪怕喝多了，第二天难受得一口饭都咽不下。缪武皮肤过敏，血压始终居高不下，睡不着觉，天天失眠。躺着实在难受，只好半躺着，最痛苦的一次，他只靠着枕头蒙蒙眬眬地眯了一个钟头。除此，缪武还有一个无法接受、无法克服的问题，一点儿羊肉都不能吃，甚至连一点儿味都不能闻，进不得饭馆，进不得食堂。

甘德县地处高山地带，最高海拔 5200 米，河谷地区最低海拔 3600 米，空气稀薄、干燥，生活条件极为艰苦，夏天蔬菜稀缺，冬天大雪封山，任何车辆都进不来，得靠吃牛羊肉御寒度日，对缪武来说，日子比别人过得还要苦一点儿。由于缺氧，睡眠严重不足，整天晕乎乎，不知怎么搞的，缪武的头不小心被撞了一个大口子。这件事，金海霞已经记得不太清楚，好像只是进行了简单包扎，有急事处理的缪武又去乡下。途中路遇风沙，辨不清东南西北，浑身觉得不舒服，一测血压 170 ，心跳 120，同事赶忙送他到卫生院，进氧舱紧急输氧，20 分钟后才缓了过来。

缪武为人热情爽快，自掏腰包资助岗龙乡考上重点大学的学生，觉得对自己来说是举手之劳，可对一个孩子来说，有可能改变他们的一生。有位叫朴拉的孤寡老人，年岁大了，几乎瘫痪，经济上靠乡村补贴，生活上由寺院僧人照料。缪武下乡，发现老人长期睡在地上，关节疼痛难忍，即刻拿出 2.5 万元为老人改善了居住条件。采光采暖好了，老人的气色明显好转，关节也很长时间不疼了。

缪武、张戎（右二、右三）去看望孤寡老人并为孤寡老人修建了板房

缪武（右三）询问工程进度

和缪武同来的张戎能吃牛羊肉，但一样睡不着觉。有天早上，一见到金海霞，他竟然欢喜地说：“姐姐，昨晚我睡得好，睡了整整3个小时。”但是张戎有一个让人羡慕，尤其让女人十分羡慕的特点，怎么晒也晒不黑。他五官清秀，皮肤白皙，看上去比同龄人年轻十几岁。下乡时，别人戴着帽子、墨镜，涂着厚厚的防晒霜还晒得黑不溜秋，人家张戎什么也不戴，什么也不抹，可就是晒不黑。领导到县上检查工作，一看大家全都是满面高原红，露着白白的牙齿，黑黑的眼睛，就他好像没下过乡。

这当然也是张戎比较苦恼的一点。其实，张戎的工作一点儿也不轻松，他是甘德县办公室副主任，得配合缪武副县长的工作，对接沪青两地资源，落实甘德县农牧民定居点配套设施改造一期、二期工程，还有县上的旅游文化产业和柯曲镇美丽乡村建设。

生活条件虽然艰苦，可是缪武、张戎和甘德人一样乐观豁达。草滩上有条小河，藏族人称柯曲河。夏天阳光灿烂，小河清澈见底，能见到小鱼儿游来游去。他们坐在河边，看小孩子捞鱼戏水，洗衣服的女人把河水搅得一会儿清一会儿浑，和男人们一起坐在草地上聊天、喝啤酒，也有勤快的钓了鱼采来蘑菇一锅烩了，让大家抢着吃。

不经意间，10 多年过去了，援青干部先后来了 4 批。甘德人住进

小扎西，谁惹你了？

了想都不敢想的楼房，上下水通畅，暖气充足，再也不用担心生不着火，炉火会灭。路变宽了，出行方便自由，好似插上了翅膀。特别是近几年，县城主干道胜利路、吾勤东路、吾勤西路、环城公路宽敞明亮。广场旁依山而建的酥油花展览馆熠熠生辉，新建的文化馆、格萨尔长廊、格萨尔博物馆、影剧院和便民服务厅融合了藏汉民族文化特征，史诗故里步行街商铺鳞次栉比，货物琳琅满目，应有尽有。这一切，怎么能让甘德人忘记上海长宁区多年来对甘德的对口支援、无私帮助；怎么能让甘德人忘记千里迢迢来到柯曲河畔的祝华、缪武、张戎、赵冬兵等援青干部为甘德老百姓做的每一件事。就像金海霞说的，他们在这里撒下的是热爱甘德的一腔热血，火一样的情；我们雪域儿女道不尽、说不够的是对他们的感恩之情。

我天天走，
但不敢往你身旁走，我的母亲！
不是你不疼你的儿女，
不是儿女长着硬心肠，
是因为风沙吹乱了我的心。

我天天走，
月月走，年年走，我的故乡！
吉祥的太阳照亮了果洛大草原，
人间的温暖养育了我。

金海霞看了这段文字，发来微信：“你是不是偏心眼啊，写了我这么多，应该多写写上海的援青干部。”

我对她说：“不讲讲你们以前的苦日子，怎么能让读者知道，现在的好日子，有援青干部的功劳、援青干部的苦与乐。”

拼命三郎“倪扎西”

果洛草原的夏天是美丽的。

胸怀抱负的倪斌站在了黄河源头，站在了壮美的阿尼玛卿岗日雪峰脚下。此时，苍翠如玉的果洛大草原无边无际，野花开在河边，开在草坡上。波涛般起伏的永宝山静静地注视着他，天上的流云却荡来荡去，愁容满面，仿佛在说，可真不容易，你们从大城市来，能来就是付出，躺着就是奉献。

倪斌却在心里回答：“躺着的话我还来干什么？既然来了，就是要干活的。脱贫攻坚是国家的重大战略，此刻正是如期实现全面小康的决胜阶段。”

他豪情满怀地对同来的援友说：“我们真荣幸，一个人一生中能有几次碰上参与国家战略的机会，我们正好赶上了。要么不来，既然来了，就要把工作做好，不留遗憾。”

而那个时期，整个援青工作也到了逆水行舟、不进则退的阶段。他们这批援青干部不仅要巩固前两批援青干部取得的成果，还要为下一批援青干部守住脱贫底线打下坚实的基础。

吉祥的太阳照亮了果洛大地　扎西 摄

倪斌很清楚，自己是一名援青干部，更是带头人，每一位援青干部的成长、工作、经历，甚至包括家庭、生活、身体都是他极为关注、密切关心的问题。带好一支队伍，不但要身体力行，还要严格要求。组织上把这么一支优秀的队伍交给了他，他怎能不知责任重大，怎能不知这其中的分量？他多么希望，在援青的日子里，队员们不仅要在生理上克服高原反应，还要在心理上战胜高原反应，他牵头制定完善的 11 个内部管理制度和规范要求必须从严执行，坚决不打折扣、不搞变通，即使回沪休假，倪斌也绝不放松对他们的要求，组织援青干部集中学习、集中走访、集中座谈，深入了解果洛当地风土人情、历史

倪斌在牧人家中了解情况

风貌。

2016年，恰逢习近平总书记视察青海，明确提出“青海最大的价值在生态、最大的责任在生态、最大的潜力也在生态”的战略定位。过去几十年的实践证明，矿产的无序开发，虽然能给当地群众带来可观的收入，但是也对青海三江源地区环境造成了污染和破坏，进而影响国家的生态安全和整个江河流域经济社会环境的可持续发展。倪斌深知，在保护生态的大前提下，发展产业是有一定困难的，特别是作为三江源核心区的果洛困难更大，可是不发展，农牧民的生活条件得不到改善，扶贫攻坚，举步维艰。在经过一段时间的调查研究后，他发挥自己的聪明才智，另辟蹊径，找到了一条带领当地干部群众脱贫攻坚、寻求致富的路。

果洛是海拔最高、经济最欠发达的一个地州，人口少，但土地面积很大，相当于12个上海那么大。地广人稀的果洛州，通航之前交通闭塞，经济总量小、产业结构单一，发展的局限性显而易见，来到这儿的很多上海援青干部没去过藏区，没有去外地工作过的经历，对青海果洛非常陌生。

初上高原的夜晚，倪斌一宿未眠，头痛、胸闷、呕吐接踵而至。躺下后，能听到自己的心跳，感觉心脏像要冲出来。从未在高海拔地区生活过的倪斌考虑了很多，很多。离开上海在外工作，自己是有经验的，但在高海拔藏区工作还是第一次。因为缺氧，一起来的20多位援友普遍食欲下降，感觉不到饥饿，头昏昏沉沉的，反应慢，动作慢，像生了病一样没有精神，到底生病没生病也不清楚。昨天，已有几名同志扛不住高原反应倒下了，万一再有人感冒，出现肺水肿怎么办？

倪斌忧心忡忡，可他还是决定按原计划带领援青干部深入基层、工地开展调研和工作对接，以便尽快开展工作。

第二天一早，除了留下个别反应特别大的，他带着其他人，带着氧气瓶和常备药物，开始了第一轮艰难而卓有成效的调研，一走就是2200多千米，紧接着又走了2200多千米。

那是一次艰难的跋涉，考验着所有的人。

一路上，一天能碰到春夏秋冬四个季节。一会儿，太阳出来了热得可以穿短袖；一会儿，下雨了冷得要穿冲锋衣；再一会儿，樟脑球似的冰雹，乒乒乓乓地打在车上；可一会儿，雨过天晴，艳丽的彩虹挂在天上，草原璀璨夺目，美得令人窒息。

之后，每年3轮的项目检查成了必不可少的制度。年初下乡调研，年中检查项目推进，年底收工之前，再去看看施工进展质量。3年时间，倪斌走村入户，基本上把果洛的每一个自然村和工地都走到了。

2017年3月初，倪斌前往达日县他对口帮扶的窝赛乡。那一天，风雪交加，10米开外白茫茫一片，看不见路。下车后，衣服被风雪刮得呼呼响，站不稳，睁不开眼，呼吸都困难，原本2个小时的车程走了5个多小时。

2017年5月，倪斌带队到玛沁、甘德、达日、班玛、久治、玛多六县检查项目。一路上雪花飞舞，山路崎岖，长时间的颠簸中，他的腰椎病突然加重无法弯腰下车。同志们建议他休息两天再出发，他却找了根带子把腰绑起来："果洛全年施工期短，项目早一天开工，早一天建成，早一天使用，乡亲们就能早一天收益，我没问题，能挺住。"

下乡途中

2018 年秋天，下乡途中，倪斌乘坐的车辆竟然与一辆大车相撞，他左手被撕裂，如果不及时手术有致残的可能。幸亏那时，果洛到西宁的飞机刚刚通航，同志们连忙把他送往西宁做了手术。可是在上海休息了几天后，因为惦记着手头的工作，未等完全康复，他又很快返回了果洛。

2018 年初冬，倪斌带队下乡检查项目。雪后的高速公路结了一层厚厚的冰，夜里已经关闭，只好改走马车便道。翻越玛积雪山时，一辆车因冰冻路滑，溜出路基，直奔山谷，就在大家魂飞魄散、惊恐万状之际，一块横向的大石头挡住了冲向山谷的车辆。当时，车上有一位藏族司机、三位上海援青干部，倪斌一身冷汗，绝望、紧张、恐惧的心情难以言表，如果真的出了问题，他怎么向他们的家人、向组织交代。

3年来，下乡途中车子打滑、爆胎、陷车，生死瞬间的经历，倪斌全都碰到过，他甚至想到过援青期间付出生命代价的可能，这并非危言耸听。这几年，扶贫路上，已经有1000多名扶贫干部付出了宝贵的生命。但是，对口援助是政治任务，是国家战略，3年援青工作的完成，最终体现在每年的项目安排和项目落实上。可是，高原地区冬季没法施工，施工期只有半年。一般4月份开工，10月份不到，9月底就得收工，为了保证按期施工，保证质量、控制成本，一旦项目任务定下来，就必须盯着现场。如果有什么问题，务必要求当地相关部门第一时间迅速拿出措施，及时解决问题。否则，短暂的施工期很难保证项目的质量，也很难按期完成当年的工作。这是下基层检查项目

路途艰险

实际的意义，是做项目为什么要拼命往前赶的道理，也是援青干部的工作和责任，没有任何办法，没有任何理由可以替代。

倪斌什么都想到了，工作却没有松懈半点。果洛 3 年，在外的时间比坐在办公室里的时间要多得多，他喜欢走出去，到果洛各县、镇、乡、村、学校和医院，更喜欢到农牧民家中，和乡亲们聊天，问寒问暖，帮助他们解决实际困难。2017 年，西宁通往果洛的航班开通，往返果洛、西宁不需要用车，但是在不到两年的时间里，他在果洛的行车里程竟然超过了 12 万千米。不管刮风下雪，日晒雨淋，道路结冰，计划好的调研走访他从不轻易改变，原本白净的皮肤早已烙上了褪不去的高原红。

司机们说，从没见过这么拼的援青干部。

当地干部说，从没见过这么敬业的援青干部。

牧民们说，这个上海人，真把自己当成了果洛人，比果洛人还果洛人。

和他在一起工作过的同志们说，他心系群众，情牵果洛，真是一个重情重义的人。

在他的努力下，果洛援青项目的开工率、完工率、竣工率、资金拨付率取得了明显进步。“沪・果爱心教育基金”等教育基金相继成立；2 名儿童人工耳蜗移植成功；2 名先天性心脏病患儿手术成功；34 名白内障患者重见光明；两地互访团次、人数、捐赠资金实物等数量大幅提升；上海有关企事业单位与果洛 20 个乡（镇）、34 个贫困村展开了结对帮扶；他运作投资 1.2 个亿建成的西宁果洛中学，大大改善了果洛的教学质量；在他的竭力争取下，浦东外事服务学校航空服务专业，果洛民族班毕业的藏族姑娘拉格卓玛、才让吉、东格、德青卓玛被东方航空公司破格录用，成了“准空姐”，实现了蓝天梦；他促成的上海果洛职业教育联盟正式成立；他引进的上海安信农保在果洛开展农产品气象指数保险，为农牧民减少了雪灾中的损失。他积极组织24家果洛企业，让果洛牦牛肉、藏羊肉、青稞酒、蕨麻、藏雪茶、冬虫夏草、羊肚菌、唐卡、石刻等手工艺品首次走进上海；在上海大世界、迪士尼大通广场、音乐广场，成功举办果洛非物质文化遗产文化旅游展示，让上海市民第一次近距离接触和感受到了藏区文化、果洛文化……

太多了！3年来，他为果洛人做得实在太多。

因为连续失眠，援青干部们出现了记忆力衰退，头发灰白，免疫力下降的问题；因为气候干燥寒冷，很多同志天天流鼻血，在海拔4500多米玛多县工作的夏彤和邵泉更艰苦，体重急剧下降；州直机关的陈洪志、万刚，甘德县的赵冬兵，州民族高级中学的袁春清等都患上了高原性高血压；项目管理组组长朱文忠，病倒在项目检查的路上；久治县的朱亮心率曾一度达每分钟130次，血压高压170低压140，好多同志包括当地同志跟朱亮说：“你就先下去，缓一缓再上来。”

朱亮说：“我这次扛不下来，3年怎么办？”

听到这样的话，看到援友们的表现，倪斌感动得热泪盈眶，也让他更加努力、更加拼命。

达日县窝赛乡依隆村是倪斌结对帮扶的贫困村，村里的星永寿夫妇是倪斌的结对“亲戚”，每年他至少要来村里4次。这天，他又来到了依隆村。为了不给老乡家里添负担，他像平常一样先在路边吃了碗方便面，去过村委会，他进了星永寿的家。

“你们都还好吧，赞周怎么样，药吃完了吗？”

星永寿一见他进来，立即起身，握住了倪斌的手。

“好啊，都挺好。”

去年，星永寿夫妇发现，上高中的大女儿赞周患上了严重的肺结核病。倪斌知道后，连忙利用寒假带赞周去了上海最好的肺结核专科医院，又把星永寿夫妇接到上海照顾女儿，来回费用和看病的钱都是倪斌自己解决的。一家人回到达日后，医院配的药吃完了，他又把赞周送到青海省第四人民医院，配好了药再接她回家，直到女孩儿完全康复。

星永寿夫妇感激在心，每次见到倪斌都忍不住眼含热泪地说：“谢谢您，上海的扎西，您真好！”赞周更是对倪斌充满留恋之情。

过了一会儿，赞周放学回到家，见倪斌马上要离开她家，去另一个村子，舍不得他走，抱着倪斌直哭。

依隆村人喜欢倪斌，他对村里人掏出的也是真心真情，他让依隆村人感受到的不仅仅是他个人的情感，更是党对藏区人民给予的温暖和关怀。

2018 年 2 月，阿尼玛卿神山冰雪妖娆，果洛大草原白雪纷飞，寒风刺骨，山高路滑。倪斌像一位英雄，早早地踏上了神山入云，雪域吹风，苍苍莽莽的果洛大地。

寒冬腊月数九天，
大风雪吼叫了百天。

青冰上都能开出牡丹来啊，

阿尼玛卿下的草坡上何时盛开雪莲花？

30 位援青人中，数他年龄最大，可每年他总是第一个返回果洛，最后一个离开果洛。刚到他身边工作的同事会感觉到很累，因为他常常倒排工作时间，抓工作特别细，总有布置不完的任务、完不成的工作，每天的计划排得满满当当。施工项目慢了，他心中焦急；项目不能及时开工，他心急如焚。他经常为一个项目早日开工、早日落地，和当地发改委领导一起想办法。他常对自己、对身边的干部们说：“上海的每一笔资金都要用在老百姓身上，项目要用心选，推进要用情推。3 年时间很短，一心为公、积极投入，时间会觉得不够用；瞻前顾后、

途经达日　星智摄

畏首畏尾，会觉得度日如年。”他是这样说的，也是这样做的。

经过反复磨合，他用上海理念、上海管理模式推进，最终形成了一套援青项目管理模式。每次，当他带队检查项目，大家都格外紧张，因为他来检查就是来挑毛病的。有一次，在检查一个教育项目工地的过程中，他发现施工区域和教学区域之间没有隔离带。这让他非常生气，当场发火：“这是上海的援建项目，倾注着上海人对青海人的拳拳之心。施工区域和教学区域之间不设隔离带，如果发生安全事故，如何面对当地牧民群众？如何面对上海和上海人的声誉？你们是援青干部，你们的责任心在哪儿？”随即，要求马上整改。隔离带设立好后，他又指定了责任人，这才放心地离开。

果洛3年，他和当地基层干部同甘共苦，感情深厚。果洛3年，他冬天钻进冬窝子，夏天在绣了花一样的草滩上、帐篷里，和牧民一起吃酥油糌粑炒面、喝青稞酒，酒醉酣畅时，唱着藏歌，跳着藏舞，痛快淋漓，深得牧民群众的喜爱和信任。他的豪情、壮志、毅力，他拥有的情操、严以律己的工作态度，他宽厚待人、善良正直的品德，不仅塑造了他自己，也成就了上海援青干部热爱国家、热爱集体、热爱生活、热爱家人、热爱工作的精神风范。

他还是一个幸福的人，有一位爱他、理解他、支持他的好妻子。2005年6月，他参加了为期3年8个月的援疆工作。援疆过程中，他的双胞胎女儿正在读小学四年级，家里四老二小的生活重担全部落在了妻子一个人的肩上。2009年，他回到了家，用援疆载誉归来的骄人成绩回报了自己的妻子。然而，7年后当组织就选派他参加援青工作征求意见时，他还是二话没说，毅然决然地接受了这个艰巨的任务。

2017 年 2 月，劳累中的妻子在一次意外中腿骨骨折。6 月，岳父突然离世。2018 年 5 月，岳母重病手术，妻子硬是没敢告诉他，自己独自挺了过来。当他事后知道这个消息，想到当时妻子的种种艰难、心酸，想到妻子既要照顾病人，又要照顾一双女儿的感受时，彻夜难眠的他，在心疼老人、妻子、女儿的痛苦与煎熬中暗下决心，一定要充分利用好 3 年时光，为果洛的百姓多做些实实在在的事情。只有这样，他才能对得起组织的信任、援友们的期望，才能对得起妻子所有的付出和孩子们想念父亲、渴望父亲归来的纯净漂亮的大眼睛。

2019 年 7 月，离青返沪的倪斌，担任了申能（集团）有限公司党委副书记、总经理，申能股份有限公司党委书记、董事长。遥遥两千里，情丝牵心头。尽管要面对日理万机的工作压力，他的心里却始终没有放下对长江源头那一方百姓冷暖疾苦的牵挂。上任伊始，他多次在不同场合提出大力支持申能青海投资平台——申能新能源（青海）公司的建设，加大申能在青海的投资力度。在他的关怀和支持下，申能青海公司注册资本金达 22 亿元，在青海的投资规模已逾 30 亿元，申能股份与果洛州政府的产业投资合作取得了实质性进展。

2020 年 9 月，倪斌来青海参加援青 10 周年表彰大会，离开果洛一年多的他精神饱满，肤色白净，已经不是那个在草山上奔波跋涉，面色黑红，气喘吁吁的果洛人了。他拍了拍申能青海公司年轻的总经理赵维的肩膀对我说："这是申能的孙公司，我还要为青海人民继续做点事。"

许秀明也是第三批上海援青干部，他的工作职责是派援青、援疆干部，结果把自己派到了青海果洛。谈到青海果洛的自然条件，他告

赵维在为倪斌介绍申能集团在青海省的新能源项目投资布局情况

诉了我一件有趣的事，上海奉贤区红十字会干部徐萍来果洛看望上海的援青干部，高原反应很厉害，哭着给爱人打电话，要写临终遗言。可是，第二年，她带着儿子来了，第三年她又来了，要让孩子体验什么是高海拔，什么是艰苦。她还经常给他们打电话，从澳大利亚买药寄给他们。说这么多同乡在这里工作，实在不落忍，要给中央领导写封信，说说援青干部的事。

第二天，天刚蒙蒙亮，倪斌就和赵维从西宁出发，驱车 300 余千米，来到海拔 3000 多米的乌兰华扬风电场。这个风电场的装机容量为 200MW，共有 91 台金风科技 131/2.2MW 风机，每年可提供约 5 亿千瓦时绿色清洁电量。

倪斌赴海西州申能青海公司乌兰风电场视察调研

秋天的风四处飞扬，山坡上的野花，变成了一颗颗种子飘向四野。望着一排排冲向蓝天，雄鹰般展翅，迎着猎猎清风急速转动的高大风车，他激动地对赵维说：“这样的项目才是真正的绿水青山，才是真正的金山银山，申能到这里来投资新能源建设真的是选对了地方！”

在升压站控制室，他认真听取场站工作人员的汇报，询问平时的生产和生活情况，握着运维人员的手表达着他内心的感激之情。时间紧迫，来不及做任何休息调整，他又急匆匆驱车赶回西宁。傍晚时分，他来到申能青海公司，给长期远离家乡，奋战一线的员工们挨个递上慰问品，鼓励员工们再接再厉，不辱使命，为申能和青海的新能源发展再创佳绩。

这就是倪斌灵魂深处的“青海情结”“果洛情结”。未来的申能青海公司还将继续加大在青海的新能源投资，与青海省内企业广泛开展投资合作，在海西州光伏发电基地建设、电力交易平台股权投资等领域加大投入，为青海经济社会高质量发展做出应有的贡献。

他说，千里之行，始于足下，对口援青没有完成时，就永远在路上。他说，他将用毕生精力关注青海、助力果洛，这片他曾经奋斗过的热土，是他的第二个故乡！

心中有阳光

金莲花开在小河边，百灵鸟站在俊俏的枝头。

初到玛多的上海援青干部，挂职玛多县政府办公室副主任的夏彤，整整3天、72小时没有睡着觉。

玛多离天最近，是黄河源头第一县。黄河源头的水是这样的清澈透明，黄河源头的风光是这样的奇崛迷人，可玛多的生活条件之艰苦、气候之恶劣远远超出了他的想象。第一天晚上，他的脑子格外清醒，到了夜里愈加兴奋；第二天晚上，又是彻夜不眠，他心里就有点难过了。天天这样，夜夜如此，哪天是个头啊！到了第三天晚上，他仍然无法入睡，出去转也不行，吃药也不行，喝酸奶也不行，眼睛一直睁到天亮。那一刻，他的精神几近崩溃，阵阵恐惧向他袭来……

第三天中午去食堂吃饭，毫无食欲的他有气无力地对当地一位干部说：“昨晚，又是一宿没睡，根本睡不着啊！”

藏族干部笑了笑：“没事，夏主任，昨晚我也一样，一夜没睡着。”

“什么，什么，你也睡不着？”夏彤惊讶地瞪圆了眼睛。

“是啊！我们去西宁开会，或者回家过个春节，回来也是好几天睡不着。”

夏彤一愣，随即，那颗自怜自悯的心踏实了许多。原来，原来，我不是个例，大家都一样啊！还以为自己会一个月、两个月睡不着呢。看来，玛多的残酷、玛多的缺氧不是针对我夏彤一个人的。那么，当地干部能克服，我也一定能克服。

回到宿舍，夏彤疲软的脚像踩在棉花上。他突然有了睡意，连忙躺在床上，一下睡了过去。一个多钟头后，他醒了，心里舒服了很多。看来，还是能睡着的，关键是心态，心理承受力。夏彤想开了，玛多的天也更蓝了，花也更美了。今天睡不着明天睡，这顿吃不下下顿吃，想想这里的干部，不都是这样过来的吗？他们能在这里工作，自己为什么不能？

当天晚上，夏彤让司机带着他在草原上兜一圈。结果，车一开，摇着摇着，夏彤又睡着了。暗夜中的玛多，星空灿烂，夏彤像是躺在裸露的河床上，飘啊飘，飘到了外婆家。

说实在的，夏彤并不是铁了心来高原的。他曾经在上海市委组织部综合干部处工作过，接触过援青干部，对他们有所了解。2016 年 5 月，黄浦区委组织部第一次找他谈话时，他非常犹豫，女儿刚满半岁，妻子工作繁忙，家庭的重担不能完全留给她。可同时，组织对自己的信任和重托，又让他无法拒绝。

他坦白地与家人说明了情况，也表明了自己的顾虑和态度，但亲人们却用实际行动回答了他。

妻子说："我辞掉外资企业的工作，专职带孩子。"

即将退休的岳母，是一名出色的妇产科医生，她婉拒了早就找上门的私营医院返聘邀请，表示专心负责家务。

退休后，凭一技之长被原单位继续聘用的岳父笑呵呵地说："放心去吧，我这份收入，还可以补贴家用。"

家人的支持，做出的牺牲，让夏彤感动不已，也让夏彤下定了决心。临走时，他深情地凝视着妻子："我3年离家，你可知将要面对的种种困难。"夏彤的妻子年轻、单纯、善良，她什么也没说，用温柔、热烈的拥抱，把一家人对他的信赖、支持和爱意全都给了他。

夏彤是一位非常细心的人，他对老人、妻子、女儿责任心极强。3年来，每次离沪赴青，他总是选择下午3点前悄悄离开，早几个小时去机场，因为那时女儿午睡还没醒，不会被女儿的眼泪牵绊，也会减轻女儿眼见爸爸离开时的伤心与难过。只是，在青海期间，抚养他长大的外婆匆匆过世，给他留下了难以抚平的伤痛。

人这一辈子，总是要有理性的，特别是对于一个有担当、受过高等教育的男人。选择援青，就是选择了奉献。人生之旅，有时候能通过超越自我实现对自我的改变。谁都有家，谁都舍不得家人和孩子，自己在青海只有3年，可玛多的许多干部，却在高原上默默承受，献完了青春献人生，献完人生献子孙。与他们比起来，自己的付出又算得了什么。

地处青藏高原腹地的玛多是黄河源头，三江源生态保护区核心区域。平均海拔4500米，终年寒冷、干燥、多风、光辐射强、昼夜温差大。年均气温零下 4 摄氏度，极端最低气温可达零下 41.8 摄氏度，大气含氧量仅为海平面的 54%，局部地区仅为内地的 30%。

玛多是上海对口援建地区中，条件最为艰苦的第六类边远地区之一，也是生态地位极为重要，保护举措极为严格的区域。许多产业项目都被禁止落户，但这并没有影响夏彤这位有心人为玛多百姓做一些具体事的决心。

两个多月后，夏彤瘦了 30 斤，可他的精神状态越来越好，就像组长倪斌所言，来了，就是来干活的。一心为公，工作积极，日子就过得快；瞻前顾后、畏首畏尾，就会度日如年。夏彤开始全身心地投入工作，援建项目建设，每一笔资金拨付，预先审核工程量清单，到现场踏勘，看设计图纸、看监理报告、看材料清单，为了工程质量，他没少和建设单位“红脸”。

一次去检查一个施工项目，他发现快要建好的房子质量不过关，要求返工。施工人员不耐烦地说：“夏主任，没什么大不了的，我们这儿的房子都是这样盖的。”

夏彤一听动了怒：“如果这间房子里住的是你的家人，你答应不答应？房子还没完全建好，外面的墙皮都在往下掉，里面的质量能好到哪里？”施工人员只好按他的要求返工。

还有一次，他在一个村里检查路灯安装情况。这是一项上海援青送温暖到村里的项目，按照拨款，应该安装100盏灯。可夏彤来来回回数了又数，只有60盏，少了40盏。问身边负责施工的人，施工人说不知道，经再三追问，才对夏彤磕磕巴巴地说：“乡长说，这里人少，省下的灯要安装到乡政府。”夏彤坚决不同意，既然是送温暖，改

冰雪天堂　蔡征摄

善老百姓的生活，就不应该打折扣，就要实实在在地把温暖送到牧民群众身边。他对施工人员说：“假如施工中遇到不好解决的问题，可以找我，但是不能说不知道，不能不商量就随心所欲地干，做什么事，都要凭良心。”

玛多县大部分地区，山高路远，交通不便，物资紧缺。2018 年 3 月，走了近 6 个小时的路后，夏彤来到了花石峡镇日谢村，在乡村崎岖不平的雪地里又颠簸了 20 分钟后，才到达太阳能路灯安装项目现场。这是一个十分偏僻的小村子，夏彤边走边仔细查看灯基的施工质量，油漆的光洁程度，用挑剔的眼光丈量着路灯到厕所、到牧民家里的距离。3 月的下午，寒风凛冽，生冷的北风吹打着夏彤单薄的身体。牧民们都窝在家里，街上少有行人。夏彤走到一个小卖部找了个小伙子做翻译，敲开了一户人家的门。

“老乡你好，我是县里的干部，请问这些太阳能路灯晚上亮不亮？”

“路灯安装的位置事先有没有听过你们的意见？”

“路灯的数量够不够，位置好不好？”

渐渐地，围在他身边的牧民多了起来，夏彤的问题也更多了。“过年的卡塞、糌粑、牛羊肉吃完了没有？”

“水井里还打得出水不？”

“越冬的棉衣棉被有几件，够不够？”

一边问一边记笔记，不知不觉 3 个多小时过去了，才招呼大家回家吃晚饭。

夏彤还是一个做事极认真、讲原则、讲规矩的人。藏区对援青干部是一个陌生领域，自己在这里，就是小学生，要多向当地干部请教，要多听多学多做笔记，一切从头开始，不能靠以往经验办事。语言不通不是借口，听十次不如亲自去一次、看一次，只有经常深入到学校、医院、牧区、工地等现场查看情况，与干部群众一起聊天，不断积累和消化，才能把党的扶贫政策与民生所需，把扶贫与扶智、扶志有机结合起来。只有投入感情，真正为民所思所想，才能让自己负责的援建项目接地气，才能把来自上海，来自上海黄浦区的温度传递给当地百姓。

夏彤在玛多 3 年，和他接触最多、感情最深的是司机阿尕太。阿尕太是藏族人，妻子带着孩子住在西宁，和夏彤一样是“单身”。玛多的夜，漫长而寒冷，夜夜像冬天，下乡回来的阿尕太，住在没有暖气的小屋子里还得生火取暖。有时候回来太晚，阿尕太累得倒头就睡，早上醒来，冻得钻不出被窝。

夏彤就问阿尕太：“你晚上睡觉打不打呼噜？”

阿尕太说：“不打呼噜。”

夏彤一乐，不容商量：“那就赶紧来，和我睡一个屋，我屋里有暖气，还有一张现成的床。”

从此，夏彤就和阿尕太住在了一起。一住 3 年，相处得非常融洽。谁起得早谁就打扫卫生、整理屋子；谁回来得早，谁就先给加湿器加上水。夏彤给阿尕太打饭，阿尕太给夏彤泡茶。睡不着觉了，俩人聊聊天，说说孩子和妻子。时间久了，彼此了解，互相照顾，情同兄弟。俩人去西宁开会办事，阿尕太总要把夏彤请到家里，让妻子准备一顿家常饭，让吃不上蔬菜、爱吃蔬菜的夏彤美美地吃一顿。夏彤

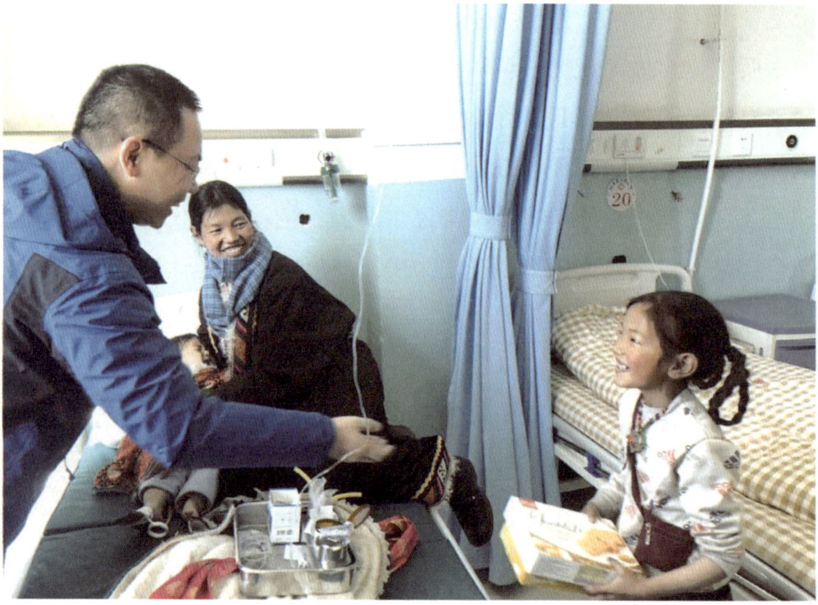

夏彤去医院慰问

与阿尕太之间的事虽然是小事，但日久见人心，他们的感情越来越深，关系越来越好，不但成了上海援青干部留在玛多人心中的一段佳话，同时，还影响和感染了更多的人。据说，第四批上海援青干部张沈彬来到玛多后，也提出，只要司机愿意，也愿意住在一起。夏彤暗自得意，这才是聪明人，让司机睡好、吃好、不仅能保证援青干部下乡途中的安全，还多了一个互相照应、说话的伴儿，一个至亲至爱的朋友，何乐而不为？夏彤回到上海后，阿尕太知道他忙，没事不联系，夏彤倒是常常给阿尕太打个电话，问候他的家人，而且多次邀请阿尕太带着家人来上海玩。

多年来，上海黄浦区一直对口援助玛多县，单位领导非常关心、支持夏彤的工作，除了定向的援青项目，又另外拨款 30 万元，让夏彤用这些钱给当地老百姓做点实事。钱虽然不多，但夏彤极为珍惜，一直在琢磨，究竟做一件怎样具体的事，才能够改善当地群众的生产生活条件，让百姓既看得见，又能尽快受益。

给医院添点设备吧，黄浦区政府已经做得够好够完善。送玛多的医生、教师或者厨师到上海培训吧，钱很快就会花光，而培训过的人有可能再也不愿回玛多了。

有一天，夏彤给加湿器添水，发现加湿器里的过滤网硬得像石头，全部是水垢，怎么清洗也处理不干净。一个念头突然涌上心头，何不用这 30 万元给当地百姓建一个安全饮水站，改善当地百姓的饮水问题。有了这个想法，夏彤立即请专家对玛多的水质做了水检，进一步确认：玛多地区的水中矿物质多，水质硬度超过上海 20 倍，难怪当地百姓患有各种各样的结石病，甚至连眼睛里都长结石。

夏彤下了决心，一定要在自己离开玛多之前完成这个心愿。他一面向上海黄浦区政府领导汇报，一面给当地干部做工作。对于修建安全饮水取水站，有些干部还存在顾虑，有些不相信，担心钱花了，没有什么效果。夏彤就耐心地给大家讲解得结石病的缘由，软化后的水对身体的益处。

“即使你的免疫力够强，得不上病，纯净水泡过的茶，也比现在的水泡的香得多呢？”

最后，大家总算有了共识，同意修建，可是在选址问题上，又产生了分歧。有人建议建在人员密集、打水方便的地方；有人建议放在镇政府、村政府。商量了又商量，最终还是采纳了夏彤的建议：第一，饮水站必须建在人口相对集中的地方。第二，必须建在有人管理、维护的地方。因为，饮水设备特别怕冻，上冻后，不单水箱里面会结冰，最主要的是担心冻坏了过滤膜。费这么大劲，花这么多钱不能用几天后就坏了，这可不是一件小事。第三，必须向百姓开放，让百姓受益。距离县政府驻地 67 千米的花石峡镇，人口相对集中，比较符合这三个条件，于是就把建取水站的位置定在了花石峡镇移民定居点政府生态园和附近的寄宿制小学。

进入施工阶段后，更是难上加难。4 月的玛多冰雪连天，缺氧严重，前来施工的人高原反应严重，头晕目眩干不了活，起不了床。玛多县城连个螺丝钉都没有，什么都得从西宁运。选好的取水点，还需要打井。无形中，成本加大，30 万元捉襟见肘。夏彤咬咬牙，又想尽办法筹措了 20 万元计划外资金，凑够了 50 万元。

2019 年夏，花石峡镇政府生态园、寄宿制小学两个地方的安全饮水取水站在当地百姓的殷殷期盼中落成，软化后的水质达到了可以直接饮用的标准。眼见孩子们蹦蹦跳跳拿着杯子过来接水，老人们欣喜万分地去取水站打水，笑得合不拢嘴，夏彤心里甜滋滋的。

校长见到夏彤，拉着他的手，连连表示感谢："夏主任，这个设备对我们教职员，特别是对我们学生健康的帮助真是太大了！"当地买一桶纯净水的成本是 15 元，取水站造好后，一桶水的成本连 1 元都不到。这让夏彤深深地体会到，把小资金用好，就像雨露滋润着百姓的心田，一样可以办大事，一样可以把上海援青人的温度带给玛多的老百姓。

玛多是千湖之县，黄河发源地。湖泊纵横，风景独特。天鹅、大雁、鱼鸥、赤麻鸭来往迁徙；扎陵湖水色碧澄清亮，流经此地的黄河水宛如一条乳黄色的绸带，将湖面分成两半，曲折迂回中，又轻轻一扭，自巴颜郎玛山南岸进入一条长长的沟谷，散为九股，穿越峡谷，于西南一隅流入深绿色的鄂陵湖。每逢天晴日丽，蓝天、云朵、山岭，倒映鄂陵湖中，水天一色，青鸟踏浪。海拔 4610 米的措日尕则山顶峰，寓意华夏之魂的黄河源头牛头纪念碑静静矗立。

3 年过去了，就要离开玛多，夏彤再一次站在纯铜铸就、粗犷伟岸的牛头碑前，深深地鞠了一躬，心中涌动着令他深感自豪、伟大、坚强的中华民族精神。他知道，即使回到繁华的都市，这热烈的情绪也会一直伴随着他成长、生活、工作。

“博士县长”赵冬兵

金秋十月，果洛藏族自治州甘德县柯曲镇的金忠镇长来到上海，给时任上海市长宁区周家桥街道办事处主任的赵冬兵，带来了一条哈达，这条哈达是贫困户加拿老人千叮咛万嘱咐托她带来的。

赵冬兵的眼睛不由地湿润了，心头涌起了一种难以割舍的情感。他想起了那片草原，想起了盛开着紫色龙胆的柯曲河畔，想起了飘着淡淡白云的蓝天。

那是 2016 年，他刚到甘德不久，当他第一次走进柯曲镇曲纳合村，走进贫困户加拿的家。他的心被强烈地撞击了一下，一间破旧的畜棚里堆放着牛粪，中间是兼做取暖做饭的铁皮炉子，年过六旬的加拿，她的女儿和女儿的孩子就挤住在铁皮炉子旁边，他连忙拿出准备好的慰问金交给加拿。

怎么还有这样贫困的人家啊？赵冬兵的心在颤抖。

加拿的女儿育有 3 个孩子，儿子送进了寺院，大女儿出门挣钱，只剩下小女儿陪伴在她们身边。她们没有草山、没有牛羊，这间畜棚还是向寺庙租来的。

回去后，赵冬兵想了又想，打算先给她们建个房子。但是，援青

果洛，赵冬兵的第二故乡

上海援青干部为这户牧民盖好了房子

项目无法对接个人，他就和县上的干部们商量，联系上海爱心企业予以援手资助，给加拿一家建一个像样的房子。9月，已是甘德的深秋，雪雨交加，在寒冬季节还没有到来之前，加拿一家终于住进了属于自己的新房子。房子是蓝色的板房，在黄绿相间的草地上显得又漂亮，又温馨。墙壁是保温的，屋内的新家具都是配好的，见到前来看望她们的赵冬兵，加拿和她的女儿，握住他的手，泣不成声。

随后，他又协调村委会，给她们一家分了草山、牛羊，让她们一家老有所靠，病有所医。

赵冬兵是安徽人，上海同济大学桥梁与隧道工程专业的博士，援青之前，是长宁区建交委副主任，在建设领域工作了近20年，是具备知识体系建构和实际工作经验的高端人才。大学毕业后他一直在上海工作，会说一口流利的上海话，早已是标准的新上海人。妻子是他的同学，他们相敬如宾、相亲相爱，在幸福的生活中，体会着工作的繁忙和快乐。2016年他第一时间主动报名来到长宁区对口的甘德县，挂职甘德县委常委、副县长，主管上海援建项目。

甘德县处于青南高原高山峡谷向高原面的过渡地带，阿尼玛卿山支脉自西北向东南贯穿中部。年均寒冷期长达10个月，年平均气温零下4摄氏度，年最低气温零下39摄氏度，年结冰期长达282天。高寒、暴风，是甘德明显的气候特征。境内有东柯曲河、西柯曲河、党项河3条支流注入黄河。下辖柯曲镇、上贡麻乡、下贡麻乡、岗龙乡、青珍乡、江千乡、下藏科乡6个乡。要想全面掌握在建和已建上海援建项目的情况，就得亲自下乡实地考察，没有捷径可走。面对严酷的自然环境、简陋的生活条件，他感触最深的是对援青工作、对甘德老百姓、对身边基层干部的理解之意和感念之情。当地人的苦苦坚守，对祖国的情感是强烈的，而他带着情义、责任、任务、要求，即将要做的每一件事，也都倾注着对当地百姓的热爱和同样的家国情怀。他觉得，他没有理由不热爱这片丰富、美丽、贫瘠的土地；没有理由不尽心尽力地去工作，也没有理由因为恶劣的气候、缺氧带来的身体不适，就放弃对自己的要求。

他带着相关同志走遍了甘德一镇六乡7000多平方千米的土地，了解甘德县地情地貌，根据专业标准和要求，查看2012至2016年5年间所有的援建项目，感受高原气候条件下建筑施工的项目特点，为后期开展项目建设打下坚实的基础。

刚开始，有些随行的同志不太理解："项目已经完工，有什么好看的。"

赵冬兵说："只有认真地了解过去，熟悉当地的实际情况，才能更好地开展工作。"

调研归来，赵冬兵身边多了一个厚厚的笔记本，那是他调研过程中的记录。作为土木方面的专家，他深知长远建设规划的重要。为了做到心中有数，他查阅了当地建筑方面的大量档案资料，会同县发改局和项目建设单位对项目做了分类、梳理和总结，形成了一整套完整的项目建设总体思路。他会同县项目办、设计院及相关建设单位，共同研究项目可研报告等前期设计资料，通过直接参加评审会、听取专家意见等方式，努力争取早发招标公告、早开标、早评标、早开工。

工程项目是一个综合性的过程，必须全程把控，不能有丝毫马虎。在项目筹备阶段，他亲自带队到设计院，与专业技术人员面对面交流，落实现场踏勘、方案比选。项目正式开工建设，他又一头扎进工地，把握总体进度、质量，尤其对专业问题，一丝不苟、严查细管。和在上海一样，他对工程、对施工者保持着极其严格的态度，小到施工牌的位置，大到施工现场的总体布局，援建工程的进度的上报，都立下了规矩。有些干部又有些不习惯了，觉得他过于严格、要求太高，但赵冬兵一再坚持，绝不姑息。之后，当他们承建的援建项目，连续两年获得"果洛州上海援建项目优秀管理单位"的光荣称号，给县上带来了从未有过的荣誉时，他们才为他工作中的细致、严谨、认真，暗自敬佩、心悦诚服。

渐渐地，大家在私下偷偷地说，这个上海来的博士实在“砝码”（青海方言“厉害”的意思），布置的工作必须得老老实实地干，来不得半点马虎。再后来，他们喜欢上了这个来自上海的专家，亲切地称他为“博士县长”。

2019 年，江千小学学生宿舍和综合教学楼按时竣工，全校 300 多名学生搬进了宽敞明亮，有暖气、浴室、洗衣房的宿舍，窗明几净的新教室，而且还有望扩大招生，让就近的孩子们到江千小学读书。赵冬兵长长地舒了口气。

甘德县江千小学学生宿舍和综合教学楼的建设，是 2018 年上海援建甘德县的重点项目，赵冬兵特别重视。藏区牧民居住分散，学校都是寄宿制，原来老旧的宿舍里一个房间住 20 个学生，不但条件简陋，卫生条件也很差。赵冬兵看了，心里难受，天天惦记着这件事，一有空就到施工现场，了解进度，监督质量，希望加快施工进度，让孩子们早日搬进新校舍。

甘德是藏语，意为“吉祥安乐”。然而，地处果洛腹地的甘德县，却是果洛气候条件最恶劣的两个县之一。平均海拔近 4400 米，生态脆弱，基础条件很差，整个县城只有一条主路，是国家级贫困县，也是青海省扶贫攻坚重点区域之一。近年来，上海针对甘德的援建项目支持力度不断加大，年均援建项目资金实现了两位数增长。随着资金总数大幅度增长，赵冬兵也慢慢地找到了一些扶贫攻坚的途径。

他发现，草原退化、黑土滩增加、传统畜牧业生产效率低下，是牧民群众致贫的主要原因。于是，他提出整合甘德县草地生态资源，引导贫困户发展生态畜牧业及饲料种植业的建议。2017 年，在当地干部的支持与配合下，他推行的甘德县江千乡恰曲纳村饲草基地建设项目，解决了恰曲纳村 20 名建档立卡贫困户的就业问题，种植成功的 3000 亩饲草，当年便收获鲜草 66 万斤，净收入达到 75.3 万元。充足的过冬草料，防止了牧民群众因灾害导致牲畜死亡、再次返贫的情况发生。

赵冬兵来的时候，果洛州机场、高速公路都没有投入使用，只有一条大武镇通往班玛县的公路，连着玛沁、甘德、达日、班玛 4 个县。2017 年底，赵冬兵向上海市市长宁区政府汇报，拟制了公交线路总体运行方案。当年，长宁区委、区政府拿出帮扶资金 50 万元，购置了两部扬子牌中型客车。在 2018 年 6 月 26 日这个吉祥的日子，正式启动了甘德县首条乡村客运班线，到场的人兴奋地目睹了在鲜花、掌声和欢呼中出发的客车。目前，乡村客运班线有两辆车在运行，聘请的客车司机和售票员都是贫困户，不仅解决了甘德县 1 镇 6 乡、20 个行政村、2 万多名群众的出行问题，还为甘德县扶贫攻坚发挥了积极作用。这不，刚吃过午饭，客运司机却东就喜滋滋地开着车出发了。47 岁的却东本是建档立卡的贫困户，一家人放牧为生，没有固定收入。性格憨厚质朴、驾驶技术好的却东，被选中甘德县乡村客运班线的司机，每天工作 8 小时，每月收入 2000 多元，怎么能不喜形于色。

乡村客运的有益尝试，让赵冬兵信心大增，在国家财政扶贫资金和上海援建项目资金的支持下，新建的扶贫产业园已经初具规模，占地约 26000 平方米。2017 年，依托甘德县有机畜牧业的特色，产业园区试投产了牦牛肉软罐头和颗粒饲料等土特产产品的加工。3 个月后，投放果洛州超市的牦牛肉罐头受到了欢迎，800 吨颗粒饲料供应至全州6个县，净收入约18万元。2018年，颗粒饲料的订单继续增加，收入达200万元，400多个贫困家庭受益。因为出色的工作业绩和踏实的工作作风，赵冬兵获得了2018年度上海市五一劳动奖章。

2019年4月，赵冬兵牵头，青海天果沙棘制品有限公司在甘德县注册成立，成为首家由上海企业在甘德注册成立的绿色食品企业。公司还计划在甘德县开展沙棘育苗及栽培种植、建设沙棘产品研发及生产基地，为当地产业经济注入活力。

时隔3年，黄浦江畔的微风吹拂着赵冬兵滚烫的脸，他捧着来自雪山脚下的哈达，望着遥远的江河源头，像捧着一颗炽热的心。

3年了，甘德县敦厚朴实热情的牧民给予他的信任，同事对他热心关怀，甘德县的山水草木、明月星空赋予他的梦想，仍令他心驰神往。离开甘德的时候，他真的是有太多的不舍，舍不下兄弟般的情谊；舍不下融入草原、深入牧区的那份情感；舍不下他日夜盼望，改善甘德人出行条件，尚在建设中的那条唯一的公路。他甚至想，如果有可能，真想再干3年。因为，把自己的才华和奉献报国的情怀投入祖国伟大的脱贫攻坚进程中，是一件多么令人自豪的事。他没有辜负上海市人民、长宁区政府的嘱托与期望，截至2019年，他已成功组织实施了上海援建项目48个，投资总额14277万元。

2020年初秋，赵冬兵又来到青海。在西宁稍做停留后，他迫不及待地来到甘德，看望他想念的同事。只见穿城而过的公路在艳阳下笔直而优美，公路两旁富有民族特色的建筑、学校、商店簇新而整齐，开满山坡的龙胆花在向他颔首微笑，他知足了。

天上玛多

初上玛多，正是盛夏。万里黄河发祥地的天地之景滚滚而来，令上海援青干部邵泉激情澎湃。秀丽、夺目的鄂陵湖、扎陵湖、冬格措纳湖、星宿海在广袤无边的绿草地上泛起微波，雄伟壮丽的各姿各雅神山，如一位守护神，护佑着黄河正源卡日曲。

这是一个多么美丽的地方，它的宁静、优雅、高贵是世世代代生活在这里的藏族同胞付出巨大努力换来的。尽管他们的祖祖辈辈适应了这里的生活，但是，我们不能因此就忘记他们，忘记他们的艰难和不易。自己是一名受组织委托、组织信任的援青干部，要以一颗虔诚的感恩之心回报他们。

这是邵泉的心里话，也是他站在这片辽阔、高远的黄河源头，真正懂得“绿水青山”“中华水塔”，真正理解国家举全国之力扶贫攻坚，让全国老百姓过上幸福生活的真实含义。

山水之色扑面而来　扎西摄

一个多月后，邵泉渐渐熟悉了环境，克服了高原缺氧给他带来的不适。他注意到，玛多藏羊是玛多草原上古老的绵羊品种。经过自然和人为的选择，品质优良稳定，肉色鲜红饱满，脂肪白润如玉，膻味小、口感好，是当地群众主要的食用肉类之一，也是青海人冬季的进补佳品。很多年前，扎陵湖湖水出口处的西岸有一座小山，吐蕃赞普松赞干布就是在这里设帐扎寨，与文成公主会面。那是草原上热烈又温馨的夜晚，灯火通明，歌声飞扬，舞影婆娑，皇叔身份的李道宗为松赞干布和文成公主主持了婚礼。当晚，松赞干布准备的宴席中，款待宾客的主食就是美味可口的玛多藏羊肉。之后，松赞干布和文成公主从扎陵湖起程，溯黄河源头而上，翻过巴颜喀拉山，渡过天险天河，越过唐古拉山的查吾拉山口，西经黑河那曲草原抵达了吐蕃国都逻些——今天的拉萨。遥远的途中，文成公主思念家乡，身体疲倦，日渐消瘦，多亏喝了玛多藏羊熬的汤，才支撑到拉萨。听了这个故事，邵泉被流传已久的传说陶醉，希望能够借助玛多藏羊特有的品质，让更多的人能够品尝到藏羊美食，同时增加牧民收入。于是，他助力玛多藏羊销售企业通过“消费扶贫”“电商扶贫”开拓上海市场，提高销量，让牧民群众得到分红，增加收入。但是，提升华东地区，特别是上海人对青海牛羊肉的认知度，降低物流成本、降低价格一直是邵泉思考的问题。

大自然是神奇的，也是公平的，玛多是果洛州唯一没有冬虫夏草的地方，却有着丰富的金矿、煤矿、盐矿、铜矿和硼矿等矿产。了解玛多的人，不会忘记玛多曾富甲一方的情景。1980 年至 1982 年，玛多县牧民人均年收入高达 1500 多元，连续 3 年稳居全国第一。然而，由于气候变化、放牧过度，三四万淘金者的疯狂开挖，到了20世纪80年代，玛多县生态环境恶化，草地退化严重，沙化面积增加。1972年黄河发生首次断流；1996年扎陵湖、鄂陵湖首次出现断流；2003年鄂陵湖出水口出现历史上首次断流，大自然毫不留情地向人类敲响了警钟，4077个大小湖泊在短短30年内只剩下了2000个。草地黄沙滚滚，“千湖之县”名存实亡，水草丰美、牛羊遍地的玛多，被来往商贾、游人视为“花石峡不住店，玛多不吃饭”的地方。

2005年，国务院批准实施《青海三江源自然保护区生态保护和建设总体规划》，三江源生态保护和建设一期工程正式启动。2006年起，青海省人民政府取消对三江源地区的GDP考核，将生态保护和建设纳入考核内容。2014年初，三江源生态保护和建设二期工程启动。多年来，国家已累计投资草原保护建设资金达83.24亿元。昔日的荒沙丘变成了绿草地，野驴、棕熊、藏羚羊出现在人们的视野，扎陵湖、鄂陵湖水露出了丰润的模样，越来越多的牧民明白了保护生态的重要性。他们决然放弃大自然的馈赠，毫无怨言地以游牧为生，眷恋着草原上芳菲的野花，过着平静简朴的生活。直到这时，年轻的上海援青干部邵泉，才体会到了中央提出的“两不愁”“三保障”对贫困地区，对玛多人衣食住行的帮扶作用有多么重要。10年来。上海援青帮扶资金的力度在逐渐加大，牧民群众的生产生活资料在不断加强。有关畜牧业生产、生活方面的基础设施，比如畜棚、商铺、道路等已经得到充分保障，教育、医疗、卫生、文化设施、基本民生方面的帮扶也得到了大幅度提升，新学校、新操场、新教学楼覆盖到全县两乡两镇。

邵泉喜欢读书，热爱大自然。玛多县淳朴的民风，神秘的传说，松赞干布迎娶文成公主入藏和亲的故事，藏族英雄格萨尔王叱咤风云的足迹，牛头碑、黑海海心山鸟岛、猴王山、人头山，莫格德哇古墓群遗址等富有民族风情的自然风光、文化遗迹深深吸引着他。县城玛查理是黄河流经的第一座县城，也是我国自唐代以来通往西藏边陲的重要驿站和古老渡口。千百年来，不知有多少青马黄衣的使者，传经布道的僧人在河畔解鞍饮马、风餐露宿，又有多少南来北往的行者、商贾，作为藏汉民族世世代代紧密相连的纽带，在这里含辛茹苦、暮宿朝行，留下了千古佳话。邵泉多么想让更多的人，尤其是上海人了解玛多，追踪滔滔黄河的涓涓之源，领略河源景色，珍禽异兽，特色文化。

2017 年，上海黄浦区委书记带队来到玛多。担任玛多县委常委、副县长的邵泉对书记大胆地提出了在上海推广玛多非物质文化遗产的设想。随后，区委书记在黄浦——玛多党政高层会议上明确指出，黄浦区可以在文化交流方面给玛多一些支持。于是，黄浦区政府将“天上玛多——玛多县非物质文化遗产上海大世界展演活动周”明确立项，由黄浦区文化旅游局和大世界非物质文化遗产传承中心共同协办。

2018 年，邵泉组织县文体广电旅游局和民间艺术团排演了一场以黄河水文化及格萨尔文化主题的歌舞表演。带着玛多当地具有传统文化特色的掐丝唐卡、藏毯、书法，来到了上海黄浦区，来到了上海大世界舞台。令人耳目一新的是，演出中，除了独具魅力的藏族原生态音乐、舞蹈，还有展示藏族人民原汁原味的生活场景。一顶黑色的牛毛帐篷里，摆满了酥油、糌粑、曲拉、麻花。帐篷旁边，草地绿油油，打酥油、编织氆氇、地毯的藏族妇女身姿优美，动作熟练地忙碌着。

演出获得了成功，不仅让上海人领略了三江源的奇崛风光、异域文化、藏族人民朴实而动人的生活，还让他们了解到，生活在江河源头玛多的藏族人民为保护生态做出的贡献。此后，这项文化交流活动成了援青项目中一个常态化的项目，由上海市政府从援建资金中专设文化交流资金专款专用。2018 年，果洛州政府在上海援青联络组组长、副州长倪斌的领导、组织下，在上海大世界举办了一场盛况空前、精彩纷呈的果洛非物质文化遗产传统表演活动。当时，因为玛多县已经有了成功举办活动的经验，玛多县文旅局局长还被抽到州上，协助筹备展演活动。邵泉记得，2018 年上海大世界舞台非常繁忙，连续接待了来自青海果洛州、玛多县和云南的 3 个民间艺术团队，取得了非常好的效果。

把钱用在正道上，是邵泉一贯的想法。用先进理念影响当地牧民群众是必要的，但绝不能忽略他们的情感需求和根深蒂固的宗教文化传统。有些年轻人存在较为偏激的思想，需要逐渐改善他们的一些生活习惯，解决约束他们自身发展的问题，这需要大量的沟通和交流，也需要时间。邵泉认为，对玛多来说，不需要大开发。对牧民群众来说，虽然笃定的信仰和内在的东西，使他们仍然固守着自己的传统观念，但互联网时代、信息的畅通和发达，也会使他们不甘于现状，向往现代生活，最大的问题是如何解决当地的就业问题、收入问题，而解决这两个问题的最好途经，便是提高当地的教学质量，让孩子们通过学习，增强生存本领，提升就业的可能。

邵泉刚到玛多那年，玛多当地学校用的教材，还是五大牧区的藏区教材，和上海用的教材不同。所以，在主课上是没办法帮的，邵泉认为应该先从体育、美术、音乐方面着手素质教育，一方面发现孩子们的特长，一方面提高孩子们的学习积极性。

他找到上海志愿服务公益基金会，基金会表示只要他能找到教师、找到愿意做的教学团队，费用由基金会出。邵泉深感欣慰，他连忙一边通过各种关系联系老师，一边购买投影、电脑、摄像头等教学设备。忙忙碌碌的半年过去了，在上海和普社区公益团队的支持下，上海市与果洛州玛多县，竟然隔着千山万水，用一条无形而有情的线，架起了彩虹般艳丽吉祥的“空中课堂”。

第一堂是美术课。玛多的学生感到新奇万分，上海的老师也非常惊讶。想不到的是，玛多的孩子们特别聪明，画的画好，很特别，而且很有礼貌，很可爱。让老师们觉得，能够让住在那么远、那么高的地方的孩子们，听到他们上的课，得到他们的帮助，是一件极有意义的事，大家都愿意把这件事坚持下去。

第二堂是音乐课，孩子们稚嫩而清亮的童音，深深地打动了上海的老师，孩子们更是兴奋得几乎要跳起来。其实，上海有很多爱心人士愿意帮助和支持西部贫困地区。其中两位 95 岁高龄的离休老党员的故事最让邵泉感动。

2017 年 9 月，黄浦区老干部局收到离休老党员孙瑞英、孙增闳夫妇的来信，信中写道：“党中央对脱贫攻坚的牵挂，习近平总书记对西部集中连片的深度贫困地区考察调研并提出全党同志务必共同努力的要求牵动了我们的心。年老未曾忘初心，我们商量之后做出了一个决定，把原来准备以后做的事情提前做，对深度贫困地区奉上一份爱心，对中国社会主义建设道路上的小康梦贡献力量。奉上人民币 80 万元，请以两位离休老党员的名义捐给青海省玛多县作助学帮困之用。”孙瑞英老人是原南市区委副书记，今年95岁高龄，区委老干部当时跟邵泉联系捐赠事宜的时候，说实话他有点犹豫，犹豫的是应该怎样安排好赠款才能不辜负二老的一片初心。玛多县委县政府主要领导得知后非常郑重地进行了研究，决定以孙瑞英的名义成立爱心教育基金。但是，孙瑞英老人婉拒了这项提议，要求不挂名、不宣传，最后经黄浦区和玛多县共同协商，决定将基金命名为“黄浦——玛多”爱心教育基金，用于奖励和资助贫困学生。2019年12月，全国离退休干部先进集体和先进个人表彰大会在北京举行，习近平总书记亲切会见了受表彰代表，上海共有5个先进集体和12名先进个人受到表彰，孙瑞英老人就是其中之一。

3年援青，玛多人的付出，玛多人艰难的生活，爱心人士孙瑞英的无私奉献，还有连续4年上玛多，帮助贫困地区的台资企业，无不牵动着邵泉的心。援青结束了，回到上海的邵泉经常被党校、中青班请去讲课。青藏高原之巅，玛多飘飘洒洒的雪花，流淌的河水，藏羊温柔的叫声，都是他怀念中不时回望的美景和声音。

嘉 和 久 美

沈元雄是一个乐观自信的人。他说，最美的地方一定是寂寞的地方，最寂寞的地方一定是有所作为的地方。到久治后不久，他就喜欢上了这片从此令他魂牵梦绕的土地。尽管初到久治的那一天，路途的漫长和艰难，让他感到震惊。

沈元雄

2016 年 7 月 24 日，沈元雄和援友们踏上了援青之路。当天，从上海出发到达青海省会西宁。25 日一早，连续坐车 8 个小时至果洛州州府所在地玛沁县大武镇。26 日经过简单休整后，继续坐车去久治县。他以为从州里到县里最多两三个小时，结果这一走又是 9 个小时。在经过一段险要山路时，一块巨石挡在路上。夏季，久治县多雨，沿途道路崎岖，多有塌方，听前面的车子说，巨石就在他们到的前五六分钟滚下。惊惧之余，沈元雄在车上等了 3 个多小时，直到清障车过来清空道路，才重新动身。两天之内，光汽车就坐了 17 个小时，到久治时，他浑身像散了架。但是，这漫长崎岖的路，也让他饱览了青海群山连绵、笼盖四野的壮美之景，他心胸大开，像到了另一个世界。

来到久治后，沈元雄被组织任命为果洛州久治县委常委、副县长，负责上海市对口援建项目、嘉定区与久治县合作交流工作，协管县发改局。

没有到过高原牧区的人，真不知什么叫苦。久治县地处果洛州东南部，与四川阿坝和甘肃甘南接壤，是三江源自然保护区核心地带。海拔 4000 米以上，高寒、干燥、缺氧。县里特意将他安排在底楼宿舍，住了以后才知县委的良苦用意。在高原爬一个阶梯，都是要喘一口气的。除了气候，生活条件也很艰苦。当时，久治县没有接入国家电网，县城供电全靠一个小水库。白天保证医院、学校、机关的办公用电，晚上 7 点到 10 点左右保证居民生活。一旦遇到枯水期，就会彻底断电。至于用水方面，因为没有电，只能靠山靠湖自然引流。天气好的话，能用上干净的水，碰到下雨，就变成了泥浆水。全县 8757.25 平方千米的土地上居住着 2.8 万人，其中 97% 以上是藏族。“久治”这个词，在藏语中是“团结”的意思，但在过往岁月里，寓意团结的久治县一直是国家级贫困县。

一群群的牦牛在山坡上低头吃草，金色的马先蒿像地毯铺就在草原上。天色湛蓝伸手可触，金雕的巨翅横扫天宇、浪迹天涯。这种感觉是生活在平原上的沈元雄无法想象的。他用脚丈量着这片寂寥的大地，同时用心感悟着当地老百姓的不易和痛楚。当沿海发达地区正在为优质资源比拼的时候，久治老百姓最稀缺、最期盼、最渴望的，依旧是基本的卫生资源、公共教育、稳定的经济收入。要想拔除贫根，就必须在教育、卫生和产业三方面精准发力。

长期以来，果洛地区的牧民饱受包虫病困扰，感染者约占总人口的 12%，10 年间死亡率达 90%。不少牧民因此丧失劳动力，因病致贫、因病返贫。2017 年果洛州下决心要攻克包虫病的防治，计划对全州 20 万人口进行全面筛查，逐步治疗。但时，果洛州人民医院的 CT 机设备陈旧、功能欠缺、精度偏低、故障频发，不能起到明确诊断的作用。

上海援青干部联络组组长、果洛州副州长倪斌得知这一情况后，找到沈元雄："嘉定有一家上海联影医疗科技集团公司生产高精度CT机，价格大概在500万元，但联络组今年的项目资金已全部安排，能不能回去商量一下，以优惠的价格购买一台，帮助果洛州如期完成包虫病防治任务。"

接到这个任务后，沈元雄有些忐忑不安，这毕竟不是一个小数目。他马上到县人民医院找院长要资料，又结合网络资料，整理出一份包虫病基本情况报告，迅速赶到嘉定，向时任分管副区长陆祖芳同志和时任工业区党工委书记郁建华同志汇报。两位领导详细了解了实际情况后，表示非常支持，在嘉定区和工业区的协调下，联影公司决定，向果洛州人民医院无偿捐赠一台价值500万元的16排螺旋CT机。尽管当时他们的这个产品非常热销，生产计划已排到一年半以后，但联影公司仍然克服困难，从西安销售部就近调拨，仅用了一个月的时间就把机器安安稳稳地送到了果洛，并负责安装调试培训。

谁能想到啊，就连倪斌、沈元雄也没有想到，500多万元的CT机就这样轻轻松松地到了果洛，这无疑是一个响彻千里的福音。果洛人，果洛州委、州政府，久治县的干部群众对上海市、对嘉定区、对上海联影医疗科技集团公司充满了感激之情。有了这台CT机，包虫无处遁形，无论是在肝上、肾上，还是在肠道上，都被看得清清楚楚。2018年果洛州人民医院挂职副院长，第三批援青干部人涂攀见到沈元雄后，激动地说："至今为止，这台机器共检查肝包虫患者1万多人次，做了300多台手术，患者全部康复，没有一例因手术感染死亡。"

除了包虫病，白内障也是长期困扰高原牧民的高发疾病。如果不及时手术，致盲率是比较高的。从第二批援青干部开始，在时任久治县委常委、副县长，现任上海市嘉定区安亭镇党委副书记、镇长项平的积极协调下，嘉定区卫计委每年开展两批次“上海嘉定光明使者·青海久治行”专项检查和治疗。接过前任的接力棒，沈元雄每年两次安排嘉定的医生到久治县人民医院。医生们除了为牧民群众提供眼科检查，做白内障手术外，3 年间，还陆续增加了心内科、妇科、儿科的医生，通过门诊教学、查房会诊、医疗教学等方式，开展病例讨论和带教工作，帮助久治县的医护人员提高诊疗水平。

医疗人才的匮乏是造成当地医疗水平低下的重要因素。当时，久治县全县没有一个医生能做手术。因为，久治县条件艰苦，但凡业务能力强、家室不在本地的医生，都陆续离开了。全县上上下下 143 名医疗卫生人员，持证人员不到三分之二。为鼓励久治医护人员提高工作的积极性和执业水平，沈元雄利用嘉定区民宗委与上海万佛寺提供的援助资金，在久治县成立了卫生人才发展基金，分两年每年注资 20 万元，用于奖励久治县医务工作者。对于考上初级、中级、高级职称的医务人员，分别一次性给予 1000 元、3000 元、5000 元奖励，同时拿出部分资金，为 600 余建档立卡重病患者购买补充医疗保险。2019 年，新建的久治县人民医院落成，医疗设施设备配备完善，全县医务工作者通过培训学习，基本取得或正在取得各类执业证书，医疗卫生人才队伍知识水平和执业能力有了一定的提升，可以完成包括肝部包虫病手术在内的基本手术治疗。

有一天，沈元雄去县医院检查工作，一位做完白内障手术，刚拆掉纱布的藏族老人拉着他的手：“我有 30 年没看到我儿子的脸了！”

沈元雄听了，心里又难过，又高兴。

教育是发展的根本。可以说，上海市人民，上海嘉定区对久治的教育援助是不遗余力，倾囊而出的。每年投资1500万元左右，完成一所学校的标准化改造，包括学校教学大楼、宿舍、食堂、操场等大型基建项目，教学楼、宿舍楼供暖设备和教室桌椅等硬件。

截至2020年，标准化项目完成，沈元雄又协调嘉定区和投资单位各捐助25万元和20万元，完成了两所学校电脑教室建设；和嘉定红十字会协商，给久治县五乡一镇6所偏远牧区的乡小学师生每人定制了一套校服；募集各类图书8000余册，完成了两所学校的图书室建设。当时，从上海到久治的邮寄费用是购书费用的两倍，这几万元的邮寄经费怎么解决呢？正巧，上海市交流合作办准备给上海援青干部宿舍安装供氧设施，运输车辆即将从上海出发。于是，沈元雄立即跟市合作交流办取得联系，合作办二话不说，就把8000册图书带上了高原。之后，久治县在沈元雄的努力下，哇塞小学和索呼日麻小学各自建立了由企业家每年捐助15万元的教育发展基金，资助建档立卡贫困户的学童、鼓励学习成绩名列前茅的学生，同时也对两所学校的教师以年终绩效确定奖励。此外，还会同县委组织部、县教育局发起“故乡辅导员”活动。对于考上本科和本科预科的牧民子弟，县里每年组织干部到各高校进行走访，根据在校学习情况给予一定奖励。

有些牧民孩子汉语水平不高，学习成绩排在班级后几名。第一年沈元雄去的时候，学生们又感动又羞愧，很不好意思地跟他说：“不是我们不努力，是我们上课听不懂。”沈元雄说：“我们的基础条件差，但我们后天要努力。”第二年他再去的时候，他们中的一个学生考到了全班第12名，其他学生的成绩都排在了班级中游以上。针对高原校园科技教育发展滞后的情况，沈元雄和当地干部选择了基础条件较好、教师积极性较高的白玉乡寄宿制小学，与嘉定区科技教育见长的嘉定一中附属小学开展结对，由嘉一附小全面辅导白玉学校的科技校园建设，通过科技讲堂、连线实验等方式，激发藏区孩子对科技学习的热情。

沈元雄记得，嘉一附小的老师第一次到白玉学校给全校师生上科技课。课程原定45分钟，做3个科学小实验，结果根本停不下来。学生们都不肯走，恳切地要求老师再说、再说、再说。也记得2019年9月，白玉学校师生到嘉定区参加暑期夏令营。那时，沈元雄已结束援青回到了嘉定。有一天，突然接到白玉学校校长李亮的电话，约他在嘉定孔庙碰面，还说了一句让他无法拒绝的话："我们这边的孩子都等着你来。"沈元雄心里一热，急急忙忙赶到时，穿着藏族服装的孩子们落落大方地捧着哈达向他走来，完全没有了之前的胆小羞涩，还给在场的人跳起了藏族舞蹈。沈元雄感慨不已，觉得自己3年的所有努力都是值得的。

在保护生态的大前提下，发展产业是有一定困难的，特别是地处三江源保护区、实施严格的生态保护措施的久治县。然而，高原独特的生态环境，造就了有着"肉牛之冠"美誉的久治高原牦牛，上海市民对高原正宗牦牛肉的需求，是久治牦牛产业发展的巨大的潜力和前景。存在的问题是，久治县22个村，有20个村的村级经济是零，日常的村两委会议经费都无法保证，加上村里的大部分书记不懂汉语，脱贫攻坚政策在基层的落实和推进无法进行。于是，久治县政府决定利用乡镇和村村结对帮扶资金345万元，全部量化到全县6个乡镇22个行政村（牧业合作社）用于发展牦牛经济，助力全县村级经济实现破零，当年便实现收益27.6万元。接着又采取输血和造血并行的方式，除预留100万元资金用于发展再生产外，其余均用作全县建档立卡户的分度分红。2018年，全县全部6422名建档立卡户每人分红358元，按照深度贫困村1.8万元、一般贫困村1.2万元的额度分配村级经济收入，用于村集体事业，同时解决建档立卡户劳动力临时就业75人。

2018年底，久治县成为青海省村级经济未破零的县中第一个实现破零的县。随即，沈元雄通过多方协调，在久治县22个牧业合作社（村）的基础上，由新嘉商业投资公司投资20万元（占股40%）、久治县牧业合作联社出资30万元（占股60%），注册成立了久嘉商贸有限责任公司，寓意两地合作交流源远流长、嘉和久美，期望依托久嘉商贸有限公司这一新的经营平台，让久治更多的特色产品陆续进入上海市场，拓宽和壮大久治县产业发展。

援青3年，回到上海的沈元雄被任命为上海市嘉定区真新街道党工委副书记、办事处主任，比以前更忙，更快乐，也更富有激情。援青3年，他难忘久治艰苦的岁月、旖旎壮美的风景，更难忘与高原风景一样美好的久治人和仍然坚守在岗位上的当地干部，让他在崎岖不平的山路上，清澈透明的小河旁，夏季牧场开满野花、飘着炊烟的帐篷里享受到的最朴实、最简单的人间温情。

他办公室椅子后面的墙上，挂着3条洁白的哈达。第一条是2016年7月24日抵达青海时收到的；第二条是2019年7月26日，离开久治时干部群众献给他的；第三条是 2019 年 9 月，白玉乡的孩子们到嘉定参加夏令营时挂在他脖子上的。无论走到哪里，他都会带在身边，都会珍藏无比珍惜地把这份高原热烈的阳光下，凝聚起的浓情珍藏心里。

2019 年 7 月底，第三批上海援青干部人才结束了 3 年“果洛岁月”。援青期间，他们中 2 名同志荣获上海市五一劳动奖章、2 名同志荣获上海市五四青年奖章、2 名同志被评为果洛州民族团结进步创建活动先进个人，共同承担的 60 余项分工圆满完成。每个人年终考核时，年年都被评为优秀。更值得骄傲的是，在果洛人民的无限关爱和支持下，他们这 24 位优秀的援青干部人才，赢得了果洛“二十四扎西”的美誉。

第三批上海援青干部

在果洛州委州政府举行的欢送表彰大会上，倪斌代表24位上海援青干部人才——果洛“二十四扎西”发了言。当时，他的发言不知被多少次掌声和他自己无法抑制的哽咽之声打断，在座的人无不唏嘘感喟落泪。果洛州时任州委书记强忍泪水，可到最后还是禁不住泪流满面，泣不成声地代表果洛州委、州政府和果洛人民，向“二十四扎西”表达了最诚挚的谢意。

那是一个充满热情、留恋、感伤，又激情满怀、振奋人心的大会，让所有参会的人至今难忘，让“二十四扎西”，在无数次伴随着黄浦江畔阵阵涛声的回想中，热血沸腾。

荣誉属于援青干部人才，属于黄河源头启程的阿尼玛卿雪山，河流纵横的宽广峡谷，坚守在高寒草原上的牧民群众，更属于“特别能吃苦、特别能战斗、特别能忍耐、特别能团结、特别能奉献”的当地干部。

三载春秋赴雪域，一生铭记青海情。同甘共苦的日子里，援青干部春天一样的激情，吹开了多曲河，荡绿了贡布仓草滩；暖阳般的炽热之心，驱赶着风雪严寒，映红了浩荡千里的茫茫草原。他们骄傲是因为，只有被极地之水的清冷与孤寂洗涤过的人，眼眸才会更加明亮；只有被风雪沐浴过的灵魂，才会独享高原的纯粹与庄严。

我天天走，
月月走，年年走，故乡！
金色的太阳已经升起，
我多么渴望像小鸟一样回到我可爱的家乡。

第六章 | 白雪落酒中

拉　加　峡

我们得承认，身处西部地域的我们，早已得到了自然赋予的恩赐和祝福。生存环境的艰难让我们懂得了感恩，懂得了生活的不易，也懂得了珍惜。陪我去果洛采访的是美女姜苏，她有着白净的皮肤和一对明朗灵动的大眼睛。2020 年 6 月，我在玉树采访时认识了她。一个来自扬州的美女，几乎走遍了青海的山山水水，实在让我钦佩。她的车技非常好，一路飞驰，毫不懈怠。车过贵南县，道路变得曲折又漫长，厚厚的云朵缓慢地变换着姿势，比奶油还要香甜的草尖上带着露珠。肚子里装满绿草的黑色牦牛滚滚而来，熙熙攘攘地堵在道路中间。

拉加峡　辛茜摄

它们身披长毛，体格健硕，睫毛细长，几乎遮住了双眼。它们不会说话，更不理会赶路人的心情，兀自徜徉在河畔草坡公路。索性，我们也不着急了，拿起相机、手机不停地拍照、拍视频，倾听着它们喃喃自语的声音。

走了一程又一程，空气越来越稀薄，含氧量越来越少。远山嵯峨叠嶂，藏着野马、草鹿和石羊。偶有几朵金黄的蒲公英、紫色的秦艽装点着低矮的草皮。又走了一段路，在加油站稍做休息，接了热水再走时，道路渐渐狭窄，湿润的气息徐徐吹来，我们进入了有名的拉加峡。两岸山色微微见红，碧绿的冷杉、柏树、赤桦紧贴石崖，密密丛丛，天蓝得似青海湖的水，荡漾中传来不知名的鸟叫声。一阵急转弯，经过星宿海的黄河水，自达日流出果洛，在四川红原，甘肃玛曲草原逗留片刻后，又绕回甘德，带着恋恋不舍的心绪走进拉加峡、拉加镇。在此盘桓 20 多千米后，又穿过龙羊峡、松巴峡、李家峡，最终告别了孕育自己的青海高原、少女时代，一路向东，再也没回头。

我们也不得不在拉加镇停留。下山时，车子突然被一个石头颠了一下。姜苏下车查看，发现一个轮胎爆了。缓缓下移中，一位好心的僧人给我们指了指修车的地方。那时，已是下午 5 点，车店对面就是波涛翻滚的黄河水，师傅在补轮胎，我们俩人倚在栏杆上欣赏宽阔的河面。山高才显威严，水深才算好看。河水滋养万物，拉加镇因此而湿润，因此而秀丽，因此而多了些温情。

这里是纯粹的藏族村落，民风彪悍，从前的人以摆渡为生。县府所在地曲哇是果洛的东大门，以前是来往黄河南北两岸的朗玛渡口。先是皮筏子，后来有了渡船。如今，3 座大桥跨河而过，摆渡人早已没了生意。

拉加镇地处黄河谷地，维度偏南，海拔只有3000米，气候相对温暖、湿润，是果洛唯一兼有农业的牧区。近年来，拉加镇医疗卫生、教育培训、产业发展、基础设施突飞猛进，总投资7590万元的拉加镇牧民定居点及配套设施建设工程、州职业技术学校拉加分校建设、玛沁县拉加镇中心医院标准化改造建设项目等上海对口援建项目一一落实。特别是装机容量150万千瓦、施工期近8年、预计投资120亿元的玛尔挡水电站，在拉加镇上游开工建设，无疑给拉加镇乃至果洛地

作者和扬州美女姜苏

区带来了前所未有的发展机遇。

拉加是藏语，意为“鹰”。能够在艳阳高照的拉加峡与鹰相逢，是人的福分。这让我和姜苏格外开心，因为正当我们止步拉加峡，站在绿草茵茵的河边仰望群峰时，正有一巨鹰盘旋而过，俯视着我们。

天近黄昏，我们终于到达玛沁县大武镇，果洛州府所在地。正在寻找县政府招待楼，一位出租车司机，摇下车窗喊了一声：“哎，你们的轮胎爆了。”嗯，不是刚刚补好了吗？我们急忙下车，见另一侧的轮胎也爆了。这一次，情况更加复杂，需要换轮胎，经反复联系协商，轮胎乘明天一早的航班飞来。

提了大大小小的包从车上下来，又遇到一位来修车店办事的好心男士，开车送我们到了上海援青干部驻地。焦急中，等待我们的是玛沁县副县长马辉，他是一位热心人，在我们筋疲力尽的困难时刻帮助了我们，至今让我感激不尽。之前和我们联系的果洛州委秘书长江轶群，忙于接待检查团的人，脱不开身。马辉替我们登记了房间，安排了晚饭，又为我们请来了玛沁县发改局局长莫彦宏。

马辉是一位情况比较特殊的老援青。4 年前，作为第二批援青干部在果洛工作了 3 年。今年 6 月，第四批援青干部、玛沁县副县长韩玉锋脊椎增生严重，无法继续留在果洛工作，马辉同志服从组织安排，接替了韩玉锋。马辉对援青工作有着深刻的认识，他说："既然组织信任我，我就要尽全力做好。"

莫彦宏是当地干部，我在西宁见到马辉时，他曾经告诉过我，当地的基层干部非常辛苦，非常不容易。姜苏给莫彦宏泡上了一杯热茶，我们俩坐在他的对面，目不转睛地望着他。莫彦宏是土生土长的藏族干部，最早在拉加镇工作，敦厚朴实的圆脸，亮晶晶的眼睛笑盈盈的。

"还是多写写上海来的援青干部吧！在这里工作，是我们的本分。不管人家来不来，我们都得好好干，这是我的出发点。"

莫彦宏的这句话，是我预先想到的。基层工作的干部，大多不愿说自己的事，也不愿意吐露心中委屈。

"说起援青干部，该怎么说呢？第一批援青干部、玛沁县副县长李方明有句话说得好：'这几年来，不管是果洛的干部，还是老百姓，都觉得上海人像家里的人，上海人也把果洛当成了自己的家'，这是真的。"

莫彦宏喝了一口茶："藏民族本来就是热情好客的民族。上海援青干部陆续来了10年，干了10年，对果洛州各方面的帮助，特别是医疗、教育方面给予的资金支持、技术支持，力度是非常大的。我个人觉得，每一批援青干部来到果洛，我们果洛人都要把他们照顾好、接待好、安排好。这几年，上海的领导们来得多了。上海的市委书记、市长，每年都要来果洛回访。把果洛当成了自己的家，把果洛人当成了自己家的人。以前，果洛人对上海很陌生，感觉这座大城市遥遥不可及，别说是去上海，就连这个念头都不敢有。可现在呢？"

莫彦宏双手一摊，眼里眉里都是笑："上海与果洛两地的交流交往越来越密切，越来越友好。他们来了后，给我们传经送宝，给我们带来先进的理念和技术。上海呢，也好像成了我们藏族人的夏窝子，很容易就去了。去了以后，可以开阔眼界，看看大城市是啥样子，感受一下上海人的生活，对改变我们果洛人的老观念很有好处。现在，家里人生了重病，这里治不了，也是要请援青干部帮忙联系去上海看病的。今年，我们家里的老人生了病，我也打算带老人去上海，可因为疫情的原因，没去成。"

今天一整天，他一直陪着上海来的领导检查上海援建项目的后期效益，深有感触："上海援青干部对每一个项目，从上报、建设到交付使用，每一个细小的环节都要跟踪调查，非常严格。'十三五'期间，上海投资果洛的项目大部分用于民生、扶贫。以前，果洛州各县医院，没有核磁共振设备，现在都有了，都是上海援建的，这是不得了的事啊！如今，农牧民生了一般的常见病，再也不用到处乱跑了。因为援建，果洛州的医疗、教育提升得特别快，这就是国家的大政策，习总书记提出来的‘一个也不能落下’的具体落实，中西部协作的根本实质。自从国家发达地区帮助边缘地区接地帮扶的机制建立之后，我感觉，在帮扶协调，交流交往方面，上海市确实做得好。真的，上海是大城市，人家有实力，但是光靠实力也不行，关键是选派出来的干部优秀。”

莫彦宏停顿了一下：“去年，韩玉锋副县长刚来时干得太拼了，因为身体原因，没法继续留在果洛。但是，一年时光，韩县长对果洛已经产生了感情，走的时候特别舍不得，心里很难受。今天，韩副县长还给我打来电话，一再叮咛我，到了上海一定要给他打电话，要见见

面。我知道，这就是情谊，无法抹去的情谊。听其他同志说，回到上海后，韩副县长行动不便，一直卧床静养，不能正常行走，可他还是惦记着果洛、想着果洛，经常给我们出主意，请国家级的专家指导果洛的手工艺品制作。他们常说，你们住长江头，我们住长江尾，共饮长江水，永远是一家人，这种情分就像是江河水，越流越宽，越流越长，奔腾不息。”

说起上海的援青干部，莫彦宏有说不完的话。

“果洛人到上海怕热受不了，上海人到果洛缺氧也受不了。但是，人家上海援青干部的精气神，的确是我们当地干部应该学习的。不管

苍苍原野　付洛摄

是担任文旅局的领导，还是高院的领导，都没有丝毫优越感，都把自己当成当地干部，当成果洛人。不谈谁奉献更多，也不说谁更辛苦。”

10 月 17 日是扶贫日，上海援青联络组对援青干部又提出了新要求，大力推广果洛金草原的牛羊肉、酸奶。对果洛来说，短时期内完全走进现代化需要一个过程。但是，绝不能再让老百姓受苦，这就是援青的目的、援青的责任。这几天，正是县发改局最忙的时候，任务很重，可莫彦宏忙得充实、忙得开心。县上的许多援青项目都在实施过程中，果洛的整体面貌发生了很大的变化。

“刚参加工作时，我在大武乡。”莫彦宏若有所思。

“那时候可真苦啊，去一趟西宁必须要绕一大圈，将近 400 千米才能到，而且路况极差。现在，大武乡成了最近的乡镇，就是从大武镇到玛多县也不过 170 千米。”

莫彦宏先后在玛沁县农牧局、玛沁县发改局、玛沁县政府办公室工作，后来回玛沁县农牧局当局长，今年又被调到玛沁县发改局担任局长，可谓在基层工作了半辈子。

“现在的条件真是好多了。以前，冬天的风横冲直撞，直往脖子里钻，白茫茫的草山坡上，连小鸟也不愿停留，每个学生一星期要捡两袋牛粪。”

“上学的时候，谁没捡过牛粪呢？”莫彦宏笑笑。

“家里、教室里都得烧牛粪。也不知为啥，那时候的天怎么会那么冷？这几年气候变暖了，好像整体气候都在变，其实这是一个不好的开头。阿尼玛卿山雪线后退，多曲河水量下降，专家每年都在监测，说是温室效应。我看，这个真不一定好，至少从生态角度来讲没啥好的。所以最近几年，县里特别重视生态环境的治理和保护，要守护好三江源，守护好我们自己的家园。”

“过去，大武镇上啥也没有，就团结路一条街，我们那时叫河边。到了春节，能走的都走了，各单位就留一个人。到河边走走吧，一个人都没有，大街上空荡荡的。这几年，尤其‘十三五’规划以来发展很快，生活条件好多了，春节也比以往热闹了许多。”

“您一直就在这儿？没想着动动窝？”

“我从小在这长大，父母亲就在县上的电厂工作，一直到现在。”

莫彦宏看着我们。

“这个，很不容易！果洛确实艰苦，一年就七、八两个月好一点儿，我们的父母亲真是太不容易了，献了青春献子女啊！”

“上海对口果洛帮扶10年，每一批援青干部干3年。你已经在这干了20年，可能还得干十几年，你是怎么想的？”

“我没别的想法，把自己的工作干好，就可以了。”

“您算是‘果二代’，还想让自己的孩子在这里干吗？”

“我的孩子，得看他们，我们已经不能为他们做主。但是，只要留下来的，70后、80后的‘果二代’、‘果三代’，干得也特别踏实，特别出色。”

莫彦宏端起杯子，喝了一口茶，呵呵一笑，眼睛更亮了。

来自黄浦江畔的温情

清晨，朝阳如火，站在大武镇街头的我睁不开眼睛，有些茫然。昨日行程快乐又劳累，我四肢困乏无力，睡不着觉。驾车的扬州美女依旧泰然自若，一觉睡到大天亮，去修理店替换赶头班飞机运过来的新轮胎。我呢，也是心无旁骛，一心去人民医院拜望来自上海复旦大学附属儿科医院的援青专家——果洛州卫健委副主任、州人民医院院长孙金峤。这是昨天晚上吃饭时，上海市政府驻西宁办事处肖勍给我再三交代的，而且已经帮我联系好了。

孙金峤院长早已在门诊楼前等候，我能感觉到他的细心、体贴，也能感觉得到从日出到日落，他在医院里的各种忙碌。他从不迟到，也不早退，没有哪位医生、患者会因为找不到他而心焦。这还不够，一年后，他又出台了一条新规定：每天下午 5 点到 6 点，属于院长的接待时间，他会在办公室静候医院里的职工到他办公室谈话。这中间没有任何门槛、没有任何程序，想来就来。他是想用这种方式接触更多的人，听取来自基层的意见。对此，做院长助理的藏族医生才旦心有顾虑。院里工作这么忙，负责全盘工作的孙院长能否抽出固定时间接待职工们。而且意见光听不行，还要及时解决。但事实是，孙金峤院长感到很受益，能从交谈中理出一些思路、办法。

2019 年 7 月，他响应国家号召，作为第四批援青干部人才，和上海的其他 3 位医疗专家来果洛健康扶贫 3 年。外科医生高兴亮来自上

采访孙金峤院长　才旦摄

海九院黄浦分院，我在西宁见过，性格开朗，在州医院做了很多例阑尾炎、疝修补手术。而对于孙金峤来说，中国最前沿的城市上海与偏远落后的果洛，这样强烈的反差和严重缺氧造成的身心压力，是他没有想到的。其实，孙金峤院长是上海复旦大学附属儿科医院的科室主任，业务工作相对单纯。但是，来到这里后，医院的发展、医疗技术的提升、医生的培养和统筹管理成了工作的重点，可他没有后退，也不能后退。相反，他的工作热情和严谨作风很快征服了医院里的所有的人。连他自己也想不到，在短短的不到一年的时间里，他就在州委州政府、州卫健委的关怀和大力支持下，以州人民医院为总院，组建了果洛藏族自治州医疗健康服务集团，集中资源、人才、技术，发挥医护人员的主动性，提高工作效率和业务量，增强医院的社会责任感，建章立制，完善医院规章制度，让工作井井有条、有序开展。

近年来，他先后入选“上海市青年科技启明星计划”“复旦大学卓学计划”“上海杰出青年医学人才培养资助计划”，2019 年又当选“国之名医 · 青年新锐”。根据以往经验，他清醒地认识到，医院的发展、医疗技术水平的整体提高，需要的是人才，是科学，是有效的规划。在征得医院领导班子同意后，他力排众议，提出竞聘上岗，大幅度调整中层干部。

对果洛州人民医院来说，竞聘上岗这样的事是头一次。如果没人报名，如果出现意想不到的问题，真的是骑虎难下。但是，孙金峤很坚持，医疗集团党委书记彭永智也很支持他的工作。于是，院里做出了正式决议。结果，竞聘上岗非常成功，不仅使州医院拥有了一支稳定的中层干部队伍，还给了每一个要求上进的人公平竞争的机会，同

去久治的路上，偶遇上海第四批援青干部　辛茜摄

步成长的起点，在加强人员管理的同时，调动了全院医务人员的积极性，让大家感到有了盼头。

他上手很快，开展每一项工作前都会做足功课。在他的建议下，医院很快成立了人事科、科教科等职能科室和以前不具备开设条件的一些临床科室，如皮肤科、心电中心、病理科危重新生儿救治技术、外科腔镜微创手术、婴幼儿麻醉技术、心血管急症救治技术等多个学科。为了提高医疗技术，他在全省范围内公开招聘，吸收人才，仅临床这一块，就招了十几个人，近期还在陆续招聘。针对医院学术、科教方面的薄弱环节，他提议成立学术委员会，发挥职能作用，让专业人员积极上报研究课题。

他没有那么多时间浪费、等待、观望，他的领导能力、魄力、胆识，完全超出了他的想象，超越了他以往作为一名儿科医生的职责与勇气。他以平等的态度对待身边的每一个人，他内心深处的友爱、纯洁、干净，让周围的同事感受到的是温暖、平静、自信。他尊重每一个人，绝不颐指气使，也不摆架子。自从来到果洛州人民医院，他就把医院当成了自己的家，把自己当成了这个家的家长，时时刻刻为职工着想，为医院着想，为当地百姓着想。

2020 年，新型冠状病毒肺炎疫情突发。他担心医院急需布置疫情防控，建立防控机制，储备防护物资，大年初三提前结束假期返回果洛。

那一天，大武镇街头杳无人迹，气温零下三十几摄氏度，酷寒中呼啸的劲风，钢刀一样刮在他的脸上。在孤寂冰冷的夜里，他感到了寒冷，感到了果洛人的诸多不容易。作为一名援青人才，作为一名医生，他看见的和感受到的，即是他在果洛做出自我选择、自我决定和尽心尽力为果洛人民服务的初衷，为了果洛人民的安宁，果洛人民的健康，果洛人民的幸福。这种平凡而辽阔的精神视野，使他格外珍惜跟随在他身边的院长助理才旦。他要尽可能帮助他、敦促他，使他不断进步，不负众望。

院长助理才旦　辛茜摄

才旦是土生土长的果洛人，毕业于青海大学医学院，善于学习，勤于思考，工作认真，对孙金峤院长满怀崇敬。他比任何时候，都庆幸自己遇到了一位好老师、好领导；比任何时候都珍惜在老师身边学习的机会。才旦曾经去上海复旦大学附属儿科医院学习交流，让他收获最大、理解最深的是凡事得讲规矩。他说，规矩很关键，哪怕面对一件很小的事，都需分工明确、责任细化，以免相互推诿。医疗集团党委书记彭永智每次见到才旦，说得最多的一句话是，你要好好学、抓紧学，3 年时间一晃就过去了。

是的，对于一个渴望知识、要求进步的年轻医生来说，学习机会难得，学习时间紧促。那么，对于一个把自己光彩夺目的一段人生经历留在高寒之地果洛，让果洛的医疗技术水平得到大幅度提升的医疗专家来说，3 年，真的不算长。孙金峤院长希望在他 3 年任职期间，使果洛州人民医院的管理更加规范合理，医疗技术、医疗条件都能够得到充分提高和改善。现在看来，这一切，他做到了，而且还会在未来的两年内趋于完善。为此，他很欣慰，也很自豪，尽管果洛缺氧、干燥、寒冷的自然环境，果洛与上海之间遥远的距离，让他失去了一半黑发，让他不得不与美丽温柔的妻子、一双年幼的孩子分离……

但是，他并不怎么看重 3 年期间他失去的一切，包括高层次的学术交流、业务的提升、职称的晋升、科研课题的开发，或者还有别的什么。他的办公室里，除了一个蓝色的氧气瓶，让人难忘的是一幅不忍细看，却又无法释怀的全家照。像栀子花开，像小溪缓缓流淌，温馨的画面里，他抱着女儿，妻子抱着儿子，有着诱人的平静与安详。

他是一位被南方的江水温润过的男人。但是他从不言苦，从不矫情，从不放松对自己的要求。他每天早早起来，穿着一件夹克衫，背着装有电脑的双肩包来到医院，一待就是一天。除了繁忙的行政工作，他还带头教学查房，从事学术讲座，坚持儿科临床工作，使儿童危重症的救治成功率明显上升，使果洛州人民医院的儿科技术水平上了一个新的台阶。

除了规定的节假日、去西宁开会、对接项目，他从不找借口请假回家。果洛平均海拔 4000 米以上，一年四季雪峰耸立，含氧量不足内地的 60%。果洛人年年种树，种下的树年年死。失眠、血压升高、心率加快是身体的正常反应。讲课的时候，语速快了，会上气不接下气、心慌头晕，但是他从来不说提前回去休息，他怕影响正在进行的工作，影响大家的情绪。

不管多难多累，他总是面带微笑，精神抖擞。他谦逊温和的做事风格、乐观喜悦的神情、平易近人的态度，总能让人忘却烦恼忧伤。他特别喜欢果洛短促而让人心旷神怡的夏天，绿草如茵、野花铺就的河滩。他眼看着职工的精神面貌大为改观，看着职工团结向上，积极要求进步，再也不想着如何偷懒，如何寻找捷径早日退休离开医院，心里是欢喜的。

一盆高大的绿植生机盎然。太阳晒进了窗子，照亮了挂在墙上的一块红匾。我为孙金峤院长拍了张照片，他穿着合体的白大褂，眼睛望着远方，心怀坦荡。我为他拥有的平静心态，为他忽视背后荣光的胸怀感动，也敬佩他永远新鲜、乐观向上的品格。

2009 年，博士毕业的他一直致力于原发性免疫缺陷病儿童的临床诊治和科研工作。他丰富的临床积累，对原发性免疫缺陷病从诊断、治疗，到优生优育，再通过干细胞移植、靶向药物或替代治疗等方法重建患儿免疫功能的成熟方案，学科水平居国内领先。作为执笔人，他参与撰写的“流式细胞术分析外周血淋巴细胞亚群在儿科的临床应用”“特殊健康状态儿童预防接种专家共识”等多个临床指南，为其他医务工作者后期开展治疗提供了经验和方法。

很遗憾，受条件和时间的限制，我没有留下过多的深入他内心的细致描述。但是，每个人在步入中年之后，用自己的经验化解他人的痛苦，尤其是作为一个来自发达地区的医生，帮助当地人解除病痛折磨的过程和愿望，是完全能够让人体会和理解的。

时近正午，他邀请我在医院食堂吃饭。过去，医院是没有职工食堂的。他来后，才筹措资金办起了这个食堂。这样，医生、护士加班时，或者一台手术做晚了时，什么时候，职工食堂都有口热饭等着他们，且保证干净卫生。吃饭的地方有一个大屏幕，可以清楚地看见厨房操作间。他每天在医院职工食堂吃饭。州卫健委的领导问他："怎么不来委里吃饭了？"他说："我办起来的职工食堂，我自己不享受怎么能行啊！"

心里一盏灯

与王辉的相识源于倪斌副州长。此次果洛之行，在州医院又听到了他的故事。10月去上海寻访援青干部时，我不仅见到了他，而且在交谈中感受到了他为人实在，尊重他人，感受到了个成功的并将走得更远的企业家具备的良好素质。

王辉是上海青翼建设工程有限公司的总经理，上海市首席技师。他的公司在上海青浦区，多年来在智慧城市照明领域脚踏实地地诠释着"上海工匠"精神，曾经为首届中国国际进口博览会国家会展中心周边核心道路照明的提升，为上海徐汇滨江大道、滨山湖彩虹桥、沪杭公路等国家重点项目添彩增光。他们研发的产品以过硬的产品质量和工艺创新，在城市公共照明领域占有突出地位。最近3年来，王辉又做了一件让人刮目相看的事：每年去一趟青海，向果洛藏族自治州人民医院捐赠10万元，为当地牧民群众免费做白内障手术。

第一次去的时候，医院安排了一个捐赠仪式。第二年、第三年他再去的时候，除了仪式，医院还请做过手术的牧民群众来和他见面。每当院长、医生、护士，特别是重返光明的藏族同胞给他献上白色哈达，紧紧握住他的手，用一双双饱经风霜、满含感激之情的眼睛望着他，他都会难为情地低下头，觉得自己做得太少太少。10 万元只是尽绵薄之力，等以后企业做大做强了，他还要尽更大的力惠及果洛当地百姓。为此，他越发努力，越发自强不息，敬业、精益、专注、创新，为企业发展、为中国制造、为青浦全面跨越式高质量发展，为他一直热爱着的、执着奋斗的事业。

溪水哗哗地流淌，其后必定有座雪山。按藏族人的理解，任何事情都有个根源。2018 年的春天，王辉见到了挂职果洛州委常委、副州长的倪斌和他的几位援友。交谈中，倪斌建议王辉可以去果洛看看，

重见光明的牧民给王辉献上了哈达

为生活在那里的老百姓做点力所能及的事。同年夏天，王辉去了果洛。虽然是果洛最美最舒适的季节，但依然让王辉深切地感受到上海援青干部的艰难与不易。除了高海拔、缺氧给身体带来的损伤，下乡途中的劳顿危险，防不胜防的包虫病，强烈的紫外线对眼睛的伤害，让王辉内心不安，十分不忍。而草原上放牧的牧民，因终年风吹日晒，多患有白内障。有些老人失明多年，在黑暗中度日，从未有过恢复视力的期望。

夜色中，他欣赏着浓烈的异乡情调，高原上被星空照亮的草原神秘悠远，万千色彩似乎都将从这里开始。被紫外线晒得黑里透红的倪斌看出了王辉的心思："怎么样，你是设计制作路灯的高手，城市光明的使者，能不能为草原上的牧民也带来些光明？"

王辉连连点头："我愿意，当然愿意！"

倪斌满意地笑了："果洛州医院眼科有位做白内障手术的专家王红英，技术一流，就是缺乏经费。你就以捐赠的形式，为牧民免费做几例白内障手术。"

"太好了！"倪斌的话点亮了王辉忧郁沉重的心。于是，上海青翼建设工程有限公司专门设立了"光明使者 光明行"捐赠项目，每年给州医院捐款 10 万元，为家境贫困的老人免费治疗白内障。而州医院对此事高度重视，管理认真严格，绝对保证专款专用，每一年都会按照贫困程度严格筛选做手术的人，每一年都会向王辉提供详细的信息表、价格表。更重要的是，眼科主任、主刀王红英，为这个项目的实施提供了保障，她做的白内障手术百分之百成功。

天时、地利、人和成就了王辉的一份爱心；贡布苍草原的辽阔壮美、果洛人的感恩之情，让王辉对果洛和果洛人的感情越来越深。他说：“什么事都贵在坚持，做什么都要耐住寂寞，守住底线。”

困惑是人生虚无的印记，幸福是对自我的改变。我相信，有一颗善心的人，在创新、开拓，不断超越自我的历程中，一定有足够的勇气、耐心与能力使自己奋斗的脚步走得更高更远。王辉十分感谢青翼公司所在的上海青浦区给予他的广阔平台。如今，王辉最引以为荣的是，他加入了援青的行列，并且还将持之以恒地为这项伟大的援青工程，为生活在果洛草原上的藏族同胞尽心尽力。

这也许是冥冥之中的机缘巧合，这也许就是王辉开创这份照明事业为人类带来光明的初心。此外，让他心心念念的是常年坚持在果洛州人民医院工作的眼科主任王红英，那位医术精湛，为藏族同胞解除痛苦，让人重见光明的天使。

见到王辉后，我感觉到这个世界上有太多值得珍惜的人，有太多勉励着自己的事。有时候，感觉大地在沉睡，万物在缩小，什么都有可能淡忘，唯有人类独属的品格与精神永存。让我们共同期待，期待王辉这盏光辉灿烂的灯，照亮全世界，照亮人的心。

东方日暮达

告别了孙院长，扬州美女驾车，一路向南，奔向久治。沿路所见皆是美景，座座草山绵延不断。漫漶无边的天际下，她任由阳光雕塑自己的身躯。山坡上绿草葱茏，小溪潺潺，黑色的牦牛在白色的帐篷边无忧无虑地漫步觅食。

不一会儿，年保玉则山像天神降临，若隐若现。每一座山，每一座银峰，都好似笑傲江湖的剑客，彼此崇敬，遥遥相望；每一片海子，每一片青草，都好似轻纱翩翩的仙女，纯净、透明、神秘，锦缎般华美，令人窒息。

海拔 5369 米的年保玉则主峰终年积雪，是巴颜喀拉山脉东南部的最高峰，当地牧民心中的神山。每年都有数以万计的藏族同胞面向主峰顶礼膜拜。

有人说，点缀于山峰之间的 300 多个海子，是文成公主落下的思乡泪；也有人说，是幻化而成的白牦牛，千年不变的守护神，护佑着年保玉则的万千子民。正是他们灵魂深处对天地神明的敬重，才为我们守护住了这片绝美的仙境。

不论什么人，不论去过多少地方，看过多少高山湖泊、草原河流，总会忘情于年保玉则纯粹的、直通心灵的美。

草山顶上荡起了低沉的歌声。

歌声悠扬，岂止悠扬！那轻声涌出的拖腔，就像多曲河水面上升腾起的薄雾，冉冉升起。

下午 4 点到了久治。街上人少，门面冷清。我们找了一家茶餐厅，喝着奶茶，等候久治县办公室副主任李峰。

两个多小时后，我们终于在县政府招待所安顿停当。中国电信集团援建果洛州的久治县副县长任科博一早下乡，正在返程途中。李峰百忙中抽空陪我们吃饭，边聊边等。

李峰是第四批上海援青干部，军人出身，东北人。曾经写过 5 次申请，包括援疆、援藏、援青。最终他如愿来到久治，实现了自己的梦想。来到久治后，部队长期训练打下的底子，使他的身体状况明显强于别人，调整得比较快。牦牛肉、酥油、曲拉、奶茶都吃得惯，他说："青海人民真的是太本分，太好了！前几年，年保玉则景区开放，县上旅游收入很高，牧民的生活得到了改善。挣了点钱的人看到了旅游带来的商机，门店、旅馆开了很多。景区关闭后，门店、旅馆关了一半，快建好的旅馆被搁置一旁。建旅馆少说也得投资上百万，却没有一个人抱怨。"

年保玉则的背面是四川阿坝境内的年保叶泽，一直对外开放。不知有多少人期盼着久治境内的年宝玉则景区也能够开放，可以让人一睹芳容。

除了久治的牧民群众和久治的无限风光，身边的基层干部也让李峰感动。2019 年 6 月，他随一位县上的领导下乡，返回时，已是黄昏，一块从山上掉下来的巨石挡在路中间。左边是悬崖，右边是波涛翻滚的黄河水，多亏司机眼疾手快绕了过去。那位领导下了车，从车前看

东方日暮达　天地之造化　辛茜摄

到车尾，思忖片刻后，招呼后面的车辆：“车上的人都下来，把大石块清理掉。天黑了，后面的车辆看不清会有危险。”当时，那地方没有信号，天阴沉沉的，车上没有多少工具，但没有一个人反对。停下车，大家抄起车上能使的家伙干了起来。天越来越冷，不知何时，漫起了纷纷扬扬的大雪。大雪落在身上，落在脸上，人们的手很快就冻僵了，可大石块纹丝不动。领导让一辆车往前开，开到有信号的地方给公路局打电话，再带几件大衣过来。然后，带着大家一边干，一边用手机灯指挥来回车辆。这条路是四川通往久治的要道，来往车辆较多，一会儿，路上就排起了长队。等到夜里 12 点，公路局派来一辆轰隆隆响的大铲车，才把大石块铲下了河。

这是一件极小的事，也是基层干部们常遇到的事，但是对李峰这位来自上海的援青干部产生了影响。想一想，如果领导的车开过去了什么也不管，如果后面的车撞到大石块上，就是车毁人亡啊！

返回的时候，停在后面的车辆一起摁响喇叭，给他们道谢，李峰心里热乎乎的。对基层干部来说，老百姓的生命是最大的事。无论在哪里，碰到什么事，基层干部首先不会去考虑眼前的事归不归自己管，而是考虑会不会给老百姓带来危害。

久治好儿郎

晚上 9 点多，一路风尘的任科博像一股风卷了进来。不过，他只有一个小时，晚上 10 点他还要参加县上的会议，讨论和制订“中国农民丰收节”的有关事宜。任科博个头不高，圆圆的脸晒得黝黑。他是中国电信集团公司总部的一员，曾在国家劳动和社会保障部综合计划与工资司工作，从事过中国石油化工股份有限公司的财务及董事会办公室工作。丰富的经历，使他面对是否援青的选择时，没有丝毫的犹豫与彷徨，率先报了名。他耳闻目睹了这个无比强大、只争朝夕的时代，中国电信肩负援助工作的社会责任。他心中燃烧着的腾腾火焰，真的想让自己的人生来点不一样。

这一年，任科博已是不惑之年，有人笑他太疯癫，有人指责他太狂妄。可他心意已决，顾不上年老多病的父母、顾不上一直反对的手足兄弟、顾不上两个年幼的孩子，听从组织安排，来到青海果洛久治县，成了久治人心中的好儿郎。

然而，再坚强的男儿也有脆弱的时候。他 77 岁的父亲，经历了三次甲状腺癌的开刀手术；73 岁的母亲，在他来青海前两个月突发脑出血，瘫倒在医院里，幸亏抢救及时病情好转。想起这些，他不禁泪水涟涟，彻夜难眠。欣慰的是，他有一位善解人意的好妻子，一人带着一个 9 岁和一个不足 3 岁的孩子，承担起了家庭的重担，鼓励他安心去，好好干。他知道，默默支持的背后，是妻子对他无限的爱。

这一切让他难以割舍，但是他却做到了。

因为，他是男儿，为了梦想敢闯天涯。

因为他是一个有理想、有情怀的人，回首往事的时候，不会因虚度年华而悔恨，也不会因碌碌无为而羞愧……

初到高原，恶劣的气候挑战着援青干部的身心。本以为做足了准备，但头晕、耳鸣、憋气，一波又一波。尤其是刚到青海的头一个月，

久治好儿郎任科博（左）和第四批上海援青干部刘峰　辛茜摄

任科博听闻四位援藏战友突然离世，一时间恐惧袭人、压力颇大，不禁感叹“屡看朋辈成新鬼，才知此事多艰辛”。

那段时间，中国电信集团公司一直关心着他，给他配备血氧仪、制氧机，经常打电话关心问询，鼓励他，支持他。

眼看到了 11 月，大雪要封山了。他告诫自己：无论如何，要尽快适应当的气候。既然来了就要做些事情，既然做了就要做好，对中组部、对中国电信、对久治的黎民百姓有个交代，不留遗憾，不枉度三年。想一想，中国 14 亿人口，有几人能如此幸运，体会如此壮阔的景色；又有几人能为藏地百姓，这么近距离地做些实事。

久治，藏语是团结的意思。久治方圆 8757 平方千米，2.96 万人，平均海拔 4200 米以上。6 月天下雪，8 月草木见黄，9 月底封冻，就连有些当地人也需靠吸氧缓解缺氧带来的痛楚。

“任县，你看看你的嘴皮紫黑的厉害，休息休息吧！”“任县，你的衣服是越来越大了啊！”身边的领导和同事总会这样说。

他却说：“没事，过几天就好了。我最近在减肥，有成效了，呵呵。”

2019 年 11 月初，中组部援青团安排援青干部去高原心脑血管专科医院体检，他的体检报告显示“冠状动脉粥样斑块”。医生听说他在海拔 4200 米以上的久治，告诫他十分危险，不宜留在高原。中组部也要求他尽快从久治撤下来，还特意给他放假，让他回北京疗休，过完年再回来。可他自己却有点纳闷，感觉近来身体状况已经比较适应久治的气候，不像医生说的那么严重。在组织的协助下，他再次到北京心血管医院找专家做了检查。北京医生说没那么严重，可以上高原。听医生这么一说，他顿时坐不住了。再这样下去，怕是组织不让他回久治了，便硬生生找医生开了一个可以上高原的证明。

10 天后，任科博出现在久治。他平静地说：“我没病，好模好样待在家心里发慌。”之后的一段时间，由于新冠疫情，他一直待在久治，没回过北京。

下乡，对任科博来说，是司空见惯的事。但谁都知道，久治通往各乡的路况极差，每个人得冒着生命危险在下乡。2019 年 9 月末，一位村支书在完成扶贫任务返回途中，因下雪路滑，乘坐的车辆不幸滚下悬崖，献出了宝贵的生命。听到消息时，已近傍晚。刚刚接受了新

黄河第一湾　星智摄

任务的基层干部，哪个不难受，哪个不担心，又有哪个不恐惧。但扶贫任务繁重，担子不能卸。第二天，全县几百名干部，忍受着心中的悲伤，顶着连天的大雪，冒着严寒和丢掉性命的危险，扑向了最基层、最边远的乡村，这其中就有任科博。

任科博对口帮扶的贫困户在离县城最远的哇塞乡，这里也是久治县最艰苦的地方。闻听车祸的消息后，他虽然心有余悸，却仍然义无反顾地按原计划，沿着蜿蜒崎岖的山路颠簸了近 4 个小时，翻越了 3 座海拔 4000 米以上的垭口后，才来到了哇塞乡。几天后，他进山看望贫困户，乘坐的车左前轮不慎滑出公路。事后，想起当时的情景，他仍是有些后怕，一边是数米深的沟壑，一边是湍急的河流……

常有人对他说："在果洛援青确实挺苦。"

他却真心实意地说："我在这真是谈不上苦。看看身边的人，看看久治县的领导干部，那真的是苦，真的是拼了命地在工作。和他们比，我一点儿都不苦。"

久治县城很小，很美。久治县人很简单，很友好。

任科博不由喟叹："何其有幸也，三年久治郎。"

一个冷寂的下午，远山沉默，天空白茫茫，他看见一群孩子正席地而坐，捧着书读。

"孩子们，难道你们真的不冷吗？"

孩子们笑笑，冻得发红的小脸，天真无邪……

牧区的孩子比城里的孩子皮实些，可这阴沉的天色预示着一场狂风暴雪将要到来，这如何能让孩子们安心读书？如果有一个温暖、明亮的阅览室，孩子们的笑脸该有多灿烂！

他立即向单位汇报，成功申请了中国电信援助青海久治县寄宿制“民族中学”项目，由中国电信援助300万元，建图书阅览室1栋，另有10万元，购买其他设施，如玻璃钢坐凳、健身器材、乒乓球台等。同时，他又积极申请落实了资金382万元的“厕所革命”项目、400万元的“家庭牧场”试点项目。

下乡时，他在一户牧民家中，见到了大大小小10个一头黑色卷发、拖着小鼻涕、特别可爱的孩子。这10个孩子的照片发在朋友圈后，引起了不小的轰动。朋友们都特别喜欢这10个孩子，可是又不约而同地为他们大冬天穿得那么单薄的小身体担心。任科博突然萌生了一个念头：何不发动北京、上海以及全国各地的朋友向牧区捐赠衣服？很快，他的倡导得到了朋友们的支持，甚至连他远在新加坡的朋友都捐了款。久治县地处偏远，只有邮政能送达，为了寄送衣服，他的一个朋友竟花费了2500元的邮资。

任科博看到，收到衣物的人，无论大人还是孩子都非常开心。他就通过微信，将他们的笑脸发给捐赠人，还细心地给每位捐赠衣服的爱心人士，写了感谢信，让收到感谢信的爱心人士，感受到孩子们的感恩之心。有朋友把感谢信发在微信朋友圈里：“今天是最充实和开心的一天，正能量满满，一天好心情。”

“从一线城市北京来到久治的任科博非常有眼界，对未来的思考、判断，有独到之处，对县长办公会上讨论的事项，总能给出最好的意见及建议，对久治相关工作的推进总能给予很大的帮助。”这是久治县专门负责扶贫工作的副县长扎旦说过的话。

扎旦还说：“任科博背井离乡，抛下妻儿，一路走来太不容易。他主动适应这里，兢兢业业，努力干好各项工作，有很多值得我们学习的地方，是我们的榜样。”

一次下乡途中，任科博突然接到母亲的视频电话，当时他手里正攥着啃了一半的大饼，面前摆着方便面和咸菜。那头的母亲顿时泪眼蒙眬：“你不是说在久治担任什么副县长吗？三九寒天的，只啃个大饼，到底是咋回事儿，你这是在干什么啊！”母亲的话让他哽咽了很久，满怀惆怅的他难遣伤心，只能以一首首诗文倾诉自己割舍柔情，热烈而澎湃、壮美而高远的内心。

高原风雪壮，游子衣裳单。
云薄天似暮，夜寒雪连天。
江河冰塞滞，昆仑雪满山。
犹嫌春意晚，飞雪伴牡丹。

来青海之后，他才发现，之前自己的生活工作和援青经历相比，简直天壤之别。虽然只过了一年半，却足以让他深刻感悟“一次援青行，一生青海情”的深意，以及敬畏自然、尊重万千生命的内涵。

夏季，牧民们在草原上扎帐篷放牧，名曰夏窝子。草原上包虫多，一旦染上包虫病，可是不得了的事，除了切除感染的脏器，没有什么好办法。如不及时治疗，包虫会窜到脑子里，窜到眼睛上。久治草原辽阔，牧户分散，走一整天也只能探访到三四户牧户。很多时候他顾不上吃饭，也不忍心去打扰乡里。归途中，找个能停车的地方，吃包方便面，啃个大饼是常有的事。但是每次进到牧民的家里，看到帐篷里整整齐齐的酥油疙瘩、装满青稞的牛皮袋，听到牧民们发自内心的笑声，他觉得好满足。

牧民们也很欢迎他，每次见到他，不一定能喊出他的名字，却会情不自禁地发出一声惊叹："呀，呀！"然后，立即拉着他的胳膊往帐篷里拽，请他坐在座榻上，端出丰盛的面食、牛肉。生怕他冷，一个劲往炉子里填牛粪，再煮上奶茶，端到他手里。有时候，戴着毡帽的任科博故意背着手，踱着方步走进牧民的帐篷，牧民们都会笑嘻嘻地说："呀，欢迎，欢迎，我们的藏族女婿来了。"

援青一年半，任科博全力推进中国电信集团交给他的援青重任，助力久治县顺利按期完成脱贫摘帽，让县上实现了5G网络信号全覆盖，6个乡镇政府所在地实现了3G、4G网络信号全覆盖，全县境内移动基站42座，光纤入户宽带全县覆盖。2018年至2019年，中国电信集团又提供800万元的项目资金，用于有机肥产业扶持建设项目，实现年利润800万元以上，全县1527户建档立卡贫困户，户均收益1500元左右。

2019年，电信青海公司在久治县召开针对建档立卡贫困户高校毕业生就业扶贫的专场招聘动员会，一次性解决了31名建档立卡贫困户的子女就业问题，在网点渠道工作岗位上优先招聘20多名贫困户在公司就业。并且，通过他个人的努力，解决了近一年悬而未决的久治电信与久治邮政局之间的房地纠纷事宜，积极帮助青海电信政企部在政府部门开拓业务。

2020年5月14日，青海省新闻联播播出了对中国电信援青干部任科博的采访，这是央企援青干部首次在新闻联播亮相。之后，国资委网站、《中国邮电报》和《青海日报》先后报道了对任科博的专访。

谈兴正浓，开会的时间到了。领导已经破例给了他一小时，不能再拖延，我们只好目送着他在细雨中匆匆离去的背影。

过了一段时间，我记起了他与我告别时对我说过的那几句话，川贝是久治最好的东西，但愿余下的日子能有所突破，找一位愿意投资的人开发种植、造福人类，彻底解决当地牧民的收入问题。

以前我以为川贝越大越好，那一天我才知道，川贝越小越好。一颗米粒般的小川贝，四年才成熟，生长期比珍珠还要长。第一年啥也没有，第二年像个芝麻，第三年稍微大一点儿。到了第四年，这白白的、圆圆的、中间有条细线的川贝，在高寒缺氧、绝无污染的环境中，像一位娇嫩、精致的小公主，会脱颖而出，会照亮多曲河的微波和阿尼玛卿山高高的山梁。

黄河源头的野生贝母　辛茜摄

野生的暗紫贝母（左）栽培的暗紫贝母（右） 张胜邦摄

8月的久治，下起了淅沥沥的雨。夜幕中，望着窗外，我多么希望能和任科博一起下乡，感受雪雨中的路途颠簸和越过悬崖峭壁时的惊险，体会援青干部、当地基层干部的艰辛、劳累与执着，并在未来的日子里，听到开发、种植川贝的好消息。

野花一样鲜艳的陆爱珍

一夜过后，天色晴朗。万籁俱寂中，微风拂来，吹遍了茫茫草原的每一个角落。空气中，甜意清新，百灵鸟在无人的旷野中鸣叫，呼唤着牧人们起早。返回西宁的路上，棱角分明、险峻瑰丽的巴颜喀拉余脉，仿佛异军突起，又仿佛年保玉则的侧影，在草原中出没。偶然中，我遇到了青海五三六九生态牧业科技有限公司董事长陆爱珍。

2010年秋天，企业家金锦伟与妻子陆爱珍，应上海对口援青号召来到青海，来到果洛州久治县。他们是奔着年保玉则，奔着比蓝天还要蓝的年保湖、仙女湖来的。

久治县朝气蓬勃，主管招商引资的时任县委书记宁海鹰热情地接待了他们，带着他们去了年保玉则。那一天，神山慈祥，阳光轻轻撩起面纱，让幸运的他们欣赏到了莲花般座座相连、相互簇拥的嶙峋山峰，海子晶莹剔透、青玉般秀美的姿颜。他们欣喜若狂，孩子般痴迷忘形。

陆爱珍夫妇与三个藏族孩子

陆爱珍为久治的孩子们买了篮球和文具

书记宁海鹰很冷静地说："别看你们现在这么开心，明天就不一定了！"

"为什么呢？"从未上过高原的陆爱珍一脸疑惑。

"不知有多少投资人来过年保玉则。有些人第二天走了，杳无音信，有些人吃过饭后，当天晚上就跑得无影无踪。"

"怎么会是这样？"陆爱珍还是有些纳闷。

不一会儿，10月的久治下起了薄雪，的俄科河蜿蜒偎依如凝固的银色玉带，数不清的牦牛漫山遍野，横穿马路缓缓离去。金锦伟和陆爱珍感到十分新鲜，像来到了另一个世界。

他们来到了离县城最远的哇尔依乡。

雪越下越大，陆爱珍感觉到了阵阵寒意。她开始有所感悟，雪域高原不是神话，最美的风景在最遥远、最冷寂的天边。突然，她看到了站在路边、脸蛋冻得红彤彤的三个藏族孩子，颤抖的心掀起了阵阵波澜。自己是改革开放的受益者，家里的、身边的孩子都是独生子女，要什么有什么，可这里的孩子，在下着大雪的日子里，为什么只穿着一件薄薄的单衣？稚嫩、淳朴、天真的脸上，又为什么只透着清纯和善良。一种强烈的母爱冲击着她，她太心疼这些孩子了。

晚上，她和丈夫商量，我们能为这些孩子做些什么呢？

第二天一早，县委召开了座谈会。陆爱珍动情地说："我昨天看到了三个可爱的孩子，我能不能把他们带到上海接受最好的教育，从小学到初中，到高中，一直到他们考上大学。"

县长托巴说："不可能！一方面，他们不会汉语；另一方面，你带走了孩子，他们的父母会舍不得！"

陆爱珍着急地说："那我可不可以给他们捐衣服、捐钱、捐书，给他们建一个希望小学。"

托巴说："如果你们想真心帮助他们，你们就来做牦牛。我们高原牧区的牦牛就是你们南方的大米，牧民的主要财产就是牦牛。把高原牧区的牦牛做好了，就是对牧民最大的帮助！"

陆爱珍笑了笑："我做什么都可以，做牦牛可不行。我是第一次见到牦牛，一点儿也不懂，还有点儿怕呢。"

托巴县长没有再说话，他陪着金锦伟夫妇走访了乡村干部、牧民群众，让他们切身感受牧区生产靠牦牛，生活靠牦牛，维护生态的基础还是靠牦牛，牦牛就是牧民脱贫致富的“金钥匙”。只有打好牦牛牌、念好牦牛经、算好牦牛账，才能实实在在地帮助牧民走上脱贫路。

夫妇俩回去了。他们想来想去，无论如何也放不下那三个在大雪中穿着薄衫的藏族孩子，放不下县委书记宁海鹰、县长托巴的盛情与信任。怀着满腔热情，他们毅然舍弃了上海优越的生活条件，再次踏上西行之路，来到果洛，来到久治。在县委县政府的协调下，他们收购了久治县肉联厂，同牦牛结了缘，和牧民群众认了亲，与草原上的牧民一起做起了“牦牛梦”！

尽管已知晓高原恶劣的气候条件，生活环境的艰苦。但是，当金锦伟夫妇真正带着团队和资金落地久治县，困难却远比他们想象的要多得多！生活困难、生产困难、市场困难……一个接着一个。

久治的冬天寒冷而无情。大雪纷纷扬扬，车内、室内气温降到了零下 30 摄氏度。他们住在没有暖气的房子里，全靠电暖气。团队里的女孩子，早上起来时，发现头发居然粘在了墙上，扯都扯不下来。水龙头要 24 小时开着，一关上水管马上就冻住了。生产过程中，用开水拧出的热毛巾，刚刚擦一下牦牛肉，就冻成了硬疙瘩。

那时候，整个久治县没有系统电，一天停电好几次。最冷的一天夜里又停了电，被冻醒的厂长，赶忙去宿舍叫醒每一个员工，让大家集中在一个屋子里，背靠背坐着互相取暖，一直到天亮。

他是怕独自睡在屋子里的年轻人，万一醒不来。

河海大学毕业的小姑娘戴着军帽，穿着军大衣，在滴水成冰的车间外干活，双手冻得像个红萝卜，看着直教人心疼。

最痛苦的还有卫生间的问题。陆爱珍不止一次在网上订购移动厕所，可总是石沉大海。直到现在，没有一家公司愿意到久治县安装。

金锦伟夫妇之前在浙江省金华市做水利水电工程，对水电设备建厂房轻车熟路，可对生产牦牛肉一无所知，市场更是不知从何做起。

没办法，只好沉下心去学习。他们走遍远近的相关工厂，请教老师傅，走进西北高原生物研究所、青海大学、四川农业大学、中国农业大学、江南大学，拜访了不知多少位教授。从零开始学起、从零开始做起，组织团队奔赴全国各地调研有关肉食品包装、价格、类型等方面的学问。从南方到北方，从东边到西边，不辞辛苦，一丝不苟。

通过市场调查，他们发现除了高原，任何地方的超市都没有牦牛肉，市场对牦牛肉的认知度很低。可同时，在对牦牛肉做了大量的数据统计比对后，他们惊喜万分地发现，牦牛在苦难极深处、魂系天外的地球第三极诞生、升华，是大自然赐予青藏高原，给予人类巨大恩惠的特殊资源。牦牛不仅秉承着大自然的气质，蕴含着人与自然高度和谐的内涵，还吸收着大自然的精华。牦牛饮的是毫无污染的清泉水，食的是遍布高原的中草药。

极目远望，银线勾勒的高山似巨浪起伏，粗壮的野牦牛像一座座移动的山峰。它们全身着黑，裙毛下垂，如同山涧沟壑之冰川；虽剽悍强壮，威风凛凛，又不失优雅高贵，即使那挺拔的肩峰、那倔强的头颅，也难挡它奔腾时舒展、狂放的身姿；沉重与力量、光影与速度因此而凸现于高山大岭、山间盆地、高寒湖泊、高山草甸，又无时无刻不显示着繁衍、生存的尊严。藏区的歌中唱道：

牦牛的头颅变成了高山，

牦牛的皮变成了大地，

牦牛的尾巴变成了江河。

根据古生物学家研究，牦牛由野牦牛驯化而来，野牦牛的祖先是野牛。距今约 1200 万年以前上新世末，野牛与古羚羊渐渐分离。

随着青藏高原的不断抬升，动物的生存环境不断变冷，野牦牛的披毛逐渐加长，绒毛逐渐加厚，野牦牛与野牛在形态上产生了明显区别。

1895 年，达尔文在《物种起源》中有过这样的猜想，青藏高原上众多耐寒的动物应该起源于北极，更新世（258 万年前至 1 万年前）冰河时期，向南扩散到青藏高原。而最新的古生物学研究者则为我们描绘出了截然相反的奇异情景。约 4000 万年前，喜马拉雅山脉开始形成，冰河时期来临之前，地壳运动相对平静，整个地球整体的气候相

大地　卜建平摄

比今天要温暖湿润许多，各种生物大量繁衍。在海拔与今天相差不多的青藏高原上，和野牦牛一同生活的披毛犀、野马、野驴、盘羊、岩羊、雪豹、北极狐等动物的祖先，提前经历了寒冷环境的锤炼。其中，熬到冰河时期的幸运儿们，扩散到了整个欧亚大陆北部，构成了冰河时期繁盛的猛犸象、披毛犀动物群。

在这个故事中，野牦牛始终毫不起眼，甚至在一幅表现冰河时期前青藏高原动物群落的绘画作品中，根本没有野牦牛的身影。但是，

这曾经微不足道的生命，却顽强地活了下来　卜建平摄

在 1 万年前冰河期结束之时，曾经最辉煌的猛犸象及披毛犀均已灭绝，而野牦牛，这曾经被傲慢的人类以为微不足道的生命，却顽强地活了下来，成为青藏高原的骄傲，成为高原上现存体型最大的哺乳动物。

1959 年，青海省都兰诺木洪塔里遗址出土的文物中，有牦牛毛编制的毛绳、毛布，牦牛皮制作的革履及牦牛陶器等物品。这说明早在商周时期以前，藏族的祖先之一古羌人就在青海西部、南部地区驯养了现今尚存于昆仑山、祁连山系中的野牦牛，并且很早就以牦牛产品为原料制作了许多生活日用品和工艺美术品。韩建林等研究小组利用线粒体 DNA 和微卫星 DNA 的遗传学分析结果显示，青藏高原东部地区牦牛的微卫星 DNA 遗传多样性最高，表现出该地区可能是家养牦牛的起源驯化中心。

历史渊源、地域分布、民族形成、考古实证、文字记载等，都充分证明青藏高原是牦牛的发源地，是家牦牛的驯化地。多少年来，牦牛与牧民相依为命，是从精神到物质的浸润、从文化到民俗的滋养，是雪域高原的魂魄所在，是藏民族的图腾、高原之舟、全能家畜，是大自然馈赠给青藏高原的礼物，主宰着高原牧人的日常生活。犹如挪亚方舟拯救了人类，开启了生存的密码，牦牛因其强壮的身躯和体魄，对青藏高原高寒、低温、缺氧极端环境的超强耐受能力，承载起了世界屋脊之上人类跨越近万年的生活与文明。

草原上的牧人曾深情地唱道：

阿爸曾经告诉我
你是喜马拉雅的神灵

从雪山深处走来　李东平摄

驮着吉祥的福瑞
从雪山深处走来

高山是你挺直的脊梁
草原是你宽阔的胸怀
亘古的黑帐篷
传颂着你不屈的神话

阿妈曾经告诉我
你是青藏高原的精灵
驮着远古的文明
从遥远的牧场走来

千年的酥油灯
闪耀着你不凡的生命
江河是你孕育的乳汁
鲜花是你最美的祝福

啊！高原之舟
你是生命的源头
草原的骄傲
养育着藏家儿女

草原上，牦牛意味着一切。对牧民来说，拥有一群健康的牦牛，胜过拥有金山银山。他们吃的是煮熟或风干的牦牛肉、青稞面与酥油混合的糌粑，喝的是新鲜牦牛奶、发酵而成的酸奶和泡了酥油的奶茶。

奔突而来　卜建平摄

而制作酥油的过程从酥油提取到奶饼、奶渣，皆充满与大自然合二为一的庄严感、仪式感。他们一直用这种特殊而亲密的方式，从牦牛身上获取奶制品，获取生活生产的能量。而劳作中，愉悦与辛苦同在，幸福与希冀相伴，牧人们甚至会在刚做好的酥油上画上特殊的符号雍仲，寄托对大自然的感恩之情。

这些食物看似单调，却提供了人类所需的几乎所有蛋白质和脂肪。同时，牦牛的皮毛是牧民制作衣服、袜子和靴子的重要原料。牦牛毛织成的黑帐篷通风性好，夏天凉爽惬意，适合夏季草场放牧。牦牛以群体的方式自由生活在野外，每隔一段时间轮换草场，可保证牧草的恢复。当牧民搬迁牧场，身强力壮的雄性家牦牛，会责无旁贷地承担起翻山越岭的重任。

爱上了牦牛

知道了这一切的陆爱珍，终于爱上了牦牛，不顾一切地做起了牦牛生意。她去白玉寺请教活佛。

活佛用一双慧眼望着她，沉默了一会儿。

“如果对老百姓有益，您就大胆地去做吧！”

陆爱珍一颗揪着的心放下了。

既然上苍赐予了草原人无上的恩惠，那么就让它为人类多做贡献吧！可是，该如何做有价值的高端牦牛肉？又该如何做好产品的品质，服务于百姓，不负众望，不负恩惠呢？她埋下头，带领团队继续学习。

经过与北京大学、中国科学院、青海大学、北京食品研究所、上海食品研究所、上海体科所等国内知名院所合作研究，最终形成了成果的转化。

经过检测，久治牦牛肉含有丰富的肌氨酸、铁、钾、蛋白质、肉毒碱、维生素 B_{12} 等。肌氨酸可以增强肌肉的爆发力，提高人的智力；铁是造血的必须元素，参与肝脏的解毒，能够促进肠胃消化和智力发育；蛋白质可以提高人的免疫力，是人体组织更新和修复的主要原料；钾有助于维持神经健康、心跳规律；维生素 B_{12} 的主要作用是促进细胞的生成和生长，提高红细胞的数量。

脂肪含量很低，是久治牦牛肉的一大特点，但少量脂肪中含有的亚油酸却完全可以作为抗氧化剂保持肌肉块，使肉毒碱不但没有毒性，反而可以支持脂肪新陈代谢，产生一种使男性增长肌肉的氨基酸，既能增强人体的力量，又能提高机体的免疫力，减少疾病的发生。

手捧着一个个精确的数字，陆爱珍激动万分，再次感到幸运神的降临。大美青海、云上果洛、神秘的年保玉则……最终，她以无比敬仰的心情，用尊贵的数字“五三六九”为自己开创的公司命名。

也许，有人会不解，陆爱珍为什么要用“五三六九”为高原牦牛创出一块惊天动地的牌子？那是因为“五三六九”是果洛的发祥之地、年保玉则主峰的海拔高度，是给高原牧区人民带来福祉、带来希望和梦想的数字，也是五三六九团队坚韧不拔、追求品质与创新、追求食品安全，为牧民群众服务，为消费者负责，全心全意为青海人民服务的精神高度。

青海五三六九生态牧业科技有限公司生产的第一批产品出厂了，

陆爱珍和丈夫金锦伟兴冲冲地来到果洛州委领导办公室。

领导以为又是一家普通的肉联厂送来的产品，让他们先坐坐。可是，当陆爱珍打开红木做的包装盒，一块干干净净、平平整整、四四方方的牛肋排出现在他面前时，他的眼睛一下子亮了，不禁开怀大笑。

“真不错，真不错，能把牦牛肉做成这样的品质，不简单啊！”

随即请他们夫妇入座，为他们分别泡上了一杯浓茶。

这位非常能干又有魄力的领导立即想到了发展当地经济，与夫妇二人说好了，春节后亲自带他们到河湟新区、曹家堡飞机场附近选址，把牦牛肉加工基地搬到西宁、搬到海东，便于对外宣传销售。

想当年，在策划品牌的32个标识中，选择“五三六九”可谓用心良苦，可谓独创新颖。如今“五三六九”已是全国驰名商标，无形资产，永远属于藏区，永远属于青海，为高原牧区脱贫不返贫贡献着品牌的力量。

一个柔弱的江南女子、一个胸怀志向的企业家，10年前来到青海，来到久治时，根本不曾想过，会与沉默寡言的黑牦牛结下不解之缘。如今，青海五三六九生态牧业科技有限公司以浓厚的年保玉则文化为底蕴，以高端牦牛肉品质为倡导，成为行业内品牌的典范。在开发建设中拥有了33项专利，成了青海省的高新技术企业、青海省扶贫产业龙头企业、青海省专精特新企业、农牧产业化国家重点龙头企业，先后获得第十二届中国国际农产品交易会金奖、第九届中国国际有机食品博览会金奖、中国国际商标品牌节金奖等国家级奖项，为青海牦牛产业发展赢得了荣誉。

公司在发展壮大的同时积极承担社会责任，充分发挥龙头企业的示范引领作用，助推乡村振兴，助力牧民脱贫致富，先后为海南州贵南县完加6村184户、784人累计分红300余万元；为果洛州久治县贫困户分红60.46万元，覆盖贫困牧民480余户、1942人，安排就业人员49人，推荐培训人员89人在相关产业公司入职，辐射带动牧户3000户，产业帮扶金额达到3500余万元。

2019年初，玉树州遭遇数十年一遇的雪灾，陆爱珍心急如焚地将100多吨饲草料第一时间运往灾区，发放到牧户家中，挽救了上万头牦牛，减少了牧民的经济损失。随后她又紧急筹措资金，宁肯自己亏本，收购5000多头难以存活的牦牛，使广大牧民不仅没有因为雪灾产生损失，反而增加了销售收入。

2020年，新冠肺炎疫情防控期间，陆爱珍向武汉前线的医务人员捐助了价值14余万元的牦牛肉产品，受到全省通报表彰。为了解决久治贫困牧民的孩子吃饭和敬老院老人养老问题，她又以自己青海上海商会副会长的身份积极协调，从上海基金会争取了50万元，用于学生营养餐和养老院的改建。

为了解决高原冬长夏短的季节性问题，她同时在贵南、甘德建设了给牦牛补饲的养殖基地，做足、做好、做深了“牦牛梦”，得到了牧民的信赖。

除了自己公司养殖，她每年都要从牧民手中高价收购牦牛，等牧民来公司购买产品时，再低于市场价卖给他们。她深知这其中的道理，公司发展靠的是久治这方水土，这片草地，让绿水青山转化为经济价值，惠民于百姓，才是五三六九的初心。

很多人问她，你觉得最难的是什么？陆爱珍说是“坚持”。来青海十年了，从一个不景气的肉联厂开始，发展成为集养殖、屠宰、加工、销售为一体的全产业链发展的牦牛企业，她不知付出了多少心血、顶住了多少压力、克服了多少困难、迎接了多少挑战。

“最难的是 2014 年到 2015 年。”陆爱珍掠过额前的头发，感慨万千。

“我们最早的销售对象是高端客户，但这个定位已无从发展，缺乏持久性。一时，来自公司内部、外部和市场的重重压力，让我焦虑，让我遇到了从未遇到过的难处。

“那一年，我带着公司的一个小姑娘来到北京，每天一大早出去跑市场，讲解、介绍五三六九产品，很晚才回来。每次发一件产品，哪怕是最小的一件都要配上视频、送上优盘。

“在一次展销会上，一位老人在我们的展品前久久徘徊不肯离去。我热情地上前打招呼，才知老人家是中国农业大学的教授，他根本不相信五三六九牦牛肉含有色氨酸和葡胺酸。他淡淡地一笑对我说，除了企鹅和北极熊，世界上不会有任何动物含有这两种成分。

“我一听，心里也开始犯嘀咕，会不会检测报告出了差错，可千万不能乱讲啊，乱讲就是欺骗客户。我又马上花费了 1 万多元，去国家机构做检测。结果，检测报告再一次证明，久治的牦牛肉确实含有色氨酸和葡胺酸。

“我后悔啊，后悔没留下那位教授的电话和姓名。不然，我一定要自豪地告诉他，因为五三六九牦牛的生活环境非常特殊，从世界上最年轻的冰川年保玉则一眼望去，群山连绵、草原广袤、河流蜿蜒，高海拔，离天空、离太阳最近的地方空气、水、土壤十分纯净。再加上久治降雨量较青海其他地区充沛，掩映在高寒草甸草原蒿草、垂穗披硷草中12味以上的名贵中草药，为牦牛肉提供了最高级的营养。”

当地的牧人们说：“一个人影可以治百病。”意思是说，一个人影大的草地里含有的药材就可以治百病。

为了这句话，农业部还批准了久治县农产品符合地理标志的申报，准予久治牦牛在产品包装物上使用农产品地理标志公共标识。

一头澳洲牛一年出栏500公斤，一头久治牦牛要饲养4年才出栏，总共才100公斤，其品质不言而喻。

那么，如此稀缺、优质的肉食品就应该首先服务于特殊人群。陆爱珍想到了运动员。

巧的是，中国女子乒乓球队主力队员，横扫奥运会、世乒赛、世界杯、全运会的“大满贯”选手丁宁的母亲，经人介绍找到了陆爱珍，买了五三六九两套产品，并请来丁宁的首席营养师，和陆爱珍一起研究食用方法。为了让丁宁吃上五三六九牦牛肉，按照规定五三六九牦牛肉被拿到奥体检测中心检测，检测费又是1万多元。几天后，丁宁的母亲打来电话：“营养师说，经过检测，五三六九牦牛肉营养价值很高，可以给丁宁吃。”此后，丁宁一直吃五三六九牦牛肉，她走到哪里，她的母亲就跟到哪里，给她做。

让她终生难忘的是，捧了奥运会金牌的丁宁从里约一回来，她的母亲就给陆爱珍打来了电话。话还没说，已泣不成声。

“感谢您，感谢五三六九牦牛。您不知道，当一个运动员，当一个运动员的妈妈太不容易了。”她邀请陆爱珍参加北京怀柔为丁宁举办的庆功会。

陆爱珍也哭了，她为丁宁，为丁宁的母亲高兴，也为自己，为五三六九牦牛肉高兴，觉得自己也很不容易。

庆功会上，丁宁和丁宁的母亲在台上讲了话，都提到了五三六九牦牛肉，说它真的是太好啦！

陆爱珍坐在台下，一个劲地掉眼泪，竟忘了录视频。

很多人都拿了乒乓球拍让丁宁签字，陆爱珍糊里糊涂地什么也没准备，还是丁宁的母亲找了一个让丁宁签了字送给了她。

陆爱珍拭去眼角的泪水对我说："你说，我是不是太傻，傻得什么也不知道！"

2016 年，中央政治局常委、时任上海市委书记韩正在果洛州考察指导上海援青工作时，对五三六九打牦牛牌、走扶贫路的时代担当给予了高度肯定。全国政协副主席、民革中央常务副主席郑建邦称赞陆爱珍是"脱贫攻坚战中的急先锋"。

国务院原扶贫办主任刘永富说，"五三六九"为青海牧区脱贫致富趟出了一条好路子。

韩正对陆爱珍说："五三六九牦牛肉应该为体育界运动员服务，不然太可惜了。"

受到启发的陆爱珍找到了上海市体育局。但是，要想进上海市体育局，条件真是太苛刻了。7 条规定，一条也不能少，不但每进一批都要求检测，价格也要和澳洲牛肉一样。

什么也没有说，陆爱珍全答应。至今为止，她也从来没说过，有一段时期供应给体育局的产品是亏本的。

一年多后，五三六九牦牛肉优良的品质，陆爱珍的真情付出迎来了巨大收获，广东省体育局、山东省体育局、江苏省体育局、江西省体育局、宁夏回族自治区体育局、青海省体育局纷纷订购五三六九牦牛肉，还不约而同地发来了感谢信，赞誉“五三六九”牦牛肉为运动员的食品安全和营养补充提供了有力保障。运动员这个特殊人群的渠道，终于被这个执着、坚强的女子打开了。

久治十余载，陆爱珍一直在全身心地建构青海省牦牛产业全产业链，绿色有机农畜产品输出地。在久治、甘德、贵南等基地基础上，总投资 2.05 亿元建设的集牦牛屠宰、分割、精深加工、产品研发、冷链物流、血骨皮毛综合利用的数据共享平台，以及牦牛文化为一体的青藏高原牦牛产业园，已在海东平北经济区开工建设，2021 年底投产。

十年来，五三六九团队走遍青海果洛、海北、海南、玉树草原，让“五三六九”这个高原新品牌占领了市场，立住了脚跟，远销北京、上海、广州等地的高端市场，赢得了广大消费者的欢迎，形成了具有自身特点的企业文化，确定了服务牧区、造福人类、分享健康的企业使命，以及创世界品牌、做百年企业的远大宏景。

穿着一袭长裙，身材苗条的陆爱珍特别开心地告诉我：“其实，不知为什么，老天总是这样眷顾我。之前在金华做水利水电时就做得很顺利，之后又有产业不断升值，一直在幕后支撑着五三六九牦牛产业的发展。最难的时候，我想过退缩，想过离开青海。但是，做牦牛是我答应了久治县的事，当地牧民群众从观望到认可，从理解到支持，又都眼巴巴地望着我，还有一帮跟着我一路打拼的公司员工。有哪一样能让我放下，又有哪一样能让我割舍？可以说，牦牛肉的价值实在是不能用金钱来衡量的。想想初到久治的艰苦岁月，产品销路受阻的那几年，想想一路走来，不堪回首的每一步，我只能将它做好、做强、做大，才能对得住年保玉则神山对我的护佑，才能对得住久治这片美丽广阔的草原。”

好在，最难的那段日子已经过去了。

十年来，客户的信赖，同样让陆爱珍深感欣慰。广东省体育局训练中心主任在全运会上说：“陆总，谢谢您，谢谢‘五三六九’。你们给我们填补了一项空白！为了感谢，免费送你们一个价值 80 万元的广告位，与浪琴一起做广告！”时任青海省体育局局长的张宁，得知中国射击运动员纪晓晶斩获金牌时给陆爱珍来电，情不自禁地发出赞叹：“‘五三六九’给力啊！这是 35 年来青海的第一块金牌获得者……”

这一刻，陆爱珍觉得再苦再累都值得！

她计划尽快立项建设青海牦牛产业云平台建设项目，构建 5G 时代牦牛产业柔性供应链，打造面向全产业链的集成服务的一站式数字化、网络化、平台化的牦牛产业互联网云平台，实现高原畜牧业由传统农业经济向新技术、新产业、新业态、新模式的新经济动能转换，将绿色产品资源转化为绿色产品经济优势，助力青海省高原畜牧业产业转型升级高质量发展。

十年脱贫的攻坚路只是她人生路上的一小步，“五三六九”的发展之路还很长，还有许多困难等着她去攻克。当牧民群众真正走上自主创业的富裕之路，才是她圆梦之时。

“不畏艰辛，坚韧不拔；追求卓越，勇攀高峰”是陆爱珍对牦牛精神的赞颂，也是她个人的执着追求。为了信念，为了理想，一个江南女子、一颗柔软而坚强的心，支撑起来的是奋勇向前，为了人民利益不屈不挠的铮铮誓言；是脱贫攻坚路上顽强拼搏、辛勤耕耘的追求与梦想。

2021 年 2 月，更大的喜讯从北京传来，陆爱珍激动地给我发来微信：在北京人民大会堂召开的全国脱贫攻坚总结表彰大会上，青海五三六九生态牧业科技有限公司荣获全国脱贫攻坚先进集体。

红色的奖状像漫天彩霞光彩照人，是对陆爱珍最好的赞誉。

草原上的野花鲜艳夺目，气象万千，是她炽热的情怀，辉煌灿烂的牦牛梦。

车子继续飞驰在通往甘南藏族自治州的公路上，路旁的云朵在蓝天上自由翻卷，草地上时有野花点缀，蒲公英大得令人惊奇，丰满而瑰丽。

我趁姜苏停车打电话，跑下山坡采了一大束蒲公英，放在矿泉水瓶子里，抱在胸前。立即，车内香气馥郁，姜苏驾车的劳顿之苦减轻了许多。快到碌曲时，苍天深远，云层低垂。山峦下，高粱般挺立密集的黄色野花，随风荡漾，气象万千。我和姜苏实在按捺不住，顾不得天近黄昏，将车停在路边，一头扑入金色的海洋。

到了跟前，才知此花竟是我曾在青海省湟中县土门关烟岗沟见过的掌叶橐吾。一般以为，多年生草本植物橐吾，大多生长在云贵高原、川西、山西、内蒙古、东北、湖南、安徽等地，特别是俄罗斯东西伯利亚、欧洲大部分地区，只有很少量的橐吾在青海分布。所以当时，在烟岗沟见到掌叶橐吾已是惊喜万分。可如今，这令人陶醉、兴奋的野花，居然在甘青交界一眼望不到边的碌曲湿地，以如此卓然而立、排山倒海、汹涌澎湃之势出现，实在令我激动。

再仔细看时，围绕在掌叶橐吾身边的香草，也是我所熟悉的。微孔草、凤毛菊、马先蒿、露蕊乌头……深邃烂漫、斗艳竞香、色泽潋滟，蓝色的长柱沙参，似铃铛在微风中轻轻晃动，就连植株矮小的火绒草、珠芽蓼也比平日里看到的茁壮挺拔，这或许同样是掌叶橐吾在这片湿润的草地上，与浓郁的绿叶相互体恤，储藏能量，生长旺盛的原因吧！

当地牧人说，过去，哇赛乡的牧民一家老小都生活在马上。几头牦牛驮着帐篷和锅碗瓢盆，两三只忠实的藏犬边走边吃，还得照应自家的牛羊。

过去，牧人的帐篷搭在有水的地方，早晨起得很早。女人挤牛奶，男人去放牧。

过去，牧民们只知院子里堆得整整齐齐的牛粪，只能烧水做饭取暖，划破了手脚可以用来止血。可现在，智青松多镇新建的青海省天空牧场生物科技有限公司，将牛粪变成了可循环发展的宝贝——有机肥的来源，广泛用于人工种草、黑土滩治理、草场恢复，还可以让牧民们靠卖牛粪增加收入。

雄鹰是空中的大鸟，
巢穴却建筑在石崖畔上。
牧草有根水有源，
冰山上开出了雪莲花。

黄昏，有鹰在盘旋，不知巢穴在何处。余晖金碧辉煌，令山峦座座缠绵。我和姜苏不停地拍，不停地笑，只愿生在此山中的我们，永远像花一样甜蜜、幸福。突然，又想起在果洛久治创业的那位江南美女陆爱珍。她多么像这万紫千红中的一朵朵花、一棵棵草，在温暖中，在光影中，在碧绿的高原上，用她炽热的情怀，辉煌灿烂的牦牛梦，让“五三六九”这朵牦牛产业的“小康之花”开遍草原，誉满全国，奔向世界。

至尊的骄傲　卜建平摄

夜已深，我和姜苏到西宁时，满目灯火，一地金黄。

第二天，姜苏打来电话：“太神了，太吓人了！”

“怎么了？”

“今天一早去4S店保养车，店里人说，大武镇给车换轮胎的小师傅上了8个螺丝，一个螺丝也没上紧。不知500多千米的路，你们是怎么开过来的。”

我愣了一下，随即朗声大笑：“是年保玉则啊，傻姑娘，是神山年保玉则一路护佑着我们，知道我们是在做好事，写好人呢！”

姜苏也笑了，笑声像银铃，惊得落在窗外杨树枝上的小麻雀都飞走了。

一地金黄　辛茜摄

第七章 太阳风

石山嵯峨　辛茜摄

四月飞雪桦林乡

这一天，大通县桦林乡飞雪飘飘，格外沉寂，仿佛与世隔绝的瓜拉河兀自流淌，与夏日丰沛季节的欢腾喜悦不同。多少年来，这片贫瘠的土地，从未被人遗忘，20 世纪 90 年代就被国务院评定为重点扶持的贫困村。生活在这里的人，也从未停止过对幸福的渴望。他们辛勤地耕耘，种植小麦、蚕豆、蔬菜。他们忙碌的脚步和温暖的目光，从未让这片寂寞的土地荒芜、裸露。但是，因条件所限，这里的村民常年饮用地下水。而且因为得不到很好的净化，饮用水的质量很差。提高周围农村群众和城镇居民的安全饮水标准，保障下游人民群众的生命财产安全，成了西宁市和大通县领导的一块心病。

4 月的雪花落在清澈的瓜拉河上，石山嵯峨，雕塑着周围的风景。陡峭的山巅之上灌木紫色的枝条丛丛相连，凝视着群鸟飞过。15 年前，大通县水利部门的工作人员发现，发源于大坂山南麓，西北向东南流经桦林乡的瓜拉河下游流域面积、河道长度、多年平均流量，特别是水质，达到了Ⅰ、Ⅱ类的饮用水标准，非常适宜中小型水库建设。

2017 年 12 月 8 日，大通县政府完成了可行性研究报告及专项报告的招标工作。2018 年 5 月 15 日，县人民政府组织桦林乡人民政府、县政府各有关部门召开大河滩水库建设推进会，成立大通县大河滩水

初春的桦林乡　鲍武章摄

库前期工作协调领导小组。县长为组长，各相关部门和桦林乡政府为成员，建立协调机制，推进大河滩水库工程项目。2019年12月5日，中国电建集团西北勘察设计研究院有限公司完成了大河滩水库工程初步设计阶段、招标设计阶段及施工图全过程勘察设计招标工作。

按照水利部的规定，中小型水库建设项目规划除国家、省解决40%的资金，需当地自筹60%。但是，苦于大通县当地的经济条件，60%的资金无处可筹，即使这个水利项目进入了西宁市政府“十三五”规划和中小型水库建设项目规划，也一直得不到落实。

2019年夏天，第四批援青干部如期来到青海。国家发展改革委员会年轻的干部张广栋，被任命为青海省西宁市政府副秘书长，青海省西宁市发改委党组成员、副主任。

张广栋1983年出生，在国家发展改革委员会工作。从小生活在平原的他，初来高原时身体很不适应，晚上无法入眠，走路气喘吁吁，加上他体重180多斤，很快被查出心血管堵塞。这不免让张广栋心头一惊，自己年纪轻轻，刚来到青海，还没干出几件事，身体就出了毛病，这怎么能行。于是，他开始节食，希望通过减轻身体负担调节身体。半年后，不知是睡不好觉的原因，还是节食有效，张广栋的体重减了35斤，上下楼不再那么喘了。

张广栋感到很欣慰，开始思考下一步的工作。经过前段时间的调研，他意识到青海工业基础薄弱，发展困难，要服从国家大局保护三江源，保护生态，但同时，青海人民也需要吃饭，需要解决就业问题，需要发展。国家发改委负责宏观调控，中央出台了很多相应政策支持各地发展，青海应该掌握国家政策争取项目资金，推动各项事业的发

大通县水利局技术人员在向张广栋（右一）认真介绍　辛茜摄

展。他希望在自己力所能及的范围内，多为青海人民着想，多踏踏实实地为青海人民办几件事。来青海三年，吃青海三年饭，当三年青海人，就要对得起青海人民，对得起组织对援青干部的关心。

他对分管的市发改委地区经济科的马栋龑处长说：“请你尽快拿出意见，看放在手头上的哪件事最重要、最紧急、最需要办。”

马栋龑也是个实在人，他学的是水利专业，还曾经亲自参与过湟水北干渠一期的渡槽设计。经过认真考虑，他认为大通县大河滩水库建设项目是目前比较成熟、亟待上马的项目，新来的领导如此诚恳，何不提出来试试。他立即拨通了大通县水利局副局长蔡有仓的电话，和蔡有仓做了具体沟通，随后才向张广栋做了汇报。张广栋一听，眼前一亮。这是好事啊！水库建成后，可改善桦林乡、朔北乡、桥头镇、黄家寨镇和长宁镇50村16281户85058人的供水水质问题，还可防止瓜拉河下游县城老城区近9万人、东部新城11万人因为洪水频发造成的威胁，为大通县经济社会发展提供强有力的支撑。

几天后，情绪激动的蔡有仓风尘仆仆赶到西宁，当面向张广栋做了一次详尽的汇报。

2019年9月16日，张广栋和北京援青干部、国务院国资委正处级巡视专员一级调研员，现援青西宁市工信局（国资委）党委委员、西宁市国资委副主任毋贤祥来到桦林乡进行实地调研。

为什么要和毋贤祥一起来呢？原来，毋贤祥虽然是会计学学士、高级会计师，武汉理工大学产业经济学博士，还是水利部河海大学管理学学士，曾担任北京水利发展公司计划财务部部长，懂水利、懂建设、懂规划、懂预算。当他们一行几人来到桦林乡时，正是金秋季节，河水潺潺，清甜可

正在授课的毋贤祥

口，红彤彤的沙棘果缀满枝头。两岸山峰对峙，各成一体，犹如生活在这片土地上守望家园的一对儿女，又好似隔空相望，咫尺相连，只待人工雕琢的天然水库雏形。

真是修水库的好地方啊！

经过大通县水利局技术人员王宏武的认真介绍，毋贤祥在详细查看了周围地势后，从专业角度认为，此地确有建设水库的优势与价值，而河两岸耸立的石山就是筑坝现成的材料。

国庆节过后，西宁市发改委马栋龑处长，大通县魏成玉县长，水利局张玉仓局长、蔡有仓副局长到了北京。张广栋带着他们到国家发改委、水利部汇报了西宁市大通县大河滩水库脱贫攻坚项目的可行性方案，表达了他们造福当地百姓的强烈愿望。令人愉快的是，建设水库的方案同时得到了两个部委的认可和支持，当时便拍板决定，由国家发改委和水利部，会同青海省发改委配套资金全力支持。前后不到一个月的时间，将近3个亿的资金就落实了。

事情如此快捷顺利，是大通县委领导和西宁市发改委万万没想到的。可他们哪里知道，放假回家的张广栋，国庆期间根本就没顾上休息，没顾上到医院检查身体，为这个项目能够顺利推进，为他们的到来，奔走相告，不断地向领导介绍青海大通县的经济状况，与上级部门提前协调沟通，做了充分准备。

资金落实的消息传达到了西宁，建议、论证、参与大河滩水库建设项目的领导、工程技术人员欣喜万分。他们深感祖国的温暖，对张广栋的感激之情无以言表。

马栋龑由衷地说：“国家的政策好，张主任人品好，为人好，才有了这样大的推进力度。”

蔡有仓和王宏武都是本地人，兴奋地向张广栋表示了各自的决心。他们对家乡的热爱，激情洋溢的工作热情、态度，也深深地感染了张广栋。

地测工作刻不容缓，赶在2019年春节前，大通县水利局就完成了这项工作。春节前后，张广栋从北京再三打电话询问，催促大通县委努力推进，制订水库建设的具体实施方案，尽快投标。

走进瓜拉河上游，沿河而下，地处青海省东部农业区北部的大通回族土族自治县，物产资源丰富，森林覆盖率26.4%，位居全省第一。一系列大致相互平行的西北至东南走向的山脉和山间谷地，分别是老龙岭、门源盆地和大通至大坂山之间的山地。在这片沟壑纵横、山岭对峙、峡盆相间的土地上，源于木里以西沙果林那穆吉木岭的大通河，从西到东流经刚察、祁连、海晏、门源、互助、乐都等县区及甘肃省

平行的山脉和山间谷地　胡文勃摄

的天祝、永登县，最后在青海省民和回族土族自治县的享堂注入湟水，再加上湟水第二大支流北川河，湟水一级支流黑林河、东峡河穿行于峡谷之间，流域内牧草遍生，树林葱茏，灌丛密生。中下游山麓缓坡、河滩垦有大量农田，气候湿润，绿地缠绕，如一枚青翠欲滴的绿松石蜿蜒起伏。

张广栋有些激动　辛茜摄

其中，发源于瓜拉大坂的瓜拉河是东峡河最大的支流，水系发育良好，树枝状分布，在元墩子村汇入干流。瓜拉河流经地多雨雪，水源滋润，河长 34.4 千米。两岸石山峭立，灌木翳荟，满目奇峰秀景，地下水丰富。而位于大通县境东北部，距县府驻地 14 千米的桦林乡及周围村民，多年来饮用的就是地下水。但对于生态环境脆弱的青海高原来说，地下水弥足珍贵，涵养着流域内的生态环境，过量使用会破坏某些地段下的生态平衡，并不断向纵深方向发展，使污染物进入浅层地下水和深层地下水，导致地下水生态环境变异。而且，尽管经过过滤净化，瓜拉河一带的地下水，无论如何也达不到适宜人类饮用的标准。所以，大河滩水库的建成将完全改变这一不利于人类又影响生态的现状，起到保护地下水资源、维护生态环境的作用。还能在配套设备的支持下，将水资源用于农田灌溉，控制瓜拉河下游的水量，防止自然灾害。更重要的是可以让桦林乡及其周围的村民喝到与城市居民相同标准的饮用水。

为了彻底弄明白水库建设的科学原理、瓜拉河流域的地理环境，为了促进大河滩水库脱贫攻坚项目建设，张广栋已经连续往桦林乡跑了三四趟，看了一次又一次图纸。每次来，他都要对围在他身边的马栋龑、蔡有仓、王宏武说："你们可得加油干啊！要在我援青三年期间，把水库建起来，让老百姓喝上干干净净的水。"

蔡有仓和王宏武你看看我，我看看你。

"有了张广栋主任做后盾，我们怎么能后退。"

张广栋又说："后期的水厂建设、官网设置均可纳入整个工程项目规划，需要的资金，我来想办法争取。"

听了张广栋的话，大家开心地笑了，菊花般的笑容在清纯的白雪面前，显得那么灿烂，那么无拘无束。他们信眼前这位从北京来的援青干部，从心里感激着他对青海，对大通县的热心帮助。

石山嵯峨俏丽，鸟雀欲飞山巅，留得一碗清水在人间，是张广栋援青三年的心愿。他是一个想干真干、执着认真的人，心里装着近600万青海人民的生计。吃一块青海的牦牛肉，他就想把青海的牦牛肉推向全国；喝一口青海的酸奶，又琢磨着如何让更多的人品尝到青海的酸奶。

一年多过去了，投资3.71亿元，被列入省、市、县重点项目和民生工程，大通回族土族自治县"十三五"规划的大河滩水库工程如期开工建设。

遗憾的是，我再也没去过桦林乡，那个四月里飘着飞雪，期待着迎接美好生活的小村庄……

情 满 草 原

2019年7月29日，第四批援青女干部杨林，在北京为自己即将开始的青海高原之旅写下了这样一首词。

蓝翎飘飘，身担重任赴边陲。“三农”情随，大漠蓝图绘。胸有凌云，何惧风雪摧。挥汗水，农兴民惠，不辱使命归。（点绛唇·援青行前有感）

所谓胸有凌云，指的是这位在黑龙江省兽医卫生防疫站工作多年，长年奔波于农村牧区，担任中国动物疫病预防控制中心疫情监测处处长、中国动物疫病预防控制中心兽医诊断室主任、中国动物疫病预防控制中心、农业农村部屠宰技术中心副主任的女专家，对中国农牧区的经济发展、对基层农牧民怀有的情感和责任心。

所谓蓝翎，是因为十年来，国家派往西部地区，特别是牧区的干部人才逐渐增多，为了便于区分和统一标识，称援青为蓝丝带，援藏为红丝带。

8月2日，已到青海的杨林，独自来到西宁市城西新宁广场。黄昏中，凉爽的高原之夜近在眼前。华灯初上，蓝天深邃，歌舞阵阵，

作者和杨林（右）在尖扎

拖着长长尾翼的红色风筝越飞越高。杨林心下沉醉，有感而发。

夜初上，塞外落日绽放。远山风姿绰约望，近窗贴花黄。民歌袅袅绕梁，藏舞翩翩莺燕。风清云净心飞扬，长乐且未央。（谒金门·高原夜色）

杨林是黑龙江哈尔滨人，是一位从基层防疫站做起，在理论、实践、专业领域方面多有建树的专家。援青期间，她担任青海省农业农村厅副厅长一职，分管兽医、渔业、青海湖裸鲤的保护。在这之前，杨林曾多次来青海调研，参加重要会议，对青海畜牧业和渔业的状况并不陌生。这次能够有机会到青海工作，她不仅非常高兴，且很快投入日常工作当中，对青海的畜牧业发展和青海湖裸鲤的保护，提出了自己的看法和指导性意见。

初来西宁没几天，杨林就接受了厅里交代的一件棘手任务。针对“省部共建有机绿色农畜产品示范省”的规划，农业农村部和青海省委领导签订了框架协议，出台了具体方案，青海省非常希望能将这一规划作为部省共建的合作项目，由部委和青海省共同下发文件。

这是一项宏大而具无限前景的工程，是青海省提升农畜牧产业发展的重要举措。但是，部省共同下发文件没有先例。杨林只好自己查找资料寻找依据，赶回北京，硬着头皮和部长、司长等领导沟通协调。在她的努力下，2020 年 9 月实现了部省共建有机绿色农畜产品示范省方案，为青海人民办了一件实实在在的大好事。

接着，她带着兽医局、省动物疫病预防控制中心的负责人开始跑州县、下基层，了解兽医站、养殖场、屠宰场的实际情况。不论是在互助县东和乡兽医站、乐都区高店镇兽医站、湟源县波航乡兽医站、乐都区蛟鹏生态富硒养鸡专业合作社，还是在湟源县金润养鸡场、日月乡牛羊养殖专业合作社、西宁野生动物园，她处处强调养殖场畜禽免疫、疫病监测、疫情报告、病死畜禽无害化处理、防疫设施建设和管理的重要性。

10 月，秋天的青海浓墨重彩，透明的蓝雾缭绕在原始密林深处。去过新疆阿尔泰高山牧场，到过内蒙古锡林郭勒草原的杨林，仍然被青海高原广阔无垠、特色鲜明的高寒牧场深深吸引。

在金黄色的林木与白雪皑皑的雪山下，她动情地吟诵着，只为人生的秋天和她眼前充盈着激情与力量的秋景。

> 华发入鬓黑发疏，罗衣出关布衣粗。聚散悲欢几多悟？三农初心献边陲，半百新人起征途。马鸣风萧扮秋暮。（浣溪沙·知命之年有感）

2020年，杨林先后四次去玉树基层防疫站检查指导工作。每一次归来，她都有新的感受；每一次归来，她都会长久地沉浸在对基层防疫员深深的不忍与理解中。

新冠疫情爆发后的一天，杨林和玉树市兽医站的工作人员来到巴塘乡，准备和大家一起给这里的牦牛注射疫苗。海拔近4000米的玉树高原天寒地冻，可这里的基层防疫员已经投入紧张的春季防疫中。杨林在基层从事动物防疫工作17年，对春秋防疫再熟悉不过，对玉树的艰苦条件也早有心理准备，可她还是被眼前的场景惊呆了。

风雪茫茫，一大群熙熙攘攘的黑牦牛，在牧户的协助下好不容易被防疫员驱赶到山窝处。只见防疫员左手拿着牛粪、右手拿着注射器，穿梭在牛群中。

“天啊，这是在干吗？”

“打疫苗啊，杨厅长！”

“怎么能这么打疫苗啊，你们这里的免疫注射栏呢？”

“杨厅长，我们这儿的牦牛是传统式散养，牦牛不好集中，再说我们也没钱建注射栏啊！”

杨林心头一震，同时，几头黑色的牦牛突然受了惊一般跑出了山窝，两个防疫员一边迅速给打过针的牦牛拍上一块牛粪做标记，一边拿着注射器猛追。

杨林看在眼里，痛在心里，抢过防疫员手中的注射器，冲入牦牛群，一边追赶牦牛，一边给牦牛打疫苗。

吓得防疫员阿保地扯开了嗓子：“杨厅长啊，您快出来，牦牛会踢伤您的。”

杨林好像在赌气，不听劝地穿梭在牦牛群中，逮住一头打一头。

阿保地的头都蒙了，钻进牦牛群硬是把杨林拽了出来。

“杨厅长啊！你不知道，牦牛一般不发脾气，一旦惹怒了，能要人的命。每年的春秋防疫，都有防疫人员被踢、撞伤。”

与基层防疫员留下了一张难忘的合影

气喘吁吁的杨林无奈地看着乱成一堆的牦牛群，脸上布满了愁云。回到西宁后，她立即着手，多方协调，筹集到了1708套免疫注射栏购置资金。目前，这笔资金已经下达包括玉树在内的22个县（市）143个乡598个牧委会，解决了长期困扰基层防疫站的基本问题。

她还了解到，玉树各县、乡、村防疫人员的工资待遇很低，愿意从事这个工作的人越来越少。

按国家规定，防疫人员的工资必须根据牲畜数量分配，但玉树是个例外，而且是青海牧区普遍存在的问题，牧人家家户户牦牛数量有限，不能单纯按这个标准计算。

为了解决乡镇兽医站建设和村级防疫员待遇问题，她又向部里再三汇报青海的实际情况，多方奔走，争取支持。跑部委、进人大、上发改、找财政、求援友。

每一次她都会动情地对上级领导说："青海牧区的基层防疫员太辛苦，不但要在缺氧的高原环境里，承担大量的防疫工作，保证牛羊的群体免疫力，还要满山满坡地追牛、追羊，打预防针，不小心还会被牦牛踢伤，传染上布病。"

布病是一种在草原上流行的传染病，牛、羊、人都会得。人得后，起初只是发烧、头疼，四肢疲乏，没有力气，症状如同感冒。如果不能够及时诊断、治疗，很容易转成慢性病，丧失劳动力。

杨林认为，以青南地区为主的牧区，没有种植业，草原面积广，牧民生活以养殖业为主，基层动物防疫体系的完善至关重要，不仅关系到牧民群众的生活和生产环境，还影响着三江源地区的生态环境。

说起这一点，杨林显得忧心忡忡。

她对我说，我们不能只看到三江源头如画的美景，生态环境的维护，还要面对牧区的真实情况，防疫的难度。近几年，青海省的防疫体系虽然有了很大的改善，但由于历史欠账太多，存在许多短板。尤其在基础设施建设和防疫员待遇方面，远远落后于其他省。多年来，这些问题虽然一直在呼吁、在强调，但还是没有得到有效解决。高原的事难办，高原牧区的事更难办，可杨林绝不打算放弃，她要用啃硬骨头、钉钉子的精神，紧盯不放，尽力解决这些难题。

她的手机里有很多基层防疫员给牦牛打针的照片，她一直坚持连续做“农民之友”视频，画面精美生动，音乐协调自然，有雪山、草地、牦牛、裸鲤，有牧民、姑娘、可爱的孩子。最多的是挎着药箱，在雪地里追着牦牛打针，在实验室伏案监测的防疫人员。他们大多脸庞黑红，十指粗糙，眼睛却格外明亮。回头一笑，白白的牙齿，蓝蓝的眼眸，深深的眼窝。

2020 年 12 月，她第四次上玉树。冰雪严寒，氧气稀薄，蛮横的风卷着冰屑、雪粒嘶鸣着向她怀中扑来。气候如此恶劣，条件如此艰苦，但是防疫站，现玉树市疾控中心的工作却做得井然有序。这是疾控中心的站长，获得过全国先进个人表彰的站长阿保地的责任心使然，也是全体工作者的万般努力的结果杨林由衷地敬佩他们，心疼他们，每次去都要给他们解决一些实际问题。

疾控中心还有一个不可多得的展览室，多年遗留下来的兽医历史，在这里得到了展示。杨林每次到玉树都要去看看，看过后，对兽医工作都会增添一种责任感，对奋战在一线的兽医，都会产生一种强烈的崇敬之心。这些展品，包括手绘的一些分布图是在玉树大地震后，

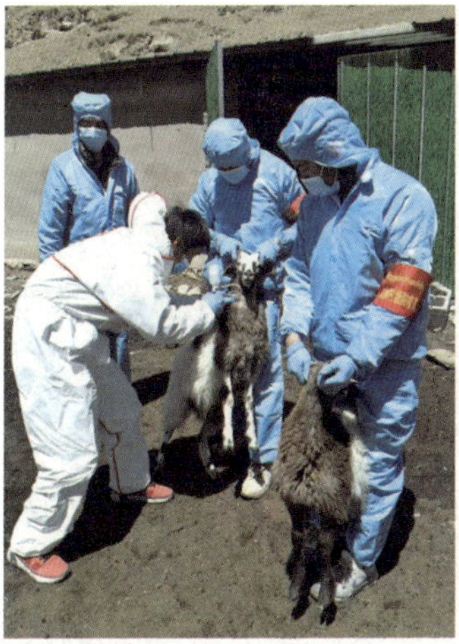

为牦牛打疫苗

站长阿保地带着站上的人，冒着生命危险从废墟里扒出来的。

望着远方满山满坡的白雪、封冻的小河，杨林百感交集。离开的时候，她一出门，见到不知何时从各乡镇基层赶来的兽医默默地守候在门外。每个人的手里都拿着一面锦旗，都是送给她的。上面写着“为乡镇办事关怀备至，为乡镇排忧深情似海”“为民办事关怀备至，为民排忧情深似海”“关爱基层，奉献高原，诚心实意”……她感到非常意外，激动地一边流着泪，一边一一接受，还留下了一张自认为不怎么好看，却让我心动的合影——穿着军大衣的她和各乡镇兽医们紧紧地站在一起。

杨林常说，每一次玉树之行，都是一次难得的相遇；每一次玉树之行，都难以忘怀，都让她的心更加柔软、更加慈悲、更加坚强，为奋战在高原牧区的基层动物防疫工作者感动、骄傲。在她心中，他们是动物防疫体系的脊梁，是她的同事，她的朋友，也是她放在心里的，最深沉最真实的念想。

2020 年早春的一天，通往青海黄南藏族自治州尖扎县的路，在晨风中逶迤蔓延。路旁绿叶鲜嫩欲滴，云雀轻松飞舞，杨林带着省农业农村厅干部去尖扎县调研，我有幸跟随前往。

过去，路过尖扎县，只是一味地沉醉于碧玉般通透的黄河水在红色的崖壁间凝固不动的情景，感叹黄河的清澈，黄河在青海境内的温润秀丽。今天，在杨林的介绍和指点下才知，那往日可见、河面上静静漂浮、如同荷叶般张开的圆形织物，是人们用来养殖三文鱼的网箱。更让我感到惊讶的是，青海省黄河中上游拥有的丰富而充足的冷水资

大武乡春季动物防疫疫苗接种现场

玉树各乡镇基层防疫员给杨林送来了锦旗

源，使黄河干流著名的龙羊峡水库至积石峡水库 300 千米的流程间，10 余座大中型水电站形成的 5.026 万公顷水域，因水体洁净、水质优良、不封冻的水温，竟然成了国内外公认网箱养殖三文鱼最好的地区之一，成了中国最大的三文鱼淡水养殖基地。

慨叹之余，借助这般得天独厚的资源优势，青海省从挪威引进了成套冷水鱼网箱养殖装备技术、生态环保养殖装备，接着又从美国、挪威、丹麦引进鲑鳟为主的优良鱼种，并在此过程中，解决了鲑鳟鱼人工繁殖、苗种培育、人工饵料投饲、规模化养殖、鱼病防治等技术难题，将深水大网箱养殖技术推广覆盖至沿黄水库，促使青海省冷水

站在黄河边的杨林　辛茜摄

鱼养殖规模不断壮大。

瞧着我一脸惊奇的表情，杨林毫不掩饰自豪之情："2019年，青海省三文鱼产量达1.52万吨，同比增长3.37%，产值8.37亿元，约占国内三文鱼网箱养殖产量的30%，在同行业中处于领先地位。"面对清清黄河水，她再次提高声音："不夸张地说，中国每3条三文鱼，就有1条产自青海。"

2020年，受新冠肺炎疫情影响，春季畜牧业和生猪家禽恢复生产显得尤为关键。同时，这时也是重大动物疫病的高发期。杨林不停地走访、不停地检查，对重大动物疫病集中免疫、动物疫病监测、仔猪调运监管、养殖场防疫监管严密督查，认真检查西宁市、海东市动物疫病预防控制中心实验室管理、动物疫病监测诊断、能力建设落实，时时掌控和化解风险，及时处置突发疫情。她的办公室有一盆她非常喜欢的紫色马蹄莲，因为不能保证及时浇水，很快就干枯了。

经过调研，她深知，青海渔业应该以保护和生产并重。青海湖裸鲤的保护是重中之重，产业的发展无疑是三文鱼的养殖，而养殖业的关键是做好疫情疾病的防控。目前，山东援青干部已经在青海海北州门源县建立了以进口鱼卵孵化为主的三文鱼种苗孵化基地，育苗来源有了保证，全省沿黄河网箱养殖鲑鳟鱼的养殖企业已发展到 27 家，网箱养殖面积达 32.6 公顷，以三文鱼、虹鳟鱼、金鳟鱼为代表的高品质、无污染的青海产冷水鱼畅销全国，急需推进青海“三文鱼”公共品牌的策划创建工作，整体宣传，提高产品知名度。

沿黄河流域龙羊峡至积石峡段电站水库 75 万亩的优质冷凉水体区域，水面水体洁净、水质优良，3℃ ~ 22℃的水温常年不封冻，水体有足够的自净功能，为冷水性三文鱼养殖创造了得天独厚的天然水域条件，被国内外公认为养殖三文鱼条件最好的地区之一，所产的青海籍虹鳟鱼是国产三文鱼的主要品种之一。近年来，青海省从事三文鱼产业链的相关企业和机构越来越多，青海省农业农村厅和青海三文鱼产业联盟统一组成的产业发展平台，开展了技术、业务、人才、管理等全方位的合作，统一苗种供应、统一饲料采购和供应、统一技术标准、统一基础设施提升、统一智能化信息化建设、统一品牌战略、统一加工标准、统一市场销售等工作取得了阶段性的成果。2019 年，沿黄河大水面网箱生态养殖建设拓展了产业布局，加快了基础设施建设，三文鱼产量、产值分别达到 1.52 万吨和 8.36 亿元，分别比上年增长了 3.37% 和 12.97%。对此，杨林提出，青海渔业渔政工作的核心一定要围绕土著鱼保护和冷水鱼发展，做大做强青海的“两条鱼”。但前提是，必须坚决守住生态环境安全、渔业生产安全、产品质量安全三大安全红线。其路径是从单一产业向一二三产融合发展转变、从冷水鱼品牌创建向名牌打造转变、从初加工低价值向深加工高附加值转变、从单一保护向发展与保护相互促进转变、从传统单一管理向现代信息化管理转变。

尖扎县地处青海省东部、黄南州北部，气候温和、无污染，黄河干流自北向南纵贯全县，县内沿黄河两岸建有李家峡、直岗拉卡、康扬、公伯峡四座梯级电站，形成的四个大中型水库总面积达 14.5 万亩，水质优良，溶氧丰富，是鲑鱼、鳟鱼等冷水鱼天然的繁衍生息之地。

青海联合水产集团公司是农业部认定的水产品健康养殖示范场之一。公司董事长赵金辉，早已在河边等候杨林。

赵金辉是转业军人，上校军衔，1999 年从原总参谋部深圳特区转业。2012 年，赵金辉所在的团队开始关注青海，特别是青海的养殖业，希望在农业上有所布局和发展。经过对青海的全面考察，他们觉得水产行业比较有前景，于是，通过青洽会和尖扎县政府签订了招商引资

网箱

协定。2014 年，赵金辉在天下黄河尖扎秀的黄河岸边，组建了青海联合水产集团公司。

显然，杨林对他们公司的情况有所了解，见到赵金辉后，和他边走边谈，倾听汇报，对他们公司虽占有大量水资源，却由于贮藏、运输、销售、陆基循环水养殖建设、鱼产品加工后废弃物处理，特别是由于土地确权不清晰，造成团队内部对扩大投资有所疑虑，以及近两年黄河持续洪泄，鱼产量不稳等制约公司大规模推进的诸多问题，提出了具体设想和意见。

申宝山下，黄河水像碧玉般柔美清雅，网箱似一圈圈温和的波纹悄悄绽放。看到熟悉的一切，杨林满是喜悦之色。她谦虚地说，自己实际上就是一个兽医，最关心的就是牛、羊、鱼的健康，她希望赵金辉一定要重视养殖期间水产品的安全监测，防止疫情发生，保证育苗的质量。因为不管多么努力，一旦出现疫情，损失惨重，无法弥补。

赵金辉是一位执着认真、事业心极强的人，他非常赞同杨林的意见。青海冷水鱼养殖产业的发展，已然成为他后半生奋斗的目标。他相信，随着时间的推移，当地政府和上级主管部门的重视和关心，公司一定会得到更好的发展，周边更多的群众也会逐渐参与到企业的发展中，共享产业扶贫成果。

“杨厅长，您来青海调研渔业工作，第一次来的是我们贵德。一年过去了，您的头发可白多啦！”

同来的黄南州贵德县农业局局长的一句话，让杨林有些尴尬。

她打趣道:“我是旧瓶装新酒，老人走新路。”

作为一名女性，谁不爱美、谁不怕老呢？高原苦寒缺氧，在这里，身体衰老得比平原快。但是，她的心里只想着如何在有限的3年时间里，为青海农牧业的发展多做些事，每天都在以饱满的热情和强烈的责任心投入工作，无暇考虑其他。一年多来，她主张渔业规范生产，成立青海省渔业渔政专家咨询委员会，对全省沿黄所有养鱼企业进行全面评估；她一心助力青海三文鱼产业联盟建设，使联盟成员由6家增加到25家；她制定了《青海湖等重点水域水生生物监测（2020—2024年）实施方案》，为的是提升水生生物保护科学化水平。

任何政策和项目的实施都需要扎实的基础做保证，解决了基层的实际问题，才有可能实现更大的规划。此外，除了硬件的提升，还应该高度重视人员的能力培养，提高人员的素质，形成一个良好的态势。在她的提议下，2021年，省农业农村厅为防御能力提升之年，必须围绕监测预警、日常监测、预防疫情、实验报告等几个方面，夯实基础，规范提升。

2021年春节前夕，我在西宁再次见到了杨林。根据中央指示，来年农业农村厅的一项重要工作是“长江禁捕”，这也是青海省委省政府发出的对青海湖第六次禁湖的第一个年头，这些工作都属于她的分管范畴。于是，她又激情满怀地开始了新一轮的工作，踏上了新的征程，期望通过全民动员，尽早在全省推行国家“四有”“五包”“六查”“七进”政策，保护长江源头，期望青海湖的水更蓝、更美、更靓，让越来越多的候鸟来此栖息繁衍。

回首一年多的援青时光，她没有辜负部委的重托，也愉快地经历了一生中的许多个第一次：第一次遇见青海冷水鱼，第一次给牦牛打针，第一次放生裸鲤，第一次看到最美屠宰场，第一次加入青海人才联合会，第一次在青海过生日，第一次在青海过国庆看电影，第一次感受玉树风雪，第一次隔离 14 天，第一次碰到停电 24 小时，第一次来到草原上的学校，第一次在青海种树，第一次在青海的春天欣赏杜鹃花开。

余下的日子，她渴望看到农牧民通过入股、政府投资、壮大集体资产增加收入，过上更加幸福快乐的生活。她对自己也提出了要求，勉励自己尽一切所能，为青海青稞、牦牛、藏羊、冷水鱼、油菜等产品的规模发展，品牌生产经营做出自己的贡献。

一生为农，天马行空的生涯。了无牵挂、无所欲求，穿过蹉跎岁

赵金辉给杨林汇报公司的三文鱼养殖　辛茜摄

月的奔波，从来不曾让她感到彷徨。在漫无边际的草原上，牛羊低沉的每一声低语，都牵动着她的心；援青路上的每一个瞬间，都能让她察觉脚下的路、心中的天，如此高远，又如此朴实安宁。

别样风景

和杨林一样，孙辉也是国家农业农村部派往青海的援青干部，在黄南州河南蒙古族自治县（以下简称河南县）挂职副县长。杨林知道，河南县海拔高、风沙大，生活条件艰苦，所以特别关心他。

2019 年 9 月，河南县下了第一场大雪，杨林惦记着刚到河南县开展对口帮扶工作的孙辉，也想去河南县兽医站看看。那天，兽医站显得有些冷清，省厅配发的设备原封不动地堆放在角落没有打开。最重

要的是，她发现兽医站没有实验室，缺少必要的检测设备，万一发生疫情，连最基本的应急设施都没有。为了牲畜防疫工作，兽医站的很多同志经常早上天不亮就动身，晚上披星戴月回来，有时打疫苗工作量大，几个礼拜不能回家。杨林听了，心里沉甸甸的，对基层兽医的体恤之情愈加强烈，对自己组员孙辉的生活和工作也更加关心支持。她立即向部里反映情况，请部里分管兽医站的处长到河南县亲自调研。同时，向卫生部申请了经费，给河南县兽医站建了实验室。

回到西宁，杨林的心情无法平静。见到她时，我能明显地感觉到她为河南县兽医站过于简陋的工作条件和基层防疫人员艰苦的生活环境的担忧。

我告诉她，河南县兽医站工作的艰难由来已久，但兽医站的工作人员从未放弃过自己的责任。几十年前，河南蒙旗草原鼠害严重，牛马多病，草原变成了黑土滩。到河南县任职的第一书记尕布龙带领兽

黄河岸边　田永哲摄

医站全体工作人员，奔波在草原上，经过几年的艰苦努力，才让河南蒙旗草原恢复了生机，也给当地县乡培养了不少像韩嘉靖这样称职的赤脚兽医。而这些来自基层的赤脚兽医一辈子尽职尽责，在长期的草原农牧建设中，发挥了重要作用。

杨林叹道："想当年，这可是一件了不起的事情！"

是啊，过去落后贫穷的草原牧区，兽医的作用不可替代。每年牛羊繁殖季节，每个兽医都要承包 400 到 500 头牛羊的疫苗接种工作，确保牛羊成活率达到百分之百。在缺医少药的情况下，河南县兽医站的兽医用牦牛从兰州夏河驮回草药，自制药膏给马治疗皮肤病，取得过非常好的疗效，为河南县的兽群恢复做出了突出贡献。

听了我的这番话，杨林心里轻松了许多，也为艰苦年代每一位基层防疫工作者付出的艰辛劳动感动。之后，不论走到哪里，她都在为兽医呼吁。因为她知道，青海有机畜牧业的发展，离不开兽医，离不开疫情防控。兽医们的劳动和付出功不可没。

孙辉是她唯一的组员，到河南县工作后非常争气，在短时间内克服高原反应，适应了新的环境，融入了新的集体。在农村农业部中国绿色食品发展中心的帮助支持下，正按照工作计划全力推进农业农村部在河南县的对口援建项目和各项工作。来河南县一周年之际，组织批准孙辉成了一名正式党员，为他光荣的援青之路，添上了浓墨重彩的一笔。

河南蒙古族自治县，是青海省唯一的蒙古族自治县，也称"河南蒙旗"，是农业农村部在青海的对口支援县，大部分地区海拔 3600 米以上，最高海拔 4539 米，自然资源禀赋独特。生活在这里的牧民们，在严酷的自然条件下从事畜牧业生产，培育出了适应高原环境的雪多牦牛、欧拉羊、河曲马等家畜，使河南蒙旗草原成为世界上为数不多的高寒草甸畜牧业区域。

来到河南县的孙辉，看到了这片高寒草甸发展生态有机畜牧业的优势，在中国绿色食品发展中心和中绿华夏有机食品认证中心的支持下，推动河南县养殖基地通过了农业农村部中绿华夏认证中心的基地、生产、贸易有机认证；雪多牦牛和欧拉羊，被农业农村部批准进入畜禽遗传资源保护名录；阿米雪酸奶、牦牛奶咖啡、“滻”度矿泉水、“三江牧场”等产品也即将获得绿色食品认证。2020年，在农业农村部、杨林副厅长和有关领导的关心和支持下，国家第一批特色产业集群项目落地河南县，项目资金达1300万元，这是青海省唯一个县级单位获得的项目。孙辉的信心更足，干劲更大了。

河南蒙旗草原盛产的黄蘑菇，味道极为鲜美。为了利用好当地资源，孙辉多次与中国农业科学院加工所、中国农大食品营养学院、天津科技大学、青海牧科院的专家沟通交流，研发了高原黄蘑菇蛋糕，有机牦牛肉酱，并就三江牧场有机牦牛分割标准的制定提出了具体建议，得到了专家的认同，并被企业采纳。之后，他又协调天津科技大学食品学院，计划在河南县设立高原牦牛研发中心，为雪多牦牛、欧拉羊的产品研发提供技术支撑。

雪多牦牛全身多毛，体侧与尾毛长可及地，毛厚耐寒，是唯一产绒毛的牛种，也是唯一能适应海拔6000米的家畜。千百年来，不仅是河南大草原上牧民衣食住行的来源，亲密的伙伴，也是牧民情感上的依赖和寄托。欧拉羊也是河南县品牌产品，因高蛋白、高能量、高氨

孙辉（左一）看望周龙村连点帮扶户周毛一家

基酸、低脂肪的特性，成为青海省优良畜种。无角欧拉羊为欧拉羊中的新选育品种，适合规模化养殖。孙辉多次到省州畜牧主管部门，积极协调欧拉羊保种场的建设项目，就项目可行性和选址等工作多次和专家去实地调研。2020年12月，他代表河南县政府赴北京参加雪多牦牛地理标志答辩取得成功，河南县雪多牦牛成了“国字号”地理标志品牌。

孙辉经常下乡调研，每次去牧民家里都要自己花钱采购一些米、面、油、菜带去。宁木特乡周龙村周毛老阿妈是他的连点帮扶牧户，第一次去的时候，孙辉见她家空荡荡的，没有家具，没有一个男人。上了年纪的周毛老阿妈，浑身都是病，最小的孙女只有六七岁。孙辉见状心里十分难受，感到自己身上的责任还很重很重，要想实现一个也不能落下的目标，还需认真努力，加油干。

快入冬了，他又一次来到周龙村。周毛老阿妈迎了出来，孙辉一边进门一边问：“老阿妈，您好啊！最近身体好些了吗？”

落座后，他拉着老人家的手说：“天气冷了，过冬的衣服有没有？吃的药够不够？您看，这是我给您带来的米、面、油和蔬菜。”说着又拿出准备好的几百元现金放在老人家手上。

老阿妈低下头，哭出了声：“谢谢政府，谢谢县长！”

孙辉也忍不住流下了眼泪。

老阿妈见孙辉伤心，情不自禁地伸出手，擦拭孙辉脸上的泪水。孙辉的心一阵颤抖，心里更难受了。老阿妈的手粗糙、干瘦，无法形容，他不知该怎样安慰这位饱经沧桑的老人。

来到河南县后，这已经是孙辉第三次掉泪。

第一次是他来河南县不久，去周龙村看望他连点的贫困户。

那天下着大雪，孙辉翻过两座海拔 4000 多米的山梁，走过冰雪凝固的一条条小路到久美南杰家时，已经是下午 4 点。久美南杰的一只胳膊不能动，但还是颤颤巍巍地用一只手给孙辉端来了一碗热乎乎的奶茶。攀谈中，久美南杰对他说，最困难的是周围几户村民吃水很不方便，要用牦牛去山下很远的地方拉水，有时赶上下雪，路上要走整整半天。孙辉望着这碗奶茶，想到久美南杰生活的不易，眼睛湿润了。这个地方海拔这么高，老百姓再吃不上方便的水，日子就太难了！

回到县里，孙辉马上找到分管副县长和主管单位，反映了久美南杰和周边几家牧民吃水困难的问题。很快，县发改局和农牧科技水利局就提出了解决方案。

半年后，久美南杰和周边几家牧民饮水管线就铺到了家门口。孙辉再次来到久美南杰家时，还没进门，久美南杰就迎了出来，拉着孙辉的手："孙县长，嘎正切！嘎正切！有水了，我们家门口有水了！"孙辉高兴地一边回应，一边打开水龙头，看到流水清澈，透着亮光。

"太好了！太好了！这回你们吃水再也不用跑山路了！"看着久美南杰激动的脸，孙辉又一次情不自禁地热泪盈眶。

一年过去了，孙辉已经记不清这是第几次来周龙村看望他帮扶的三户牧户。周毛老阿妈身体不好，药费负担很重，他一直给她买药看病；久美南杰家生活还有些困难；才让东智家希望再多养一些牛羊改善生活……

宁木特乡周龙村在青海河南蒙古族自治县西南部，地处偏远，大山深沟交错，交通不便。过去，当地的牧民群众几乎过着与世隔绝的大山生活，有些老人小孩从未去过县城，汽车、摩托车是他们眼中的奢侈品。这里淳朴、善良的牧民群众让他牵挂，这里的产业发展同样让他放心不下。这次来周龙村，他还有一个重要任务，今年是脱贫攻坚收官之年，必须提高村里的产业发展，才能取得最终胜利。从牧户家里出来，他就带着有机肥厂负责人急匆匆地和村主任一起来到了村里欧拉羊养殖合作社检查畜禽粪污资源化利用项目落实情况。经过调查，孙辉觉得河南县的牛板粪、羊板粪有机质含量高，是很好的绿色肥料，肯定能卖上好价钱！于是，便和村干部商量，让牧民把周龙村的牛板粪、羊板粪收集后集中堆放，统一销售给县里的绿色生资肥料企业，拉长畜牧产业链条，让牧民多一份收入。

孙辉觉得，自己是农业农村部派出的援青干部，自己做的任何一件事代表的都是部里，不敢有丝毫马虎。河南县地处三江源黄河源区，黄河贯穿境内。牧民们为保护生态，易地搬迁，让出草场。国家又拿出钱，让这么多的人来到这里扶贫帮扶，是党和政府对青海人民的特殊关爱，自己怎能不尽心竭力为县上多做些事。

经孙辉努力协调，中国绿色食品发展中心与黄南州正式共建，黄南州州长乔学智一行赴北京与中心领导签约，使黄南州成为青海省第一个绿色有机农畜产品创建示范州。为做好品牌认证培训工作，为青海省贫困地区农业绿色化、优质化、品牌化发展培养技术人才，扩大品牌影响力，他又积极协调中国绿色食品发展中心，与青海省绿办在河南县举办了青海省“三区三州”绿色食品“三员”培训班，培训绿色食品检查员、监管员、内检员 100 名。

2020 年，青海开展省部共建有机绿色农畜产品示范省工作进入关

孙辉正在落实农业农村部畜禽粪污资源化整县推进项目

键阶段。河南县“雪多牦牛”“欧拉羊”获得了农业农村部绿色食品和有机农产品发展中心颁发的全国有机牦牛、藏羊生产基地称号。

一年多来，孙辉徜徉在大自然怀抱里，感受着当地牧民群众的生存智慧，祖先们传下来的原始生态观，身心得到了从未有过的洗礼。冬季，草原上的牛羊最怕下雪没有草吃，牧民们就在冬季到来时，赶着牛羊从山顶上一圈一圈地往下吃。如此，即使大雪封山，牛羊也能在山底下找到吃的。而牦牛是牧人生活的来源、伴侣，更是维系草地资源和生态环境的保护神，绝不能一味地禁牧。

由于国家的扶贫政策和各项补贴保障，牧民的生活越来越好，周龙村也发生了翻天覆地的变化，道路、太阳能、网围栏、游牧民定居等一大批民心工程相继实施，牧民的生产生活条件得到了改善，行路难、上学难、就医难的问题得到了解决。在农业农村部和青海省农业农村厅的支持下，援助河南县畜牧产业发展的资金已达 8900 万元。2021 年，河南县还将举办有机畜牧业发展论坛，孙辉准备邀请杨林，为这里的孩子们讲一讲河南蒙旗草原的美好未来，让下一代人热爱家乡，学成归来后，为家乡造福。

寒冷的冬天即将来临，翻越麦秀山的路曲折漫长。杨林再三嘱咐他注意安全，要想多做事，就得保护好自己。孙辉深知杨林对自己的关心，说："既然来到了这里，就不能考虑那么多了。当地干部能这样干，自己为什么就不能这样。本来，来这儿就不是来享福的，大家面临的困难一样、条件也一样，要做点事儿，就要有面对困难、面对危险的心理准备。"

杨林被他的激情感染，心里也释然了："对，只要全身心地投入到工作中去，就什么也不害怕。"

接到援青任务的时候，孙辉的父亲被诊断为胃癌，刚刚做完手术。老人家年轻时被派往国外工作多年，晚年最大的心愿就是想和孩子们一起享受天伦之乐，何况自己还生了这么严重的病。2016 年孙辉被单位派往陕西工作了几年，老人好不容易把儿子盼回来了，没过多长时间，又要被派往青海。听到这个消息的父亲忍不住伤心地哭了。

"儿子，我从没见过你爸哭，这可是头一次啊！"母亲难过地对儿子说。孙辉只能强忍悲伤，安慰着母亲，宽慰着父亲。

"爸，很快的，等我援青三年归来，天天守在您身边，让您高兴……"

与王大军对话

与王大军的谈话，从轻松愉快的青海饮食开始，逐渐变得严谨和理性。王大军的坦率和真诚，对事物的态度和看法，使我很快对这位初次见面，来自国务院扶贫办国际扶贫中心的援青干部产生了信任。同时，他的判断力和真知灼见也表现出了他内在的勇气和力量。这一切，源自他的工作经历、生活阅历，更来自他的勤学思考与睿智。

就读于青岛海洋大学的王大军，毕业后被分配到农业部黄渤海区渔政局工作。不知是与大海保持了长时间相濡以沫的深厚情感，还是胶东人本就直爽洒脱的性格，王大军淡定从容，对生活的热爱溢于言表。来到青海后，青海的牛羊肉、虹鳟鱼很快得到了善于烹饪的他的青睐。他乐于与各位援友分享美食，让自己的生活有滋有味。

2004 年，王大军曾经作为联合国农业部派出专家赴非洲尼日利亚 3 年。那段时间的生活和工作，没有给他留下多少痛苦、寂寞、孤独。相反，在与烈日、蚊虫叮咬、断水断电的对抗中，他乐此不疲，享受着慢节奏的非洲、舞蹈与音乐的非洲，以及非洲人孩子般简单、淳朴、快乐的生活。

2019 年，王大军来到青海。半年时间内他走访了海东市、黄南州、果洛州 20 多个县，最大的感受是青海的扶贫工作做得非常扎实，成效明显。截至 2019 年底，青海省 42 个县，1622 个村，53.9 万人全面脱贫摘帽，困扰青海千百年来的绝对贫困问题得到历史性解决。脱贫攻坚正进入紧锣密鼓的考核验收督查阶段，等待国家全面普查验收，确保脱贫成果货真价实，经得起历史检验。同时，青海省正开展“补针点睛”专项行动，聚集脱贫标准，逐村逐户过筛子，精准对账，补齐短板，进一步巩固脱贫成效，构筑防返贫长效机制。

在他心里，青海是神秘的。虽然之前因工作原因，他来过青海两次，但每次都是开完会就走了。

2020 年清明，王大军应邀到西宁市湟中区页沟村。路程不远，不到一小时车程。页沟村于 2017 年脱贫，“两不愁三保障”问题都已解决。本村有位能干的企业家姓蒽，致富后回村投资发展乡村种养殖和旅游文化产业，已投资 1000 多万元，颇具规模。

一进村，没见到村民，先听到鸡鸣狗吠。道路一侧是十余个蔬菜

清晨的羔羊　王中杰摄

大棚，另一侧是山上的散养鸡鹅。村口还有一排柴火灶，为游客加工农家特色美食，令王大军不由想起陶渊明的《桃花源记》:“土地平旷，屋舍俨然，有良田美池桑竹之属。阡陌交通，鸡犬相闻。”

美中不足的是，青海的春天来得要比东部晚一个多月，山上还未返青，满山枯黄。山上的养殖区，有集中饲养的蛋鸡和散养的肉鸡，肉鸡群里混养了几只大鹅。这是山上养鸡的小技巧，鹅性格凶猛，可以攻击前来偷鸡的黄鼠狼、蛇和老鼠。猪分为家猪和野猪，白色的家猪下了好多小猪崽，黑色的野猪脾气有点暴躁，有人靠近就大声哼哧不已。村里的羊保持散养，这会儿正在山坡上。

村里很重视文化旅游业发展，正在筹建一个村文化博物馆。春节已经过去了些日子，村里热闹了几天的社火，还留有余热。有村民互相碰到了，还要议论几句。为了增强旅游的深度体验效果，村里正在计划搞一些参与性强的娱乐活动，比如组织游客参与抓鸡抓羊比赛。

贫瘠的土地　辛茜摄

还未返青，满山枯黄　辛茜摄

这方面村里已经有一些经验，羊要经过挑选并经过训练，具备见人就跑，且跑得飞快的速度，以增加难度，提高游客的兴趣。

这是一次挺有意思的走访。回村带领大家致富的农民企业家蒽总和村民们致富的热情，给王大军留下了深刻印象。此后，他又陆续去了很多地方。令他惊讶的是，走过的地方，不仅贫困户的生活水平普遍提高且稳定，更重要的是，贫困户的精神面貌都非常好，这是他没有想到的。

与王大军的交谈，也让我有些吃惊，真正懂得了我国政府举一国之力全面展开“开发式扶贫”的伟大含义。而在此之前，我有限的认知，几乎不能区分救济、保障、扶贫这些最基本的概念，更不知，全世界已经有很多国家都在学习和借鉴我们国家的脱贫攻坚经验。

2020 年是我国全面打赢脱贫攻坚战决胜之年，是中华民族几千年发展史上首次整体消除绝对贫困，也是实现爱国诗人几千年“安得广厦千万间，大庇天下寒士俱欢颜”的梦想之年。而这个梦想就要在我辈手中实现，作为扶贫人，能参与这场伟大的脱贫攻坚事业，从援青干部的视角见证青海，见证全国脱贫攻坚决战决胜这一重要历史时刻，是一件多么幸运的事。

放眼世界，几乎所有国家都有社会福利救济制度。但是在社会救济之外，把扶贫单独作为一项举国事业的只有中国。救济穷人很容易，给钱就行，以至有人说，政府能给穷人发钱，就是好政府。穷人拿到谁给的钱，就给谁投票。

然而解决贫困问题，远没有这么简单。绝对贫困，是缺乏满足最低生活需要的条件和手段，难以维持简单再生产，从而陷入的“贫困循环”。绝对贫困人群，已经完全脱离了正常经济社会发展的轨道，不能与社会同步发展，最终深陷贫困之壑无法自拔。要把他们彻底拉出贫困的泥潭，仅靠“济”远远不够，重要的是“扶”。这就是中国的扶贫经验。

给钱，解决了眼前困难，收获了选票，赢得一个好口碑，以后的困难，留给下任政府，这未尝不是一个省心省力的执政方法。但是在中国，为了着眼于可持续发展，着眼于中华民族伟大复兴，作为牢记初心使命，有责任担当的执政党，中国共产党坚定地选择了另外一条充满艰难险阻的道路——扶！授人以渔，提升能力，把穷根彻底拔出来！为了实现这一目标，不计成本，不惜投入，举全国之力，坚决打赢脱贫攻坚战。吃不愁、穿不愁，义务教育、基本医疗、住房安全有保障。满足这些基本生活需求，让贫困群众享有全部该有的生活保障，这就是基本的“扶”，这就是我们国家的伟大之处。

“十三五”期间，青海共完成脱贫 53.9 万人。其中，5.2 万户、20 万人实现了易地扶贫搬迁，20 万户农牧民完成了危旧房改造，农牧区群众安全住房问题得到历史性解决。失辍学适龄儿童做到应劝尽劝、应入尽入，九年义务教育巩固率 96.87%。1971 所村级标准化卫生室完成改建，全省 17836 名贫困大病患者全部得到救治，慢性病签约 4.98 万贫困人口实现应签尽签。30.14 万贫困群众安全饮水保障水平进一步提升。贫困地区具备条件的行政村通硬化路率、客车通达率均达到 100%。贫困地区乡镇大电网覆盖率达到 97%，剩余乡镇通过离网光伏供电满足生产生活需求。具备条件的行政村光纤宽带率达到 100%，无线覆盖率达到 98%，广播电视综合人口覆盖率达到 98.8%。完成这些工作的过程中几十个部门通力协作，各负其责，形成了脱贫攻坚的巨大合力。

稳定增收和持续发展，是“授人以渔”的过程，是摆脱贫困的根本，也是中国共产党知难而上，勇挑重担，体现责任担当的“扶”。

“十三五”期间，青海以职业技能培训促进就业。共组织贫困劳动力技能培训 5.94 万人次，培训致富带头人 4551 名，辐射带动贫困群众 2.27 万人，转移就业贫困劳动力 42.8 万人。大力发展特色扶贫产业。208 个村乡村旅游扶贫项目提档升级，带动贫困人口 1.63 万户 5.54 万人；打造以刺绣、唐卡、藏毯、银铜器等为主的高原“青”字民族手工艺品牌，带动近 8 万贫困群众增收脱贫。关于生态生产共赢发展，组建成立 961 家生态畜牧业合作社，6.5 万户入社群众实现资源股权收益；培育扶持 380 家造林（种草）专业合作社，营造林工程务工带动群众 8.2 万人；4.99 万贫困群众从事生态公益性管护工作，占到全省建档立卡贫困户的 31.2%。在事实面前，我们看到，为了完成对 53.9 万人的“扶”，仅 2019 年一年，青海省落实年度财政专项扶贫资金就达 62.38 亿元。其中，中央财政专项扶贫资金 35.99 亿元、省级财政专项扶贫资金 26.39 亿元。

对于一个年度财政收入 200 多亿元的经济小省，一面强调政府过紧日子，千方百计缩减政府开支；一面却把大量的财政资金投入脱贫攻坚。这种现象在中央，在其他各省，都是常识一般的存在。

这就是以人民为中心的发展思想。

这就是中国共产党立党为公、执政为民的初心使命。

好的政策，要靠人来执行，贫困群众发展能力不足，要由扶贫干部“全能”顶上；令人眼花缭乱的扶贫措施，要靠大批扶贫干部用绣花般的功夫逐件落实；贫困群众不理解闹情绪，要靠扶贫干部耐心疏导。可以说，每一位群众的脱贫路上，都有几十位扶贫干部挥洒的汗水。

王大军感慨地说，不容易啊。五级书记抓扶贫，层层压实，层层落实责任，凝聚起的是全员动员促攻坚的磅礴之力。总书记一声令下，全国各行业、各部门、各地方无数的人员，纷纷踊跃投身于扶贫事业。几百万机关干部下沉驻村任第一书记和驻村干部，冲锋在脱贫攻坚一线。

怎能忘记，也不能忘记。截至 2020 年 9 月，全国已有 1800 名扶贫干部牺牲在岗位上。

这就是中国扶贫攻坚的伟大。

这就是扶贫干部的奉献。

与全国其他地方干部一样，青海扶贫人在决战决胜脱贫攻坚战役中，奋不顾身，勇往直前。在群众利益面前，哪怕只是一根水管漏了，一只羊病了，都会有扶贫干部站出来，顶上去，及时帮助解决。结对帮扶，老乡家有困难，村里没钱，干部就自己掏钱。群众脱贫要对照完成的六大类 78 项指标，必须逐个核对，件件落实，一项都不能少。发烧了，咬牙坚持；倒下了，做手术，出院后接着再干。抛家舍业，忍受缺氧带来的痛苦，为的就是践行中国共产党党员的使命与担当！

签订责任书，约谈提醒，不就是为了督促扶贫干部再加把劲儿，查缺补漏，保证脱贫攻坚有力有序推进吗？

扶贫成效巡视考核评估监测督导，近乎无休止的检查，查找问题并逐条对照整改，对扶贫干部近乎苛刻的要求，不就是为了保证脱贫攻坚的高质量吗？

即便脱贫攻坚已取得显著成效，扶贫干部仍然坚守“四个不摘”，专注“补针点睛”，强调应对相对贫困和防返贫长效机制的建立，目的不就是进一步巩固脱贫攻坚的成效吗？

这一切，难道不是中国共产党为人民服务的最高宗旨？

这一切，难道不是发生在每一位扶贫干部身上的点点滴滴？

而究竟是执政为民，还是执政为选票，中国脱贫攻坚给全世界、全国人民做出了最好的诠释——全心全意为人民服务的根本宗旨，为人民谋幸福、为民族谋复兴的初心使命，中国特色社会主义制度优势的集中体现。

2019年，北京、上海、天津、江苏、浙江、山东6省市落实援助青海扶贫资金17.66亿元，有力地改善了深度贫困地区生产生活和基础设施条件。13家中央定点扶贫单位选派挂职干部23名，落实年度援助资金9000万元，助推了定点帮扶地区脱贫攻坚进程。2990个省州县定点帮扶单位年度投入帮扶资金3亿元，实施各类民生项目2350余个。747家民营企业（异地商会）与1822个村（其中建档立卡贫困村952个）建立结对关系，累计投入帮扶资金10.21亿元。驻地军警部队主动参与，纾困济贫，谱写了新时代的“鱼水赞歌”。

无数民营企业和个人不甘落后，积极主动寻找自己参与脱贫攻坚的方式。“公司+合作社+基地+农户”的扶贫模式，发挥了扶贫龙头企业带动作用。村企合作共同发展，带动了当地群众增产增收。

联合国秘书长古特雷斯说，精准减贫方略是帮助贫困人口实现《2030年可持续发展议程》宏伟目标的唯一途径，中国经验可以为其他发展中国家提供有益借鉴。闻讯而来赴中国参观考察的外国人说，中国的扶贫官员令人钦佩！精准的扶贫政策，只有在中国才能实施得这么坚决，这么彻底。

中华民族是一个讲奉献牺牲，讲集体主义，讲团结互助的民族。一方有难八方支援，先富帮后富，向来是中华民族的传统美德。而这一独特的优势，在援青省份、援青干部中得到了充分体现。

脑子活了，能力强了，路子广了，脱贫群众越来越自信，干劲儿越来越足了，已经脱贫的人双手捧着扶贫补助款，送还给政府。

“我们现在有能力靠自己过上好日子了。这些钱，请政府收回去，帮助那些更需要帮助的人。”

这难道不是中国脱贫攻坚的伟大，脱贫攻坚的不懈追求？

“扶”见效了，穷根终于被彻底拔除！

听了王大军主任的一席话，我沉默了，久久地沉浸在无端的思绪里。我感到，今天是我一生中不太容易忘记的日子，要比平常的日子更有色彩，更有意义。如今，理想主义、英雄主义的光辉已经黯淡，人类不再抱着崇高的理想不放，但感恩之心总还是应该有的。为了巩固脱贫攻坚取得的胜利，在未来的日子里，乡村振兴、共同富裕、带领人民创造美好的生活，将被提到前所未有的高度。

过了几日，透过书房的窗户我清晰地看见了远处山峦之上，欲吐新蕊的杏枝在阳光下轻轻摇曳。那是难以计数的扶贫人内心的渴望，也是所有援青人对青海人民的一片真挚之情。

油 菜 花 香

当中粮集团发出通知选拔援青干部时，王珏第一时间报了名。他说：“青海是我一直向往的建功立业寄情的沃土。”王珏从小和奶奶一起生活，伯父原来在四军医大工作，1979 年被派往格尔木二十二医院，当了 8 年的院长。伯父每次回到奶奶家，就给家里人讲青海的美、说青海的苦，对青海感情很深，给幼时的王珏留下了深刻印象。

做好充足的准备后，王珏来到了青海，来到了千里万里油菜花飘香的海北州门源县，担任门源县委常委、副县长，正式开启了自己的援青之路。

王珏身材高大，性格沉稳，责任心很强。来到门源时，带着中粮集团的嘱托，也带着集团的援助资金。王珏认为，中粮集团对门源的帮扶应该体现在培养产业，扶持当地农产品上，主要任务是通过中粮集团把青海的农产品推广出去。但是，门源当地的农牧产品，比如油菜的产量，远远不够集团的加工量。所以，前 3 年帮扶的任务还是落在了加强、改善当地基础设施建设，保障群众基本生活需求的民生建设上，援青工作要少一点儿锦上添花，多一些雪中送炭。

连续 6 年援青的王珏

2016 年，门源县连续发生两次地震，中粮集团集中精力帮助门源县改建了幼儿园，完善了基本设施。2019 年度中粮集团的 500 万元援助资金，全部用于支持门源县学前教育条件的提升改善。

门源县 8 个乡镇兽医站办公用房年久失修，房屋多为砖混结构平房或二层楼，2016 年连续两次地震造成部分房屋出现墙体裂缝、墙面脱落、后墙塌陷，存在较大安全隐患。王珏向中粮集团申请调拨援助资金 260 万元用于门源县乡镇畜牧兽医站重建维修项目。该项目实施后，惠及贫困村 36 个，贫困户 2330 户，贫困人口 8278 人。

针对门源县有 20 个贫困村 23 个卫生室达不到脱贫验收要求的实际，王珏积极推动实施门源县脱贫攻坚贫困村卫生室标准化建设项目，新建卫生室 14 个、扩建 5 个、维修加固 4 个，惠及相关村 5529 户、25330 人。

门源县泉口镇后沟村、沈家湾村地处脑山地区，山大沟深，生产生活设施条件差，缺乏基本的生存条件，均属深度贫苦村。县委、县政府决定以集中安置的方式对后沟村和沈家湾村，进行易地搬迁安置，彻底解决当地群众的生存条件，巩固脱贫问题。王珏知道后，深入家访慰问，与他们促膝交谈，了解他们的安危冷暖，倾听他们的呼声建议，尽力为他们排忧解难，向中粮集团申请 300 万元，助力实施泉口镇后沟村、沈家湾村易地扶贫搬迁配套基础设施项目，为改善群众生活贡献了力量。

2019 年 12 月中旬，在王珏的努力争取和中粮集团的全力支持下，中粮贸易启动消费扶贫工作，与门源县确定 38.5 万元员工福利采购订单，并于 2020 年 1 月将当地产品直接寄发到集团员工家里。

王珏说："只有尽快走遍门源县，走进群众家中，完全了解县情民情，才能找准援助着力点，真正为当地经济社会发展做出贡献。"

为了打开牛羊肉、菜油、蜂蜜等绿色农牧产品的销售渠道，寻找产业发展的新路子，王珏建议由中粮集团主管部门帮助组织协调，开展门源县干部到中粮集团及所属专业化平台公司进行多层次交流学习，邀请中粮集团领导和有关专业化平台公司到当地进行针对性调研。以门源县现代生态农牧、特色产品加工、文化旅游、健康养生四大产业

油菜花香　沈传立摄

为支撑，协调中粮肉食、蒙牛乳业、中粮营养研究院、中粮饲料、中粮我买网和中粮可口可乐兰州公司等企业、平台，来门源县调研相关资源情况，探索和推进产业帮扶。

2018 年，王珏将中粮集团第二批援助资金 150 万元，与山东援建门源县农牧区电子商务发展资金 240 万元整合，实施县电子商务体验中心项目，建成运行乡镇电商服务站 12 个，实现乡镇电商服务站全覆盖；建成运行村级电商服务点 70 个，其中 44 个贫困村实现全覆盖。

在王珏和门源县政府的共同努力下，依托农牧产品资源优势，精心打造了全县高原油菜花蜜、高原牛羊肉、有机菜籽油等一批精品网货，注册商标数达330个。同时，与大型电商平台进行深入合作，开通了京东门源特产馆、大美青海·花海门源淘宝旗舰店等，上线5大类40余款产品，设计完成了门源县电商区域公共品牌，开通门源电商微商城并帮助企业和个人开通网店100余家。2018年，全县完成线上交易额2000余万元。

王珏告诉我，圈养的牦牛肉不完全是草膘肉，也不缺乏营养。喂养过程中，不仅要喂草，还要喂饲料。而饲料是有严格标准的，包括室内温度、饲料配给的能量、抗生素的运用、蛋白质的补充。实践证明，饲料营养更均匀，生长期更短，更科学。但是，多年形成的散养习惯，不是轻易就能改变的。需要引导牧民，需要时间，更需要让牧民切身体会到，市场渠道与持续供应之间的关系。

王珏在门源已经工作了4年多，他住在20平方米的一间小屋子里，却规划着门源未来的宏伟蓝图。家里人支持他，可并不能说明家里就没有困难。但是，他从不把这些挂在嘴边，心里念着想着的，是如何让门源尽快富裕起来，发展起来。

2019年，王珏和留在乌兰的窦锦兵一样向集团提出申请，继续留下来为门源服务。他说，能够留下来，是因为他对门源县的产业发展充满自信。此时，门源县的矿泉水、电商、乳业等领域的开发正在与中粮集团加强产业对接、拓展业务合作。他想通过这种有效的对接，完善消费扶贫对接机制，确定工作运行模式，加强当地电商渠道的消费服务支撑功能，确保有质量保证的产品按时发送到购买者手中，待取得成熟经验后，再逐步向集团其他专业化公司或区域推广。他说：“援青4年多，眼见青海和中粮集团的互访更多了，交流更广了，对口支援的视野更宽了，感到十分欣慰。‘援青’不是锦上添花，是雪中送炭，为此，我们感受到了以中粮集团为代表的各大央企对边远地区的无私援助。”

高 原 乌 菊

10月底的乌兰下起了雪，连绵的山脉笼罩在雾色中，可我看到农业科技示范园大棚里，金黄的菊花却争奇斗艳，竞相开放，为皑皑白雪的高原小城增添了徐徐暖意。它们的诞生不光刷新了菊花栽培史上海拔的最高纪录，更为当地扶贫产业注入了勃勃生机。它们响亮的名

高原乌菊（茶用菊皇菊）

字“高原乌菊”是窦锦兵的执着与信念使然，也是茫茫苍苍的高原大地、乌兰人民对这位远道而来的援青人给予的最高奖赏。

2016 年 7 月，窦锦兵由科技部人事司国家中央机关选派到青海，担任乌兰县委常委副县长、海西州科技局副局长、海西州柴达木循环经济试验区乌兰工业园管委会副主任。三年后，他向组织提出申请延期任职，作为第四批援青干部继续留在了乌兰。当我见到他，问及此事，他平静地回答：“很多工作刚打开新局面走上正轨，这个时候我不能走！”

窦锦兵出生在江苏淮安，2009 年从总参三部转业到科技部。2016 年 7 月援助青海，在海西州乌兰县分管科技、残联、文体、广电工作。刚到乌兰县，一切从头学起，时间不长他就发现了问题，找准了帮扶的对策。鉴于乌兰县科技力量薄弱的情况，他向科技部组织申报了国

窦锦兵（右一）在接受柴达木记者采访

家级创新型县（市）建设，从思想上转变科级干部的观念、思路，提高科技知识能力，先后在乌兰筹建了科技管理服务中心、农业科技园区及智慧旅游科技项目，青海省藏源食品有限公司茶卡羊冷却肉保鲜包装技术研究及应用项目，成立了乌兰县青创科技网络有限公司，组织青海友明盐化有限公司、三江沃土有限公司等10家企业申报青海省科技型企业。其中有6家企业通过青海省2018年度第二期科技型企业复审和认定工作。2017年至2019年，窦锦兵又争取到中央引导地方专项基金200万元，实施乌兰县枸杞修剪枝条与牛羊粪便混合堆肥无害化处理及资源化利用技术示范及推广项目，青海省科技厅200万元科技项目资金，实施茶卡羊标准化生产加工关键技术集成与应用项目。

能在短时间内，取得这样的成绩，与窦锦兵对乌兰情同家乡的感情和强烈的责任心有关。乌兰县隶属于青海省海西蒙古族藏族自治州，深居大陆腹地，柴达木盆地东北边缘，四周高山矗立，地势由西北向东南微倾，盐湖、沙漠、盆地广布，都兰河、赛什克河流入境内，气候相对柴达木盆地其他地区较好，夏秋季平均气温20摄氏度左右，天然原始森林遍布。环茶卡盐湖区域的茶卡羊，钙、铁、锌矿物质含量较高，肉质鲜嫩、味道醇香，不膻、不腻，营养丰富，自古被誉为“贡羊”，乃冬令最佳补品。在窦锦兵的努力协调下，茶卡羊成功获得农业部农产品地理标志登记证书。

为了帮助乌兰县人民医院提高医疗水平，窦锦兵求助科技部，从科技部医疗库里选择了中国医学科学院阜外医院、北京天坛医院、北京协和医院、中国人民解放军总医院（301医院）、第四军医大学西京医院、中南大学湘雅二医院、广州医科大学第一附属医院7家医院，针对心脑血管疾病、心肺功能、呼吸系统、消化系统等高原性疾病，与乌兰县医院相应科室签订帮扶协议，建立“远程会诊”和绿色转诊通道，向乌兰县医院提供医疗装备。特别是当乌兰县县长亲自带队去广州，见到钟南山团队时，钟南山院士听说他们来自青海高原，非常热情，让他们尽快提出要求，还当场捐助了制氧机等设备。

看着孩子们一双双渴望的眼睛，窦锦兵总想为孩子们做点儿事。孩子们虽然生在偏远的青藏高原，国家级贫困县，却有着和大城市的孩子一样的、甚至更强烈的求知欲和好奇心，他们多想看看大山外面的世界。“樱花计划”，是日本一家科技文化机构从事的加强中日文化交流的公益事业，包括官员访问、科技人员交流和高校之间的互访。重要的是，这个项目中各城市到北京的费用由国内解决，北京到日本，及落地后的食宿参观学习费用全都由日方负责。窦锦兵觉得这是一个不错的选择，于是想尽办法，连续几年为乌兰县争取到数十名高中生访日交流的机会，让孩子们走出大山，拓宽视野，提高认知。

乌兰县远离喧嚣，空气清新干净，窦锦兵每每奔波于西宁至乌兰两地，这种感觉尤为明显。他越来越钟情这片土地，越来越离不开，越来越想为这里的人多做点事儿。青海产品，体量不大，只能走无污染、纯净度高、品质优良的高端产品路线。冥思苦想中，他回到科技部，利用科技部的平台资源优势，找到了南京农业大学，那里有全世界最大的菊花种子资源和强大的菊花研究团队。窦锦兵大胆地提出了自己的想法，希望借助研究团队的技术力量，打造适合乌兰的产业扶贫项目，让“菊花”开放在青藏高原深处。按常理，菊花分布的范围在海拔1600米以下，人工栽培的菊花最高海拔也仅止步于2300米。在海拔近3000米的高原、柴达木盆地东缘，真的能种出菊花吗？怎么种菊花？种什么菊花？是一个从来没有人研究过的问题，团队专家们也不敢保证。

南京大学校长陈发棣本来就是一位极有人文情怀的热心人。经不住窦锦兵再三请求，他亲自带队来到乌兰，亲自到地里取土、采样，带去南京化验。为了表明自己强烈的决心，也为了增强菊花团队坚定的信心，窦锦兵联合南京农业大学向青海省科技厅申报实施了园林小菊新品种的高效栽培技术集成示范与创新项目。

5月的一天，晚到的春色令乌兰明媚光艳，陈校长带着技术人员，带着菊花苗、设备物资如期而来。整地、施有机肥、种苗、拉管子浇水，第一次就试种了153种观赏菊和茶用菊。

经过6个多月的精心培育、细心呵护，100多个菊花品种在高原上竞相盛放，其中数茶用菊皇菊的表现最为优异。得天独厚的地理优势，昼夜温差大，光照时间长的气候条件，让茶用菊皇菊拥有了意想不到的品质。不仅花茎大，颜色好，经检测，作为药典规定的三大主要营养成分绿原酸、木樨草苷和二咖啡先奎宁酸三项指标，分别高出药典标准的6.88倍、2.16倍和1.88倍。更让人惊喜的是，因为海拔高，菊花的最大克星蚜虫很难存活，纯净无污染、绿色无农残、营养成分高和耐冲泡的特点，成就了高原皇菊最大的使用价值。

喜悦之后，窦锦兵脑海里又盘旋起另一个问题，既然初来乍到的菊花都有如此突出的品质表现，那么在乌兰生长了多年的农牧产品枸杞、藜麦呢？几经实地调研，他发现乌兰缺乏优质产品，而是从种植到生产，从加工到包装、到物流等一系列标准化体系建设和县域公共品牌规划设计。

于是，他又争取到130万元科技项目资金，创建起乌兰县区域公共品牌“乌兰境物”，在乌兰县柯柯镇赛什克村、南沙沟村、怀灿吉村及铜普镇都兰河村实施柴达木枸杞鲜果烘干技术示范推广、半细毛羊高效养殖推广、肉羊繁育技术示范项目，开始大范围启动无公害富硒果品栽培技术试验示范、茶卡羊肉精细加工技术研究与应用、野血驴良种繁育、牦牛杂交利用等项目，鼓励和带动农户的积极性，使县域范围内农牧业规模化、专业化、标准化生产基地初具规模。

2019年，“乌兰境物”公共品牌正在推广实施，“民俗村”的建设尚在运作之中，援青三年匆匆而过，可是自己这一走，一些项目就有可能搁浅。思来想去，窦锦兵做出了留下来的决定。2020年下半年，他下决心在北京做了腰椎增生手术，解决了长期以来困扰着他的身体问题，准备踏踏实实再干两年，不为别的，只为完成已经在做的项目，只为不付科技部的重托，只为六年时光的辛勤付出。

美好瞬间

“我叫高伟国，是都兰河村的第一书记，欢迎您到乌兰工作，邀请您到我们村去参观指导。”

刚来海西州乌兰县第五天，傅文虎的办公室就来了一位“客人”。黝黑的脸庞、期待的眼神，一看就是个实在人。虽然都兰河村不是傅文虎联系的村，但他还是欣然答应了，他要尽快走完乌兰县所有的村。

都兰河村离县城不远，只有 8 千米，因都兰河得名。站在祁连山余脉向都兰河村俯瞰，青藏铁路和茶卡通往德令哈的茶德高速横穿而过，宛若两条长龙，都兰河村就是广袤的柴达木盆地里的一小片绿洲，微小而羸弱。都兰河村是海西州贫困户最多的一个村，村民的主要收入来源为枸杞、藜麦种植，牛羊养殖和外出务工。2018 年村民人均可支配收入仅为 9633 元，村集体和村民收入一直在低位徘徊，巩固脱贫攻坚成果的任务依然艰巨。

访谈中，村委书记高伟国急切地想为村民找到致富办法：“你们湖州地区的干部理念先进，工作有办法，还需要您给我们帮助。”一旁的村书记刘立君等人则更干脆，希望能多给村里一些项目和资金。

傅文虎的心踏实了　辛茜摄

傅文虎坦言道："我虽是挂职的县委副书记，能力却非常有限。'十三五'援青规划项目3年多前就已经确定，计划外的捐赠资金有限且'粥少僧多'。你们自己的动力如何？没有志气，没人帮得了你们。"

"这个您放心，我们村两委班子想发展的积极性十足……"

就这样，傅文虎和都兰河村结了缘。

精准脱贫攻坚战打响后，乌兰县委县政府主要领导挂帅，亲自联系重点贫困村。海西州副州长兼乌兰县县长钱国庆率先垂范，亲自联系该村，给了村干部群众极大的信心，贫困户大幅减少，2018年村集体经济收入增长到了29.84万元。但"万事开头难"，村集体和农牧民收入还不稳定，如何有效巩固脱贫攻坚成果，走向乡村振兴，共同富裕，村两委班子压力巨大。

傅文虎由浙江湖州市南太湖新区被派往乌兰县，之前曾担任过乡镇党委书记，了解沿海地区基层情况有些，但对都兰河村做什么，心里没底。加上乌兰县援青工作组浙江方面就一个干部，平时援青和分管工作的任务不轻，直接参与研究村里的微观发展思路不太可能。然而，海西州领导曾经和他谈心时说，相比于物资的捐赠，乌兰更需要沿海的先进理念。他也清晰地记得蒋伟峰指挥长一再要求浙江援青干部"要全力帮助受援地提升'造血'功能"。

这几年，通过浙青两地日益深化的交往交流，大家越来越深刻地认识到激发人民群众内生动力、培育自我发展能力的重要性。物资帮扶再多也不能从根本上解决贫困问题。相比于物资，西部地区更需要获得摆脱贫困的经验。而浙江的村级经济发展取得长足进步的经验，就是"发展村级集体经济十法"：盘活资产资源法、乡村旅游带动法、产业带动发展法、村企合作发展法等，还有浙江在改革开放中磨炼出来的“四千精神”。

都兰河村里有5.8万亩集体草场可以更好地利用，辖区内容量达300万方的水库可以外包养殖冷水鱼，20亩闲置建设用地可以公私合作开发、请进浙江优秀民宿经营者来村示范引领，村前的一大片沙漠以及枸杞地可吸引游客，盐雕扶贫加工车间可以进一步扩展……傅文虎一一列举后，村委会的干部们，突然眼前一亮，发现村里有很多资源可以挖掘利用。

水库养鱼涉及生态环境和水利部门，他们便立即召集相关部门提前介入，商议项目如何可行，多方联系冷水鱼养殖专业户，并联系西北高原生物研究所专家指导。

此后，国道旁的闲置建设用地，由傅文虎牵线搭桥企业来投资合作开发。

利用资源丰富的茶卡盐，援助扩建盐雕车间，进一步帮助闲置劳动力就地就业。

筹措资金帮助改建村委广场，美化村容环境，吸引外来游客。

联系安吉，组建帮扶结对村。

很快，民宿经营成为都兰河村的一项富民工程，傅文虎联系到浙江莫干山美丽乡村学院，着手安排组织民宿带头人前往体验培训。同时，邀请浙江民宿专家老师、湖州和嘉兴旅游发展有限公司来都兰河村考察投资，面对面业务指导，转变都兰河村经营者理念，提升民宿档次。在一些项目推进过程中，村干部遇到过不少困难，但都迎刃而解。给傅文虎留下深刻印象的是村民的善良和淳朴。

11月26日上午8点30分，初冬的青藏高原天刚放亮，气温还在零下8摄氏度左右，为了彻底解决乌兰县和德令哈市交界村的草场纠纷，傅文虎和当地县委干部、专业技术人员备上干粮出发了。

傅文虎与当地干部来到了村里

事情还得从几年前的一起草场边界纠纷说起。乌兰县柯柯镇的北柯柯村和德令哈市蓄集乡查汗哈达村是相邻的两个牧业村。得益于中央易地扶贫搬迁和拓宽就业的好政策，牧民们的收入渠道不断增加，不再单一依靠传统放牧。久而久之，村与村之间个别位置的放牧边界开始模糊。2015年前后，为便于草原管理，查汗哈达村对所辖草原架设了网围栏。架设过程中，因当时没有明确的界碑标识，且相邻的北柯柯村没有到场，造成事后相邻两村对界限产生了巨大分歧。双方经村委多次调解无果，北柯柯村民开始陆续到镇、县上访反映本村草场被查汗哈达村侵占。因双方各持己见，且当时处理依据条件有限，此事一直未能解决，矛盾有升级的趋势。

一周前，乌兰民政局的满加局长和陶都副局长找到傅文虎汇报了这个事，觉得这个历史遗留纠纷比较难解决，两位蒙古族同事更是紧张，觉得要出“麻烦”。

“牧民比较豪爽，但一旦心里有了疙瘩也很难解开。您看……”

民政是傅文虎分管的工作，这件疑难的事两位局长已经努力多次，该是他出面解决的时候了。在公安系统和乡镇基层工作过的傅文虎深知，在处理信访问题时，只有不怕“麻烦”，“麻烦”才会怕你。指挥长蒋伟峰也多次强调要耐苦奉献，不要把自己当客人，多到基层一线学习交流实践，力所能及地为受援地办些实在的事。

“定分止争才能安心发展，我们要抓紧时间处理这事。”于是，傅文虎马上召集民政、信访、镇村干部和当事牧民代表，分析纠纷双方的诉求和依据，请海西州民政部门查找草场界限原始图纸，联系德令哈市政府民政部门商量解决方案，先从“法”“理”上做足准备工作，再从感情上以“情”感人，耐心地做牧民的思想工作，解除内心的芥蒂。

北柯柯村所在的柯柯镇位于柴达木盆地东缘，辖区面积8000多平方千米，差不多是湖州、嘉兴两市辖区的总面积。约定的时间到了，出发后不久，同事们说，草场分界地就在前方看得见的大山下面。但路途时间着实不短，“看山跑死马”，一半行程是草原上的简易沙石路，担心车子深陷沟渠，需大家经常下车查看路况。

车子行驶在巍巍昆仑山和绵绵祁连山之间，昆仑山北坡的雪山显得十分巍峨壮观，远望中不由让人心胸宽广。近年来，生态保护改善了青藏高原农牧区生态环境，冬春季沙尘天气大幅减少，柴达木盆地植被逐渐茂盛。途中，傅文虎看到两三群野黄羊与车队保持五六百米距离赛跑，路边不远处时不时还飞出一两只野鸟。

两个多小时后，他们来到约定现场。海西州民政部门拿来了原始图纸资料和 GPS 定位仪等设备，并准备了乌兰和德令哈新的界碑。德令哈市政府也高度重视，由李占鳌副市长亲自到现场指导，和他们一起商量研究划界工作如何进行。两县（市）的镇村干部、牧民代表也都来到了现场。双方前期充分的沟通和准备，给纠纷的解决打下了良好的基础。

草原上的风开始大起来，眼看要上云了，天气会变冷。大家马上行动！专业技术人员向双方做了简要解释说明后，开始了实地测位和图纸对比工作。走走停停看看，大约进行了 1 个多小时，对照图纸和 GPS 定位仪坐标，确定了几个基本的参照点，然后开始拉直线分界。这时分歧出现了，双方都坚持原来的界限位置要在对方境内很多，而且还都以几个固定小丘作为参照。就这样，双方一时僵持住了。

双方领导及时商量讨论，傅文虎再次耐心做思想工作，分析解释是拉长直线来确定边界的缘故。对于广阔的草原来说，点之间距离太长拉直线的话，导致了“差之毫厘，谬以千里”。于是再一轮解释说明，大家达成一致意见，决定多增加参照点位，反复比对原始图纸，最终确定了双方认可的界限位置。

大家齐心协力埋设好两县（市）的界碑、签订好草原纠纷现场调解协议书，直到双方牧民代表脸上露出了满意的笑容，双方政府部门的人员开始相互致谢。这时，已经是下午 2 点。大家拿出带来的干粮充饥，傅文虎感觉不到饿，虽有些累，但心里是快乐的。

从黄河入海口来到泽库

陈实第一时间报名来到了青海省泽库县。

从大学毕业到现在，陈实一直在中国石化集团公司工作。他特别想在有生之年，投身到全国扶贫攻坚战的滚滚洪流中，成为众多知难而上、迎头奋进的扶贫干部中的一员。他觉得这是一件无上荣光的事，连将要参加中考的儿子，都为他能够响应国家号召，听从组织分配，到条件艰苦的泽库县援青 3 年感到骄傲。他的学习热情空前高涨，比陈实在家时更听话，还喜欢在写完作业，夜深人静的晚上听陈实给他讲青海的生活，青海的学生，青海的牦牛，青海的雪山和草原。

2019 年 7 月，作为中国石化集团第四批援青干部，陈实担任了黄南藏族自治州泽库县副县长，负责对口支援及扶贫工作。那是泽库县最美的季节，绿色的草原，白色的羊群，蓝色的晴天，远处的山脉被积雪覆盖，黑色的牦牛在小河边低头食草，细细反刍，享受着温暖的阳光。

陈实的头很疼，腿脚无力，快走几步就会大口大口地喘气。但是，十几天后，他适应了，站在宽阔的草原上，清风徐徐吹过，感受不到夏季的炎炎烈日，他的心宁静而悠远。可是，没过多久，冷风席卷而来，猝不及防。一夜间夏天随风而去，秋天匆匆而过，凶猛的狂风中长达半年以上的冬天来临。面对平均海拔 3700 米的泽库县，面对泽库县的贫困程度和艰苦环境，生活在黄河入海口平坦的冲积平原、

草原的黄昏　沈传立摄

看惯了芦苇和大海的陈实，有些猝不及防。

泽库县属于我国“三州三区”深度贫困地区中的“四省涉藏州县”内，是脱贫攻坚战中的“贫中之贫，坚中之坚”，国家扶贫开发重点县，在青海素有“黄南很难，泽库最苦”之说。

2016 年 8 月，经党中央国务院批准，青海省委省政府把中国石化对口支援地点从茫崖行委转到了泽库县，把最艰巨的任务交给了中国石化。这是对中国石化的信任，同时，也要求中国石化必须真心实意，拿出真金白银，真抓实干。

泽库县干燥、低温、缺氧，最突出的问题是水资源不足，牧民群众及牲畜饮水得不到保障。对口支援伊始，中国石化就啃起了最难啃的“硬骨头”，从牧民群众最迫切、最需要的民生工程入手，投入大量资金实施人畜饮水工程。为宁秀乡热旭村、泽曲镇俄果村等 15 个村以及多禾茂乡秀恰村易地搬迁点 816 户牧民修建人畜饮水管道，解决了 3400 余人的饮水安全问题。冬去春来，清洁透明的水流进牧民群众的院子，宁秀乡热旭村尕藏加大爷激动地流下了热泪，由衷地感谢中国石化：“活了大半辈子了，能够在自家院里喝上干净水，再也不用费老腰去背水喝，是过去想都不敢想的事啊！”

泽库县大部分学校基础设施简陋，学生住宿困难，陈实便积极争取援助资金，在教育领域加大资金援助。对口支援泽库以来，中国石化在泽库县教育领域帮扶资金达 2612 万元，占中石化全部援助资金的近一半，极大改善了学校教学环境。

2018 年，中国石化在泽库县第一民族中学开设了“中国石化女子春蕾班”。这是中国石化在青海开设的第一个“春蕾班”，50 名藏族女

援青干部陈实（右一）在多禾木乡万青宁寄宿制完小住宿楼建设工地

孩儿得以开始高中阶段的学习。2019 年又继续开办了第二期，继续资助泽库 50 名藏族女孩儿。2020 年开始，中国石化每年将投入 60 万元，在高中三个年级各开设 1 个春蕾班，每年资助 150 名女子春蕾班学员。

17 岁的藏族女孩儿仁青是一个贫困户家的孩子，非常懂事，特别爱学习，但中考发挥失常，极度渴望上大学的她，只能听从父母安排尽快嫁人，减轻家里的负担。可有一天，教育局局长亲自上门造访，交给她的高中入学通知书，让她感到自己的大学梦又回来了。不仅如此，中国石化在泽库县实施的春蕾工程，还承担了她在校的全部费用，包括交通费、生活补助、校服费等，成绩优秀还能获得奖学金。

仁青惊喜万分，她是这样的快乐，这样的幸运，这样的幸福。作为中国石化女子春蕾班的一名学生，她将同 99 名同学一起，全身心地投入学习当中，报答党的恩情。这是一件让陈实深感欣慰的事，也是他为中石化感到最值得骄傲的事。一个受过良好教育的母亲，会影响一个家庭的未来，这就是支撑他们一年接着一年地把中国石化女子春蕾班办下去的精神动力。

就在我和陈实相约见面的日子里，西卜沙乡中心完小的校园内一片忙碌，中国石化投入 500 万元援助的宿舍楼正在有条不紊地开工建设。2020 年秋季开学，380 名学生就可以住进有暖气的新宿舍，不再受冬天的风寒水冰之苦。

泽库县自然环境艰苦，却有着丰富的畜牧资源，是全国有机畜牧业示范县。中国石化便以消费扶贫为切入点，发挥自身优势，让青海商品得以在中国石化 2.6 万座易捷便利店长期销售。为了推动泽库园区企业发展，助力产业升级，助推品牌建设，中国石化带领扶贫企业参加在西宁举办的青海特色商品订货会，与青海省的 26 家厂商签署了 1.83 亿元的购货协议，帮助泽库县企业西北弘公司销售产品 330 万元，向泽库县 100 户贫困户每户分红 2000 元。具体联系青海湖畔的圣湖加油站“零费用”代销泽库特色产品，销售泽库县特色产品丝巾、藏服、藏药香包、羊毛袜和石雕产品近万元。协调北京石油分公司签订泽库特色产品易捷线上店销售合同，销售泽库黑牦牛、藏羊肉 70 万元，使贫困户分红 12 万元。组织泽库企业参加中国石化易捷十周年杭州展销会、扶贫产品南京推介会、青海绿色投资贸易和黄南州招商杭州洽谈会，签订购销协议，拓展泽库产品知名度。

春节前，当得知泽库县一家合作社出栏的 80 头牛和 150 只羊迟迟销售不出去，陈实又立即通过青海石油分公司联系省内企业以每斤高于市场价 5 元的价格全部收购加工，由北京石油分公司在首都销售，让每只羊多增收 200 元，每头牦牛增收 1200 元。合作社社长索兰尖措感慨地说:“如果这些牛羊卖不出去，大冬天冰封雪地，牛羊就要掉膘挨饿，多亏了中国石化，我们才能红红火火过一个大年，真的要感谢国家，感谢党。”

两年前，宁秀乡热旭村还是“老、大、难”的贫困村，村级合作社里有 62 户贫困户。中国石化通过企业定向合作社收购牦牛和藏羊，大力推广销售，热旭村退出了贫困村序列，58 户贫困户稳定脱贫。

“就业一人，脱贫一户”，为了实现变输血式扶贫为造血式扶贫，既扶智又扶志，中国石化依托驻青企业青海石油分公司组织招聘，争取让泽库县牧民的孩子就地就近就业，让他们到加油站工作。2018 年与 18 人签订了劳动合同，新入职员工月收入达 5000 余元。2019 年计划招工 20 人，报名 15 人，参加面试的只有 12 人。陈实心里有些着急，时间长了，才理解了他们的难处。泽库县的牧民长期受传统观念影响，不愿意接触外面的生活，不愿意离开家乡，又担心生活不习惯，普通话讲得不好，文化水平低，怕出去交流困难。陈实和之前的援青干部便多次组织员工家长到工作地点实地参观，缓解员工的思乡情绪和家长的顾虑。

藏族姑娘华巴的家在泽库县麦秀镇，那里海拔超过 4000 米，是深度贫困地区。华巴一家 4 口人，以前都生活在牧区，通过泽库县的定点居住计划，从牧区搬到了现在的麦秀镇。父母靠着自己制作的藏族手工饰品维持一家人的生计，妹妹大学的学费、生活费成了家里最大的支出。学校毕业后，华巴在当地打零工，没有固定工作，一家人的日子过得紧巴巴的。2019 年，在青海石油分公司与泽库县对口的专项招聘会上，华巴幸运地成了青海石油分公司的一名基层员工。

刚开始的时候，华巴对加油站的工作非常陌生，毫无头绪。可经过一段时间的锻炼后，华巴已是游刃有余，干得非常出色，担任了青南分公司兴海东大街加油站站长，开启了新的人生旅程。由于她在工作上的突出表现，被评为青海石油“比学赶帮超”个人标兵，收获了她在工作上的第一个荣誉。随着华巴的进步，她的家庭也发生着变化。妹妹上学的费用由华巴一人承担，大大减轻了父母的经济压力，她也因此成了家里经济的顶梁柱。

华巴在自己的日记中深情地写道：“作为一个藏族女孩，我没有想到有一天我可以在这么大的公司工作，可以为家里赚钱。我要感谢中国石化为我提供了这么好的就业机会，让我可以走出草原，到外面的世界看一看，学到更多的东西。”

加油站的同事们说，早上 6 点钟，天还没有完全亮，我们的加油站站长华巴，便起床开始了一天的工作。因为心里充溢着无限美好善良的愿望，她每天第一个起床打扫加油站，每天都洋溢着青春的笑脸，为顾客热情服务。

来青海一年多了，来自黄河入海口的陈实，常常在慨叹扶贫攻坚的不易，高海拔深度贫困县脱贫的难度。历年来，中石化投入泽库县帮扶资金 5575 万元，援建项目 26 个，泽库县 1 万余群众喝上了放心水，1000 多名学生有了新的教室、住进了新宿舍，2.05 万贫困人口摘掉了穷帽子。深秋季节，黄草送走了一年时光，牧民们回到了家。雪花翩然而至，陈实的心里依旧热情满怀，许多事还等待着他。

援青博士刘江

2021 年 1 月 4 日，刘江博士回到了原单位，已经整体搬迁的湖州市中心医院消化科，和以往一样开始了熟悉而紧张的日常工作，门诊、内镜手术、查房教学、科学研究、学术交流……

新建的医院非常漂亮，现代化的设施、艺术化的回廊、宽敞明亮的、候诊区、人性化的温馨服务，让身穿白大褂、走向诊疗室的刘江显得很自信，也很豪迈。可是，不知为什么，他的眼前总是会闪现出自己在西宁市第二人民医院工作时的情景。尽管那里的工作节奏没有湖州医院这么快，病人也没有湖州医院这么多，更没有湖州医院这样气派的建筑。

高原一年，厚重一生，这是刘江援青一年最深切的感受。

2019 年 10 月，当刘江接到湖州市卫健委通知，让他报名参加中组部第二十批援青博士团时，他心中是矛盾的。刘江体型矮胖，夜间打鼾严重，有睡眠呼吸暂停综合征，平时睡觉尚需使用呼吸机，突然要到海拔 2000 多米以上的高原工作，不知能否适应？去了之后会不会加重缺氧？就在他犹豫不决时，万万没有想到，患有慢性哮喘 20 余年的岳母体检时，发现左上肺一大二小 3 个占位。退休后的岳母身体一

援青博士刘江（右三）

直比较弱，却仍然和岳父一起一直照顾着他们一家子的生活，给工作繁忙的他减轻了很多负担。这次发现的问题，是新发还是以前的老毛病加重难以确定。如果需要手术，多年哮喘导致的肺功能不好，是否可以耐受手术也成了大问题。这个时候，作为女婿的刘江怎么能不担心、不纠结？究竟是否需要向组织提出退出援青任务的请求呢？

12 月初，刘江的岳母冒险做了手术。很庆幸，手术结果提示 3 个占位均为新发病灶，更幸运的是，岳母术后恢复不错，让一家人悬着的心放了下来。就在经历了这样的一番波折后，2019 年 12 月底，刘江终于带着忐忑不安、激动不已的心情来到青海，担任了西宁市第二人民医院副院长，开始了他为期一年的援青工作。

刘江是浙江省湖州市中心医院消化科常务副主任、博士、硕士生导师，从事内科专业 21 年，曾到美国克利夫兰医学中心、浙江大学、复旦大学附属医院进修，擅长消化科疾病的诊治，熟练掌握胃镜肠镜治疗技术，研究方向为肝病、炎症性肠病。来到青海西宁的第八天，刘江就在消化内镜中心和麻醉科骨干医护人员的积极配合下，用娴熟的内镜技术，完成了一台西宁市第二人民医院从来没有做过的手术——经口内镜下贲门失迟缓食管下端括约肌切开术。

贲门失弛缓症又称贲门痉挛、巨食管，得了这个病的人吞咽困难、食物反流，伴有咳嗽、肺部感染等症状。以往的传统外科手术为“开胸手术”，不但需要 2 至 3 小时，还有复发的极大可能，而刘江的这台微创手术仅用 40 分钟，被医学界称为微创手术中的“微创”，其熟练、精细、完美的手术过程，像是在重塑一件结构精巧的艺术品，令在场的医护人员惊讶不已。治疗结束后，患者第二天就能进食，吞咽明显好转。

随后，在接下来的短短 10 天时间里，刘江克服高原反应带给他身体上的种种不适，又连续完成了 60 例镜下检查、11 台手术，其敬业精神、过硬技术和娴熟的手法获得了一片赞誉。第二人民医院消化科主任郭宝明无比敬佩，满怀期待地说：“我们一定要把握好高层次人才援宁的机遇，争取在刘江博士的帮助和带领下，把我院高原消化病诊疗中心打造成省内一流的专业诊疗机构。”

春节后，新型冠状病毒肺炎肆虐中华大地，包括刘江在内的 11 名援青医学博士集体商议，共同给青海省委书记和省长写了一封信，表达了他们作为青海一员，守土有责、责无旁贷，愿为守护青海、呵护青海人民尽绵薄之力的拳拳之心。当时，除了博士团中潘纯博士已经奔赴武汉一线参与防控工作、王志华博士在武汉就地参与防控工作，其他几位博士均已返青坚守岗位，随时待命，准备在需要的时候冲锋陷阵。由于防控疫情中的突出表现，2020 年 12 月 1 日，在中共青海省委召开的青海省抗击新冠肺炎疫情先进集体表彰大会上，第二十批来青博士服务团医学专业博士队被评为先进集体。

来到青海，就要抓紧时间，全心全意为青海人民服务，为青海人民解除病痛。刘江是有 20 多年党龄的老党员，党培养他多年，现在又把他派到了最需要他的地方，他能不知道自己肩负的责任？能不在有限的时间内，用自己精湛的医术、良好的医德，实现一个医生最良好的愿望，完成一个医学专家的重要使命吗？从 2019 年 12 月底，到 2020 年 11 月 27 日，刘江完成胃镜肠镜检查及手术 500 多例，其中 ESD、POEM 等疑难手术 28 例，发现早期消化道癌 35 例。

除了延续自己在湖州一如既往的严谨作风，刘江在与人交往过程中，牢记自己是中组部派出的援青干部，坚持遵守纪律要求，廉洁行医，守住底线。临床工作中，更是坚守道德底线，恪守医德，以一个共产党员的高标准严格要求自己。

大半年过去了，刘江还是难以入睡，夜间特别容易醒，始终处于浅睡眠状态，以致第二天疲劳乏力，集中精力工作时比较辛苦。同时，又因他患有呼吸暂停综合征，夜间打鼾厉害，缺氧更造成了他身心的劳累。可是这一切，并没有使他退后半步。除了多做手术，多为身边的医护人员示范，把自己多年积累的临床经验毫无保留地教给本院医生，他还与单位同道一起共同努力，为西宁市第二人民医院消化病学科建设提升制订了一系列的发展计划，并稳步扎实地推进。

青海是高寒缺氧之地，却又是人类所敬仰的精神高地。伟人已逝，精神长存，将永远激励着青海人民。更可贵的是，刘江发现，身边所谓土生土长的青海本地人，或是“青二代、青三代”，祖辈、父辈大多来自全国各地，又都能够一直坚守高原、建设高原，毫无怨言地热爱着这片土地。这样的平凡坚守，让刘江深受感动，也激励着他无比珍惜这一年宝贵的援青时光，要为青海的医学发展做出实际的贡献，要让自己的才学和技术造福青海百姓，也为自己留下珍贵的记忆。

挂职期间，除了担起帮扶西宁市第二人民医院学科发展的工作，刘江还积极投身到青海省消化及消化内镜学术交流中，与当地各医院学科进行深入交流合作，带动了当地学术进步，受到了当地学界的一致认可。

2020 年 5 月到 10 月，刘江奔赴海南州藏族自治州医院、海西州乌兰县人民医院、果洛州自治州人民医院、玉树州人民医院、海西州人民医院、大通县中医院进行内镜演示、早期消化道癌筛查、义诊、专题讲座。多次到青海省中医院、西宁市第一人民医院会诊及内镜手术，解决当地医生燃眉之急。并积极关注高原缺氧与消化疾病的关系，申报《高海拔低氧条件下慢性萎缩性胃炎临床特征分析及氧化应激的变化》科研项目，并已经着手开展前期工作。

癌症是人类的噩梦，危害与日俱增。据世界卫生组织（WHO）报道，当前全世界每年新发现癌症病人约 1200 万，死亡 600 万。目前我国癌症发病人数每年 250 万 ~ 300 万，平均每死亡 5 人中就有 1 人死于癌症。恶性肿瘤已成为城市人口中第一大死因，农村第二大死因。目前我国各地医院的首诊病人早期癌仅占 10% 以下，90% 以上都失去了战胜癌症的宝贵时机。因此，提高癌症早期发现率刻不容缓！世界卫生组织（WHO）也曾明确指出，早期发现是提高癌症治疗率的关键。只要早期发现，90% 的癌症完全可以治愈。因此必须采用灵敏度高、使用简便、无痛苦、价格低廉、易于接受的筛查方法，才能在大面积人群体检中普及，在众多无症状的人群中发现早期癌症患者和癌症高危人群。

2020 年 6 月 20 日，由西宁市第二人民医院主办的西宁市消化专科联盟第一期消化道早癌诊治培训班顺利召开，上海市第一人民医院消化科副主任蔡晓波教授、浙江省湖州市中心医院消化科常务副主任刘江教授、青海省人民医院消化科副主任刘芝兰教授，分别从结肠侧向发育性肿瘤的内镜诊断与治疗过程中的难点，消化道早癌诊断与治疗领域的热点、难点，进行了详细地讲解，得到了与会者的好评。

高原的夏日虽然来得晚，却刚好和第三届中国医师节同步。在第三届中国医师节来临之际，为了把握全国健康大会确定的卫生与健康工作方针，弘扬“敬佑生命、救死扶伤、甘于奉献、大爱无疆”的卫生职业精神。8 月 8 日，由浙江省医学会消化内镜分会及消化病分会、青海省医学会消化内镜分会及消化病分会、西宁市消化病专科联盟主办，西宁市第二人民医院高原消化病诊疗中心承办的 2020 年第一届东西部（浙江—青海）消化道早癌诊治高峰论坛在西宁隆重召开。

会上，浙江、青海两省专家针对胃癌发生的相关性以及诊疗新进展、高海拔条件下早期胃癌 ESD 切除要点等为内容做了精彩讲座，给大家带来了新的诊断及处置思路。西宁市第二人民医院高原消化病诊疗中心郭宝明教授和刘江博士也做了内容丰富的授课，刘江主要就“萎缩性胃炎的进展”这一课题展开，对萎缩性胃炎的临床表现、诊断治疗及最新研究进展进行了深入分析。同时，和自己多年临床工作经验相结合，对慢性萎缩性胃炎的病因、病理提出了许多新颖的观点，让与会者收获颇丰。

9 月 25 日，青海省召开脂肪肝高峰论坛，刘江积极建言献策，助力地方发展，并努力延伸援助内涵，开展院际共建，促成西宁市第二

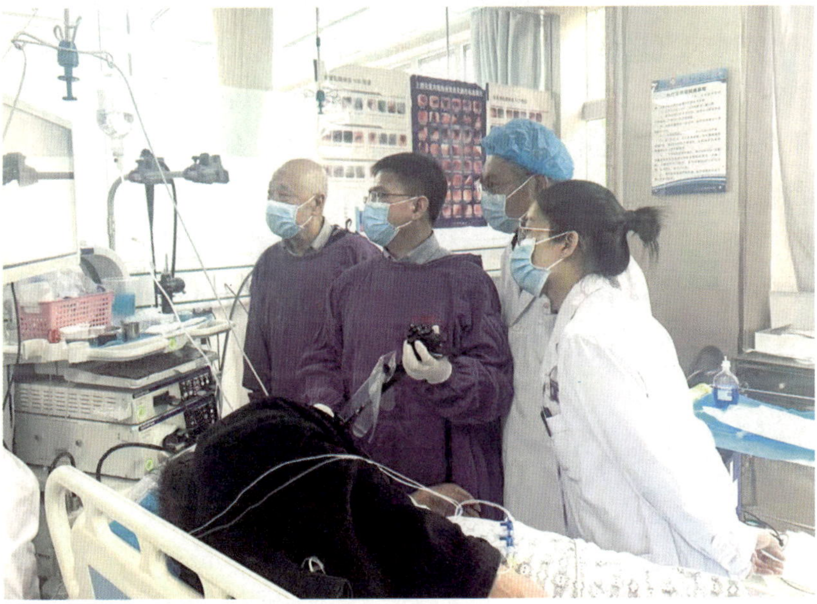

刘江在为本院医生示范

人民医院与湖州市中心医院的结对共建，选择消化内科、呼吸内科、心内科3个科室结对，以3年为周期，组团式帮扶西宁市第二人民医院学科建设、技术提升、科研合作，派出西宁市第二人民医院4名骨干去湖州市中心医院重点科室轮训进修，还向西宁市第二人民医院援助了价值18万元的可视喉镜4台。之后，刘江还将赠送自己以副主编参编的《早期胃癌疑难病例诊治图谱》给西宁市第二人民医院及青海省消化界。

在充实又忙碌、几乎忘记了自己的工作状态中，刘江完成了为期一年的援青任务，就要回去了。他静静地环顾着自己待了一年的办公室，一种说不清楚的留恋之情突然涌上心头。这种情感说不清、道不明，却是刘江这位优秀的医生、怀有温情与大爱的共产党人，胸中容纳的千山万壑。他忘不了解除病痛的患者对他表达感恩之情时的笑容，他也忘不了青海这片广袤的土地，忘不了这片土地上的耕耘者和奉献者给予他的教诲。

刘江认真地打扫了一遍办公室，站在门前看了又看，终于忍住将要夺眶而出的热泪，轻轻地打开门走了出去。但此时，他已经跟从前不一样了，他变得更坚强、更阳光，也更加热爱自己的职业和自己的家人。

第八章 金色德令哈

静静的巴音河

到德令哈的第一天晚上，浙江指挥部的援青干部热情地接待了我，海西州住建局党组成员、副局长徐文亲自下厨做了几样拿手的杭州菜，还有一盆火辣辣的小龙虾摆在桌中央。

他们大多年轻，纪委书记是廖帅军，主管教育的是李恒，办公室主任吴君龙去了茫崖，他经常写诗抒发援青豪情。说起自己的团队，他们对浙江医疗教育团队的专家、老师赞不绝口，却根本不提自己的事。其实每个援青干部都有自己的故事，都有支持他们、做出牺牲的家人。吃过晚饭，徐文骑自行车带我回宾馆，路过他的宿舍，我提出上去看看，态度比较诚恳，徐文没法拒绝，只好让我上了楼。

指挥部其他干部办公住宿都在党校一栋楼上，也有住不下的就在

静静的巴音河　廖帅军摄

附近租了房。徐文的宿舍刚装修好，很温馨、很干净，厨房一应俱全，可以自己做饭。高原的生活，一个人的生活，得靠自己一个人打理，这是远在杭州陪儿子读书的妈妈的希望，也是孤孤单单一人在衢州工作的妻子爱华最大的心愿。为了不让亲人担心，为了更好的工作，他首先得把自己照顾好。

交谈中得知徐文的父亲 1991 年至 1994 年曾在西藏拉萨支教三年，2004 年病故。这给徐文幼小的心灵留下了难以磨灭的印象，对高原有一种说不出的复杂感情，胆怯、向往，或者是惧怕。

2020 年清明，徐文不能回老家给父亲扫墓，在日记上留下了这样一段话：

> 父亲，虽然经常会想起您，想起您的笑脸，您壮实的身躯、有力的步伐，但不孝之子已经好久未去看您，未去给您上香、磕头。亲爱的父亲，您可知，我已步您后尘远赴青海高原，和您一样为边疆人民的幸福生活努力工作；像您一样，不辜负组织的嘱托和期望，完成援青任务，热爱青海高原，为高原上戈壁沙丘中的这方绿洲尽心尽力……

不等读完，我已泪流满面，这也许是离家三年的援青干部共有的心声，没有光彩照人的言语，却寄托着人性的慈悲、深情和温暖，更可叹，徐文正在杭州学军中学读书的儿子徐正航，在思念自己的父亲时写下的一首诗：

有时候很远，有时候很近
有时候飘来青海的云
有时候吹去浙江的风

为你寄去思念的花露，装进游子的信笺
门前的桂花树是你归家的灯塔
是现在的离别，未来的梦中画
倘若双眼早已噙满了泪花
那就不要忘了擦

我从不恨时光匆匆
但只愿你出走三年，归来
仍似少年
也许，青海的朵朵白云终不免将你染上白发
也许，多年奔波你身上有洗不去的泥土和汗水
那就再等等
等夕阳扯长你的背影，直到天边
等绯红的晚霞，迎你回故乡
…………

夜幕临近，德令哈的黄昏如金色明月、晚霞篝火。巴音河的水在静静流淌，仿佛静穆中的晚钟敲响了渐渐热闹起来的夜晚。呼吸内科专家陈水芳，无暇顾及身边的美景，忙了一整天，直到这会儿，才有

时间与我交谈。

他面带歉意地坐下，很快便进入了自己的世界。

他的家乡在离德令哈很远很远的浙江萧山区，少年时代家境贫困，日子过得艰难。村里人大都住在茅草房里，一下雨，房顶漏雨，无处可躲。掉下来的虫子会钻进被褥里、爬在灶台上，有时甚至会掉下一条骇人的长蛇。家里唯一下饭的东西是萝卜缨子做成的咸菜，即使这样，只要偶尔有一点儿好吃的，父母亲也总是要留给他和弟弟。

除了父母的爱，铭记在他内心的还有父母的勤劳。改革开放后，陈水芳的父亲总算可以挑着地里的茄秧走十几里路去绍兴换回几角钱，给他和弟弟买几个白面小馒头，而母亲也能在忙完农活之后，接一点儿做花边的零活贴补家用。许多年过去了，母亲夜里两三点在灯下低头做活的背影，始终让他难忘。他拭去眼角心酸的泪水，暗下决心，一定要好好读书，摆脱贫穷，为父母争光。

上高中时，他主动要求管理教室的钥匙，这样可以督促自己每天早上第一个到学校开门，第一个坐在教室里学习，哪怕早上饿着肚子，也从不迟到。尽管父母非常疼爱他，但是农忙时节他还是要下地帮父母干农活，给一家人做饭。当他考上大学，选择专业时，他毫不犹豫地选择了浙江医科大学杭州分校。因为在他心里，医生是那么的神奇，看一看就知道人得了什么病，开个药方就可以让人恢复健康。

1991 年，他获得了浙江省高校优秀毕业生证书，被分配到萧山人民医院工作。刚去几天，院领导就对学心血管专业的他说："你可不可以到麻醉科工作？"他马上回答："当然可以啊！"陈水芳大学二年级就入了党，院领导的要求对他来说不是一件多难的事。既然组织上这样考虑，就应该服从安排；既然去了就要好好学习，努力工作。

当时，萧山人民医院很少做全麻手术，由于他学习认真、刻苦钻研、细心负责，短时间内就掌握了静动脉穿刺技术。每做完一例手术，他不是把病人推到病房就结束任务了，而是多次到病房观察了解麻醉效果，及时总结。见他如此好学，麻醉科主任便有意识地创造条件给他提供学习机会，让他参与难度较大的全麻手术，接受锻炼、积累经验，先后派他到原南京军区总医院手术麻醉复苏科、浙江医科大学附属第一医院 ICU 进修，使他的麻醉技术在安全性和可靠性上迅速得以提高。

1994 年陈水芳被评为优秀医卫青年，1996 年考入浙江医科大学呼吸系病专业攻读硕士，1999 年到了浙江大学医学院附属第一医院呼吸内科。

此时，沉浸在回忆中的陈水芳，感慨万千。

他身着一套深色西装，质地考究的领带与衬衫颜色相配。浙江援青指挥部的干部都称他为“领带医生”。之所以一丝不苟地注意形象，是因为他觉得，作为一个援青医生，代表的是国家，代表的是整个浙江援青团队，首先得取得老百姓的信任。

2019 年 7 月 29 日，作为浙江援青医疗专家团的领队，陈水芳来到德令哈，被任命为海西州人民医院党委副书记、院长，以院长和呼吸内科专家的双重身份在德令哈对口援助 3 年，和第四批浙江援青的医疗专家团一起为当地群众造福，为海西州人民医院引入先进的医疗技术和发展思路，提升海西州人民医院的医疗技术和服务能力。

对陈水芳来说，这是同国家政策步调一致，和以往一样需坚决服

无论走到哪里，我都要做最好的陈水芳

从，尽力做好，无须犹豫的事。因为，无论走到哪里，他心中只有一个信念：“我要做最好的陈水芳！”

来到德令哈后，他全身心地投入工作中，恨不得把所有时间都用在为患者服务上。他要求全院医护人员加强服务意识，提倡感动式服务，像对待亲人一样对待病人，始终把为人民服务的宗旨放在心上，全院上下凝心聚力、团结一致；他牢记援青使命，重视学科建设和人才培养，修订完善现代医院管理制度，推进州域专科联盟及普惠可及移动健康“一张网”信息化建设，让海西州百姓在遇到疑难杂症时，能够零手续就医，及时得到专家组的帮助。

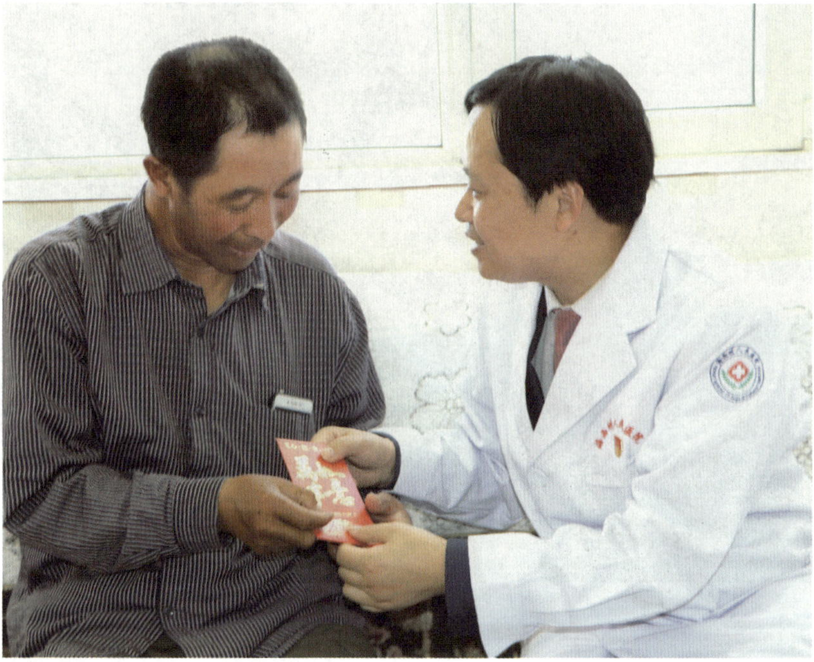

陈水芳经常拿出自己的工资捐助患者

5年前，一个中年男子2岁的儿子肺部感染休克导致死亡。伤心欲绝中，这个中年男子无法面对残酷的事实数次上访，精神受挫，犯罪入狱。刑满释放后，他又到医院进行威胁。陈水芳依然耐心地用心用情对待他，两次去距离德令哈600千米的海东市看望他的岳母，和他交朋友、交心。疫情期间又带着礼物去他家和他聊天，为他解忧，最终化解了这个中年男子心中的怨恨。

2019年，陈水芳获得了“浙江大学好医生”荣誉称号，他把15

万元奖金悉数捐给海西，并到各地为贫困户建立个人档案、捐钱捐物，与村里的医生一起替身患重病的牧民在地里拔草，还利用周末带领其他科室的医生到基层县医院做义诊讲座、心理咨询。

2019 年 12 月 29 日，在西宁至德令哈的火车上，一个小男孩儿病情严重。陈水芳听到广播后，立即从自己乘坐的 4 车厢奔向 14 车厢。但车厢之间的门锁着，过不去。他使劲敲门，无人理睬，竟然忘记了自己在哪里，拿起电话拨打了 120 。对方笑话他："你在火车上，该找的是列车乘警啊！"他这才反应过来，去找车上的乘警。到了 14 车厢，见一位 30 岁左右的妇女怀里抱着一个幼小的男孩儿，身边还站着一个三四岁的男孩儿。怀里的孩子眼睛失神、嘴唇青紫、呼吸衰竭。为了挽救孩子的生命，陈水芳一再恳求要回西藏日喀则的孩子的母亲提前在德令哈下车，去海西州人民医院救治。可是那位母亲根本不相信他的话，又苦于没钱，踌躇不定。情急之下，陈水芳拿出自己的证件说明身份，又买了方便面、零食给大一点儿的孩子吃，并且向孩子的母亲保证钱不是问题，他是医院的院长，一定会想办法。在他苦口婆心地劝说下，快到德令哈时，孩子的母亲才勉强答应。火车进站了，医院派来的救护车把他们送到医院，由陈水芳亲自抢救，保住了孩子的生命。这时，眼里噙满泪水的母亲才真正相信了陈水芳的话，她情不自禁地握着他的手感激涕零、激动不已。母子三人在医院住了一个多星期，直到孩子的病情稳定。经钱书记同意，医药费全免。陈水芳则每天给他们买饭买水果买日常用品，临走又给了他们几千元钱。

见我一脸敬佩，直直地望着他，陈水芳问我："如果你是一个呼吸内科的医生，你会怎么做？你一定也会这样做！如果明明知道眼前的人患的是你完全有能力治好的病，不管不顾就是犯罪。”

这时候，我才理解，为了能做一个好医生，为了做一个对社会有益的人，陈水芳把责任、贡献、付出变成了一种习惯。

在获得了总统骑士勋章、商务部表扬函、浙江省人民政府集体一等功、浙江省援外先进个人、“最美浙一人”、“双下沉”优秀医师等沉甸甸的嘉奖之后，他最看重的，是他真的成了一名对老百姓有用的医生。

有时候，他很爱出头，表现得有些不太顾及同行的感受。2020 年春节，他请求钱书记让他留在德令哈过年。他要和医护人员一起值班、一起吃年夜饭。他要让老百姓知道，从浙江来的援青专家是在真心做事，真心为人民服务。

“比我优秀的医生还有很多，到青海来，是组织对我的信任。既然来了，我就要为当地百姓多做实事，多做好事。”

他发现海西州人民医院有不少腿脚不便、年老体弱的患者需要轮椅，便自费 3 万元，找轮椅生产厂家购买了 20 把轮椅放在医院大厅，零手续借用。他甚至为了方便患者，同意他们把轮椅带回家，用后再还回来。

他有一切理由相信，奉献就是幸福。

他已不记得有多少次，为别人付出后得到无上的快乐。

儿时的愿望、求学的理想，发自内心地对党、对祖国、对父母的感恩之情，赋予了他至高无上的人文情怀、悲悯之心。

这是一种人类情感的升华，爱的延续。

这是一种以病人根本利益为出发点、带有温度的浙江医疗团队精神。

无痛支气管镜检查，是陈水芳从浙江大学医学院附属呼吸内科院带来的新技术，不但为海西州人民医院开创了首例无痛支气管镜检查的成果，更重要的是开启了海西州人民医院无痛技术应用的新领域。

一位 70 岁的大爷长期患慢性阻塞性肺炎，同时伴有支气管扩张及肺心病，曾一度呼吸衰竭，下过病危通知书。科室主任担心大爷的心肺功能做无痛支气管镜手术有一定风险不敢做，但陈水芳认为，大爷有做手术的可能。手术过程中，他严格把控，做好各方面预案，手术非常顺利。康复出院的那天，大爷拉着陈水芳的手不停地道谢:“这是我患病 10 年来，感觉最好的时候，不用时时刻刻吸氧，快走一段路也不气喘，生活基本可以自理了，实在是不知道该怎么感谢您啊！”

引入新技术，留下一支扎根海西、带不走的医疗队，是陈水芳最希望看到的。在他的亲自指导和培养下，海西州人民医院呼吸内科已有 3 位当地医生掌握了无痛支气管镜检查技能。

第二天早上 7 点，陈水芳发来微信，邀请我与他在医院共进早餐，并一起做广播体操。我匆匆吃过早餐，来到他们做操的门诊大楼前，眼睛近视的我，总算在清一色的白大褂中找到了他，他正站在排头，带着大家认真做操，举手投足间透着自信和勇气、满足和喜悦。

他还有一个愿望，把父亲栽种的几棵大树移到德令哈。因很多朋友劝告他而没有完成，这使他心生悔意。迢迢万里，即使运过来了，也不一定能成活，但足见他的痴心。

刀尖上的舞者

根据浙江省肿瘤医院的专业分工，外科副主任医师梁忠属头颈外科专家。可刚来德令哈不久，他就遇到了一个因车祸下颚双侧骨折的病人。显然，这是一个难度不大的手术。在他做擅长的头颈外科肿瘤手术时，要有意识地离断下颚骨，手术完成后再复位。但海西州人民医院的手术设备、医疗条件、可供选择的器械型与浙江后方医院差距较大，这使初来乍到的梁忠有些犹豫。但是，考虑到这个病人假如转到已经联系好的青海省红十字医院分次手术，不仅会增加病人的痛苦，还会加重病人的经济负担。于是，他还是决定在海西州人民医院就地治疗，后来手术非常成功。

2020 年 5 月，一位身患右颈部颈动脉体瘤的中年女人慕名前来找到梁忠。之前，她辗转多个医院求诊，均未得到有效治疗。对梁忠来说，这例手术能做，但风险极大。原因是，肿瘤的位置在病人的两个动脉之间，在切除肿瘤，断开动脉血管的同时，有三种可怕的情况发生。第一，当场出血而亡；第二，动脉无法重建；第三，大量出血导致病人无法苏醒、功能偏瘫。当梁忠把这个手术有可能产生的三个后果告诉患者后，考虑了几天的患者又来到医院，希望梁忠能给她做这个手术，她愿意冒这个风险。

为进一步评估病情，梁忠将患者病情资料发回后方，请本院王可敬教授及头颈外科团队会诊，并发出救援，希望王可敬教授带一名助理和必要的先进设备来德令哈，帮助他完成这台手术。但王可敬教授的回答不容置疑：“根据你在后方医院经历过的手术难度，你完全有能力独力完成。”这让梁忠心理压力更大。

梁忠

颈动脉体瘤不是多发病，在青海省内无成熟治疗经验，在海西州人民医院更是首例。如果在后方医院，手术中万一遇到不测还有外科主任王可敬教授、头颈外科团队、完善的医疗设备支撑，可是，就海西州人民医院现有的医疗条件和设备，风险是巨大的，不能有半点闪失。当然，还有一个办法，他完全有理由推掉这台手术。但是，患者求生的渴望，以及对自己的信任，对海西州人民医院的信任，不仅是对他的技术，更是对海西州人民医院的期待和肯定。

梁忠从小在新疆长大，大学毕业后在中国科学院大学附属肿瘤医院（浙江省肿瘤医院）工作，他的妻子也是医生，生活一直处在有条不紊又极其忙碌的状态，根本没有时间出去走走，就连新疆的很多地方都没去过。2019 年 8 月 5 日，梁忠来到海西州人民医院，被任命为副院长，主要从业务和带教两方面开展援助工作。

来到青海的梁忠，对青海，对德令哈是有一份特殊感情的。漠河驼场的一排排砖房、天峻广阔无垠的草场、通向天边的笔直公路，很容易让他想起小时候生活的环境，他像珍爱自己的家乡一样，期望发挥自己的特长，为提升海西州整体医疗水平尽力。为此，他利用 5 天时间，考察了大柴旦、茫崖、天峻、都兰、乌兰等具备一定规模的医院，主张成立“专家联盟”，把所有赴海西州的医疗专家全部集中起来，分成 10 个学术组，由援青专家担任组长，流动上门服务，帮助地方医院提高水平，扩大帮扶范围，让更多的人能够感受到来自浙江医疗专家团队的援助，就地接受治疗，减少负担，也能让援青专家团队发挥更大的作用。

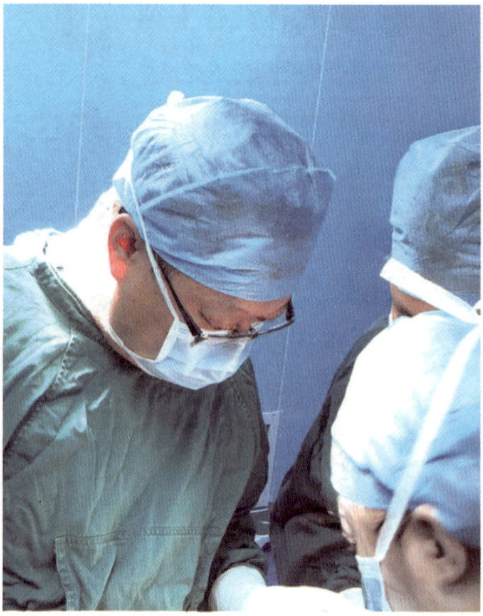
手术中的梁忠

在 2500 千米的行程中，他被青海壮丽辽阔，浪涛般汹涌粗犷的山色震撼，被青海人在荒凉贫瘠、骆驼草丛生的土地上坚韧不拔的生命力感动，也体验到了当地县级医院，比德令哈更为艰苦的生活环境和简陋的医疗条件。其中一家医院的放射科，只有一个医生，一年到头，从没休过假，甚至没休息过一天。这让他很心酸，很难过。

最终，他下了决心。他要做这个手术，攻下这道难关。

在海西州人民医院文物陈列馆，梁忠见过一台在全中国找不出几台的体内循环机。他惊讶万分，才知海西州人民医院，这个曾经在草原上驰骋过的马背医院，早在20世纪70年代，就做过一列心脏外科手术。当时，全国能做这台手术的医院仅有四家，海西州人民医院就是其中一家。做手术的人是下放到青海的北京医生。后来，这位医生因为这台手术积累的经验，成了北京阜外医院心脏外科手术的创始人。

任何开拓性的事业，都是通过人来创造的。一个医生的价值、一个优秀男人的价值，难道不是通过这种混合着美好和痛苦的经历，倾注于再造福祉的精神来把握和实现的吗？

手术前，梁忠做了充分的准备，提前5天，在心理、身体上进行自我调理，养精蓄锐，同时和医院外科专家吴亮主任医师、科室全体成员，对患者的病情、手术方案进行多次讨论。

手术顺利进行，完成时间比预计的6个小时提前了2个小时。主刀的梁忠，在外科医师及手术室团队的共同配合下，全神贯注、精准操作、逐根结扎、离断肿瘤周围的滋养血管，完美分离了位于颈内外动脉分叉处的瘤体，成功地从患者颈部完整地切除了颈动脉体瘤。更让人激动的是，手术过程精彩之至，梁忠的娴熟手法、精湛技艺，不仅使手术中的患者既无血压、心率大幅波动，又因创伤小、出血量极少，使在场的医务人员极其佩服，闻听后的同行广为盛赞，誉为“完美的手术，刀尖上的舞者”。

术后，一直等候在办公室的钱书记大大地松了一口气。

几天后，经过医护人员的精心护理，患者恢复良好，且无任何并发症，梁忠悬着的一颗心彻底放下了。

时间过得真快。转眼间，梁忠来德令哈援青已经一年。除了尽力做一些业务范围内的工作，沉静稳重、若有所思的梁忠，心里还有一些沉甸甸的东西，还有一些亟待实施的设想。

2019 年 12 月，他随青海省 63 家单位组成的 200 人的团队，去国内五大城市为青海引进人才。这是他第一次长时间离开自己的工作岗位，22 天的交流、会议、讲解，让参加工作以后一直在医院埋头苦干，忙忙碌碌的梁忠，对社会、对发展中的青海面临的实际问题产生了思考。比如海西州人民医院缺乏系统化、规范化的引导培训；比如让医生在科研热情高涨的同时，尽快看到从事科研的回报；比如重视人才问题，特别是青海人对当地人才的尊重、培养和扶持。

援青剩下的时间不多了，梁忠自从大年初五返回德令哈，清明节、五一劳动节、端午节一直为了医院复评工作准备材料没有休息过，连端午节指挥部工会组织活动都没去成。如何在余下的半年时间内，对海西州的医疗，对本院医生多做点力所能及的事？如何让“专家联盟”尽快运转，并成为长效机制延续下去呢？援青一年半，自己就是青海人，就是海西州人民医院的一员，他从心里敬重坚持在这里工作的人，从心里爱护医院的医生，他希望把自己的经验毫无保留地传授给他们，他更期望，他们不要完全指望外来专家。也许在关键时刻，这些专家能够帮你们一把，能够起到四两拨千斤的作用，但真正坚守在这里，替百姓解除病痛，奉献付出的人，还是本地的人才、本地的医生。一定要让他们有认同感、尽性尽情地去工作，还要让他们有信心、有激情、有幸福感地生活，这样才能让青海这片高原沃土，茫茫大漠中的绿洲德令哈，散发出璀璨隽永的光芒。

爱无疆，仁者心

6 月的杭州已进入梅雨季节，3000 千米外的青海省海西蒙古自治州，草木刚刚发芽。澄澈的蓝天空寂冰冷，不时刮起的大风，让人们裹紧了厚厚的冬衣。这当然是来自浙江援青医疗队的专家们没有经历过的，特别是刚到德令哈的时候，大多数人头疼、困乏、失眠，心跳能到 140 下。但是，他们并没有太多的抱怨。来高原就是来体验艰苦、缺氧，接受锻炼的，不是来享受的。两个月后，有些人适应了，睡觉不成问题了；有些人一直无法适应，总是睡不好觉，这其中就有李恩春。别看他身材魁梧，一米八的大个儿，但不知为何神奇诡异的高原就是不放过他，反而身材瘦小、中等个子的胡海平却渐渐适应了德令哈的气候。

2020 年 3 月 1 日，春节后的西宁沉浸在萧瑟的气氛与清冷中，浙江医疗专家团队的几位专家钟晖、龚江标、胡海平、李恩春、陈春一起来到西宁，准备乘坐第二天的飞机赶往德令哈。他们惦记着春节留守医院的领队、院长陈水芳，大年初五提前返回德令哈，配合院领导展开防疫工作的副院长梁忠，担心着各自科室的工作。可是那天，通往德令哈的航班不通，医院便包了辆车接他们回去。

2010 年以来，浙江已先后派出 4 批专家团队 19 人次对海西州人民医院进行“组团式”帮扶。这一批的 7 位援青专家中，有呼吸内科专家陈水芳和钟晖，浙江省肿瘤医院外科主任医师梁忠，神经外科急

浙江第四批援青干部人才

诊专家龚江标，浙江医院泌尿外科副主任医师胡海平，浙大一院儿科专家陈春，浙大妇院妇科肿瘤科医师李恩春。

车行驶在高速公路上，一路大雪，不见蓝天。车越日月山，高高的山坡白雪覆盖，车轮有些打滑，坐在车上的专家们默不作声，有些紧张地盯着前方。离冰清玉澈的青海湖越来越远，雪戛然而止，坐在副驾驶位子上的钟晖突然发现，一旁的司机睡着了。一辆重型卡车就在眼前，可他们乘坐的车辆，却径直向这辆大卡车冲去，还未等钟晖反应过来，呲溜一声，司机猛踩一脚刹车，车停住了。清醒过来的司机吓了一跳，连说他昨晚没休息好，太瞌睡了。

钟晖是浙江省人民医院呼吸内科副主任医师，和陈水芳院长一个专业。他 1966 年出生，第二军医大学毕业，在军队服役多年，后转业至浙江省人民医院，是浙江援青医疗专家团队中年纪最大的，也是主动报名参加援青医疗团队的成员之一，担任海西州人民医院呼吸科副主任。刚开始，钟晖和其他专家一样有程度不同的高原反应，心慌、胸闷，还出现了房颤，经过服药治疗，慢慢好转，但说话时还是会气喘。钟晖有10年的高血压史，长期吃药，控制得还好，就是睡眠不行，长年的军人生涯养成了早睡早起的习惯，现在到了高海拔地区，起得更早了。

钟晖　辛茜摄

从事呼吸内科临床工作20余年的钟晖，经验丰富、工作敬业。来到海西州人民医院后，他坚持每周3次科室大查房，通过授课、教学查房，讲解患者的肺部CT影像学特征，与科室年轻医护人员分析讨论疑难病例，提高当地医师对呼吸科常见病和多发病的诊断水平。

4月，钟晖随团与海西州人民医院医生一起用6天时间，行驶2200千米，跑遍了海西州下面的各家医院，为当地百姓送医、送药。让钟晖揪心的是，乡镇村民的医疗保健诊疗意识淡薄，许多高龄患者出行不便，县乡医院卫生所基层技术力量薄弱，留不住人才，这也是海西州医疗扶贫的难点和重点。他希望，援助期间，能尽自己的全力为饱受疾病之苦的老百姓解除病痛，为县乡级医疗技术人员提供技术方面的指导。

初抵青海，钟晖便接诊了一位饱受慢性阻塞性肺病折磨的患者老崔。老崔每两个月就要住一次院，家里好不容易积攒下的准备建造新房的钱，因为他的病所剩无几。老崔久病不愈，他的家人已然不堪重负。钟晖为他做了无痛支气管镜检查，清理了他的器官道，很快便诊断出他的老毛病，解除了他的痛苦。

以往，普通支气管镜检查在患者清醒的状态下进行，容易出现咳嗽、憋气、恶心等不适感，比做胃镜还难受，而无痛支气管镜检查是一种呼吸内镜新技术，不仅安全有效，且基本无痛苦。做完检查的患者，既有清醒的意识，又无痛苦的记忆，非常有效地解决了患者术前的恐惧，术中的各类并发症，可及时查出病因，使患者得到有效治疗。但操作无痛支气管镜对医生的技术要求很高。之前，海西州人民医院一直没有展开。如今，陈水芳和钟晖共同努力，无痛支气管镜检查在海西州得以实现，两名本院年轻医生已经能够在陈水芳和钟晖的帮助下完成。

2020 年 5 月，钟晖和海西州人民医院同事一起到柯鲁柯镇卫生院义诊。突然，一个高大的男子亮着嗓门热情地和他打招呼，他一时没反应过来。像这样的场景，钟晖在海西州已经历多次。

“钟医生，真想不到能在家门口看到你啊！不认得我了？我是老崔啊！”

钟晖仔细一瞧，想起来了。这不就是刚来州医院时，他做过的第二例无痛支气管镜检查的老崔吗。

“钟主任，你咋能把我忘了。是你给我治好了病，我现在身体很舒服，没啥毛病了。一会儿忙完了，去我家坐坐，我刚建好了新房，你可得来看看。”

海西州地处高原缺氧地域，气候非常干燥，慢阻肺、肺心病等疾病是海西州常见多发病。当患者的病情加重到一定程度时，会出现呼吸衰竭、意识改变等症状。对此，除无痛支气管镜检查，钟晖还手把手地教会了医院呼吸科医师如何使用无创呼吸机，对有慢性阻塞性肺疾病的病人进行辅助治疗。截至 5 月，海西州人民医院共开展 80 例无痛支气管镜检查，为疑难病例明确诊断，利用无创呼吸机技术成功抢救呼吸衰竭病人 10 例。

乌兰县有位患者得结核病很长时间了，自己一直不知道，只觉得身体不舒服。来到海西州人民医院后，钟晖给他做了无痛支气管镜检查，确诊为严重的结核病。如果不是无痛支气管镜检查，这位患者很可能会延误治疗，而且结核病有传播性，对家人和身边的人会产生不良影响。

看着当地受疾病之苦的百姓，钟晖常常感慨援青时间太短。为此他经常利用周末休息的时间深入柯鲁柯卫生院、香日德班禅慈善医院等地进行义诊咨询活动，关心乡镇村民的健康。有一次，他和急诊科主任龚江标去茶卡卫生院义诊，有位叫巴特尔的牧人，请他们到家里坐坐。他的嫂子头疼时间长了，身体一直不太好。经过初步检查，龚江标觉得，病人的脑袋里很可能长了东西，建议她到州医院做进一步检查。返回时，已经是下午 4 点，两位专家已是疲劳不堪。

几天后，巴特尔的嫂子来医院检查，被确诊为颅内血管瘤，由援青医疗团队协调，转至浙江后方医院进行手术治疗。

出门义诊固然有效，缺的药可以进，B超、呼吸机、核磁共振等设备都能买，但“授人以鱼不如授人以渔”。钟晖深知，要想为青海医疗实现“造血”，关键是留下一支带不走的医疗队，成立呼吸内科门诊，真正让新技术、新知识在青海扎根。

好“曼巴”

泌尿科是海西州人民医院刚刚成立的新科室，由第三批援青人才浙江医院泌尿科汪超军主任开创，发展初期极为艰难。因为，长期以来，海西州人民医院习惯于大外科的治疗和管理，没有细致的专业化分工条件，科室人员配置薄弱，年轻医生缺乏临床经验。好在泌尿外科副主任、土生土长的海西人周建峰是一位努力学习、不断进取的年轻医生，在援青专家、海西州泌尿外科主任胡海平的指导下，已经完全能够独立完成输尿管软镜下的肾结石碎石手术。这让胡海平看到了希望，看到了海西州人民医院的未来，也让他有信心马上进入状态，带领科室人员一边集中讨论研究科室存在的问题、解决的方案，一边制订学科发展规划，每周组织科室进行小讲课及业务学习，规范三级医师查房制度，加强年轻医师诊疗思路，规范诊疗流程。同时，组织科内开展泌尿外科诊疗操作培训，积极开展新技术、新项目，提升科室整体技术水平。

胡海平原是浙江医院泌尿外科副主任医师，来到州医院后，专业对口，得心应手，主要开展技术上的帮扶，临床上的指导，尽量让本科室的医生多实践、多操作。

2019 年 12 月 20 日，泌尿科科室团队在胡海平手把手指导下顺利完成了青海省州县级医院首例经尿道输尿管软镜下肾结石钬激光碎石取石术，使海西州人民医院在微创手术上迈上了一个新的台阶。

青海高原缺氧干燥，水质硬、碱性大，冬季漫长，为了保暖御寒，人们饮食中所含的嘌呤较高，以致成为肾结石的高发地。于是，在援青一年半的工作中，胡海平结合海西地区泌尿科病种特点，制定了以泌尿系结石、前列腺疾病、男科疾病综合诊治为特色的学科发展目标。他不仅带来了精湛的医技，也帮助当地加强医疗培训，目的是想通过自己的努力留下“带不走”的礼物。他带领科室实现多例手术“零突破”，完成了前列腺等离子汽化剜切术、输尿管硬镜钬激光碎石术、超声引导下肾造瘘术、肾囊肿去顶减压术、膀胱破裂修补术、囊肿去顶减压术、膀胱破裂修补术、尿道断裂会师术等各类泌尿科之前从未经历过的手术。

“说实话，刚开始做时，担心有风险，但现在看来我们的担心是多余的。”胡海平由衷地说。54 岁的中年男子老刘是海西地区的居民，半年多前，他开始觉得腰痛，到医院一检查，发现左肾有 1.5 厘米大的结石。当时他担心手术创伤大，一直未处理。可半年来，他的腰痛症状越来越严重，到了无法忍受的地步。无奈中，经人推荐来到海西州人民医院泌尿科就诊。

胡海平建议他尽早手术治疗。听说要做手术，在敏感部位挨上一刀，老刘吓得赶紧往后缩，不同意手术，宁愿忍受疼痛。

“现在，我们采取的是目前最先进的输尿管软镜技术，利用的是人体的自然腔道，更加微创，而且它本身在肾内可拐弯，可通过输尿管进入肾脏，将结石击碎，自然排出，没有切口，术后恢复很快。”

了解了情况的老刘，面对胡海平和颜悦色的态度，平静的面容，终于打消了顾虑。住院后，胡海平很快为他安排了手术，仅 1 小时就完全粉碎了结石。而在以前，这种手术不但有切口，同时还存在大出血的风险，易给患者带来心理负担，且术后恢复很慢。

病愈后的老刘，一身轻松，拉着胡海平的手感激地说：“太感谢你了，你们真是浙江来的好‘曼巴’。”曼巴是藏语“医生”之意，也是藏族人对医生最尊敬的称谓。

经过团队的努力，目前该手术已成为海西州人民医院泌尿外科常规手术，为海西州老百姓带来了福音。只是，胡海平觉得，他们在这里援助的时间有限，做的工作也有限，最大的愿望就是将带来的知识和技术留下，为当地培养出一支能独立担当的泌尿外科团队，让海西地区的结石病患者不出海西，就能享受到先进的治疗技术。同时他也想继续深入基层，把医疗服务带到海西的各个地区，和当地居民建立起深厚的情谊。

在他利用周末休息的时间前往基层医院参与义诊及学术交流，下乡入户，为困难居民提供医疗服务的日子里，胡海平感受到了当地老百姓的真挚，以及对他们的尊重。在他看来，援青工作不仅净化了心灵、开阔了胸怀、磨炼了意志，还为自己的人生之旅增添了丰富多彩的一笔。

飞来的天使

陈春　辛茜摄

见到陈春的一刻，我有一种感觉格外强烈。女医生就应该是这样，温柔、恬静、有耐心，像美丽的天使扇动着金色的羽翼，向你慢慢飞来。

陈春是浙江大学附属第一医院新生儿科的专家。虽然年轻，可她也是一个老医生了。一个多月的时间，陈春已经在海西州人民医院儿科收治了7名需要有创呼吸机治疗的新生儿，其中有胸腔积液、胎粪吸入综合征、肺炎合并脓毒症等，还完成了海西高原上第一例经气管滴入肺表面活性物质的治疗，6名重症新生儿被救治成功。期间历经波折，几乎所有呼吸机并发症都经历了一遍。

初到德令哈，陈春白皙的皮肤对高原紫外线过敏，脸部红肿、脱皮，如鱼鳞一般，但她硬是咬着牙坚持下来了。高原反应更是让她整晚睡不着觉，有时，吃过安眠药刚睡着，一阵铃响，她急忙爬起来，洗个冷水脸，一刻不敢耽搁地奔向手术室。

新生儿的主要问题是早产率高和因为早产引起的呼吸、黄疸等各种问题。海西当地产检普及度不高，新生儿很容易出现缺氧等危重情况。有个别早产儿送过来的时候，片子上整个肺都是白的。有的小孩子，陈春和医生护士抢救整整五天，可是孩子的呼吸还是在渐渐衰弱，她心里特别难过。更让陈春无法接受的是，有些病患家庭，因为经济或者其他原因，在治疗过程中会选择放弃。后来，她才知道，有些家长怕住院时间太长花钱太多，有些家长担心孩子即使被救活，也会留下后遗症给家庭造成负担。

陈春非常理解家长的心情，但还是感到遗憾，那是因为孩子的父母不懂医学，不懂早产新生儿的问题早已不是医学界的难题，只要治疗得当，不会留下任何后遗症。而且，因为被救活的早产新生儿生命力特别顽强，自身的修复能力、抗打击能力超强，长大后可能绝顶聪明，学习特别好。

“是真的吗？”我惊喜地睁大了眼睛。

“真的，真的！在杭州，有一个抢救过来的早产儿长大后，还被妈妈领到医院看望过我，确实非常聪明。”陈春的眼里满是阳光。

“每逢遇到这种情况，我总是反复劝说，给婴儿的父母讲科学道理。但是，新生儿的父母考虑过多，一般不愿接受我的建议，对我来说，这种选择是痛苦的，是一种内心的煎熬。”

早产新生儿出生后一直在重症监护室接受封闭治疗，天天给新生儿治疗、换药、打针，抱着新生儿的其实是医生和护士，而不是家长，医生和护士对孩子的感情比孩子的父母还要深。因此，当家长放弃新生儿的治疗，看着孩子慢慢离去，失去生命体征，他们心中承受的痛苦是双重的，但又必须面对残酷的死亡。

很长时间过去了，新生儿那双仿佛能看透一切，知晓一切，明亮、纯净的蓝色眼睛，会一直萦绕在陈春心头，挥之不去。

作为援青医生，陈春觉得需要做的事情还有很多，很多。不仅是治疗、培训，还必须普及知识，让深处偏远地区的海西人了解医学，了解我们这个日新月异，不断发展中的国家的实力。

昨天早上，随着导管顺利置入患者气道，一直屏住呼吸的年轻医生王艳霞长长地舒了一口气。她身旁的“师父”陈春看着监护仪上变化的数据，也露出了欣慰的笑容。这是陈春在指导王艳霞操作呼吸机。陈春深知，要想留下一支让人放心的新生儿科队伍，必须调动当地医护人员的工作积极性，培养他们的能力，提高他们的医术。这里的医生缺少实战经验，就拿有创呼吸机治疗来说，她来之前也有医生去进修过，但由于有创呼吸机治疗在抢救病人的同时，也会造成气压伤等问题，如果处理得不好，很可能对病人产生危害，苦于经验缺乏，医生们不敢轻易操作，仍然开展不了这项技术。陈春就不停地鼓励他们，手把手地教他们，让他们一点点挺过来。让陈春开心的是，经过一年的努力，州医院儿科医生的专业技术水平不仅得到了快速提升，自信心也大大增强。从 2020 年 6 月开始，就有年轻医生主动提出要给病人进行有创呼吸机治疗。在陈春的辅助下，他们完成得非常好。相信经过大胆尝试，他们一定会迎来自己独立完成的那一天。

更令人欣慰的是，陈春手把手带教的高年资儿科医师，已经能独立完成腰椎穿刺术等临床操作。除了日常工作，除了节假日随州医院第五党支部、泌尿外科去柯鲁柯镇卫生院、蓄集乡走乡入户，到都兰县、乌兰县、大柴旦等地的基层医院、卫生院义诊，陈春坚持每星期讲课 1 次，带教 30 余次，创建了海西州危重新生儿救治中心。目前，当地医护人员已经能独立救治 32 周至 34 周的早产儿，在海西州树立了新生儿重症救治的良好形象和口碑。援青一年半，温柔娇小的陈春做的工作实在太多了。作为青海人，海西人，怎么能不感激在心，深深地为她，为来自西子湖畔的美丽天使送上最诚挚的祝福，期望她生活幸福，健康快乐。

犹在自然心

刚来海西州人民医院上班第五天，科室收治了一名 36 周多出血的孕妇，超声检查后确诊为中央型前置胎盘，需剖宫产终止妊娠。这是一个极有风险的手术，术中很容易出现新生儿失血、产妇难治性产后出血等危险情况，即使在大型的产科中心也需要多学科协作，处理起来十分棘手。原计划在人员、血源等准备充分的情况下手术，但晚上 11 点，孕妇突然大出血达 300 毫升，需要立即手术。

此时，李恩春刚从另一个产后出血抢救过来的产妇身边离开回到宿舍不久，体力有些透支的他，再次出现严重的高原反应。他躺在床上，无力地闭上眼睛，只有一盏光线柔和的台灯陪伴着他。一阵电话铃响，他睁开眼，听到情况，翻身坐起，毫不迟疑地迅速赶到医院准备手术。此类手术一般至少需备1000毫升以上的血液，可州血站可供使用的血液严重不足，只有400毫升。此时，产妇还在持续出血，命悬一线，不能再延误一分钟。沉思片刻后，李恩春决定做，决定迎接这场硬仗。当时，他心里很清楚，血源不足，一旦术中、术后大出血，一方面需要更激进的方式进行止血，甚至需采用子宫切除术；另一方面术中、术后也需要对现有的医疗资源与产妇可接受的失血进行精准的评估，任何评估过度或评估不足均会对产妇造成巨大伤害，甚至死亡。

在巴音河畔遇到了李恩春

一切准备就绪，手术室弥漫着浓烈的消毒水味。李恩春戴上口罩，觉得有些闷得慌。他拿起手术刀，开始切皮手术，但手感偏重，握刀切开组织十分费力，身体也出起虚汗，手术室巡回人员知道他缺氧，为保障手术的精准和患者的安全，立即给他戴上了吸氧面罩。李恩春深深地吸了口气，凝神注力，切开了第一刀。

夜深人静的黑夜，远山沉默，不动声色，只有巴音河的水在轻声低吟。李恩春忘却了高原反应的痛苦，边吸氧边手术。一个多小时后，手术成功，母子平安，产妇一家欣喜若。李恩春依旧淡定，依旧从容。

这样的情景他经历过多次，而这一次让他在险境中，又一次靠技术与勇气化险为夷。

此后，他带着科室人员连续做了各类腔镜示教手术，创下了海西州人民医院甚至海西地区多个第一，将海西州人民医院妇产科内镜技术推上了新的台阶，也改写了海西地区妇产科单孔腹腔镜技术的空白史。

“轻、准、稳、巧”，对患者体贴入微，追求至善至美，是大家对他的公认评价。他做第一例手术时，就发现了医院缺乏应急药物的情况。在征得院领导同意后，他梳理了与妇产科相关的常用药物，引进了卡贝、欣母沛等缩宫药，大大降低了产后出血发生率及产科输血率。

李恩春戴着一副深色的眼镜，是位身材高大、沉稳帅气的妇产科医生。来到德令哈这个高原小城的时候，他内心是忐忑而又激动的。10年前，他曾经去过西藏，心中一直有与高原邂逅重逢的梦想。现在他来了，却又有些惶惑，为即将度过的援青生活，临床工作的开展，还有家人的牵挂，尤其是把只有一岁多点儿的儿子，托付给同为医生的妻子的不忍。

跟我说话的时候，李恩春有些气喘。可能一米八的个子需要消耗更多的氧气，来德令哈有一段时间了，他依然被缺氧困扰，高原反应严重，胸闷、气喘、心跳加速、失眠。交谈中，获知李恩春博士毕业时的专业竟然是器官移植，这在平常人心里无比神秘充满挑战，但他并不在意。守护妇幼平安，奏响生命乐章，多学科交叉的经历，培养了他的细致，练就了他的胆量，也让他见多识广、触类旁通。

除了临床诊疗工作，余下的时间，他开始慢慢推进自己早已设想好的思路与规划。如学科建设、人才培养、危重孕产妇中心建设等。2019 年 9 月，海西州人民医院建立了孕妇学校，在进行了首场演讲后，他开始定期向孕产妇及家属普及孕产保健及危重孕产妇相关知识。在科室人员的配合下，他积极打造精品产科，使产前规范化，产中无痛化、一体化（LDR 产房）、产后盆底功能康复化，努力让海西州孕产妇获得更好的分娩体验。同时，大力发展妇科微创，使妇科手术走向微创化、单孔化。实现了他刚来到德令哈时，最想做的一件事，无痛分娩。如今，无痛分娩已经得到了普遍推广，得到了海西州人民的广泛认可。一体化产房、盆底康复中心也已通过相关认证，并成功建立，正常运转，海西州孕产妇终于享受到了和杭州孕产妇一样的分娩体验。

对于医师的成长，他有自己的看法，认为低级医师需要成长的喜悦感，中级医师需要职业荣誉感，高级医师需要社会认同感和尊重感。为了让妇产科的医生多看书、多学习，他给科室同事每人赠送了一个漂亮的小本子，让他们平时把学到的新知识、新技术以及不明白的地方记下来，由他定期监督大家的学习成效并注解理解方面的偏差。此外，他定期组织本科医生进行集体学习。其实他也想亲自做幻灯片，给大家灌输一些专业热点及最新诊疗资讯，但他为了让科室医师变被动灌输为主动锻炼，更多的时候是布置主题，让科室医师自己去查阅资料进行讲课锻炼，并做出点评，最后他还会给他们奖励，激励他们走向讲台，走出海西，并跟踪学科前沿。除了专业理论学习，他耐心地向科室人员传授宫腔镜、腹腔镜、开腹手术的操作规范及注意事项。他为大家自费购买腹腔镜练习器械，自制简易模型，提高科室医师的腔镜操作技能。

在大多数普通人面前，手术无比神秘，有时难以复制。李恩春告诉我，实际上，手术技巧的传授是个难题，既有现代各式模型，也有口耳相传、心领神会的传统方式。医师的智慧、器械的创新、师徒配合的心诀、患者的反应，每一个瞬间都需要用心领悟、观察、体会。临床实践中，李恩春留下的不仅是具体的手术操作技巧，还有“稳、准、轻、巧”的谆谆告诫；不仅是“组织器官功能保护”意识，更是敬畏生命、精益求精的从医精神与医学人文。对他而言，援青真正的魅力，不是做了几台手术，也不是讲了几堂课，而是自己平凡而温厚的临床工作，在戈壁、在高原进行的重温与探索；援青的价值，不是带了几个徒弟，也不是医学知识的普及，而是对妇幼精神与医学文化的传承与守望。

对医生这个职业而言，35 岁刚刚成熟，38 岁是抗打击力最强、体力最好的时候，舍弃后方医院的历练、提升，来到医疗相对落后的高原，对正值壮年的李恩春来说，是一种极大的奉献。

生活上，李恩春是一个非常细心且暖心的人，科室有同事要退休了，他自己掏钱购买纪念品、鲜花，代表全体科室人员深情地说：“来到这里我终于知道高原生活的艰辛，你们坚守在这里就是一种奉献，更何况为海西医疗卫生事业奉献了你们的一生，你们真的辛苦，也是真正的伟大！”在场的人无不动容落泪。

心灵承受的痛苦与喜悦有时漫无边际，有时会促使一个人经历凤凰涅槃般的升华。时至今日学医的初衷，守护家庭幸福的责任，使李恩春在领略高贵，追求精益求精，为医学奉献、耕耘一生的生命长河中，变得愈发坚强；在告别家人，踏上高原的岁月中，甘愿为医事家国修身养性，历经万千。

感恩有你们

浙江医疗专家，在德令哈、在海西州渐渐出了名。浙江大学附属第一医院神经外科专家、海西州人民医院急诊科副主任龚江标，出手不凡的第一例开颅手术，一马当先地奠定了浙江医疗专家团队的高起点，开启了7位技术力量雄厚，均来自浙江三甲医院专家的雄心和魄力，也足以说明，浙江医疗部门对援青的高度重视。

2019年，刚到海西州人民医院的神经外科专家龚江标，接到一个急诊电话——都兰县境内行驶的一辆车遭遇车祸，车上一位40多岁的中年男子头部重伤，龚江标急忙赶到都兰县医院。幸运的是，伤者虽颅内出血，但速度较慢，在慢慢增加，如果出血太猛是怎么也救不过来的。都兰县医院医疗基础薄弱，只做过简单的腹部手术，连开颅的器械都没有。好在龚江标提前想到了，不仅带着州医院手术室的护士，还带了几样简单的器械。就这样，龚江标创下了都兰县医院有史以来第一例开颅手术，挽救了伤者的生命。

2020年2月，平原村有一村民在自家干活时，不甚摔伤，头部着地，昏迷了。5分钟后，患者苏醒，虽说头痛，但可耐受，没有引起重视。3天后，患者头痛加重，伴有头晕、恶心症状，被家人送至一家私立医院，头颅CT提示“左侧慢性硬膜下血肿”，收治住院，又查明患者有血小板减少症，私立医院无力救治，建议立即转至省级医院救治。但患者家中经济困难需筹措医疗费用，在家中休息了 2 天，导致病情恶化。焦急中，闻听海西州人民医院有来自浙江的专家，患者家属急忙带着病人来到了医院。

了解了情况的陈水芳说：“血小板太低是手术禁忌，风险很大，但我们还是得想办法救她。”

他立即打电话请州中心血站刘站长与省血液中心取得联系，同时，组织全院相关科室专家会诊，讨论治疗方案。大家一致认为，只有给病人紧急输注血小板，才能降低手术风险。

当晚，刘站长联系好了血小板，陈水芳马上派输血科主任王治梅连夜前往省血液中心调血小板。他自己则一夜未眠，一直等到清晨 6 点，王治梅调来血小板输注给患者，并安排医术精湛的龚江标亲自为患者进行内镜辅助下微创手术。

经过一个小时的奋战，手术顺利完成，患者头痛症状明显缓解。主管医师巴特尔还主动为患者从外地订购了升血小板药物，督促患者按时吃药，等患者出院时，检查结果显示，硬膜下血肿消失，脑组织恢复良好，血小板也恢复了正常标准。得知患者家境不好，陈水芳又捐助 5000 元，嘱咐患者回家好好调养。可以说，这是第四批浙江援青医疗团队，在海西州人民医院成功完成的又一例高风险手术，体现出的是浙江医疗团队高超的技术水平、强烈的责任心和精诚团结的合作精神。

时间过得真快，龚江标把全部精力投入抢救重病患者和急诊科的教学、科研及管理任务中，共完成 130 余例颅脑手术，参与超过 300

余例危急重症患者的救治，多次到都兰、乌兰、格尔木等地抢救重症患者。在他的帮助下，本地专家也能依托创伤中心，独立开展脑外伤、脑出血的急诊手术及手术期救治。

龚江标　辛茜摄

幸运的是，这7位浙江来的援青医疗专家，我都见过了。在倾听与交谈中，觉得他们真像一滴滴雨，滋润着干燥、多风的戈壁小城，为一方百姓细心把脉，令生命生生不息。来到医疗水平相对滞后的西部高原后，浙江医疗团队发挥出了巨大作用。不仅因为有一个好领队陈水芳，而且个个医术高超，有责任，有担当。采访中，每个医生都在介绍其他医生的优点、其他医生的长处；每个医生都愿意毫无保留地，把自己多年积累的经验传授给当地医生，都有一个真切的心愿，给海西州人民医院留下一支带不走的专业队伍。

龚江标是急诊科主任，援青期间抢救过多位交通事故中受伤的患者。他说，通往海西州各县的路况很好，但是正因为好，司机才容易麻痹，容易打瞌睡。乌兰境内，包括去大柴旦的山路经常发生车祸，只有多培养当地医生，就地手术治疗，才能多挽救一个人的生命，不留遗憾。他希望急诊科继续发扬吃苦耐劳、不畏艰辛的精神，将科室做实、做大、做强。他当然更加希望，在接下来的工作中，这里的急诊科能与他时刻保持联系，将詹仁雅教授名医工作站落到实处，继续发挥援青力量，时刻为海西人民的健康负责。

在离开德令哈，离开海西州人民医院的前一晚，龚江标无法入眠，内心充满依恋与感激之情。回想往事，历历在目，留下了医疗团队太多努力奔波的身影，太多美好的回忆，也收获了太多真挚的感情！他感谢陈水芳院长，不仅为海西州人民医院引进了现代化医院的管理模式，更是以身作则将“感动式”服务推广到全院，在海西州开创医疗一张网工程，使钉钉平台顺利运行；他敬佩梁忠院长，除了副院长繁忙的工作，还以精湛的医术、良好的医德，完成了数例包括颌面外科高难度手术和颈动脉体瘤切除，提高了海西州医院的社会声誉；他敬重援青团队中年龄最长的钟晖主任，不但起到了老大哥的带头作用，还和陈院长一起开展了百余例无痛支气管镜手术，带出了能独立完成无痛支气管镜检查和治疗的呼吸科本地专家；他静静地观察着筹建新生儿重症监护，与当地医护团队合作，成功救治 40 多位新生儿插管患者，抢救了 32 周早产儿的新生儿科陈春主任；他时刻关心着的一直受高反困扰的妇产科李恩春主任，建立了孕妇学校、无痛分娩、危重孕产妇救治中心，大大降低了海西州孕产妇死亡率；海西州人民医院泌尿外科是一个年轻的科室，胡海平主任勤恳认真，注重授课、带教，不但开展了数项青海省内领先的手术，还起到了传帮带作用。作为急诊科团队的一员，他还要感谢急诊科的兄弟姐妹们，有了他们的帮助，才让他在工作和生活中，找到了一帮好兄弟、好姐妹，才让他在工作中精力充沛、信心满满。

最后，他还想感谢家人、朋友，以及后方领导、同事的支持和鼓励，有了他们，才能让他顺利完成援青任务，取得骄人的成绩。

“团结奋进，耐苦奉献，务实创新，整合共赢”是我以为的浙江援青精神。高原环境下，无时无刻不在骄傲地展现分秒必争、心无旁骛、精准细微的技术与自制力，百折不挠、越挫越勇的韧劲与耐力。是浙江医疗团队强大的精神支撑，也是他们在未来的人生旅程中，遵循和持久坚守的精神动力。

如今，在海西州人民医院，医生们可以通过由浙江援建的远程医疗会诊系统，与浙大一院专家共同进行诊断，由第四批浙江援青医疗专家领队陈水芳谋划建设的海西州全域健康信息互联互通 5G“一张网”——移动信息共享平台，有望让海西更多偏远地区的农牧民，享受虽然远在天边，却“近在咫尺”的浙江医疗专家的医疗服务。

缓缓流淌的爱

荒凉的城，只有戈壁，草原没有尽头。

原本陌生的德令哈，却不想与邵红强结下了不解之缘。他听说过那里艰苦的自然环境，那里是雪域高原、世界屋脊，似乎有些神秘，又显得不同寻常，令人神往。如果有机会去那里支教，去祖国需要的地方出一分力，不仅仅是一种奉献，更是一次难得的锻炼机会。

他报了名，去杭州体检，通过后，反而有点忐忑。同为教师的妻子嘴上说理解和支持，却又念叨着青海的艰苦、父母的年老、女儿的教育……平时大家都忙碌，没感觉到相互的照应，当要远行时，心里却又不舍亲朋好友，不觉已是泪眼模糊。

从 2016 年开始，浙江援青多了一项内容，指挥部提出“以援建项目实施为主体，教育医疗援青两翼齐飞”的援建模式，加大了对海西州的智力援建力度。2016 年以来，浙江援青资金已落实 8000 余万元，新建、改建校舍 3 万多平方米，配备了一批中小学校车、幼儿园教玩具，助力海西名师工作室建设，有 104 所中小学幼儿园与浙江 93 所中小学幼儿园结对。

德令哈二中的“杭州班”已举办 4 年，教育水平和教育力量早已名声在外；2019 年海西州高级中学又开办了“浙江班”；职业教育帮扶方面，海西州职业技术学校的浙江教育团队令人信赖。

通知来了，邵红强心里顿时升起一丝紧迫感，家里要安排、学校要交接、出发要准备，忙的事多了起来。但既然通知来了，心也就定了。为了让他减轻负担，放心前行，领导、同事、朋友替他想这想那，忙前忙后。邵红强想，虽然一个人远行德令哈，但身后有富阳区鹿山中学的强大支持，就不只是一个人的行程了。

7 月 29 日 7 点 50 分，杭州—西宁的航班慢慢起飞，带着浙江人民的嘱托，带着第四批援青干部人才的希望飞向云端。

海西“杭州班”，海西德令哈，我来了！

邵红强被分配到德令哈第二中学支教，担任首届“杭州班”班主任，教数学。在与学校领导的第一次见面会上，二中校长问他，你一个校长来当班主任，不会觉得委屈吧？邵红强微微一笑说：“我当初报

浙江第四批援青教育团队

名援青时报的是数学教师，不是校长，到德令哈就是来教书的，当班主任更没有问题，非常乐意。”

支教工作不轻松，忙碌且充实。他每天早 7 点到晚 7 点，至少 12 个小时坚守在学校；担任的课节多、班额大，两个班的课每周有 16 节，而且每班学生数有 55 人，每天的作业批改量也不小。除了班主任和学科教学，还要兼任教学管理、教研指导工作，自然增加了不少的工作量和工作难度，但是他从没有想过退缩。几年前，他曾随杭州市支教团到贵州省黔东南支教一周，对祖国西部地区的教育有一定的了解，早就萌生过有机会要参加更长时间支教的念头，这次报名援青，就是去实现几年前的愿望。

“杭州班”是浙江教育援青的重要举措，采用的是组团式帮教形式，由杭州来的老师担任班主任，进行语文、数学、英语学科的教学。2019 年，德令哈市二中首次开设“杭州班”，他和卓青青、李芳老师分别担任数学、英语、语文的教学任务。班中 55 名学生，有藏族、蒙古族、回族、土族、撒拉族、汉族。

为了使学生尽快融入班集体，确立目标，全身心投入学习中，开学第一周，他就组织召开了以“我在杭州班”为主题的班会。通过小组讨论，明确了各小组目标和班级目标。提倡自信、团结、务实、奋进，开展“祖国、祖国，我爱你”活动，让学生理解从小我融入大我，才会拥有海一样的胸怀，山一样的情怀。让学生通过一句话描述德令哈、一句话讲述自己的目标，激发学生热爱家乡热爱祖国的情感，树立远大理想。

一天放学后，邵红强整好学生队伍，在校门口目送学生离开。正欲转身，一位学生的母亲走过来拉住了他的手，一边说谢谢老师、谢谢老师，一边从随身的包裹中翻出一个纸包裹递给他：“这是我家里做的 3 个油饼，你们 3 位杭州来的老师对我的孩子这么关心，我也没什么好东西，只有 3 个油饼带来给你们尝一尝！”望着眼前这位淳朴厚道的学生家长，接过冒着热气的 3 个油饼，一股热流涌上邵红强的心头。

他想起前一天和卓青青、李芳两位老师踏着冰雪去家访，到这位学生家里的情景。那天，天格外阴沉，不见蓝天白云，只有几天前下的雪还没有完全融化。来到她家门口，门是虚掩的。走进大门，穿过一条狭窄泥泞的过道，进到屋里，见学生一个人在家，正在床上补裤子。原来，学生的爸爸已不在人世，妈妈一个人撑着这个家。一个辍学的姐姐，两年前的一次意外导致小腿受伤，因为当时没有得到很好的治疗，有了严重的后遗症。昨天，妈妈带着姐姐去西宁看病，留他一人在家，照顾自己，每餐以方便面度日，裤子破了只能自己补。他们听了，心里难过，觉得这孩子很坚强，小小年纪就能照顾自己，为妈妈、为家庭分担责任。同去的卓青青老师赶紧拿过他的裤子，一针一线地缝补起来。李芳老师赶紧取出我们带来的棉衣，挑了两件合身的给他。离开前，他们给了他一点儿零用钱，并一再叮嘱，一个人在家要注意安全，照顾好自己，有事的话可以随时打电话联系他们。

2020 年 1 月，根据学校工作需要，邵红强被德令哈市教育局任命为德令哈市第二中学副校长，分管学校教学。于是，在做好德令哈市和大柴旦行委教研活动的同时，他又开始积极谋划，围绕学校教学、实践主题实施教研活动和一对一帮扶指导的“青蓝工程”，请杭州学正中学、萧山所前镇中学的老师到德令哈二中开课、讲座，和杭州市富阳区鹿山中学联系，给德令哈二中七年级师生捐赠了 420 本《红星照耀中国》，共同开展“千里共读一本书”，让德令哈的学生与相距千里的杭州学生，同一时刻共读一本书，感受同一个世界。

有人问他：“干这么多活，累不累？”他说：“一年半的支教生涯，本来就没有多长时间，就让我为孩子们多做点事吧！不然，回去了，心里会更牵挂”。

昨天在指挥部，就听说浙江援青教育团队卓青青老师腿受了伤，刚刚做完手术。她是一位英语教师，来自浙江省杭州市钱塘新区、杭州经济技术开发区学正中学，现任德令哈二中“杭州班”班主任。

第二天一早，我轻轻地走进海西州人民医院骨科病房。靠在床头的卓青青老师急忙坐起身，朝我微笑。略带病容的她，依旧美丽，依旧端庄。

早上来的时候，想给她买一束鲜花。可是，我住的那条街静悄悄的，没有一家商店开门。

卓青青做过手术的腿，直挺挺地搁在床上，包扎得很紧。

我有些忧郁："现在还疼吗？"

她摇摇头："已经不疼了。"

那是6月1日，儿童节。卓青青想给学生们一个惊喜，下午带他们去海西州公安局特警支队、指挥中心零距离体验警营生活，拓展训练。平时学生们很少有课外活动，早些天，她就托浙江援青指挥部的指挥长蒋伟峰联系，想通过这次集体活动，丰富学生们的学习生活，开阔视野，锻炼胆量，增强自信心。

这个消息，一直到6月1号上午9点才通知，学生们听到后立即沸腾了，眼睛放光，掌声不断。下午2点30分，全体同学准时到校。

看到学生们都到齐了，卓青青很满意。等同学们观看了巡逻车、突击车、装甲车，体验了一次模拟射击后，开始在特警战士的指导下进行几项简单的体能训练，其中有一个跨越障碍物的动作，需要两手抓住绳子，从一侧荡到另一侧。有些女学生不敢做，几个男同学嚷着让老师示范，卓青青感觉自己是没问题的，以前也做过。但是，就在她荡过去的瞬间，看到对面高台上站满的学生，心里一慌，怕冲力太大伤着学生，迟疑间冲力不够，掉了下来。

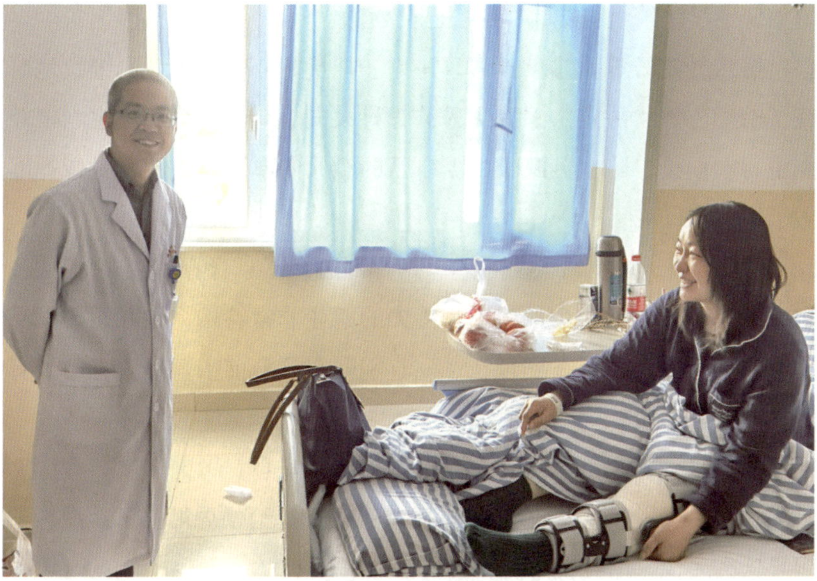

胡海平来看望卓青青　辛茜摄

当时，卓青青感到腿特别疼，但是也没当回事，第二天照常上课。到了 8 点 30 分，站在讲台上的她感到疼痛难忍，这才到州人民医院。一检查，原来是腿部关节处韧带拉伤，需要做手术，就是把自己腿上其他部位的韧带移植到受伤处修复。

对卓青青来说，这是一个不小的打击。吃苦受罪不说，她最担心的是她班上的 53 个学生。近一年时间，班上的英语成绩、学生的自信心和学习积极性都有了很大提高，期中考试成绩比上学期期末在名次上有明显进步，她已经爱上了班里的学生。如果她回杭州做手术，恢复好再回来，这学期很快就过去了，剩下的时间只有半学期，她是无论如何也没法给组织交代、给自己交代的。

陈水芳院长非常理解卓青青焦虑、担忧的心情，他认真细致地研究了治疗方案，决定由医院优秀的骨科大夫、年轻的藏族医生刚根登杰主刀。而且，陈水芳院长根据自己的经验向卓青青、向援青指挥部做了保证。

6 月 5 日，卓青青要做手术，指挥部通知了卓青青的丈夫。其实，卓青青是不想告诉丈夫的，因为丈夫的职业非常特殊，在乔司监狱局工作，从新冠疫情爆发到现在，一直坚守在抗疫前沿，卓青青已经有 5 个多月没有和丈夫见过面了。

丈夫马上打来了电话："你要好好治疗，安心养病！"

过了一会儿，丈夫又打来电话："青青，我给领导汇报了。没想到领导这么痛快，给我批了假，我这就过来。"

卓青青心里一酸。第一个电话丈夫不敢给她保证，第二个电话是请了假的丈夫有了底气。现在，丈夫真的要来了，来德令哈，来到这个卓青青为丈夫无数次动情地描绘过的高原小城了。卓青青禁不住喜极而泣。5 个多月没见了，她曾经多么想和日思夜想的丈夫一起去欣赏盐湖风光、金子海秀丽的美景。可如今，却要在病床前与丈夫相见，泪水浸湿了她的脸颊。卓青青感到自己是幸福的，人生能有这样一番经历，能够被指挥部援友、学校老师、学生、家长关心爱护，被丈夫如此牵挂；能够作为一名援青教师，来到以前从没有关注过的高原小城，与单纯可爱的学生度过一年半珍贵的时光，何况自己的名字里含了太多青海的元素。尽管这些孩子，学习基础较差，学习成绩不那么理想；尽管有些家长不懂家庭教育，简单、粗暴。但是，他们总是在老师的指导下一点点成长，一点点进步，总是在渐渐养成良好的学习习惯，知道学习，知道努力。

有一次，班上的一个女生放学没回家。卓青青知道后，急忙召集班上的学生找她，找到后让学生送她回家，随后，又不放心地赶了过去。一进院门，她就看见学生的母亲气呼呼地站在院子里，被打得头发乱蓬蓬的学生躲在墙角里哭。卓青青气得脸都红了：“这么可爱的小姑娘，我都舍不得说一句，你怎么忍心打她？”

学生的母亲也冲着她吼：“我就不相信，你没打过你的孩子？”

卓青青义正词严地怒斥：“对，我的女儿今年上大一了。我就是没打过她，从来没碰过她一指头。”

学生的母亲突然爆发出一阵压抑很久的哭声，一边抹眼泪，一边给她讲起了家里的难处。丈夫因车祸失去了劳动能力在河南老家，她是带着女儿来德令哈讨生活的，有时候心情不好，难免给女儿发脾气。

卓青青不禁对这位与自己年龄相仿的母亲产生了同情，上前拉过学生，带她进屋，对她说：“你妈妈也不容易，你要多体谅她的辛苦和无奈，多听她的话，她也是在为家里生计、为你的前途发愁！”听见老师这样说，母女俩竟忍不住抱头痛哭起来，卓青青心里也很难过，掉下了眼泪。回来的路上，春寒料峭的德令哈冷气逼人。她暗自庆幸，自己来了这一趟。卓青青住院后，她们母女来医院看望。那一天，母亲穿一件红色的风衣，很精神、很好看。卓青青和女儿说话，母亲一直笑着，默默地看着她们。

有一个男生，平时特别调皮，中午一放学就跑来医院，向卓青青保证：“老师，您安心治病，我一定好好学习！”还有几个女学生，担心卓青青要离开，哭着恳求：“老师，你不要走！”

卓青青告诉她们：“老师不走，老师决定留下来在这里做手术，出院后还要继续‘压迫’你们。”泪光闪闪的女孩子们破涕为笑：“老师，我们喜欢您‘压迫’我们，您快快好起来吧！”

手术非常成功，卓青青觉得自己当初的决定是正确的。二中的书记来看她，她说：“我们班正好在一楼，出院后我可以在教室里放张桌子、放把椅子，盯着他们上课。眼看着6月就要过去，7月就要考试，我心里好着急啊！”因为除了正常上课，卓青青计划让学生们周六上午到学校，用半天时间在教室做作业，她不强迫每一个学生来，但是来了就得坚持，这就是她对学生们的要求。

为了培养学生的学习热情，她还把班上学生分成了除班长外13人一组的学习小组，选出班长助理、大组长，让他们全身心地投入学习，展开竞争。她准备再开一次家长会，对家长进行心理辅导，有个别家长对孩子动辄打骂，孩子犯了错怕挨打只好撒谎。班上有个男生打伤了同学，卓青青问他时，他不敢承认，可是看得出他心里是不安的。卓青青就去了他家里，和他的父母一起面对孩子的过失。告诉孩子，父母不会打他骂他，学生才承认了错误，放下了包袱。卓青青觉得，家访是一种很好的教育方法，她希望通过她的走访，让每一位同学都能感受到父母的爱，让每一位家长都能做到真心地爱护和关心孩子。有一位学习很好的女学生失去了父亲，和母亲住在简陋的廉租房，母亲还患有严重的高血压，卓青青就给她们留下了1000元钱，虽是杯水车薪，却也是一种安慰。

有一天上课，谈到关于电影的话题，了解到很多孩子没有进过电影院，关于座位、音响效果、屏幕大小等的话题无从说起，卓青青就想找机会让他们看一场电影。

期中考试一结束，她马上跑到文化馆电影院，想用自己的奖金让学生看一场电影——《我和我的家乡》。电影院售票的三位美女听说是援青教师自费请孩子们看电影，说去领导那里申请一下。没过多久，黎女士来电话，说领导很感动，特地安排周六下午包场放电影给“杭州班”的学生，卓青青高兴极了！

在德令哈二中的校园里见到了李芳老师。

她是一位典型的南方姑娘，说话细声细语很温柔，不过更加温柔的是她那颗敏感柔软的心。

有一天晚上，一个男生的爸爸在班群里说，不知什么原因，孩子很晚才回家。第二天一早，李芳一见到他就问：“昨天晚上你干什么去了？害得你爸爸着急，老师担心。”

学生嗫嚅了半天，拗不过老师：“我在摘枸杞。”

“摘枸杞，放学之后你去摘枸杞了？你摘枸杞干什么？”

“摘一晚枸杞能赚 60 元钱。”

“你赚了钱要做什么？”

“我，我要买双鞋子。”

李芳不语，心都要碎了，想不到这个孩子还得自己赚钱买鞋子。当时，这个学生的语文成绩不是太好。李芳就对他说：“你要好好学习，不要去摘枸杞了。等你表现好了，语文考好了，老师送你一双鞋子。”

从此，这个男孩子是很努力，考试的时候，成绩真的提上来了，而且各门功课都慢慢好起来。李芳送给他了一双漂亮的运动鞋。

有一回，她去家访，学生根本想不到老师会来家里，进门的时候，见他独自一人在家，正要吃方便面。李芳拿起方便面一看，早都过期了。家里没有暖气，只有一个电热毯。那次家访是冬天，下着大雪。

李芳很感慨，也很心酸。和这里的生活条件相比，我们的日子过得那么好，实在是太奢侈了，自己对有些东西真的不应该那么追求。跟孩子接触多了，跟他们的家庭走近了，再想想自己，李芳反而像受了教育的学生，有了这样的一些想法。

李芳教语文，除了上课的老师，其他老师都在办公室备课、批改作业。我们小声地交谈着，没有一点儿阻碍地交换着看法。德令哈二中比较偏僻，学生中牧民的孩子要多一些，学习基础总归还是欠缺一点儿，弱一点儿，主要是从小没有形成良好的学习习惯，另外有个别家长不太重视家庭教育。

但是，李芳非常喜欢这些孩子，觉得他们很朴实、很可爱。现在，他们已经慢慢接受了她的教学方式，进步很快。李芳来自杭州萧山所前初中，校长王勇一直都很关心这里的学生，经常给她寄书，让她给学生们看。李芳就在班上立了一个规矩，只要一周内在课堂上认真学习，课后按时完成作业，不玩手机，得到老师表扬，周末就可以把书带回家去看。为此，孩子们表现非常积极。因为有些孩子的家里没有那么多书，从小没有养成阅读的习惯。每一册语文课本上都有要求阅读的书目，开始李芳并不知道，想哪个家里没有几本书啊，可是有些家里真的没有，买不起、买不全，到期末的时候都还没有买全。另外，孩子们还有一种比的心理，觉得别的同学能够借书，为什么我就不能借呢？就是为了能够把书带回家看，也得好好学习、好好表现啊！于是，李芳的这个办法对孩子们的学习大有帮助。

李芳耐心地给孩子讲作文　辛茜摄

李芳认真地说：“我来到这里教书一年半，也许不会起到多大的作用，但至少是能够起到一点儿引导作用的。最近，王勇校长又给我寄了一些书，浙江援青指挥部也批了点儿钱。我准备列好书单，在网上购书，并和王校长寄来的书一起，分门别类地介绍给学生，建议他们要看这种书。”李芳深深地叹了口气：“有些书真的是不适合孩子们看。读书也是需要选择的。”

给这里的孩子们上了一学期课，李芳和学生们有了感情，就总是在为这些学生着想，思考他们真正需要的是什么，若要提高学生们的语文成绩，提高语文的教学质量，不就是得让学生巩固基础知识，多读书吗？学生们也总是在用自己的方式表达着对李芳老师的爱意和尊敬。因为德令哈气候特别干燥，上课时李芳会经常咳嗽，只要一咳嗽，小声说话、调皮捣蛋的学生就立刻安静了，不做小动作了。下课后，还会有学生问她，是不是感冒了？平时不太喜欢说话的学生，会悄悄走过来，从口袋里拿出一颗糖，让李芳吃。

“老师，吃一颗糖吧，吃了就不咳嗽了！”

每当这时候，李芳就会感动得说不出话来：“真的，虽然他们不知道咳嗽不能吃糖，但他们确实是把自己最喜欢的东西拿出来给我吃的，我知道。”

有一次，李芳走进教室，有两个学生刚好在分吃一个面包，两个学生就争着把自己的那份面包塞给她，一定要让她吃。这个学校的孩子，家里普遍比较困难，早上常常吃不到早饭，即使饿着肚子，也要把面包给她吃，这让李芳的心里难过了好久。

“可是，你真吃了学生们才高兴呢！”李芳的眼里充满了柔情。

有一回，一个学生口袋里装着红枣，一到下课，就跑过来兴奋地对李芳说：“老师，我给你一点儿好东西。”说完，抓住一把红枣装进李芳的口袋里就跑了。“遇到这样的学生，你说，你会在意这个东西是什么？会在意这个东西有多少吗？只能让我从内心里觉得，这些孩子真好、真可爱。”特别是，看到他们的成绩慢慢提高了，作业也做得更好了，真是为他们高兴，想为他们多做点事，哪怕是一点点。善良是最强大的力量，只要向善，就能不断地引导他们、鼓励他们。

下雪了，窗外雾色茫茫，坐在教室里的孩子们显得有些激动。虽说青海下雪多，其实他们也很少有机会痛痛快快地玩雪。李芳就索性

老师们带孩子们到操场上，感受自然，感受生活

带他们到操场上，让他们尽情地玩，感受冬雪降临，感受自然，感受生活。学生们开心极了，几个调皮的男生为了表达自己快乐的心情，忍不住抓起雪打李芳，而女生们又都护着李芳。一时，尖叫声、喊声、笑声回荡在雪地里，任由北风徐徐飘散。那一刻，李芳觉得自己是最幸福的人，觉得比看着学生考试考得好，还要幸福。因为，学生们变得懂事了。因为，她知道，学生们是爱她的。

这里的孩子很容易满足，只要得到一点点，他们就很高兴，很开心。王勇校长来德令哈二中慰问她，还给每个孩子送了一支从杭州带过来的速写笔，不过是有着精致的式样、漂亮的包装，可是孩子们却欣喜地互相传看，比较着各自的颜色。

润物细无声

杭州市袁浦中学的老师张旭，是西湖区首批出国培训班成员，在学校担任过班主任、备课组长、教研组长和教务员。2019年作为援青干部人才来到青海，担任德令哈一中教导处主任。张旭是一位热心人，在我到德令哈有限的时间里，给我留下了很深的印象。

张旭个子瘦高，戴着一副黑框眼镜。在指挥部吃过午饭后，我和徐文打了声招呼，坐着张旭的自行车来到了德令哈一中。一边走，我一边忍不住问："张老师，您为什么要来青海支教？"

张旭笑了笑，"其实，对援青这件事，是我一直期望能亲自参与的，毕竟听支教的老师回来说和亲自参与大不一样。前几批没有西湖区名额，我只能表示遗憾，但真正等有了机会报名时，还是需要勇气的！"

"您的心思家人知道吗？他们理解您吗？"

"去年5月，我的儿子刚刚保送进入杭四中下沙校区读高一，学习到了关键时期，岳父因颅内出血气管切开在家康复疗养，妻子是社区的党委副书记，平时工作也很忙碌。对此，我有过顾虑。真要去青海，最重要的是得把家里安顿好，又担心妻子不同意。结果，和妻子商量后，一家人都认为，自己能克服困难，坚决支持我去青海完成这次有意义的支教工作。"

刚到德令哈，目力所及之处皆与春风杨柳、微波粼粼的西子湖畔

张旭、郑文礼、林海引（从左至右） 辛茜摄

不同。天高云阔，路途遥远，干燥的空气中透着清冷。顾不上适应高原气候，开学前两周，他就和班主任朱云峰一起挨个去学生家家访。全班 49 个孩子，49 个不同的家庭，他们想通过家访，了解孩子的成长环境，性格爱好。

有个学生，从小和年迈的爷爷奶奶一起生活，父母在离德令哈 500 多千米的牧区放羊。这个学生不但学习成绩不尽如人意，而且胆子很小，缺乏自信，不愿和其他同学接触。张旭和朱老师先后 3 次到他家了解情况，询问他的近况，鼓励他树立自信，好好学习，并在班级召开主题班会，让班上的同学和他多交流。渐渐地，尽管他的学习成绩，因基础太薄弱还没有明显的提高，可他的性格却变得越来越开朗，下课后喜欢和同学们一起说说笑笑了。

还有一位学生，情况更加特殊。刚一出生，妈妈就离开他们父子远走他乡。5 岁时，他的爸爸又生病去世。不幸的他，只能和叔叔一家生活。凄楚的身世，让这个学生从小性格孤僻、倔强，对自己生母的怨恨，让他生活在极度压抑、无法自持的痛苦中。张旭和朱老师非常关心这个学生，多次去他叔叔家看望他，和他叔叔聊天，给他带去学习用品，鼓励他一定要认真学习，争取以优异的成绩回报叔叔的养育之恩，将来更好地在社会上立足。

为了化解他心中难以自拔的心结，张旭和班主任朱老师，多次找他谈心，让他放下心中的忧愁，往长远看，开开心心地学习，开开心心地度过少年时期，希望他为自己的前途努力奋斗。有了老师的关心，这个学生的脸上终于露出了笑容，学习成绩提高了，想法也发生了改变。

还有一位同学，父亲之前是一名出租车司机，现在和她的母亲一起在菜市场工作。因忙于生计，疏于对孩子的管理，初二上学期这个学生的成绩还过得去，初二下学期课程难度加大，学习跟不上，导致她对学习失去信心，慢慢开始不完成作业，和社会上的不良少年交往。渐渐地，发展到逃学，一连几天不上课。晚上父母把门锁了，她敢翻窗出去和朋友玩，性格也变得越来越古怪。父母非常担心，多次和学校沟通，最终在张旭和班主任苦口婆心的劝说下，她当场表态愿意返回学校上学。

张旭想，既然下决心来到高原，既然远离了家人，一时无法照顾，那就不如静下心来踏踏实实做点事情。张旭担任学校英语教学组组长并负责教务处的工作。工作伊始，可谓千头万绪，尤其是充实和调整德令哈一中备课组长及教研组长的工作刻不容缓。同时，按照德令哈市教育局的统一安排，张旭还承担了德令哈三中和五中的导师工作。他在两个学校各带一名徒弟，除了认真查看徒弟的教案、作业批改外，还进行听课、面对面交流，为两位徒弟拿出诊断方案，提出今后努力的方向。针对个别学生的特殊情况，张旭利用周末时间，义务为孩子们辅导，减轻家长负担。同时，在大柴旦地区、都兰县、乌兰县和天峻县担任兼职教研员，开设公开课和示范课。在德令哈市优质课评比中，他的课被推选为观摩课，由海西州电视台全程录播，为德令哈当地教师队伍，提供了智力支持。

由于宿舍离德令哈一中比较远，怕来回浪费时间，他和徐文一样各自买了辆自行车。有时，中午就不回去，吃完饭就回到办公室批改作业，整理资料。高原缺氧导致睡眠质量差，但每天早上，他还是坚持7点到校进行巡视和班级管理。张旭工作精细，踏实认真。他常常感慨，这段教育足迹是一段生活的定格，一页历史的缩影，一份感情的珍藏，他愿意在未来的教学实践中，以此为鞭策。一年多了。一想到自己来德令哈得到了领导、同事、家长和学生们的认可，所带班级成绩在德令哈市的中学中名列前茅，他的内心是喜悦的。

林海引是一位年轻漂亮的女老师，一袭长裙，一头乌黑的长发，靓丽活泼。她是温州人，目前还是单身，所以无后顾之忧。接受援青任务后，她特别高兴，不仅圆了自己的支教梦，还能感受西部的粗犷之美。而且，来之前所有的担心，什么高原反应、饮食不合胃口等全部烟消云散。对林海引来说，年轻就是力量。她不需要深思熟虑，不需要瞻前顾后，只需努力前行，把班上的孩子带好。这里的孩子基础差，自律能力不强，为了跟上他们这个“杭州班”的节奏，学生们学习很刻苦，老师们也很辛苦。老师们住在二中，早晨 7 点 20 分自习，中午在州政府食堂吃过饭，就在办公室休息，三个女老师每人买了一把躺椅，放在办公室。下午 5 点放学，再跟学生们讲讲听不懂的地方，回宿舍要到六七点。但是，到期末考试时，同学们的学习成绩已经有了很大的提升，六门课在全年级均考了第一名。

一想起这些，林海引禁不住发出快乐的笑声：“真是太有成就感了！过去，这个班上的学生从来没有考过第一名呢。”更让她难以忘怀的是，今年的教师节开了一次家长会，其中有几位家长没有来。等待中，门突然开了，家长们提了一个很大的蛋糕，捧着一大束鲜花走了进来。原来，是全体家长商量好了要给她过教师节。

这里的家长不善表达，但心里是明白的。班上的学生路上见了老师，总是能躲就躲。林海引想：是学生不喜欢我，还是另有原因呢？元旦到了，同学们突然拿出三张卡片送给了她，是全班的集体合影，上面写着全班同学的签名：祝老师元旦快乐！林海引鼻子一酸，眼泪差点掉下来。原来是孩子们害羞，不善表达，不是不喜欢老师。

升到初三的有些学生很敏感，经常会问她：“老师，您什么时候走？”目光里透着留恋与担心。林海引知道，是学生们舍不得她，可是，她又何尝舍得这些朴实可爱的孩子。

郑文礼是一位非常有教学经验的语文老师，2016 年曾自驾来过青海。但是，等他以援青者的身份来到德令哈后，才觉得压力很大，大到居然还有控辍保学的重任。郑文礼 1970 年出生，2005 年就评上了高级职称，来到偏远的高原小城指导教学，完全出于一种真诚的人文情怀。他是德令哈一中的副校长，主管教学，内心强大的动力和责任心来自扶贫攻坚、民族团结，让所有的孩子返回课堂，一个也不能少的心愿。让孩子返回课堂是一件繁杂的工作，多次家访是重要手段，教育局、妇联、社区、公安、学校的配合缺一不可。解决辍学的根源，为学生、为学生家长做心理辅导，掌握每个辍学家庭的动态、每个孩子的优缺点，需发挥浙江精神，不达目的绝不罢休。

开学后不久，教师节那天，带班的浙江老师给每个学生发了一张卡片，上面是老师为每个学生定制的“学习秘诀”，分析了每个学生学习上的长处、短板，如何借自己的优势发力，解决问题。

看到这张卡片后，有些学生哭了：“从来没有人对我们说过这么多的话，也从来没有人，在这么短的时间内，准确地了解我们，了解我们的家庭。”

很多教学工作，是从教育说服家长开始的，让家长参与孩子的学习，培养亲子关系，关注孩子的成长，关心孩子的身心健康，是教学中很重要的一部分。

之前，郑文礼在杭州的上课风格是“三养式”。要求学生养成三个习惯：三个不同的发现、三个学习中的困难、三个基础性预习。到了德令哈一中，他的上课风格变成了三加一：回家后，把语文课中发生的小细节、小故事、自己的感触点，用十来分钟的时间讲给家长听，不仅能提高学生的复述能力，加深对课文精华部分的理解，还可以让家长接触到孩子学习中的细节，回答孩子提出的问题。比如，课文中，一个 12 岁身体不太好的孩子想参加集体冒险活动，需要回答到底是选择用“劝诫”还是“警告”。家中无一例外地选择了“劝诫”，但实际上正确答案是“警告”。郑文礼认为，通过学生反馈家长的回答，再讲解这个词的意义，课堂内容会变得丰富而有趣。不只是学习知识，还是一种思维的锻炼。所以，比起在杭州，德令哈一中的教学工作要多得多。到了晚上，几个老师在食堂吃饭，或者凑在一起做饭吃，还可以把当天各自的经历和感受讲给大家，一起分析、一起想办法解决问题。在海西州教研工作的评审中，郑文礼采取了让所有讲课老师、评委，参与评审、讲课，成为主角的方式。让每一位老师和评委在掌声中上台，掌声中下台，体会教师的荣誉感。

随着一串银铃般的笑声，精神矍铄的英语老师杨雪娇出现在我的眼前。她是德令哈一中七年级八班班主任和年级英语备课组组长，来自杭州江干区采荷实验学校。杨雪娇性格开朗，十分热爱自己的教学工作，也适应了德令哈的生活环境。他们班上有一个被评为三好学生的男生，特别优秀。第一堂课自我介绍时，就用英语背诵了一段泰戈尔的诗，不光学习成绩出类拔萃，英语次次考 120 分，数学、语文多数也能考到 120 分，而且品质也优秀，是班长。这让杨雪娇喜出望外，感觉这个班的英语教得特别来劲。这个男生已经能够读懂全英文版的《爱丽丝梦游仙境》，读后，还用英语写了一篇不错的评论。指挥部给他们班一点儿资金用于购书，她特意为这个男生购买了《小王子》等中英文对照的书，交流后，感觉他的英语水平很高。前一阵男生的爷

浙江援青五朵花：杨雪娇、刘海琴、李芳、卓青青、陈春（从左到右）

爷去世，他一周没来上课，一回来正赶上期中考试，结果，还是门门功课满分。杨雪娇老师感叹道："真是没办法，照这样学下去，这个孩子考上北大、清华没一点儿问题。"

学生们很喜欢杨雪娇，称她为"老杨"。杨雪娇对学生们说，叫我老杨都把我给叫老了，为什么不叫我"beautiful 老师"或者我的英文名字"Sunny"？学生们说，因为都管自己的爸爸妈妈叫老爸老妈，所以叫老杨比较亲切。

学生们太可爱了！杨雪娇眯起眼，露出甜甜的笑容。

周末杨雪娇带他们去图书馆做作业，他们愿意；晚上，让他们在教室里自习他们也愿意。因为回到家里，过于放松，作业做得慢，有时候还会有家务要做。在她眼皮底下做作业，遇到难题可以随时问。做完了，还可以拿书看。作业做得快，她还带学生们骑自行车到克鲁克湖、尕海游玩，学生们开心地又蹦又跳。

学生们是这样描述他们长相娇美、五官精致的杨雪娇老师的：老杨很瘦，很开心。她很关心我们，像我们的妈妈。

一年半很快。杨雪娇听说，上一次，援青老师离开后，有个女生哭得死去活来。真不敢想象，自己离开他们时要有多么不舍。好在德令哈的夏天，白日很长，9 点多天才黑，无形中拉长了她和孩子们在一起的时光。

杨雪娇扬起脸，望着窗外飘来飘去的云彩，真心实意地说："和这里的孩子们在一起真是太幸福了！我常常在想，为什么这么好的事情会落在我头上了呢？真是太幸运了。"

支教一年，杨雪娇所带班级的学生学习成绩突出，七年级第一学期学生参加德令哈市教育局组织的全市统考中，语文、数学、英语 3 个学科总分年级前 10 名的名单上，她带的班级就占 5 个。七年级第二学期期末考试中，年级 700 分以上共 11 人，她班上有 7 人。

经过时间洗礼，让每一位同学都能够有效学习，成为杨雪娇努力的方向。她愿意把这种理念永远留在德令哈，留在德令哈一中的校园里。

扬帆起航

离开德令哈一中，为指挥部开车的李启虎师傅，送我到了位于市政新区的海西州高级中学。第四批46人的浙江援青队伍中有教师22人，其中6位来到了这里。

正午，明媚的阳光照在明朗整齐的校园内，操场上传来热闹的声音，俊秀挺拔，手里提着一架相机的浙江援青教师、海西高中校长高琼林向我走来。在德令哈快一年了，高琼林意气风发的热情不减，他已经从这所高中的不断变化中，找到了自身的价值。

操场上举行的篮球联赛接近尾声，高校长为学生们拍下了一组精彩的照片。海西州高级中学2016年建成使用，占地186亩，由浙江投资1.26亿元，是近年来浙江援青投建资金最大的单体项目，作为浙江对口支援海西州教育事业发展的一项重点工程，从2016年起每隔一年半，就会有老师从浙江来这里支教。

操场上正在进行篮球比赛　辛茜摄

高琼林　辛茜摄

去年，高琼林从温州第二十二中来到德令哈，成为海西高中首位浙江籍校长。和他在一起的，还有来自浙江不同地市，分别担任行政干部和学科教学的5位老师。

学生们陆陆续续走向教室，他们开心地议论着刚才的比赛，眼睛透亮，神情活跃。他们的身影在平坦开阔的操场边走过，进入崭新的教室，把希望和明天融进了心里。通往教室、宿舍的校园小路上，所有的井盖，都画上了同学们涂鸦的作品，有可爱的比卡丘，有搞笑的表情包，有山川河流……这让我有些惊喜，也让高琼林自豪万分。不久前，他组织举办的校园首届艺术节非常成功，其中这项井盖创意绘画项目，似乎令他最满意。这里的孩子基础弱，内驱力不强，有些学生和家长、老师的关系比较紧张，开展一系列文体活动，可以帮助他们提高自信心，改善和家长、老师的关系。事实证明，无论是艺术节中的井盖创意、周末的才艺表演，还是诗歌分享会、英语配音大赛，不仅营造了学校生动活泼的学习气氛，还让同学们惊奇地发现了自己内在的潜力和创造力。

到海西后，有着20多年教学管理经验的高琼林发现，东西部教育在基础、理念等方面存在着较大差距，家长、老师和学生之间缺乏沟通，教育方法简单，指责多，鼓励少。而学生松散的自持力和学校不强调效率、不注重细节、不讲究规则的管理方法，也养成了老师和学生不够严谨认真的坏习惯。他认为，学校要抓教学质量，同时也要抓学生的品质教育，品质涵盖方方面面，就像优质的课堂教学一样，使多彩的校园文化浸润每一位成长中的孩子。

以前，学生课间操排队，耗费十几分钟都排不好，拖拖拉拉。现在，经过几天的训练，5 分钟就排好了，而实际上 3 分钟就能排好。为什么呢？就因为，援青的浙江老师们不是只做概念，而是提前规划好了做操的路线，做好了细节。从某种意义上讲，这不是一件小事。

5 分钟内排好队，改变了学生们懒散的习惯，让学生们有了一种紧迫感、效率感，从根本上改变了学生的精神面貌。

遗憾的是，高琼林校长下午有会，与我匆匆道别。临走的时候，他带我来到了钱学森科技馆。一位面庞黝黑、浓眉阔眼、目光灼灼的中年人，热情地接待了我，而呈现在我眼前的一切令我震惊。

中年人是学校的党委书记林军，在海西州最基层的学校干了一辈子。看得出，他对这片土地的热爱全都倾注在这所学校中，特别是钱学森科技馆的建成，付出了他全部的心血和智慧。

几乎无法形容漫步在这个科技馆的感受，戈壁之城德令哈，海西州高级中学，因此而笼罩在前赴后继的先辈们开拓疆土、造福于人类的伟大中，饱含着林军对这位报效祖国的科学家深刻的理解和一片深情。在科技馆建成之际，钱学森的儿子钱永刚亲自到德令哈剪彩，并对钱学森科技馆的建成给予了高度认可。他认为，全国校级有关他父

宋乐利陪作者在钱学森科技馆听林君讲解　辛茜摄

亲的 47 个纪念馆中，海西州高级中学的这个科技馆是最让他满意的一个。

2019 年，浙江援青指挥部为海西州高级中学一年级设立了示范班“浙江班”，授课老师均由浙江老师担任，班主任是物理老师陈俊昆。31 岁的陈俊昆来自义乌市第二中学，在 6 名支教老师中年纪最小，是主动报名援青的。陈俊昆最大的特点，是把天书般的物理讲得像童话一样好听，让学生得到感性认识。陈俊昆认为，物理学科的基础是从幼儿园开始培养的。

陈俊昆是一位非常聪明的老师，有一颗爱学生的心，这是他成为一个优秀老师的前提。讲课中，他始终向学生强调为什么要学习物理？因为，大部分人从事的工作不一定是物理，但物理无处不在，因为物理学带给人的是“科学的思维方式”，而这是任何领域都能用到的，甚至是为人处世的方法。陈俊昆热情洋溢地说：“物理其实就是哲学，它的相对性能够让你站在对方的角度看待问题，以便处理好单位的人际关系；它的守衡，是大自然万物之间的平衡，倾注着人类自古以来的生态智慧，一个人一生中必须经历的各个阶段。”

来到海西后，他发现当地的物理老师有一种挫败感，原因是青海的物理教学成绩普遍较低，孩子有问题也不敢与老师交流。陈俊昆说，著名的教育家吴佳书老师曾经说过：“什么是教师？什么是好教师？教给学生的是什么东西呢？就是 30 年后学生把所学的东西全忘了，但是脑海中还存在着老师给他留下的印象，即培养自信的印象就可以了。那么到底什么是自信呢？最重要的是要有置疑精神，要敢于和老师探讨，说服老师。”

第一学期期中考试后，陈俊昆告诉学生，我不找你们谈话，但是你们每个人都可以来找我谈话。结果，全班 50 个同学每个人都找他谈了一遍。一晚上三四个同学，谈了好几周。

学生来了，他搬好椅子，煮好茶，可学生们谁也不敢坐，很拘谨。陈俊昆说：“我们今天不是老师和学生间的谈话，而是朋友间的谈话。我坐着，你们站着，我们怎么谈，这样的谈话不平等。”于是，他再三请同学们坐下，放松心情，先喝茶，聊聊家常，话题从学习转移到生活。慢慢地，学生们向他敞开了心扉，谈家里的情况，谈自己的成长经历。到最后，有些学生哭了。可是谈过心的学生似乎轻松了许多，后来再遇到困难或委屈会主动跑来向他倾诉。如此，学习成绩不一定提高很快，但是会越学越快乐，越学越有兴趣，不会再像以前一样在物理课上打瞌睡，痛苦地忍耐。

功夫不负有心人，陈俊昆的耐心细致，让学生们的成绩发生了变化。2020 年期中考试，高一年级 10 个班前 100 名中，浙江班 28 人上榜，年级第一。被同学们私下称作“昆哥”的陈俊昆，别提有多开心了。

担任学校副校长一职，兼“浙江班”语文老师的宋乐利和担任学校教研室主任兼“浙江班”数学老师的刘东，一直陪着我在钱学森科技馆参观。他们是高琼林校长的好搭档，宋乐利主管教学，刘东主管教科研，承担着学校的很多教学工作。

宋乐利是浙江嘉兴秀水中学的老师，他同样认为兴趣是提高学习成绩的最好办法，而且要尊重学生，不能粗暴简单地对待学生，要走进学生的心里，取得学生的信任，用正确的人生观和价值观影响学生，现在的孩子缺乏逆境中成长的勇气，但还是要主动发现学生身上的优

第四批浙江援青干部人才迎新趣味运动会

点多表扬、多鼓励，在欣赏中交流、沟通。

坚守在海拔3000多米的高原很不容易，宋乐利和刘东感受着当地老师的艰苦，针对制度不完善的情况，做了一系列制度建设方面的工作，如考试管理制度、老师考评制度、代课制度、请假制度等。但是，有了制度后，随之而来的是制度的执行问题。长期形成的习惯，非绩效考核的制度，还有待于继续完善，让老师多劳多得，提高老师的积极性。

这几年进校的一批年轻老师，基本功很扎实，也很有进取心，学校应该抓住年轻老师的特点，提高老师的归属感和荣誉感，在生活和晋升职称等方面关心老师，为老师着想，让老师安心教学。

评职称要有两堂优质课，但海西州教研室没有组织过优质课的评比活动。他们两人和学校领导商议后，马上向海西州教育局申请，向浙江援青指挥部打报告，成功组织了优质课的评比，范围从全州扩大至县级公开课，评比出优秀班主任、县级骨干教师。除了自己的教学任务，宋乐利和刘东给自己又找了这么多额外的事，忙得是不可开交。但是，他们觉得很充实。

原德清高级中学的刘东觉得，他来这里的一个重要任务是帮助这里留下一支“带不走”的教师队伍。举办首届优质课评比、开展青年教师大比武、申请州级名师工作室……以赛促教，都是提高老师积极性和业务能力的好办法，其中由他负责的海西州教师教育信息化大赛校内选拔赛，学校有10个参赛名额，报名的作品多达67件，是去年的两倍多。

工作正有条不紊地开展，高原环境却还需适应。德令哈市海拔

2980多米，含氧量只有平原地区的70%左右。尽管浙江援青指挥部给所有干部人才配备了制氧机，但最初刘东还是因缺氧手掌发紫，难以入眠。

对家人的思念更是难熬。陈俊昆刚来时，女儿才11个月。来海西1个月，女儿就生病住院了。相隔千里，手机视频和照片都不足以慰藉他内心的思念。

即便如此，老师们不后悔。他们觉得这段经历，是最值得回味的。他们的想法很简单，就是希望自己来到德令哈这片金色的世界，让更多的孩子有金色的未来。

说起家里的事，禁不住想起了浙江纺织服装职业技术学院质控办副教授、青海柴达木职业技术学院院长助理兼教务部部长刘斌宁。接到宁波市委组织部选派他赴青海执行援青任务时，他刚从宁波教育局挂职回来后不久。之前他并不知道援青，更不知道青海、德令哈。给妻子在QQ上一说，妻子毫不犹豫地说："行，你去吧！"刘斌宁正感到有些意外，妻子紧接着又来了一句："要去把婚离了再去。"刘斌宁蒙了。晚上回家，他和妻子谈了很久。其实，妻子是一个通情达理的人，又是党员，之前说的不过是气话，但也反映出援青对家人和家庭生活的影响。

离开宁波后，妻子给他写了封信，是晚上睡不着，在儿子画画的卡纸上随手写的，一张是黄色，一张是蓝色，却触动了刘斌宁的心，让他沉浸在对妻儿的思念中。

老公：

你好！很久不写信了，这称呼竟有些生疏了。

此刻，你正远在青海，刚刚陪同宁波代表团考察完德令哈援青工作。视频中，你头上的蓝天、白云看起来那么纯净，映着你的笑容，看起来你的援青生活过得还不错。

想起来3个月前，你通过QQ在电脑前打过来“援青”两个字，我的第一反应是“炸”了，直接回复三个字“不同意”，甚至说出了“要去把婚离了再去”的气话。后来你耐心向我说明了援青工作的意义和你希望丰富人生经历，为援青事业做贡献的期盼，我才渐渐接纳了你的决定。

你到达德令哈后，发来了你所在学校的照片，还有学校为你安排的宿舍，干净、明亮。你还为自己下厨，做了两菜一汤，一再安慰我，让我放心。可是不出两天，你又开始彻夜工作，开始准备辅导那边学校的年轻教师申报科研课题的材料，并思考运用哪类资源去带动年轻教师自我提升和发展。你在出发前说，此番援青之行，如当年公公婆婆知青下乡之路，让你感到光荣。今天，我也在单位刚刚完成了“不忘初心、牢记使命”主题教育总结拟稿，对共产党人的初心和使命更明朗了。请原谅我在一开始不能懂你此心，还说了气话，也请你放心，我会照顾好家，照顾好我们的儿子。

宁波正进入秋天，西宁估计很快就迎来寒冷的冬天了，高原气候早晚温差大，你更要注意保暖，预防感冒。祝愿你在西部的学校能发挥所长，把你所掌握的优秀技能、先进的教学理念带去，真正发挥援青人才的作用，做出更多的贡献。

最后，愿君一切顺利！

尔

2019 年 9 月 4 日

只是，到德令哈后，刘斌宁常常感到孤独，特别是 2019 年 7 月 29 日刚到达西宁，第二天下午培训时，听到一位援藏医生牺牲的消息，培训结束当天又知道了辽宁大连一位律师在西藏牺牲的噩耗，心里特别难受。去德令哈的路上，大家在大巴上集体沉默，心情沉重。好在他和州医院的梁忠副院长很投缘，俩人经常在一起吃饭聊天，缓解了他的孤独感。

青海柴达木职业技术学院的工作量较大，开始时刘斌宁遇到了些阻力，心情郁闷，浙江的工作作风是务实、灵活、讲效率，可职业学院的工作无序、无计划，有些学生比较随性，单亲家庭居多，父母外出打工的也比较多，管理难度大，情况也更复杂。但同时，能够在 3 年内把这些孩子培养成对社会有用的人，也是一件功德无量的事。职业教育应该和高等教育同等重要，江苏、浙江的职业教育做得好，和观念的改变有关，因此，在这里，对职业教育的重视有一个循序渐进的过程，不能着急。

刘斌宁是一个直爽的人，愿意说真话的人。他认为，有些人对援青的使命理解不够、支持不够。当初他来援青，特别想看看外面的世界，来了才知道，中国原来这么大，仅海西州就有 3 个浙江大。坐车 5 个小时到不了一个想去的地方，随便走二三百千米，看不见一个人影。接任了教务部部长一职，工作任务多了好几倍。他一忙起来烦恼和苦闷也忘了，妻子的工作压力也很大，自己不能辜负了妻子的期望，还得好好干。离开之前，他很想到处走走，感受西部的苍凉与美景。端午节指挥部工会组织活动，终于去了东台吉乃尔湖、火星一号公路，去了冷湖、石油小镇遗址，回来的路上，还去了柴旦的翡翠湖和光影小镇。

刘斌宁还跟我许愿，等我到了德令哈，叫上梁忠一起去趟大柴旦，还要在西宁喝一场酒。只是这一切都没有实现。我知道，他们回家要路过西宁。我也理解，每一次往来他们都来去匆匆，没有多余的时间。一年半真是很快，转眼间他们已完成援青任务回到了原单位，所有的都留在了记忆里，留在了各自生命的长河里。

最后，要说的是来自浙江台州的老师刘海琴，来到青海后，她很快就爱上了德令哈。

这个时节正是杭州的梅雨季节，到处都是湿漉漉的，而德令哈却干燥得需要用加湿器。当时来青海，还不知道德令哈，现在知道这座小城是诗人海子到过的地方，还留下了令人回味无穷的诗行，她感到很自豪。

这里的孩子特别朴实，很容易和他们产生感情。而且他们还很有礼貌，在食堂吃饭插队，一经指出，立即就改正。这里的老师也很谦虚、很好学、很上进，虽然使用的化学教材不同，但是，彼此之间的交流和分享非常通畅。刘海琴老师已经是有 20 年教龄的化学老师了，自己的孩子也上了高一，却还像个小姑娘一样单纯。第一学期时，有个小女生总想和她接触，晚自习上完了，一直等她在办公室整理好东西，陪着她一起回宿舍。这个孩子是个单亲家庭，特别依恋她，学习成绩不太理想，第二学期时，没有留在“浙江班”，但是她很乐观。

刚上课时，同学们都很奇怪：“‘浙江班’的老师为什么不给我们画重点呢？”刘海琴就耐心地告诉学：“老师给你们解决的主要问题是掌握学习的方法、思维的方式，而不是画重点，等你们到了高三，迎接高考时，学习能力会帮助你们解答遇到的疑难问题。”

没过多长时间，“浙江班”的同学们慢慢体会到掌握学习方法的重要性，成绩也自然提了上去，作为“浙江班”的学生他们很自豪。

刘海琴的女儿也很自豪，每当亲朋好友问到妈妈去哪里了时，女儿总会骄傲地回答，我的妈妈去了青海。

化学是一门有趣的学科，刘海琴以青海茶卡粗盐为例，讲述了盐的结晶过程，把当地资源用在课堂上，让学生有一个感性体验。援青结束后，她准备带一包粗盐回台州，与那里的学生分享她的感受。

有一天在食堂，有个学生非要给她买一瓶优酸乳，刘海琴很感动，她知道是自己的诚心打动了学生。千万不能让学生惧怕老师，不然会与学生产生距离，身边的老师也很拼，但是他们的教学理念和方法与我们不同。当然，我们的服务意识，对年轻老师也产生了影响，这一点让刘海琴深感欣慰。

最让她难忘的还是学生。一年半后，离开德令哈的情形让她不忍回首，只能在回到台州后，捧起学生们送她的一张张卡片，一遍又一遍地细读，那上面的每一句话都让她心跳加速，热泪盈眶。

刘老师：新年快乐！您未必万丈光芒，但您的温暖却能照亮远方。2020 年全面建成小康社会啦，我们也不能落伍，要继续前行。

刘老师：2020 年即将过去，在这短短的 3 个月内，谢谢老师在我处于困境的时候给予我的帮助。但是，在教育我们的同时，您一定要注意身体，只有身体好，才能做更多的好事。

刘老师：生日快乐！很高兴能够祝您生日快乐，因为我们在一起。期中考试考得不太好，我一定会努力的，愿下学期我们还能在一起。

海琴姐：这是我们班对您亲切的称呼。在您身上我看到了您的自信，不愿落伍的坚强。您忍着胃疼，仍然专心为我们上课。您的脸上总是挂着微笑，下课后就是我们的朋友。希望您今后不管到哪里都带着微笑。

刘老师：您最终还是离开了这里，离开了我们 46 人的大家庭。但是您的笑容会永远藏在我的心底。风很温柔，水很清澈，花很鲜艳，您很特别，我很喜欢。

还有一首诗：

老师你可还记得
我们相聚时的笑容
如今，却要分别
一切如梦

只愿醒来
早已知分别的宿命
只是聚散匆匆
想到你会转身对我作别
更添百般愁肠百般苦
片刻间泪涌似堤决
我双手合十送去的祝福
伴随您风雨兼程
何时再会
我的恩师

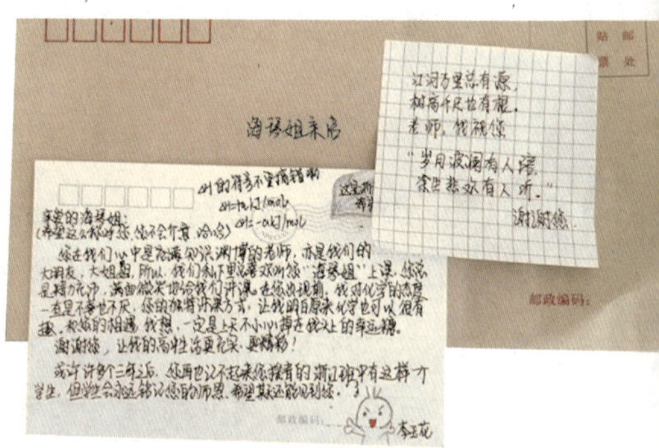

这是学生们留给刘海琴最珍贵的礼物。在我记录这些动人的诗行和祝福话语的当晚，刘海琴在微信上告诉我：昨天晚上又梦见他们了。

2021 年 1 月 9 日，在德令哈工作生活了一年半的浙江教师回到了各自的工作岗位，回到了自己的家。2 月 16 日，竟传来了不幸的消息，嘉兴的宋乐利老师，在 2 月 15 日的晨练中，猝然倒下再也没有醒来。闻听噩耗的浙江援青人悲痛万分，住在附近城市的老师们第二天便前往吊唁，为失去一位好援友，为嘉兴学校失去一位优秀的老师，为他的父母、妻子、孩子失去儿子、丈夫、父亲感到深深的痛苦和遗憾。

第九章 | 茫茫大柴旦

林中有鸟

一只灰色的伯劳蹲在向阳的地方，带着好奇的神情，望着正在走近的我们。它的头微微转动，穿过眼部的黑色宽纹与尾羽颜色相近，两只脚缩在肚子下面。

正是冰雪消融的季节。骆驼刺、梭梭草不动声色，从未在此停留过的百灵、伯劳、戴胜和杜鹃，此时却频繁地出现在戈壁滩、盐碱滩包围的树林中。林木清凉，仿佛清泉滋润着干燥的大地。人们对此感到惊奇，盯着春夏至秋冬树林间发生的微妙变化，满怀感激之情。

伯劳无意与我们交流，它飞走了，面向苍天。灵秀的身影，敏锐的目光，让这片树林顿生美感。

陪我同来的张发红是大柴旦第二代建设者，是绿化大柴旦的见证人，更是一位实践者。多年前，当他还是一名小学生时，面对大风呼啸，沙尘蔽日，几乎不见天日的街道，他没有任何选择，只有父辈的苦楚、离殇与拼搏，给了他点燃这座小城的愿景。每逢春天来临，幼小的他和同学们都要给学校背去一大袋煤渣、一大包黄土，再由学校统一拉到植树的地方。上中学时，他和同学、老师一起加入植树的行列，眼见大柴旦最繁华的马路两侧，出现了一条 90 厘米宽、1.5 米深的槽沟，随后是发芽和没发芽的柳树、杨树。他们没有生活在幻想里，

张发红和作者　靳兆龙摄

他们只是在种树。种树，每年一次。然而，位于柴达木盆地北缘的大柴旦，原本就是一个大盐湖，海拔 3400 米以上，四季不明，干旱少雨，多风寒冷，年平均气温只有 1.4 摄氏度，地下不是盐碱地就是几米深的鹅卵石，树木极难成活。尽管这样，大柴旦人依然勇敢地面对着生存的艰难、自然的真实，在这里快乐地生活、工作，坚守着自己的尊严，从不因贫瘠、忧伤、艰苦，鄙视平凡中简朴的力量。

一排排整齐的白杨，在强烈的阳光下与蓝天一样醉人，与之相映的是祁连山西端支脉——连绵不已的达肯达坂山。这座山的最高峰红旗峰，又名柴达木蒙克，海拔接近 6000 米，终年积雪缠绕，是鱼卡河和塔塔棱河的发源地。

2010年浙江援青干部来到大柴旦，在项目、资金、人才、智力等方面给予了海西州全方位的支持，在完成教育、卫生、道路等民生基础建设的同时，开始了大规模的植树造林。

2013年12月，受援青干部邀请，从事城市园林绿化工程多年的高级工程师韩兴木从绍兴前往大柴旦。大雪纷飞，航班不通，坐了整整一天大巴车才到目的地。疲惫不堪、精神恍惚的韩兴木，被戈壁滩上的大漠孤烟、一路荒凉震撼了，这是一个连鸟都飞不过去的地方吧。他真不知道这里的人如何生存，更不知道如何在布满盐碱地的地方种树。

城市园林绿化专家韩兴木

晚上，他睡在条件简陋的大柴旦招待所，辗转反侧，难以入眠。路途是这样遥远，生活是这样艰苦，如果项目太小，实在不值得。可是，请自己来的是对口帮扶大柴旦的绍兴援青干部，肩负着历史的责任，自己做事总不能仅仅为了挣钱。

第二天，韩兴木倾听各方意见，并去现场了解情况。大柴旦西出口的一片垃圾场，是通向温泉的必经之路，政府要求尽快拿出整体绿化的设计方案。很快，韩兴木带着设计公司的专家再一次来到大柴旦。2014 年初，经过反复对接、会审，施工图通过，4 月开始动工。2015 年 5 月完成了小广场周围的整体绿化，两面观景墙“中国梦”“民族大团结”以古朴庄严的铜雕形式展现，广场正中的玉鼎方圆，石雕艺术，廊桥设计融汇了浙江元素。

大柴旦的冬天是漫长的，立春、雨水、惊蛰、春分、清明、谷雨这些怀抱温情、散发着春天气息的节气，仿佛与这里无关，丝毫不能让大柴旦冷酷的素颜动容，只有到了 5 月，才会感觉到一丝丝暖意。可是，铺天盖地的风沙，依旧让大柴旦显得荒芜寂寥，冷冷清清。上学路上的小姑娘，总要用一方纱巾把自己的头裹得严严实实。

在大柴旦植树，成本高，工期短，只有 4 月到 5 月 30 天的时间。第一年，因缺乏经验，担心树木无法抵御冬天的寒冷，韩兴木的施工队把种下的树严严实实包裹了起来。来年春天，当他迫不及待地赶到大柴旦时，眼前的一幕让他目瞪口呆，离开时活得好好的树已全军覆没。这是韩兴木从未遇过的惨状。在其他地方种树，再惨也有 70% 的成活率。他心痛之余，唯有加紧补栽，在失败中寻找原因，吸取教训。

他运来了云杉、新疆杨、红柳、黑刺，增加树木的多样性，混合种植；他认真分析每一种树的习性，认清楚哪一种树耐碱抗旱，哪一种树不能缺一点儿水；他认真地从细节入手查找原因，观察着树木每一天的变化，有没有发芽，有没有流浆，有没有影响到树木的免疫力。

功夫不负有心人。第二年，韩兴木种下的树成活了一半，第三年居然成活了 90%。三年后，经受住严峻考验的韩兴木，不仅向大柴旦交上了一份满意的答卷，还摸索出了一套在盐碱地、沙漠地带植树造林的方法，从选择苗木生长环境，选购苗木，限定运输时间，掌握树木种植深浅，换土、用无纺布隔离、保存水分，到打井、抽水，什么树用滴灌、什么树用喷灌等各个环节入手精耕细作，直至后期定点、定职、定时、定位的网格化管理。韩兴木说，在浙江植树，“三分种，七分管”，在大柴旦植树“二分种，八分管”。当然，这其中的酸甜苦辣、艰辛困难，远非如此轻描淡写，只有种过树的人最清楚，最了解。

2016 年至 2019 年，韩兴木与大柴旦政府再次签订了为期 3 年的绿化造林合同。这是一个充满期望与奋斗的历程，他不仅使树木的成活率达到了 95%，让灌木长成了球形，杉树变成了塔形，还把家乡的园林设计一点儿一点儿注入大柴旦绿化中，不仅让大柴旦变绿变美了，还赋予了大柴旦植树造林的文化意义。

1990 年，大学毕业的韩兴木放弃到国有企业工作的机会，做了 7 年汽车配件的销售业务。1998 年，城镇建设如火如荼，生活在中国花木之乡柯桥区漓渚镇的他，瞄准家乡特色，转而走向城市绿化工程。2002 年，他成立了绍兴市四季青景观建设有限公司，取得了园林绿化的最高资质，把绿化造林工程当成自己毕生努力的方向。如今，韩兴木在青海大柴旦已经种了 8 年树。虽然，绿化工程比起尖端科技没有

轻扬的生命流畅而宁静　辛茜摄

多少技术含量，主要靠人工努力，但是，在福建、江西、杭州、绍兴做过城市绿化的韩兴木觉得，唯有在荒芜的大柴旦种下的几百亩绿化带，才是他自我价值的延伸；唯有在大柴旦用心用情的付出，才让他感到了拥有社会价值的意义。而实际上让荒漠变绿洲的喜悦，远远胜过挣钱的快乐，为治理生态环境、改善当地气候、惠及百姓做出的成绩，让他倍感骄傲。

8 年的实践与摸索是成功的，援青干部、大柴旦行委副主任朱全红正通过青海大学造林系，将韩兴木在盐碱地绿化造林的种植养护经验作为实用专利申报，让更多的人分享成果。从 2013 年第一次走进大柴旦，韩兴木每年 4 月到 10 月中旬，都要待在大柴旦。

离开韩兴木种植的绿化带，张发红和行委办公室秘书靳兆龙，带我来到敦煌至格尔木公路旁绍兴援建的浙江援青林。站在高坡上，还未发出绿芽的树干笔直坚硬，呈之字形整齐排列，不像我在山西大同金沙滩、桑干河两岸见到的人工林那般密集壮丽，但是它们轻扬的生命，流畅而宁静，像飘带，像几何图形，空灵、释然。

再向西，便是护城河，雪水还未降临，河道干枯皴裂，金色的蒿草在河道里蜿蜒，预示着即将到来的丰水季节。张发红说，有一年他在河道两岸植树，因为不能打井，他用两台泵几乎抽完了 5 月里不甚充沛的河水，可还是不够，政府立即动用援青资金 70 万元，给这片绿化带拉来了自来水，保住了这片林子。

达肯达坂山　刘连生摄

真是太难了，在缺水干旱的盐碱地种树真的太难了。我凝视着高原的天空，矗立在戈壁滩上的达肯达坂山像一幅水墨画，点点银峰似绸带，又似春雪陈于天边，盈盈闪烁。原野寂静，隐隐可见东西走向的绿化带，像候鸟划出的弧线。近在眼前的是南北走向、逆光而行的防风林，它们同样不甚丰厚，正在努力地拔节，伸展四肢，甚至还应再往西继续延伸。但是，在伟岸嵯峨的大山面前，它必将苍翠如峰，逼近天际，如同勇士抵挡来自西北的风沙。

此刻，紫外线强烈，植物在酝酿，蓄势待发。靳兆龙说："夏天，这里异常优美，您一定要再来。"

张发红说："后山沟里，野花烂漫，清泉迸裂，我和朋友们通常会下个帐房住上几天。"

不过，张发红的表情有些神秘："沟里除了野花还有狼和棕熊，有一回我独自在山里漫游，迎面遇到了一只狼。我们之间的距离只有十几米，我不敢动，它也不敢动，就这样僵持着。为了定定神，我轻轻摸出一根烟，点着火，缓缓地吸了一口，又吸了一口，它还是不动，等我把一根烟吸完了，它才摆动了几下毛茸茸的尾巴一溜烟没了踪影。"

"你当时吓得不轻吧？"

"倒也没有，从小在沙漠、山里、沟里野惯了，胆子大。再说野生动物也怕人，只要你不侵犯它一般没事。如果运气不好，遇到几天没吃食饿着肚子的狼就不好说了。"

我低头沉思，不再言语。对我来说，能够在早春的达肯达坂山下欣赏还未发芽的林木，已足够幸运。让我喜欢的是它执拗向上的枝干，它简洁明快的色彩，它体内的呼吸，大地的催促与期望。

我满眼绿色，我尽量平和，但有时内心也不乏激情澎湃。

再也没有比青海高原3月的慢节奏里，沉默了一冬，积蓄了一冬，即将盛开在荒野上的绿色更美的春天了。

翡　翠　湖

几千万年前，大柴旦还是一片汪洋大海。据说，还残留着海的身影，海的记忆。比如人迹罕至，海一样深蓝的小柴旦湖、大柴旦湖，比如手牵着手永不分离的可鲁克湖和托素湖，再比如都兰诺木洪乡东南方向那片人迹罕至的荒漠上的贝壳梁。

高原上遍地神话，不能不让人随时展开思绪。

大柴旦湖地处大柴旦镇西南，与一山之隔的小柴旦湖原属同一大湖，后湖泊萎缩分离，成了两个独立的湖泊。如果从德令哈直接到大柴旦，很容易让人忽略远离公路、比大柴旦湖面积大一倍的小柴旦湖。小柴旦湖和大柴旦湖都是咸水湖。朋友芳菊在大柴旦长大，在她记忆中，小柴旦湖是一片湿地，湖里有卤虫，湖岸有芦苇，远方的候鸟每年都来光顾。但是，父母不让她靠前，怕她陷进去。她还说，原来的大柴旦湖里有鱼，小柴旦湖里没有，只含具工业价值的硼、锂盐矿床，石盐、芒硝和硼酸，岸边泛出的白色盐晶体延伸到湖底，使湖面浓烈的湛蓝色幽静而深邃，像钻石流露出低调的奢华。

离开市区向西南行驶，传说中的翡翠湖终于迎面而来。

翡翠如玉　星智摄

天光明净，视野开阔，湖水在身边环绕。没有恢宏气势，却有细腻的旋律、节奏、流线、休止、交响。倾泻的光影，纵横在盐渍之上，相隔不远的一小片又一小片湖水，幻化出绿色、蓝色、黄色……

湖是圆润的，盐滩像一条银河。湖心呈碧玉色，周围是浅蓝、深蓝，接着是琥珀色。不论银河、琥珀、深蓝、浅蓝还是碧玉，皆静止不动，无潮起潮落，也无波纹迭起，宁静得像一朵朵盛开的水莲。

20 世纪 50 年代，这里是大柴旦化工厂的采矿区，因经年开采，采坑内钠盐、硼矿、盐酸浓度不同，15 平方千米的湖滨区，自然而然地形成了卤化物和结晶的矿物质组成的盐湖风貌。盐床淡青、翠绿、深蓝交替，与湖里的盐花相互映衬，形成了几十个形态迥异、色彩斑斓的硫酸镁亚型盐湖群，被当地人称为“翡翠湖”。看惯了小桥流水，烟雨蒙蒙，在大城市逼仄的楼宇间，烦闷得透不过气来的城里人纷至沓来。在他们眼里，荒凉大地上的盐湖风貌翡翠湖就像是一个梦，无论黎明，无论黄昏，无时不承载着人类与自然同生共死的命运。抬头眺望，翡翠湖庞大的背景达肯达坂山，不知何时也变成了深蓝，与淡蓝的苍穹融为一体，青铜般肃穆。

小柴旦湖　刘连生摄

戈壁留香

听老人们讲，昔日的大柴旦，就是一片漫无边际的大荒漠。山峦绵延挺拔，天际线与峰顶的雪线悄然相接，冬天寒冷而漫长，夏天，只有匍匐在地的芨芨草、骆驼刺等耐旱植物点缀着茫茫戈壁。20世纪50年代，数不清的开拓者离开故土，踏上西去的列车，来到这片神秘的土地，体会着苍凉与悲壮中的艰辛劳作、欢乐与忧伤，用赤诚的热血、坚强的毅力，在柴达木盆地开发建设的主战场，铸就起“艰苦创业、无私奉献、勇于创新、团结奋斗、科学务实”的柴达木精神。

2010年，按照中央部署，浙江绍兴开始了对大柴旦的结对帮扶工作，先后有4批援青干部，离开草色连天、树木如荫、“黄梅时节家家雨，青草池塘处处蛙”的生活环境，来到高寒、缺氧、干燥的大柴旦，肩负起对口支援大柴旦的重任，为大柴旦经济社会的高质量发展贡献着绍兴力量。他们不仅完成了脱贫攻坚任务，投入1000多万元实施科学造林绿化、科学管护林草、科学修复生态等一系列防风固沙工程，推动了大柴旦城北防风林绿化项目建设，改变了大柴旦狂风肆虐、飞沙走石的生活环境，还立足大柴旦丰富的文化旅游资源禀赋，发挥援建机制优势，开展资源挖掘、强化招商引资、完善基础配套、加大宣传推介，形成了一整套别具魅力的文旅援青模式。一时，西北边陲，深藏闺中的大美壮景翡翠湖、水上雅丹、雪山温泉、魔鬼城、五彩山、光影之城、北纬37° 星空营地、红崖火星模拟基地、315U形公路等，迅速成为网红之地，大柴旦旅游发展进入了快速发展通道。旅游项目不断落地，旅游人次逐年增多，旅游收入逐年增长，旅游带动的三产融合逐年提升，就连青海省委党校的文旅专家都开始密切关注仿佛一夜间突然出现的“柴旦现象”。

2018 年，大柴旦接待游客 122.2 万人次，同比增长 29%，实现旅游收入 6.7 亿元，同比增长 26%；2019 年，接待游客 143.67 万人次，同比增长 19.64%，实现旅游收入 7.63 亿元，同比增长 13.43%；2020 年虽受新冠肺炎疫情影响，但全区仍接待游客 127.21 万人次，实现旅游收入 5.9 亿元。

在我与大柴旦社会发展局副局长肖书伟，干部裴磊和秘书靳兆龙的交谈中，他们说得最多的是第三、第四批浙江援青干部，现任大柴旦工委委员、行委副主任，同时兼任柴达木循环经济试验区德令哈工业园管委会副主任的朱全红。

朱全红是绍兴嵊州人，80 后，非常年轻，曾就读于师范学校。2018 年 5 月底，他接受组织选派来到大柴旦，分管教育、卫生、科技等工作，至今已经远离自己绍兴温暖的“小家”1000 多个日日夜夜。他没有辜负组织的信任，也没有让自己的家人失望。他对大柴旦的付出，对大柴旦的热爱，是他援青的精神支撑。

2018 年 5 月，刚来到大柴旦的他，听说了小姑娘文提库丽的事，这可是他的前任，同样来自绍兴的援青干部徐善斌心里最放不下的一件事。2014 年 8 月 9 日，当地干部说，大柴旦行委马海村有个 3 岁的小女孩儿文提库丽被热油严重烫伤，生命危在旦夕，可因家境贫困，家长已经打算放弃治疗。闻听消息的徐善斌心急如焚，当天便赶到马海村。女孩儿的父亲哽咽着说，十几天前正在玩耍的文提库丽不幸被一锅滚烫的热油烫伤，一家人立即将孩子送到了格尔木医院，却因无力承担昂贵的手术治疗费用，又将奄奄一息的孩子带回了家。可怜的文提库丽头部、颈部、背部均不同程度受伤，脸部尤其严重。徐善斌立即与大柴旦行委领导商议，从援青工作经费中拨出 1 万元，个人捐款 2000 元。同时，在浙江援青指挥部领导和爱心企业家、热心人士的共同关注支持下，很快有了第一笔 4.5 万余元的善款，将孩子送到西宁市医院，争取了最佳医治时间，保住了孩子的性命。

但是由于文提库丽烫伤严重，还需进行后续治疗和一系列整形手术，徐善斌又帮助联系西安西京整形医院，确定手术方案，制订经费预算，将相关情况向第二批浙江援青指挥部汇报。指挥长陈伟大力支持，再次拿出帮扶资金，加上浙江援青干部、大柴旦镇爱心人士的捐款给小女孩治疗。朱全红来到大柴旦后，马上驱车前往马海村，当他看见小姑娘瘢痕增生的小脸时，心里非常难受。他详细地询问了孩子的情况，对孩子的父母说："我们一定会想办法再帮助你们，这点慰问金请收下，先让孩子补充点儿营养，后续手术费用，由我们绍兴援青工作组来想办法。"

之后，朱全红多次协调争取资金给孩子做手术。手术先后在西安做了 8 次，小姑娘受尽了罪，也牵动着援青干部的心。浙江援青指挥部纪委书记廖帅军，曾经多次到大柴旦，代表第四批浙江援青指挥部去马海村看望文提库丽。现在小姑娘已经上了小学，重获新生。朱全红每一次去马海都要去她家，每一次去，都要给小姑娘带书，带好吃的。

2020年以中国旅游日为契机，朱全红亲自代言大柴旦旅游，制作宣传片，组织宣传统战部和绍兴市人社局、绍兴发布等微信公众号平台以及大柴旦社发局、绍兴人社官方抖音平台，全方位推介大柴旦旅游资源，反响热烈，阅读观看量达4万多人次。同时，筹集资金22万元策划创作大柴旦旅游宣传片，在北京、上海、广州、西安等全国202个城市高铁站、火车站上线，每天滚动播放30次，持续3个月，不断扩大大柴旦的城市知名度、美誉度和影响力。一首原创歌曲《我想去大柴旦》，在全国各大城市KTV上线推广，10个旅游宣传视频在线上传播。朱全红满怀激情地说，最近，又争取专项资金30万元，协调绍兴市电视台拍摄制作“砥砺奋进大柴旦”宣传片，继续深入扩大柴旦旅游资源在全国的影响力，为大柴旦旅游产业持续发展打下坚实基础。

廖帅军代表浙江指挥部多次去小姑娘家探望

援青干部朱全红的创新理念、开阔思路、务实举措，给海西这片土地注入了一股活力，也给他身边工作的干部留下了深刻印象。裴磊说，朱全红的落实能力很强，给部下交代的工作有条有理。平

朱全红全程脱稿介绍景区情况

时，他没把握的事不说，说出来的就能干，只要干了，就一定能干成干好。为大柴旦亲自代言拍视频那天，天气寒冷，他全程脱稿，言简意赅地介绍了每个景区的情况，令在场的人敬佩不已。他还是一个非常细心的人，和裴磊去敦煌老石油基地走访老一代石油工人时，他停在一位老人家门前，让裴磊不要先贸然打扰，等了解清楚老人家情况，有无儿女在身边，愿意不愿意见他们，又特意去超市买了水果，才进了老人的家。除了工作，他喜欢读书，喜欢拍照，喜欢户外活动，对旅游研究得很透。"翡翠盐湖"是他牵线引进的投资 5 亿元的大项目，是让大柴旦人期待的另一个新景区，已经签订了合同，计划 2021 年动工建设。

2019 年 7 月，作为第三批援青干部，朱全红已经结束了援青工作。但是，这位聪慧过人，敢闯敢拼的嵊州人，仍然追逐着心中的梦想，留在大柴旦与第四批援青干部一起，创造着属于大柴旦，属于援青干部的未来。

下午，我走进大柴旦行委中心学校，这是此次行走的最后一站。

学校大门修建得很漂亮，教室宽敞明亮，孩子们在塑胶操场上奔跑着，达肯达坂山就在眼前。我见到了学校的党委书记何新庆，说起援青干部，提起徐善斌、朱全红，何新庆有些激动，感激不已。他是一位热情、正直、热爱着这片土地、教了一辈子书的好老师。我觉得

漂亮的学校大门　辛茜摄

他有点像我在德令哈见过的海西州高级中学的林军书记。没想到我一说出来，他便高兴地扯高了嗓门：“啊，林军，那是我的好朋友。我了解他，他也了解我。还有马海中学的侯校长，我们都是好朋友。林军还是一位非常有毅力、刚强不屈的男子汉，腿部不适的他从不示弱，从不让人帮他。”这一点我深有同感。当时，我在学校见到林军时，高琼林校长就对我讲过，令我一直难忘。直到现在，他激情洋溢的讲解，永远充盈着希望的眼神仍历历在目，他那忠诚于教育事业，热爱柴达木，热爱孩子们的赤诚，正是需要柴达木人一代代传承下去的柴达木精神。

何书记马上要开会，可是他还是抓紧时间，带我参观了中石化集团和浙江援青指挥部投入大量资金，为学校建起的图书馆、电子阅览室、多媒体教室、实验室、舞蹈室、书法室、音乐室、健身房。每一间教室都让我叹为观止，每一样设备都让我欣喜若狂，只有我们这样的国家，这样的社会制度，以及我们互帮互助的文化传统，才会让生活在西部沙漠、戈壁之丘的孩子们享受到如此先进的教学设备、如此漂亮的操场、如此撼

何新庆在介绍书法教室　辛茜摄

动人心的来自远方的援助。

大柴旦是柴达木精神的起点。当年的筑路将军、开路先锋慕生忠带人修建了青藏公路。随后，大柴旦人在他的指导和鼓励下，又修了一条大柴旦通向敦煌，穿越当金山的敦格公路，靠的就是勇往直前、披荆斩棘的柴达木精神。

让何新庆深感庆幸的是，在浙江援青指挥部的支持下，大柴旦正致力于义务教育优质均衡县的创建，而不定期举办的“红旗峰大讲堂”则会激励更多的人，学习和传承老一代柴达木人在严酷的生存条件下，用热血和生命播撒、用勤劳和智慧铸就的取之不尽、用之不竭的精神财富。

学生们涌向操场　辛茜摄

我离开行委中心学校时已近黄昏，悦耳的铃声中，穿着淡蓝色校服的学生蹦蹦跳跳地涌向操场。他们稚嫩的脸在金色的光晕下是这样的动人，这样的幸福。只要你细细地观察，他们每个人都像是一首歌，悠扬、欢乐、升腾，寄托着中国人的希望、中国人的梦想。

创造的诱惑

和北京、上海、浙江援青指挥部指挥长，或称呼为联络组组长的见面没有拘束。他们大多健谈、睿智、自信、热情，对未来充满向往。他们非常呵护自己团队的成员，关心每一个人的身心健康和工作，同时，对他们要求严格。

他们大多能够在短时间内了解对口帮扶地区的人文地理、历史渊源、传统文化、经济状况，抓住问题的关键，及时定位，寻找突破口。当然，他们也很谨慎，顾全大局，敬畏自然，尊重当地百姓的生活习惯，民风民俗。他们用纯粹、诚实、善意的方法与基层干部交流，并与之同舟共济。他们殚精竭虑，想方设法，动用各种力量招商引资，向全国人民推广青海的牦牛肉、三文鱼、羊肚菌、黑青稞、藜麦、枸杞、酸奶、菜籽油，让南方的菊花、三角梅盛开在贫瘠的原野上。

他们肩负扶贫攻坚、脱贫致富的重任，组织的嘱托与信任。青海辽阔的地域环境、壮美山河，青海人乐观开朗、淳朴坚韧的性格，给他们注入了新鲜有力、卓尔不凡的活力，让他们情不自禁地敞开胸怀，用心、用情拥抱着他们心中的第二个故乡。

交谈中，他们似乎已然忘却自己是北京人、上海人、浙江人。他们总说，我们玉树、我们果洛、我们海西。他们对贫穷没有苛责，对落后没有埋怨，他们对青海人为保护生态环境做出的巨大牺牲心怀感恩，他们对当地干部理解深厚，将心比心……我们的农牧民、我们的基层干部太苦、太累、太不易，在海拔 3000 米以上的高地上，他们的坚守就是奉献，他们的艰辛、努力和创造，就是岁月映衬下熠熠生辉的光彩。

对援青者来说，3 年时间不算长也不算短。对一个地方的经济发展来说，也许只是万里长河中的一朵小小浪花，可他们无比珍惜、无比眷恋，他们愿意成为一滴水、一粒石、一棵草，为娇媚起伏的草原增色，为积雪覆盖的山脊添彩，更为自己一生中，也许是最辉煌、最难忘、最艰苦的一段生命历程，为脚下的这片土地和土地上的人民，对他们的期待、认可和需要深感自豪，并在未来的日子里从长计议、振兴牧区、振兴乡村。

初夏的一天。玉树指挥部副指挥长、组织部副部长马晨，为我讲起了 10 年前的往事。

2010 年 4 月，玉树发生强烈地震，按照中央部署，北京市、辽宁省第一时间派人力物力赶赴玉树。6 月，北京市成立了北京市对口支援和经济合作工作领导小组青海玉树指挥部，帮助玉树灾后重建工作。9 月，北京市首批玉树援青干部来到玉树。2011 年初，北京市专门成立了由市委书记刘淇同志任组长、市长郭金龙同志任副组长的北京市对口支援和经济合作工作领导小组，设立了北京青海玉树指挥部项目管理办公室、玉树州对口支援工作领导小组。此后，一系列关系到改

马晨在为北京的朋友讲解三江源自然保护区

善玉树人民生活的灾后重建工作迅速展开。隆宝镇、哈秀乡的重建，结古镇、嘉那玛尼堆的修复，德吉岭农牧民新区、公交系统建设，新寨村小市镇、新寨村广场、曲麻莱县人民医院、囊谦县人民医院、囊谦县娘拉乡村级公路及桥梁工程、白扎乡巴麦村达尼公路工程，杂多县萨呼腾镇自来水工程、南环路道路建设，玉树县八吉村生态畜牧业示范村市政配套设施等工程项目陆续开工建设完成……

2013 年到 2016 年，历届援青医疗专家领队亲自担任州人民医院院长的组团式医疗帮扶，留下了一支带不走的高原医疗队，创建了全州首个三级综合医院。异地办班、异地办校、异地培养的教育扶贫，提升了玉树中高级教育水平。牦牛、黑青稞、藏羊三大产业全产业链的产业扶贫“玉树模式”，新组建的玉树州基层干部学院，激发了玉树脱贫内生动力。

10年间，北京市共派出四大建筑公司参与灾后重建，4批176名援青干部人才，累计投入26.6亿元，实施各类援建项目319个，助力全州12.97万贫困人口脱贫，关注玉树民生改善，实施易地搬迁，解决了2484户贫困户、7860人的住房。

马晨为前来玉树调研对接扶贫工作的团队介绍玉树风土人情和北京援青工作情况

马晨副部长记忆力超强，文清思缜，表达精确，对玉树传统文化的阐释，对多年来北京对口玉树帮扶援建成果的梳理格外清晰。最近一段时间，由于和指挥部的同志们连续加班，忙于检查、考核，出现了严重的耳鸣现象。他说：“援青干部不容易，玉树的海拔高，来的人抛家舍业不说，一段时间后身体都发生了变化。指挥部西宁休养地只能住10个人，大家只有轮流休整，工作繁忙时，根本谈不上休息。”

他说：“早在50年前，玉树经济落后，生活条件很差，听说生了病的玉树群众，没法翻过巴颜喀拉山到西宁治疗，北京市东城区鼓楼医院服从毛主席把‘医疗卫生工作重点放到农村去’的‘六二六’指示，于1970年3月，毫无怨言地、无条件地毅然整体搬迁至青海，将业务娴熟、身体好的医务人员派往玉树，组成了玉树州人民医院的主体，成了高原群众生命的守护神，为玉树、为青海的医疗服务与建设倾注了毕生精力。20世纪70年代，出生在玉树的许多孩子都由鼓楼医院医生接生，许多玉树人普通话讲得好，还带着明显的京腔，是因为随迁而来的医生家属大部分当了学校的老师。现在，玉树人民为保护三江源头，坚守家园，做出了牺牲，我们现在的帮扶看起来是让玉树人民受益，其实北京人民也同样受益。”

马晨的话发自内心，强烈的感恩之情，使全国六省市对口帮扶青海这一重大决策显得尤为崇高、神圣、庄严。

2019年7月，第四批上海援青干部人才接过第三批援青干部人才的接力棒，来到距离上海2000多千米的果洛藏族自治州，联络组组长、现任果洛州委常委、副州长的冯志勇对农口很熟。此时，距离中央确保到2020年农村贫困人口实现脱贫目标、精准脱贫攻坚决胜只有一年多时间。一年过后，“十三五”规划收官、“十四五”规划谋划，经过近十年的努力，“上海规范”已经变成了上海援青工作开展以来，援青干部努力打造的品牌，而上海援青联络组、当地项目管理部门和第三方项目管理公司组合的三方平台，也已形成坚固的项目储备库制度，对要求入库的所有项目可进行专家评审、可行性论证，立项后的项目由援青干部作为联络组责任人从头到尾跟踪负责，用现代管理理念改变和影响果洛州项目的推进。

冯志勇在班玛县灯塔乡班前村慰问

冯志勇在上海市农业农村委工作多年，经验丰富，一刻不敢忘记，果洛州产业发展的基础是前三批援青干部不懈奋斗的成果，有决心通过未来3年的整体谋篇布局，从牦牛品种改良、规模化养殖、草畜平衡、人工补饲，到精细化屠宰加工、冷链物流运输等方面对果洛州生态畜牧业做全面布局，在合作社基础上，完成生态畜牧业产业链的构建。2020年5月28日，上海援青联络组与上海消费扶贫联盟合作，冯志勇亲自在果洛牦牛牧场、上海现场连线直播带货，2个小时内竟有近3000万元的牦牛产品被认购。2021年，冯志勇的目标是解决牦牛产品前端供应存在的问题，完成牦牛肉上海市场6000万元的销售额。接下来的2年内，力争将产业链推广到甘德县36个合作社，让百姓收益翻番。

让冯志勇倍感欣喜的是，果洛州班玛县反季节生长的天然羊肚菌完全可以成为当地高附加值的特色农产品，成为全国独一无二的产业项目。为此，他找到国内建设最早、学科齐全、综合技术力量较强的食用菌专业研究所——上海市农科院食用菌研究所，五上高原，解决了在海拔3500米的高原上人工栽培羊肚菌的技术难题，并于2020年6月中旬顺利出菇，成为今后果洛州增加当地百姓收入的重要产业。

果洛州文化旅游资源丰富，三江源壮观的自然景观，阿尼玛卿雪山、天神“花园”年保玉则、红军沟、绿色班玛、黄河源园区国家公园、英雄史诗《格萨尔》、“非遗”产品都可成为巩固脱贫攻坚成果，发展美丽乡村建设的基础，实现从“输血”到“造血”的转变。

有人管上海援青干部人才叫“上海青”，他们自己一直沿用的公众号也叫“上海青”。从右往左读“上海青”就是“青海上”。冯志勇觉得，这本身就是一种缘分。“上海青”还是一种青菜，在全国分布最广、种植量第一，到哪里都能生根，都能惠及百姓，就像上海广纳海川之精神，就像流传在上海援青干部人才中的那句话：“中央要求、当地所需、上海所能。”就像只争朝夕，奋勇前行，不断给自己加压、提出高要求的冯志勇，希望把“上海智慧、上海力量、上海温度”传递给青海，传递至江河源头。

在德令哈市见到的蒋伟峰，是第四批浙江省援青干部总指挥。之前，他是湖州市委副市长，现在担任海西州副州长、州委常委。刚来德令哈的时候，他还是一头黑发，两年多过去了，他的鬓角已染白发，眉宇间添了几许沧桑，但在精神上，占据他内心的梦想、憧憬依旧在路的前方，看一眼都能使他鼓起劲头。

蒋伟峰在大柴旦

2010年，浙江省开始对口支援海西州。从那时起，浙江共派出4批133名干部人才奔赴高原，他们把自己的情与爱、智慧与才能，抛洒在了戈壁荒沙中的绿洲。10年间共投入援青资金18亿元，实施援建项目276个。逐步形成了以项目建设为载体、以产业对接为平台、以援青干部为纽带、以促进双方交流合作为成果的工作格局，在项目、资金、人才、智力等方面给予海西州全力支持，促进了海西州经济社会发展和民生基础设施改善，加深了双方交往、交流、交融，对口支援各项工作始终走在前列，形成了独具魅力的海西经验和模式。

作为总指挥，除了令蒋伟峰指挥长引以为豪的医疗、教育团队取得的骄人成绩。2019年12月，由他亲自指挥，动用所有资源，以浙江援青指挥部的名义在温州召开的洽谈会，谈成招商引资项目 17 个，签约总金额达 37.7 亿元，不到半年时间，浙江财政投入海西州产业建设 18 亿元。

10 年前，这里的游牧散居牧民，长年饮用山间野外的天然淡水，很少能用上自来水，由于戈壁水源中矿物质含量高，当地居民多发结石，又因是野外水，人畜共用，导致肝包虫病多发，牧民饱受煎熬。如今，在杭州援建项目助力之下，德令哈周边约 20 千米内的农牧区中，农牧民已经安全、方便、放心地用上了自来水。

天峻县是海西州唯一的纯牧业县，位于柴达木盆地东缘，青海湖西北部，地势高峻，气候寒冷，年平均气温零下 5.3 摄氏度，年降水量 363.6 毫米。由于海拔最高，天峻县是海西州唯一的五类地区，环

蒋伟峰在乌兰慰问老党员

境条件在海西州算得上是艰苦之地，除县城外，广大牧区都没有通自来水，百姓用水非常不便。夏季得去溪边背水、冬季得凿冰取水，得知情况后，浙江省委书记车俊在海西州调研期间，专门安排计划外脱贫攻坚补助资金500万元，用于天峻县在牧区实施太阳能光伏提水项目。

光伏提水是将太阳辐射能转变成电能，再由电能驱动水泵抽出地下水，与过去的柴油发电抽水相比，光伏提水系统安装非常灵活，操作方便快捷，使用寿命25年，每个泵站光伏功率达76.22千瓦，可产生电力528万千瓦，减少二氧化碳排放5237吨，可以有效维护天峻牧区生态环境。这个项目于2018年9月开工建设，2019年10月全面完工。项目新建机井14眼，井房14座，安装光伏提水系统14套，有效地解决了天峻县境内8个乡镇855人、1.4万头牲畜的饮水问题，赢得当地群众的一致好评。

来到天峻的浙江省第四批援青指挥部副指挥长叶龙高原反应严重，但比身体状态更令他关注的是看似苦寒之地的天峻，却拥有着丰富的野生动植物资源、旅游文化资源、矿产资源，其中木里煤田是青海省最大的露天整装煤田，石灰石岩矿D级储量12.9亿吨，永久冻土层发现的天然气水合物——可燃冰，是常规石油和天然气的最佳替代能源。然而，天峻县是连着青海湖源头和祁连山腹地的重要的生态保护基地，为了大力推进青海湖流域生态环境保护与综合治理工程、天然草原退牧还草工程，天峻县的工作重心，早已转向生态环境的保护和治理。

经过一段时间的调研，叶龙终于有了新的发现，天峻的高原环境，竟然无比神奇地为火焰蓼提供了可贵的生长条件。火焰蓼是生活在地中海沿岸的一种藜科作物，在欧洲普遍作为天然色素添加剂使用。经过专家论证，火焰蓼完全可以在天峻等青海高原其他地区大面积种植，而且还可利用高原高寒的气候特点，增加植株生长期，提高成熟果实的淀粉含量，其果实可以用来制作天然色素出口欧洲，其叶可以与牧区饲料结合育肥牛羊，更重要的是，优先选择建档立卡贫困户参

叶龙

举目辽阔，荒原可变良田　辛茜摄

加种植，能够帮助他们提高家庭收入，巩固脱贫攻坚成果。

2020 年 3 月 24 日，县委常委、副县长叶龙一行深入天峻县江河镇农场，现场考察火焰蓼种植基地选址。举目辽阔的农场，叶龙向农场员工详细地了解了当地气候、土质、水质和农作物种植品种及效益情况，并就火焰蓼种植的特殊要求与农业专家进行探讨，最终选定了江河镇农场土质肥沃、灌溉便利的 100 亩地作为试种基地。3 月 26 日，在浙江援青天峻工作组的见证下，青海臻红生物科技有限公司在天峻县注册成立，并与承担具体种植任务的天峻县智阁阳龙畜牧生态科技有限公司签订了订单式农业生产合同。

叶龙高兴啊，他兴奋地告诉前来采访的《浙商》记者姚恩育，未来，除了在天峻大量种植，浙江援青指挥部还将按照“飞地经济”发展思路，依托各县、市、行委援青干部，将高原火焰蓼种植加工项目推广至整个海西，打造起万亩高原火焰蓼种植基地，推进市场化运作模式，让市场牵线搭桥，推进产业发展，做好招商引资，加大民生投资力度，让天峻人民受益。

2019 年 3 月 27 日，茫崖发生 5.0 级地震，在全市人民群众的生命财产受到严重威胁的重要关头，浙江援青干部，茫崖市委常委、副市长李伟文第一时间实地了解情况，妥善安置受灾群众，统计受灾群众的损失情况，并提前圆满完成任务。在那段让人焦虑不安的日子里，浙江援青干部的身影成了当地群众信赖、安心的“定心丸”，副市长李伟文也在海西州劳动竞赛委员会 5 年一次的先进工作者评选中，获得“海西州先进工作者”荣誉称号。

2020 年 7 月 18 日，新时代新型农民、清华大学博士孙灵娟与浙江援青指挥部对接的海西青园卓玛药业有限公司合作的藏红花项目，举行了开工典礼，这标志着浙江援青 2020 年最大的“飞地经济”招引项目正式启动，海西州与浙江的合作发展进一步优化深入，“对接长三角，振兴德令哈”的举措呈现出了新的亮点。

藏红花项目是与青藏高原自然环境优势相融合，以玻璃大棚为载体，采用现代农业设施，引进工业流水线，形成的独特的以产品研发、深度加工、工业旅游为一体的现代大型农旅融合科技型产业。项目总投资 10.27 亿元，总用地面积 170 亩。在今后的发展中，孙灵娟博士将以她 8 年来已然成熟的种植科技化、加工工业化、农业产业化的现代企业化模式，突出地方产业特色，带动当地农业增收，让更多的一线农民得到实惠。

孙灵娟说，之所以让“藏红花”产业落地德令哈，有地理环境的因素、试种成功的经验，更重要的是浙江援青干部团结奋进、融合共赢的精神，蒋伟峰指挥长身体力行、锐意创新的务实精神、诚恳态度深深地打动了她。。

巴音河的水默默地注视着浙江援青人，诗人海子的一行行诗，为德令哈人奋斗不已的激情增添了诗人的情愫。“浙江元素”在海西州处处可见，“历经千辛万苦、说尽千言万语、走遍千山万水、想尽千方百计”的浙江“四千”精神，无时无刻不在潜移默化中影响着青海人，感染着青海人。

援青三年，指挥长们看到，援青干部们在海拔三四千米的地方奔波劳累，时间长了，感觉自己的身体适应了，但适应的同时，身体已经受损。血压、血糖、血脂三高，心肌肥大，头发变白，牙齿脱落，长期失眠，服用安眠药是普遍现象。有的干部腰椎间盘突出做了手术，有的干部得了重病失去了工作能力，有的干部因耳朵神经末梢供血不足出现耳鸣现象，甚至失聪，甚至，还有人为此付出了宝贵的生命……

可正如援助玉树的北京医疗专家刘晔曾经说过的："既然国家有这样的需要，组织上有这样的需要，有这样的困难需要我，作为一名共产党员，佩戴着党徽，我就会来。"

缩小中西部差距，让青海人民感受到中国经济发展的速度，让青海人民过上和内地人民一样的生活，是国家的决定，也是中国体制下中国人才能实现的壮举。对每一位援青指挥部领队来说，凛冽的寒风、稀薄的空气，是青海高原的背景，犹如灿烂的朝阳，夏日的清泉，冬日的黄昏，在欣赏体味的同时，也有复杂而又神秘的百思不得其解。高原是一座精神的炼狱，是一座洞察诞生与终极的产床，是生命的绿洲、苦难的辉煌，是不甘沉沦、昂然挺立的高贵的头颅，忧郁、苍凉、博大、边远、沉默、独特，却又潜藏着令人类豪迈不已、激动不已的勃勃生机。

3年后，他们是否感到，只有生在其中，为这片苍莽高地的繁荣、进步，为当地人民的幸福，奋斗过、努力过、创造过，像一枚执拗的树叶，留下过雕琢春夏秋冬的痕迹，才能为高原的深厚、永恒、冷峻，为沙漠与戈壁、草原与谷地、高山与流水凝固而就的光芒四射的大地，为大地上人类原始、坚硬、悲情、细腻的土地情结所感动，什么也不再惧怕。

勃勃生机　付洛摄

跋

质美者明得尽

◎辛茜

2020 年初春到 2021 年初夏，是一段令我难以忘怀的日子。

追踪、采访、记录、书写援青人的渴望与热情一直陪伴着我、激荡着我，让我在受到美感教育的同时，接受着人性花明风惠般的精神滋养。

这是一个强大的、各领风骚的群体，代表着优秀的中华儿女正以伟大的牺牲精神服务于光荣的事业和人民，其价值尺度和精神向度，表现出的是以集体主义为主导的人文精神，对社会崇高理想的追求；共产党人把时代精神和人民需要熔铸成自己执着的信念，转化为踏踏

实实的道德践行和改造社会的物质力量。

人是要有一些精神的。

精神是深藏于一个人思想内核中最精致最珍贵的东西，能够给人带来充裕与活力、理想与追求的崇高感。无论何时，无论何地，人们从来没有丧失、放弃过对伟大人格和精神的追求。援青十多年，近千名援青人、志愿者满怀豪情、义无反顾地来到青海，把自己的情与爱洒在了青海高原这片奇崛浪漫又充满艰辛的土地上。也许，来之前，他们没有太多的设想，只是想尽自己所能完成组织交付的援青任务。但是，当他们深处广袤无垠的原野、牧场，面对崇山峻岭间奔腾不息的江河湖泊，凝视守望江河源头的老百姓淳朴无邪的双眼，在风雪交加的夜晚，在冰雪辉映的清晨奔波在崎岖不平的山路、乡间小道，他们的心总能在激越中掀起阵阵涟漪，而亲自见证、亲自参与全国脱贫攻坚决战决胜这一重要历史时刻的荣耀与豪迈，更增添了他们无往不胜的勇气和决心。

援青途中，每个人都有上有高堂、下有妻儿的两难选择，每个人

雪山连绵　布琼摄

这是一个气韵通达、丰韵华美的世界　沈传立摄

都经历了艰苦环境对身心的磨砺和考验。同时，每个人又都在走进青海这片高地，置身于人民群众，和劳动人民、和当地基层干部甘苦与共，建立深厚感情的工作生活实践中，获得了用之不竭的精神营养和力量源泉，锻造并完善着自己的人格和全心全意为人民服务的初心。

只有风雪严寒的洗礼，才能成长为参天的栋梁之材。

神圣的使命和肩负的责任，让他们深情地爱上了青海，青海的高山、雪水、草原和人民。

他们奉献给青海人民的是灵与肉、血与汗、质朴的情怀与温馨。

他们带给青海人民的是富裕的生活、快乐的心情、永不衰竭的奋斗志向。

马克思说："历史认为，那些专门为公众利益谋取福利，从而使自己也高尚起来的人物是伟大的。"

诗人说："人不一定能使自己伟大，但一定可以使自己崇高。"

黑格尔说："每一个真理都是逐渐形成的。我们希望看到最后的目标，但往往忘了形成的过程。我们把观念当作一种已完成的产品，却认识不到这是逐渐地自我成熟、自我纠错、自我完善的必然结果。"

古往今来，多少有作为的人以关心百姓的疾苦为己任留名青史。从范仲淹的"先天下之忧而忧，后天下之乐而乐"，到郑板桥的"些小吾曹州县吏，一枝一叶总关情"；从杜甫的"安得广厦千万间，大庇天下寒士俱欢颜"，到于谦的"但愿苍生俱饱暖，不辞辛苦出山林"；从全心全意为人民服务的好干部焦裕禄、孔繁森，到尕布龙……

援青让青海人民受益，这是我们国家举全国之力，精心协调指导的伟大举措；是人类共同富裕，共同幸福的崇高信念，集体主义价值观的伟大感召力；是中国人对全人类社会经济、生活发展做出的突出贡献，更是每一位援青人、每一位观察者，不断超越自我、升华人生境界、获得人生价值的最高体验。

采访是艰难的。但是，每当我看到青海大地上冲着紫色阳光生长的黑青稞是这样的昂扬向上；看到盐碱滩上不甚粗壮却挺拔有力的白杨树是这样的坚强，迎风而立；看到捧着新书包，穿着新羽绒服，解除了病痛的孩子们脸上天真灿烂的笑容；看到来自北京、上海、浙江的援青干部人才变得黝黑通红的面孔、粗糙的双手、斑白的鬓角，我的心就会涌动起一股无形的力量，心怀感恩、聚精会神地进入一个又一个气韵通达、丰韵华美的世界。

我坚信，精神的力量高于一切。

我坚信，中国脱贫攻坚事业的伟大。

我坚信，投身于农村牧区第一线的援青干部，怀揣精湛技术，爱心与经验的医生、教师，拥有的梦想、情操、风貌和高尚的人格魅力，一定会在青海这片苍莽高地上生根发芽，开出美丽的花。

又一个春天如期而至。京城的二月兰，像河水一样流进了屋后的森林。最后采访到的两位援青人都是女性，一位是负责《光明日报》对口帮扶青海玉树囊谦县的扶贫干部张君华；一位是从上海到果洛久治，成功开发青海高原牦牛产业的企业家陆爱珍。她们光彩照人、精神饱满、眼睛明亮，就像一粒珍珠，一朵鲜艳的小花，再一次把纯洁的光艳和浓郁的芳香送进了我的心田。我感激她们，敬重她们，理解她们，这人间最真最善最美的誓言，超越世俗功利的浩然正气，普照时代与历史的永恒之光，让我沐浴在一片祥和之中。

创作此书也是为了人类精神的尊严，文学的尊严，创作者的尊严。感谢每一位接受我采访，在采访中帮助过我的人。忘不了离开德令哈的中午，为浙江指挥部开车的李启虎——一个素不相识、当时还不知姓名的人，送我到火车站，把一包水果、面包、酸奶、饮料递给我。他说，你一个女同志在外奔波不容易，中午不能饿肚子，一定要吃点东西，水果是洗好的，不用再洗……

还要感谢青海省委宣传部、青海省委党校一直以来对我的关心和鼓励；感谢果洛州政协，北京、上海、浙江指挥长，浙江援青医疗教育团队的大力协助；感谢中国作家协会将此书作为重点项目扶持；感谢青海省文联，青海省作家协会为我出具采访证明；感谢青海生态摄影学会、援青干部提供照片；感谢河北教育出版社为此书出版所做的努力和工作，这一切都成为我坚持创作的源泉和动力。

援青路上的故事是写不完的，而我也仅能按照个人的情志，在有限的采访和描述中探索和思考援青精神的可贵之处，起到抛砖引玉的作用，特别是因个人能力有限，无法采访到来自江苏、山东、天津的各位援青人，实为遗憾。愿更多的写作者能够关注和发现群雕般屹立在青海高原，给予这片清苦高寒之地无私援助、不容忽略的群体，用更为雄健饱满的笔力，充实生动的内容，让默默无闻的奉献者拔地而起。

一切因功利虚妄求益的人，只能在这片土地上黯然失色；一切值得传承与铭记，让人们心领神会的，永远是不朽的奋斗精神和引领人类走向文明与美好的崇高思想。

2021 年 5 月 5 日

图书在版编目（CIP）数据

我的青海 我的雪原 / 辛茜著. -- 石家庄 : 河北教育出版社，2022.1
ISBN 978-7-5545-6840-8

Ⅰ. ①我… Ⅱ. ①辛… Ⅲ. ①报告文学－中国－当代 Ⅳ. ①I25

中国版本图书馆CIP数据核字(2021)第266529号

我的青海 我的雪原

作　　者　辛　茜
策　　划　董素山
责任编辑　王艳荣　王　磊　姬璐璐　张　怡
特约编辑　梁　瑛
装帧设计　于　越
出版发行　河北出版传媒集团
　　　　　河北教育出版社　http://www.hbep.com
　　　　　（石家庄市联盟路705号，050061）
印　　制　石家庄名伦印刷有限公司
开　　本　787mm × 1092mm　1/16
印　　张　29.5
字　　数　340千字
版　　次　2022年1月第1版
印　　次　2022年1月第1次印刷
书　　号　ISBN 978-7-5545-6840-8
定　　价　98.00元
